ullstein

Das Buch

Es hat vor zwei Jahren als Urlaubsflirt in Südafrika begonnen – seit dieser Zeit sind die Düsseldorfer Chirurgin Dr. Andrea Sandberg und der norwegische Hotelier Jonas Fredriksen ein Paar. Um immer mit dem geliebten Mann zusammen sein zu können, hat sich Andrea an einer Klinik in Bergen beworben – und ist angenommen worden. Drei Wochen früher als mit Jonas besprochen reist sie in die alte Hansestadt, ihre Ankunft soll eine Überraschung werden. Und das wird sie auch – für Andrea, denn sie ertappt Jonas in flagranti.

Andrea will nur fort aus Bergen. Als sie im Hafen ein Postschiff sieht, das in wenigen Stunden auslaufen wird, bucht sie eine Passage in Richtung der Lofoten.

Die Landschaft ist gigantisch, der Ausblick wirkt beruhigend auf Andrea. Sie lernt einen geheimnisvollen alten Mann kennen und ein todkrankes kleines Mädchen, und sie wird nach einem Unfall als Ärztin gefordert. Ihr Patient ist ein attraktiver junger Mann, der Andrea in ungeahnte Gefühlsverirrungen stürzt: Wird ihre Zukunft doch in Norwegen liegen?

Die Autorin

Sie liebt skandinavische Krimis, altes Silber und guten Wein. Hausarbeit hingegen gehört nicht gerade zu Elfie Ligensas Leidenschaften. Sie schreibt lieber an ihren erfolgreichen Romanen. Ihr Mann hat sich in dieses Schicksal gefügt, und deshalb gibt es bei dem glücklich verheirateten Paar aus dem Rheinland sonntags immer süße Teilchen vom Konditor.

Von Elfie Ligensa ist in unserem Hause bereits erschienen:

Im Herzen der Feuersonne
Das Paradies liegt in Afrika

Elfie Ligensa

MITTSOMMER-SEHNSUCHT

Roman

Ullstein

Besuchen Sie uns im Internet:
www.ullstein-taschenbuch.de

MIX
Papier aus verantwortungsvollen Quellen
FSC www.fsc.org
FSC® C014496

Originalausgabe im Ullstein Taschenbuch
1. Auflage November 2012

Umschlaggestaltung: ZERO Werbeagentur, München
Titelabbildung: Getty Images/Persson, Magnus, Per
Satz: LVD GmbH, Berlin
Gesetzt aus der Sabon
Papier: Pamo Super von Arctic Paper Mochenwangen GmbH
Druck und Bindearbeiten: GGP Media GmbH, Pößneck
Printed in Germany
ISBN 978-3-548-28436-1

I

»Zum Hotel *Peer Gynt* bitte.« Andreas Herz begann nervös zu schlagen, als sie sich auf die Rückbank des Taxis sinken ließ. Der Fahrer, ein grauhaariger Mann mit Wikingerbart und einer etwas zu großen Nase, nickte. Er hatte den silberfarbenen Rollkoffer und die braune Arzttasche, die Andrea mit im Flugzeug gehabt hatte, im Kofferraum verstaut und setzte sich jetzt mit einem unterdrückten Seufzer hinters Lenkrad.

»Das liegt aber am Stadtrand«, erklärte er und sah seinen Fahrgast im Rückspiegel fragend an.

»Ich weiß.«

»Ja, dann ...« Er fädelte sich in den Verkehr ein. Der Flughafen von Bergen lag etwa fünfzehn Kilometer südlich der Stadt. Achtlos schaute Andrea Sandberg aus dem Fenster. Sie war bestimmt schon ein Dutzend Mal hier gewesen, die Umgebung des Flughafens war so uninspirierend wie die der meisten Flughäfen der Welt. Ein paar Werbetafeln gaben Hinweise auf Bootsausflüge zum nahe gelegenen Geiranger-Fjord oder zu den nördlichen Gebieten, dorthin, wo die Sami mit ihren Rentierherden daheim waren. Ein Foto zeigte eine hölzerne Stabkirche, ein anderes die Weltkugel am Polarkreis.

Sekundenlang schloss die junge Ärztin die Augen. Am Fuß der eisernen Weltkugel hatte ihr Jonas seine Liebe gestanden. Nach einer romantischen Nacht in einem Hotel in Trondheim waren sie zu dem weitläufigen Nordkap-Plateau weitergefahren. Wenn man hier stand, hatte man wahrlich den Eindruck, am Ende der Welt angelangt zu sein. Es war ein trockener, heller Tag gewesen, fast hundert Touristen wurden Zeugen, als Jonas sie umarmte, lange küsste und sagte: »Ich liebe dich, schöne Doktorin, und ich würde dich am liebsten nie mehr loslassen. Seit wir uns getroffen haben, muss ich immerzu an dich denken.« So etwas wie Ironie hatte in seinen Worten mitgeschwungen, als er hinzufügte: »Das muss doch Schicksal sein, meinst du nicht auch? In Kapstadt begegnen wir uns, machen gemeinsam Urlaub in diesem Traumland ... und ich verliere mein Herz an dich.«

Mir ist es ganz genauso ergangen, dachte Andrea. Dieser Urlaub – ihr erster, seit sie als Chirurgin an der Düsseldorfer Universitätsklinik arbeitete – war auch ihr schicksalhaft erschienen. Und Jonas, ein blonder Hüne mit dem Aussehen eines jungen Robert Redford, schien der Mann zu sein, der für sie bestimmt war.

So oft es ging, besuchte sie ihn in seiner Heimat. Jonas war nicht so leicht abkömmlich wie sie, denn er leitete in Bergen ein großes Hotel, musste fast rund um die Uhr ansprechbar sein. Und so kam Andrea, wann immer sie einige freie Tage angesammelt hatte, in die alte Hansestadt, die so reizvoll war, dass sie sich hier beinahe heimisch fühlte. Und nach dem dritten Besuch beschloss sie, sich an einer Klinik in Bergen zu bewerben. Ärzte aus dem Ausland waren in Norwegen gern gesehen, und so bekam sie bereits nach wenigen Wochen eine Zusage.

Jonas ... sie freute sich so darauf, ihn zu überraschen!

Drei Wochen früher als geplant hatte sie ihre Arbeit in Düsseldorf beenden können und war spontan in das nächste Flugzeug gestiegen. Nur zwei Koffer hatte sie dabei, alles andere war verschifft worden und würde sicher wenig später als sie selbst in Jonas' Hotel eintreffen.

»Wir sind da. Ich wünsche einen schönen Aufenthalt in Bergen«, sagte der Taxifahrer, als sie den Stadtteil Fana erreicht hatten, und lud ihr Gepäck aus. Andrea glaubte die nahe See zu riechen, den unverwechselbaren Geruch nach Salz und Teer, nach Fisch und Tang. Aber das war wohl nur Einbildung. »Danke.« Sie gab ein üppiges Trinkgeld. Warum sollte der Mann mit der viel zu großen, leicht geröteten Nase nicht auch ein wenig von dem Glück, das sie verspürte, abbekommen? Er nickte nur zum Dank und ging, sich den Bart streichend, zurück zur Fahrertür.

Ein Portier, der Andrea nicht kannte, begrüßte sie höflich und fragte sie, wie lange sie bleiben wolle.

»Das kommt ganz auf Ihren Chef an«, erwiderte Andrea lächelnd. »Lassen Sie bitte das Gepäck in sein Büro bringen. Ich gehe gleich hinauf in seine Privaträume.«

»Aber ...« Der Portier, etwa sechzig Jahre alt und mit einem ähnlichen Vollbart wie der Taxifahrer, zuckte nur mit den Schultern und zeigte zum Lift. »Dann kennen Sie ja den Weg.« Er sprach ein fast akzentfreies Deutsch.

Kam es ihr nur so vor oder war tatsächlich alles Freundliche, Verbindliche aus seiner Miene verschwunden? Andrea zuckte unmerklich mit den Schultern. Die Vorfreude auf das Wiedersehen hatte sie wohl ein wenig verwirrt, denn als sie sich noch einmal nach dem Mann umblickte, sah er ihr mit einem unverbindlichen Lächeln nach.

Im vierten Stock des Hotels, das zur Südseite hin einen

Blick auf das Grieg-Haus gewährte, besaß Jonas Fredriksen eine Wohnung, die durch eine Wendeltreppe mit einem darüber liegenden Maisonettebereich verbunden war. Nur drei Räume befanden sich hier oben – ein geräumiges Schlafzimmer, an das sich ein Bad anschloss, eine Küche und ein Wintergarten, der eine fantastische Aussicht bot. Weit dehnten sich die grünen Hügel bis hinunter zum Fjord. Dort, in einem Felsengrab, lagen Edvard Grieg und seine Frau Nina begraben. Bei ihrem ersten Besuch hier war Andrea, so wie viele Touristen, dorthin gegangen und hatte an dem Gedenkstein eine kurze Andacht gehalten.

Sie wollte gerade an Jonas' Wohnungstür läuten, als sie sah, dass die Tür nur angelehnt war. Sicher war Jonas für einen Moment nach oben gegangen, um etwas zu holen. Es war schon recht praktisch, wenn man gleich über dem Arbeitsplatz wohnte.

Sie lächelte und trat ein. Die fast rechteckige Diele war mit hellen Ahorndielen ausgelegt. Links befand sich ein ebenfalls aus Ahorn gefertigter Einbauschrank, rechts stand eine bunt bemalte kleine Truhe, über der zwei rechteckige Lampen hingen. Geradeaus ging es zum großen Wintergarten, rechts zur Küche, die jedoch kaum benutzt wurde. Der Hotelier aß meist mit seinen Leuten zusammen. Jonas legte Wert darauf, dass auch das Essen für die Hotelangestellten gut und reichhaltig war.

»Jonas?«

Keine Antwort. Dabei war Andrea sicher, Geräusche gehört zu haben.

Langsam, zögernd stieg sie die helle Holztreppe hinauf – und glaubte im nächsten Moment, einen Schlag in die Magengrube bekommen zu haben. Das war ein schlechter

Film, in den sie da hineingeraten war! So etwas passierte vielleicht in billigen Soaps, doch nicht ihr, nicht im wirklichen Leben.

Aber das Bild blieb: Jonas lag nackt mit einem langbeinigen, blutjungen Mädchen auf seinem Bett, über das eine rotbraune Fuchsfell-Decke gebreitet war. Die beiden waren so intensiv miteinander beschäftigt, dass sie Andrea nicht bemerkten. Neben dem Bett stand ein weißer Barwagen, darauf ein Champagnerkübel, zwei Gläser, eine Silbervase mit einer Rose – das übliche Szenario einer routinierten Verführung, schoss es Andrea durch den Kopf. Bei ihren ersten beiden Besuchen war auch sie von Jonas mit Champagner, frischen Erdbeeren und roten Rosen begrüßt worden. Sie hatte es romantisch gefunden und erinnerte sich jetzt noch genau daran, wie ausgiebig und leidenschaftlich Jonas und sie das Wiedersehen gefeiert hatten.

War das wirklich erst ein halbes Jahr her?

Andrea biss sich auf die Lippe, bis sie Blut schmeckte. Nur nicht schreien jetzt. Nur nicht nach der bauchigen Tonvase greifen, die auf einem Sideboard links von der Tür stand und geradezu dazu einlud, nach Jonas geschleudert zu werden. Nur nicht weinen …

Nur weg! Fort aus dem Haus, so weit weg wie möglich von Jonas!

Wie blind rannte sie die Treppen und dann den Hang hinunter, stolperte zweimal über kleine Steinbrocken, die von Grasbüscheln verdeckt waren, rannte an Touristen vorbei, die das Grieg-Haus *Troldhaugen* und die Grabstätte des Komponisten besichtigen wollten.

Die irritierten, teils mitleidigen, teils verständnislosen

Blicke, die ihr folgten, bemerkte sie nicht. Erst als sie Seitenstechen bekam und nach Luft ringend am Straßenrand stehen bleiben musste, kam sie wieder zu sich. Die Enttäuschung wich Wut, aus Trauer wurde gerechter Zorn.

»Scheißkerl!«, schimpfte sie laut vor sich hin. »Verdammter Scheißkerl!«

»Junge Frau ... wollen Sie zurück in die Stadt?« Der bärtige Taxifahrer, der sie hergebracht hatte, stand plötzlich neben ihr. Die dicke Nase leuchtete blaurot, doch seine Augen waren voller Wärme auf Andrea gerichtet. »Ich fahre zum Hafen. Zur Anlegestelle der Hurtigruten.« Er strich sich über den Bart und sah sie erwartungsvoll an. »Na, wäre das nichts für Sie, so eine Fahrt mit dem Postschiff? Die Reise würde Sie auf andere Gedanken bringen.«

Als sie nicht antwortete, sagte er: »Warten Sie hier. Ich hole Ihr Gepäck.«

»Ja, aber ...« Sie schüttelte den Kopf. Erst jetzt wurde ihr bewusst, dass sie ihren Koffer und die Arzttasche im Hotel gelassen hatte.

Der Alte reagierte nicht, er wendete das Taxi, fuhr zurück zum Hotel – und war knappe fünf Minuten später wieder bei ihr. Andrea war langsam, mit gesenktem Kopf, weitergegangen. Tränen liefen ihr übers Gesicht. Es tat gut, weinen zu können, es nahm den Druck von ihrer Brust. Und dennoch blieben tausend quälende Gedanken: Warum tat ihr Jonas das an? Was faszinierte ihn an dem blonden Mädchen? Ihre perfekte Figur? Die Jugend? Ihre Unbeschwertheit? Andrea konnte sich gut vorstellen, dass die blonde Norwegerin das Leben unbekümmert genoss, dass sie von den Pflichten des täglichen Lebens, die ihren eigenen Alltag prägten, noch nicht viel wusste – oder wissen wollte.

Seinetwegen hab ich daheim alles aufgegeben ... der Gedanke ließ Andrea noch heftiger weinen. Sie hatte an die wahre Liebe geglaubt, war sicher gewesen, mit Jonas in Norwegen ein neues Leben anfangen zu können. Sie hatten doch so viele Pläne gemacht. Hatten sich die gemeinsame Zukunft in vielen Stunden ausgemalt. Und jetzt? Alles vorbei. Von einer Sekunde zur anderen war ein Traum geplatzt.

Warum nur? Warum? Die Frage, auf die sie keine Antwort wusste, tat körperlich weh.

»Zum Hafen, nicht wahr?«, fragte der Taxifahrer.

Als Andrea nickte, glitt ein kleines Lächeln über das faltige Gesicht des Mannes. »In zwei Stunden geht ein Schiff nach Norden«, erklärte er mit ruhiger dunkler Stimme. »Buchen Sie eine Passage, Sie werden es nicht bereuen.«

»Aber ...«

Er wischte den Einwand, den sie noch nicht mal ausgesprochen hatte, mit einer kleinen Handbewegung weg. »Sie wollen doch in meiner Heimat bleiben, oder?« Und ohne auf eine Antwort zu warten, fuhr er beinahe beschwörend fort: »Sie werden bleiben. Und glücklich werden.«

Durch das halb geöffnete Fenster wehte der Wind den Geruch nach Salz und Dieselöl, nach Fisch und Tang. Doch es duftete auch nach frischem Gebäck, und als das schwarze Taxi an einem Bäckereistand vorüberfuhr, knurrte Andreas Magen unüberhörbar. Sie biss sich auf die Lippe. Vor lauter Vorfreude auf Jonas hatte sie kaum etwas zu sich genommen vor dem Abflug. Und den Snack im Flieger hatte sie ignoriert, nur zwei Kaffee getrunken.

In den Lärm der Autos mischten sich laute Rufe der vielen Fischhändler, die fangfrische Lachse, Dorsch und Krabben anboten. Hin und wieder erklang das laute Tuten eines Schiffes, das auslief. Große Fähren und kleinere Ausflugsschiffe verließen den Hafenbereich oder liefen ein. Fischerboote und ein paar Segelyachten nahmen von einem anderen Hafenbereich aus Kurs hoch in den Norden.

»Dort liegt die *Midnatsol*, eines der schönsten Schiffe der Hurtigruten-Flotte.« Der bärtige Chauffeur wies mit der Hand nach links, wo am Kai ein Schiff lag, das fast schon die Ausmaße eines Kreuzfahrtschiffes besaß. »Ein Neffe von mir ist dort Erster Offizier. Ich kann mit ihm reden ... er wird bestimmt noch einen Platz für Sie haben. Ach, übrigens, ich heiße Bengt.«

»Und ich Andrea.« Der Wind blies ihr eine blonde Locke ins Gesicht, die sich aus der lässig zusammengebundenen Frisur gelöst hatte. Während ihres Dienstes trug Andrea das blonde Haar meist hochgesteckt, aber Jonas liebte es, seine Finger in den langen Haaren zu verstecken. Bei der Erinnerung an seine Hände, die erst das Haar, dann den Nacken und später ihren ganzen Körper gestreichelt hatten, bekam Andrea eine Gänsehaut.

Eine Möwe, die dicht über der Frontscheibe des Taxis hinwegflog, riss sie aus den Gedanken. Mit einer fast unwilligen Bewegung steckte sie die Haarlocke in das Gummiband, mit dem sie die Haare am Morgen zusammengebunden hatte.

Von einem Fährschiff, das den Hafen verließ, erklang

dreimal lang anhaltendes Tuten. Ein paar Autos hupten, zwei kleine Jungen auf ihren Rädern fuhren laut klingelnd an dem Taxi vorbei. Sie hielten an einem Eisstand und bestellten, wild gestikulierend, ihre Eiswaffeln.

Der Taxifahrer drehte sich halb um. »Norwegen ist ein guter Platz zum Leben. Vergessen Sie das nicht.«

»Ich weiß. Aber ich kann trotzdem nicht einfach auf ein Schiff gehen. Das war nicht geplant. Und ich habe gar nicht genug Gepäck bei mir. Und außerdem …«

»Außerdem brauchen Sie Abwechslung, das ist am wichtigsten. Und Kleidung kann man überall kaufen.« Er zuckte mit den Schultern. »Auf einem Postschiff muss man keine Modenschau machen.« Er strich sich wieder über den Bart. »Ich denke mir, dass Sie die wichtigsten Dinge im Koffer haben, oder? Für die ersten Tage reichen sowieso zwei Pullover und eine Wetterjacke, es ist Regen angesagt.«

Wider Willen musste Andrea lächeln. »So kann auch nur ein Mann reden.« Sie sah vom Hafenkai aus hinüber zur anderen Seite, dorthin, wo die bunten Häuser der Brygge standen. Bereits 1350, hatte ihr Jonas bei ihrem ersten Besuch in seiner Heimatstadt stolz erzählt, war die erste Hanse-Niederlassung hier begründet worden. Und damit der Ruhm und Reichtum der Stadt. Die spitzgiebeligen bunten Holzhäuser waren zu Beginn des vorigen Jahrhunderts ein Opfer der Flammen geworden, doch seit 1955 wieder aufgebaut und mit neuem Leben erfüllt worden. Jetzt waren sie in helles Sonnenlicht getaucht und zogen das Interesse der Touristen, die durch die Straßen schlenderten, auf sich.

Auch der Ulriken, einer der sieben Berge, die die Stadt

umgaben, war von der Sonne beschienen. Die Schwebebahn, die hinauffuhr, glänzte silbern inmitten von grünen Bäumen und braunen Felsen.

Tränen stiegen Andrea in die Augen, als sie sich daran erinnerte, dass sie häufig mit Jonas durch die engen Gassen des Stadtkerns spaziert war und sie gemeinsam in den Geschäften gestöbert hatten. Immer wieder hatte Jonas bei einer solchen Gelegenheit von der gemeinsamen Zukunft gesprochen, von einem Leben mit ihr.

»Komm zu mir. Ich bin sicher, du wirst rasch einen Job finden, wenn du dich an einem Krankenhaus in der Gegend bewirbst«, hatte er ihr versichert. »Und alle Patienten werden dich lieben – so wie ich!«

»Er ist es nicht wert.« Die dunkle Stimme des Taxifahrers riss sie aus ihren Gedanken.

»Was meinen Sie?«

»Der Mann – er ist nicht wert, dass Sie um ihn weinen. Machen Sie einen Strich unter die Beziehung, fangen Sie neu an.« Er wendete und fuhr zum Anlegeplatz des Hurtigruten-Schiffes. »Wollen wir fragen, ob noch eine Kabine frei ist?«

Andrea zögerte. Dieser alte Mann besaß eine ungeheure Ausstrahlung. Seine Augen blickten wach und wissend, seine dunkle Stimme hatte einen fast suggestiven Tonfall. Dabei sah er aus wie ein Waldschrat. Nein, korrigierte sie sich sofort, hier sagt man ja Troll dazu.

Doch Trolle trieben oft ihren Schabernack mit den Menschen, nicht immer verliefen die Begegnungen mit ihnen positiv. Bengt aber schien ein sehr netter Kerl zu sein. Vielleicht war er ein liebenswerter Troll. Sie lächelte. Was für ein Unsinn! Sie lebte im 21. Jahrhundert, da gehörten die Geschichten von Trollen und Elfen ins Märchenland. Langsam folgte sie dem Alten hinüber zum Anlegeplatz. Erst jetzt fiel ihr auf, dass er sie gesiezt hatte. Das war ungewöhnlich, denn in Norwegen duzte man sich. Ausnahmen bildeten höchstens Respektspersonen oder sehr viel ältere Menschen. Anfangs war es ihr nicht leichtgefallen, sich daran zu gewöhnen.

»Andrea?«

Jonas!

Er kam vom Parkplatz schräg gegenüber. Sein Hemd war, wie sie mit einer gewissen Ironie feststellte, falsch geknöpft, das sonst stets korrekt gescheitelte Haar nur mit ein paar Fingerstrichen geglättet. Der Blick, mit dem er Andrea ansah, war eine Mischung aus Unglauben und Entsetzen. »Du ... du bist hier?«

»Wie du siehst.« Glaubt er wirklich, ich würde mich für Tage oder gar Wochen verkriechen und um ihn weinen? Das kommt ja gar nicht in Frage!, schoss es ihr durch den Kopf. Gesunde Wut und der trotzige Gedanke, dass sie auch ohne ihn gut zurechtkam, ließen sie kühl reagieren.

»Ja aber ... Ich ... wir ... du wolltest doch ...«

»Seit wann stotterst du, Jonas?« Ihr fiel es wirklich nicht leicht, ihm ruhig entgegenzusehen. Am liebsten wäre sie auf ihn zugerannt und hätte ihm das Gesicht zerkratzt. Verrückt, dachte sie im nächsten Moment. So was sieht man nur im Kino, da lassen die betrogenen Frauen ihrem Frust freien Lauf. Aber wir sind hier auf der Straße, und ich ... ich werde ihm nicht zeigen, wie sehr er mich verletzt hat. Doch ihr Herz klopfte heftig, sie spürte, dass ihre Hände verdächtig zitterten, und verbarg sie rasch in den Jackentaschen.

»Was machst du hier?«

»Das könnte ich dich auch fragen. Vor allem: Was soll dein Aufzug? Du siehst aus, als kämst du frisch aus dem Bett.« Der Seitenhieb musste sein, auch wenn ihr die Vorstellung beinahe körperlich weh tat. Immer wieder sah sie die Szene vor sich: Jonas und dieses blonde Mädchen auf seinem Bett. So wilden Sex hatten sie beide nie gehabt. Verdammt, warum eigentlich nicht? War sie ihm nicht aufregend genug gewesen? Hatte er mit ihr nicht diese Lust empfunden? Und wenn es so war – warum hatte er nicht mit ihr darüber gesprochen?

Jonas wurde rot. Sein Blick irrte suchend umher und blieb schließlich an einem jungen Mädchen hängen, das sich mit dem Fahrrad zwischen zwei geparkten Wagen hindurchschlängelte. Ihr offenes weißblondes Haar wehte wie eine Fahne hinter ihr her.

»Ist sie dir davongelaufen?«

Nur zögernd drehte er den Kopf in Andreas Richtung. »Was meinst du?«

»Das blonde Mädchen, mit dem du eben noch im Bett warst.« Andrea wies hinüber zu der Radfahrerin. »Lauf ihr nach! Wahrscheinlich passt ihr gut zusammen. Mich musst du entschuldigen, das Schiff läuft gleich aus.«

»Ja, aber ...«

»Du wiederholst dich, Jonas. Adieu.« Sie drehte sich zu dem alten Bengt um. »Kommen Sie mit aufs Schiff?«

»Sicher. Mein Neffe wäre sonst böse auf mich.« Er drehte sich noch einmal um, und der Blick, mit dem er Jonas maß, ließ den smarten Hotelier zusammenzucken.

2

Nun, wie gefällt dir das Schiff?« Knut Niebur, der Erste Offizier der *Midnatsol*, machte eine weiträumige Handbewegung. »Sie ist wunderbar, nicht wahr? Fast so luxuriös wie ein Traumschiff.«

Andrea sah zu dem fast zwei Meter großen Mann auf. Er war blond, braun gebrannt, und um seine blauen Augen zeigten sich feine Fältchen, die sich beim Lachen vertieften.

»Es ist – überwältigend.« Die junge Ärztin beugte sich über die Reling und sah hinunter ins Hafenbecken, wo winzig klein, Punkten ähnlich, die immer hungrigen Möwen auf den Wellen schaukelten und darauf warteten, dass ihnen ein paar Leckerbissen zugeworfen wurden. Langsam drehte sie sich zu Knut und Bengt um. »Ich kann verstehen, dass immer mehr Menschen eine solche Reise machen möchten.«

»Das freut uns auch sehr.«

»Und – es ist wirklich noch eine Kabine frei?«

»Sagte ich doch.« Der alte Bengt strich wieder einmal über seinen Bart. »Knut macht das schon, keine Sorge, Kindchen.«

Andrea zuckte leicht zusammen. Kindchen ... so hatte sie zuletzt ihr Doktorvater genannt, der liebenswerte Professor Hillebrand. Er und seine Frau waren beinahe so etwas wie Eltern für Andrea gewesen. Kurz nachdem sie volljährig geworden war, hatten ihre Eltern einen Unfall erlitten und waren an den Folgen kurz hintereinander gestorben. Professor Hillebrand erinnerte sie häufig an ihren Paps, der so gern gelacht, so klug und weltoffen gewesen war.

»Komm mit, ich zeige dir dein Reich für die nächsten Tage.« Knuts Stimme riss sie aus ihren Gedanken. Er hatte ihren Koffer genommen, dazu die Reisetasche, und trug beides so, als seien es Leichtgewichte.

»Aber ... du hast doch bestimmt anderes zu tun«, wandte sie ein. »Ich komme auch allein zurecht.«

Doch der Marineoffizier, der eine dunkelblaue Hose und einen blauen Pullover trug, unter dem der weiße Hemdkragen hervorschaute, schüttelte den Kopf. »Nichts da, ich bringe alle Passagiere, die mir wichtig sind, persönlich zur Kabine.« Er schmunzelte und wandte sich an Bengt. »Wartest du noch, bis wir zurück sind?«

»Nein, ich muss wieder los.« Der alte Mann reichte Andrea die Hand. »Eine gute Reise. Sie wird wichtig für dich werden, Kindchen, ich weiß es.«

»Danke. Für alles.« Ihre Augen füllten sich mit Tränen, als sie Bengt nachsah, der kurz die Hand an die blaue Wollmütze legte und dann so behände wie ein junger Mann die Gangway hinunterging.

»Andrea? Kommst du mit?«

»Ja. Sofort.« Ein letzter Blick ging zu dem Alten, der sich in diesem Moment noch einmal umschaute. Wieder strich er sich über den Bart, ehe er die Tür seines Taxis öffnete und in der nächsten Sekunde ihren Blicken entschwunden war.

Die Kabine, in die Knut sie führte, war unerwartet geräumig und mit allem Komfort ausgestattet. Helle Möbel, sonnengelbe Vorhänge vor dem schmalen Fenster, ein paar Bilder an der Wand, die Impressionen der Mitternachtssonne zeigten.

»Leider ist die Sicht aus dem Fenster ein bisschen eingeschränkt, doch eine bessere Kabine war nicht mehr frei«, sagte Knut entschuldigend.

»Ich bitte dich. Das ist perfekt für mich. Und ich bin dir sehr dankbar, dass ich noch mitkommen kann. Wann kann ich die Passage bezahlen?«

»Ich rede mit dem Zahlmeister. Du gehst am besten morgen zu ihm, wenn du dich eingerichtet hast. Onkel Bengt hat gesagt, dass du eine gute Bekannte von ihm bist, das reicht vollkommen fürs Erste.«

»Eine gute Bekannte ...« Andrea schüttelte den Kopf. »Wir kennen uns erst seit ein paar Stunden.«

»Das hat bei ihm nichts zu bedeuten. Er mag dich, und das allein ist wichtig.« Knut zögerte, dann fügte er leise hinzu: »Onkel Bengt ist ein ganz besonderer Mensch.«

Das konnte Andrea nur bestätigen. Als sie allein war, trat sie ans Fenster und versuchte hinauszuschauen, doch mehr als ein paar Kräne sah sie nicht. Egal! Wichtig war erst einmal nur, dass sie weg von Jonas war. Dieser elende Betrüger! Wieder überkam Andrea eine gesunde Wut. Egoistisch, selbstherrlich und unverschämt war er! Und so einen Mann hätte sie um ein Haar geheiratet. Sie musste dem Schicksal wohl noch dankbar sein, dass sie gerade noch rechtzeitig erkannt hatte, welch miesen Charakter Jonas hatte. Als sie sich die Szene in seinem Schlafzimmer in Erinnerung rief, stiegen ihr wieder Tränen in die Augen. Aufschluchzend warf sie sich aufs Bett und vergrub den Kopf in der linken Armbeuge.

Wie euphorisch war sie noch vor wenigen Stunden gewesen! Sie hatte sich auf einen neuen Lebensabschnitt gefreut. Auf ihre Arbeit an einer norwegischen Klinik. Und auf ein Leben mit Jonas. Aufregend hätte es werden sollen. Voller interessanter Eindrücke – und natürlich voller Liebe und Zärtlichkeit.

Pah! Jedes Wort, das er ihr mal ins Ohr geflüstert hatte, kam ihr jetzt wie Hohn vor. Lügner. Betrüger. Selbstgerechtes, egoistisches Arschloch! Sie zuckte zusammen bei diesem letzten Wort. So tief wollte sie nicht sinken. Nicht mal in dieser Situation! Jonas war es nicht wert. Weder ein unflätiges Schimpfwort noch ihre Tränen!

Sie rief sich ihre ersten Begegnungen ins Gedächtnis zurück. In Südafrika war es gewesen, in ihrem Hotel in Kapstadt. Sie war gestolpert und wäre gefallen, wenn Jonas sie nicht aufgefangen hätte. Sie spürte jetzt noch seinen Herzschlag, hörte sein leises, etwas kehliges Lachen, als er sagte: »Hoppla! Den Kniefall sollte ich eigentlich vor so viel Schönheit machen.« Abends saßen sie dann zusammen im Restaurant, es war leicht, zu erraten, dass er das arrangiert hatte. Den ersten Kuss bekam sie drei Tage später am Strand von Hermanus. Die übrigen Touristen hielten Ausschau nach Walen, die von hier aus besonders gut zu sehen sein sollten. »Wale gibt es bei uns daheim mehr als genug. Komm mit, ich zeig dir was anderes.« Jonas zog sie mit sich in Richtung des Startplatzes der Gleitschirmflieger. In einer Senke, die über und über mit dem landesüblichen Fynbos bedeckt war, der weiß, gelb und zartrot blühte, zog er sie an sich und küsste sie so lange, bis sie die Welt um sich herum vergaß.

Von dem Moment an waren sie ein Paar. Jonas war ein ebenso zärtlicher wie liebevoller Partner, der ihr immer wieder aufs Neue beteuerte, wie sehr er sie liebte.

Lügen? Selbstbetrug? Ironie? Oder konnte er gar nicht anders, als sich immer wieder bei jungen Frauen eine gewisse Selbstbestätigung zu holen? Sie wusste, dass es solche Menschen gab. Gehörte Jonas dazu? »Wenn ja, ist es keine Entschuldigung«, murmelte sie und schniefte mehrmals.

Dann wischte sie sich entschlossen die Tränen ab und setzte sich mit einem Ruck auf. »Und jetzt? Was machst du jetzt in Norwegen, Andrea Sandberg?«

Keine Antwort. Stattdessen ein langgezogenes Tuten, dann begann das Schiff leise zu vibrieren. Die Motoren werden angelassen. Wir laufen in wenigen Minuten schon aus!, schoss es Andrea durch den Kopf.

Aus der Reisetasche, die neben dem Bett stand, zog sie eine Wetterjacke. Dann lief sie hoch zur Reling. Fast alle Passagiere standen dort und sahen zu, wie die Gangway eingezogen wurde. Dann lösten drei Männer am Kai die Leinen. Schwer klatschten die Taue ins Wasser, wurden von ein paar Matrosen an Bord gezogen. Neben einem kleinen Holzhaus, das Andrea bislang nicht beachtet hatte, stellten sich sieben Männer in blauen Uniformen auf und spielten zum Abschied »Sail away« und eine norwegische Volksweise, die Andrea schon einige Male bei ihren Besuchen gehört hatte, deren Text sie jedoch nicht kannte. Als der Applaus verklungen war, war aus dem Bordlautsprecher »Time to say goodbye« zu hören. Langsam glitt das Schiff im ersten Abenddämmern aus dem Hafen und ließ die bunten, spitzgiebeligen Häuser der Brygge hinter sich. Jetzt, da der Hjelte-Fjord sich öffnete, war deutlich zu sehen, dass die Stadt von sieben Hügeln umschlossen wurde. Der gut dreihundert Meter hohe Floyen, auf den eine Standseilbahn führte, sah aus, als wäre er mit flüssigem Gold übergossen worden. Und auch die Häuser an den umliegenden Hängen waren in das Goldrot der Abendsonne getaucht. Es war ein ungemein friedliches Bild, und Andrea spürte, dass sich ihre Anspannung legte und auch der Zorn auf Jonas erst einmal abflaute.

Im Grunde muss ich froh sein, dass ich ihn jetzt schon durchschaut habe, sagte sie sich und sah ein paar Segelbooten zu, die der *Midnatsol* Geleit gaben. Jetzt habe ich noch die Möglichkeit, meine Umsiedlung rückgängig zu machen. Vielleicht bekomme ich sogar meine alte Stellung in Düsseldorf wieder, der Chef hat mich ja nur ungern gehen lassen. Und auch der Umzug ist noch nicht ganz zu Ende geplant, ich kann wieder zurück in mein altes Leben, wenn ich will …

Ein trockenes, gequältes Husten ließ sie aufmerken. Schräg links hinter ihr, im Schutz eines kleinen Holzaufbaus, saßen ein alter Mann und ein kleines Mädchen. Übergroß wirkten die nachtschwarzen Augen in dem viel zu blassen Gesicht. Das Kind trug die Tracht der Samen aus dem hohen Norden – zu einem blauen Kleid, das an den Ärmeln und am Rocksaum mit rot-weißen Bordüren geschmückt war, gehörte eine rote Kappe, die mit weißen Litzen verziert war. Um die Schultern der etwa Achtjährigen lag ein gehäkelter weißer Schal, den sie jetzt enger um sich zog. Sie fror sichtlich, und der alte Mann holte aus einer Tasche eine Jacke aus hellem Robbenfell, die er der Kleinen umlegte. Sie schloss dankbar die Augen und lehnte den Kopf an den Alten, der wohl ihr Großvater war.

Schon wollte Andrea sich abwenden, als ihr der Alte zunickte. Und es war etwas in seinem Blick, das Andrea nicht mehr loslassen mochte. Auch, als sie sich in der Kabine für das erste Abendessen an Bord fertig machte, glaubte sie die dunklen Augen des Mannes noch immer auf sich gerichtet zu sehen.

3

»Deine Doktorin ist erst mal fort. Pech für dich, mein Lieber. Das durchkreuzt deine Pläne gewaltig, stimmt's?« Das Mädchen, das unbemerkt hinter Jonas getreten war, legte ihm die Arme um die Taille und schmiegte den Kopf an seine Schulter. »Du hättest eben abschließen sollen.«

Mit einem Ruck drehte er sich um, so dass das Mädchen fast hingefallen wäre. Hart griff er in ihr Haar, zog daran, so dass sie den Kopf weit nach hinten legen musste.

»Nina, ich hab dich gewarnt. Reiz mich nicht noch mehr!«

Sie lachte, und wenn er ihr auch weh tat mit seinem Griff, sie zeigte es nicht. »Reg dich ab! Im Moment kannst du sowieso nichts ändern.«

»O doch!« Jonas ließ sie so abrupt los, dass sie taumelte. »Ich werde etwas tun, und zwar sofort!«

»Und was?«

»Ich werde ihr nachfahren. In Ålesund legt das Schiff zum ersten Mal für längere Zeit an. Dann werde ich dort sein und mit Andrea reden. Sie muss mich anhören – und sie wird mir verzeihen.« Nervös fuhr er sich mit beiden Händen durch die Haare.

»Glaubst du!« Es klang spöttisch.

»Natürlich wird sie das! Wir lieben uns schließlich und wollen bald heiraten.«

»Davon, dass du sie liebst, hat sie ja wirklich viel gemerkt.« Nina drehte sich um und nahm ihr Fahrrad, das sie an einen Laternenpfahl gelehnt hatte. »Ruf mich an, wenn du wieder normal bist.« Sie warf den Kopf mit der für sie so typischen Geste in den Nacken, dass das hellblonde Haar wie ein Schleier auf ihre Schultern fiel.

Jonas spürte, dass ihn erneut Erregung erfasste bei diesem Bild. Sie war die personifizierte Verführung, die junge Musikstudentin Nina. Vor vier Wochen waren sie sich zufällig am Grieg-Grab begegnet. Nina hatte einen Strauß gelber Wildblumen vor das Felsengrab gelegt. Das Erste, was Jonas an ihr auffiel, war ihr helles Haar, das ihr bis fast zur Taille reichte. Als sie sich umwandte, geriet die hellblonde Haarflut in Bewegung, es war, als tanze die Haarflut zu der leisen Melodie, die Nina summte. Spontan streckte Jonas ihr den Arm entgegen.

»Hei, das ist nett, dass du mir hilfst.« Sie lachte, dabei machte sie drei übermütige Sprünge und stand dicht vor ihm, so dass er den zarten Duft ihres Parfüms wahrnahm. Sein Griff wurde fester, und sie ließ es zu, kam ihm sogar noch ein wenig entgegen.

Sie zu halten, ihr in die Augen zu sehen und eine nie zuvor gekannte erotische Ausstrahlung zu spüren waren unvergessliche Erfahrungen gewesen. Im Geist sah er die Szene wieder vor sich.

»Kommst du mit auf einen Drink ins Hotel?« Er hielt sie noch fest, als er die Frage stellte.

»Ich hab keinen Schock erlitten, den man mit einem Drink bekämpfen müsste«, erwiderte Nina lachend. »Aber ich komme trotzdem gerne mit.« Sie sah an sich herunter. »Kann ich denn so in das vornehme Hotel?« Zu den

Jeans, die sie oberhalb der Knie abgeschnitten hatte, trug sie ein knappes Top, das viel von ihrer gebräunten Haut sehen ließ.

»Du kannst überall hingehen.« Jonas hörte selbst, wie belegt seine Stimme klang.

»Na, wenn du es sagst ...« Sie lachte und folgte ihm unbekümmert an die Bar, wo sie sehr schnell erfuhr, dass er der Direktor des Hotels war. »Das hättest du mir gleich sagen sollen.« Sie trank den Champagner-Cocktail in einem Zug aus. »Dann hätte ich keine Skrupel haben müssen.«

»Die hast du doch sowieso nicht«, entfuhr es ihm.

»Meinst du?« Ihr Blick lockte, die Zungenspitze fuhr über die Lippen und nahm die letzten Tropfen des Drinks auf. Dabei wandte sie nicht eine Sekunde den Blick von ihm.

Jonas spürte seine Erregung wachsen. »Noch einen Drink?«

»Ja. Aber nicht hier.« Sie schwang die langen Beine vom Barhocker und ging quer durch die Halle zu den Aufzügen. Dass ihr fast alle Männerblicke folgten, ignorierte Nina. Es schien für sie normal zu sein.

Als sie vor den Aufzügen stand, sah sie sich kurz nach Jonas um. Wieder warf sie das lange Haar in den Nacken – es war wie eine Einladung.

Und Jonas ... er folgte ihr wie hypnotisiert.

Oben in seiner Wohnung blieb Nina mitten im Wohnzimmer stehen. »Nett hast du es hier.« Sie sah sich um. »Wo ist die Bar?«

»Oben.« Er wies zur Wendeltreppe.

Nina lachte und nahm die ersten Stufen. Jonas sah fasziniert auf ihre langen, gebräunten Beine, die sanften Rundungen ihres Pos ...

Nein, den Wintergarten, an dessen Stirnseite ein gut bestückter Barwagen stand, zeigte er ihr erst später. Sie waren noch nicht ganz oben, da zog er sie an sich und küsste sie voller Verlangen.

Nina kicherte leise, schlang ihm dann fest die Arme um den Nacken und erwiderte seine leidenschaftlichen Zärtlichkeiten.

Unter dem Top trug sie nichts, und auch der winzige Hauch von einem Slip war schnell abgestreift. Jonas' Hände zitterten vor Erregung, als er sein Hemd aufknöpfte. Nina dauerte es zu lange, mit einem Ruck riss sie den feinen Leinenstoff auseinander. Ihre Lippen liebkosten seine Haut, blieben kurz an den Brustwarzen haften, glitten tiefer.

Jonas kam kaum dazu, sie zu küssen. Ihr Kopf glitt tiefer, das helle Haar war wie ein Schleier, der sich über ihr Tun breitete. Mit einem wohligen Stöhnen ließ er sich rücklings aufs Bett fallen – und genoss es, von Nina verwöhnt zu werden.

»Und jetzt bin ich dran.« Sie ließ lachend von ihm ab, legte sich neben ihn und nahm seine Hand. Langsam schob sie sie von den Brüsten hinunter bis zur Scham … und schloss die Augen, als Jonas versuchte, sie im gleichen Maß zu verwöhnen, wie sie es bei ihm getan hatte.

Sie war eine Hexe, verstand von Sex mehr als jede andere Frau, die er bisher im Bett gehabt hatte. Flüchtig dachte er an Andrea. Das Zusammensein mit ihr war vor allem von Zärtlichkeit und inniger Zuneigung geprägt. Die Leidenschaft, die sie in ihm entfachte, war nicht annähernd so groß wie das Gefühl, das Nina in ihm zu wecken verstand.

Er wurde garadezu süchtig nach ihrer Nähe.

Als sie für ein paar Tage zu ihrer Familie nach Kristiansand im Süden fuhr, hatte er fast so etwas wie Entzugserscheinungen. Andrea und er telefonierten jeden zweiten Tag miteinander, und seine Sorge, dass sie merken würde, dass eine andere sein ganzes Denken beherrschte, wuchs immer mehr. Wie sollte er reagieren, wenn Andrea in Bergen eintraf und er sich immer noch nicht von Nina gelöst hatte? Himmel, die Vorstellung jagte ihm Schauer über den Rücken. Ich werde Nina sagen, dass wir uns nicht mehr sehen können, nahm er sich vor.

Und dann kam Nina zurück! Unangemeldet erschien sie im Hotel und fuhr gleich hoch in seine Privaträume, wo Jonas noch beim Frühstück saß. Sie tat, als sei sie nicht wochenlang fort gewesen, umarmte und küsste ihn und nahm sich erst mal einen Drink. Ungezwungen setzte sie sich dann in einen der weiß lackierten Rattansessel im Wintergarten und trank in kleinen Schlucken. Gin mit Bitterlemon – das trank sie am liebsten, und Jonas hatte stets genügend Vorräte bereitstehen.

Als das Glas halb leer war, winkte sie ihn zu sich. »Na komm schon. Oder …«, sie zwinkerte ihm zu, »… hast du vielleicht keine Sehnsucht nach mir?«

»Große sogar.« Wie ein Hund folgte er ihrer Aufforderung, kniete vor ihr nieder und küsste jeden Zentimeter ihres linken Fußes, mit dem sie so aufreizend wippte, dass ihm das Blut in die Lenden schoss.

»Mehr«, forderte Nina ihn lachend auf und spreizte die Beine. »Gib mir mehr von dir.«

Ein tiefes Stöhnen drang aus seiner Kehle, dann kam er ihrer Aufforderung nach. Seine Küsse quittierte sie mit einem lustvollen Lachen, dann, ganz überraschend, sprang sie auf und zog ihn hinüber zum Schlafzimmer. »Hier ist mehr Platz.« Wieder zerriss sie sein Hemd, weil es ihr zu lange dauerte, bis er die feinen Perlmuttknöpfe geöffnet hatte.

Jonas ließ es geschehen, all seine Sinne waren darauf ausgerichtet, Nina glücklich zu machen – und den eigenen Gipfel der Lust gemeinsam mit ihr zu erreichen.

Sie genoss seine Leidenschaft, dann aber stand sie auf und erklärte: »Ich gehe kurz duschen, dann muss ich weg. Hab noch einen Termin.« Wohin sie ging, mit wem sie sich traf, sagte sie nicht. Und Jonas wagte nicht zu fragen. Er war ernüchtert, denn es war klar, dass Nina ihn nicht annähernd so schmerzlich vermisst hatte wie er sie.

»Nina, das muss aufhören mit uns beiden. Du weißt, dass ich eine Freundin in Deutschland habe, die bald herkommen wird.«

»Sie ist aber nicht da, oder?« Nina lachte, sie nahm ihn einfach nicht ernst.

»Du, das mit uns beiden muss aufhören!« Er sagte es so entschlossen wie möglich, als Nina, nur in ein Badelaken gehüllt, zu ihm zurückkam und das lange Haar über ihm ausschüttelte. Die kleinen Tropfen auf seiner Haut küsste sie spielerisch fort, was seine Erregung wieder aufflammen ließ. Sie ließ sich neben ihn gleiten, strich über seine Brust, bedeckte spielerisch seine Brustwarzen mit kleinen Küssen.

»Und was sagst du jetzt? Willst du mich wirklich nicht mehr?« Mit spöttischem Lächeln sah sie ihn an. »Du machst Witze.«

»Nein. Das muss aufhören mit uns. Ich ... ich werde bald heiraten.«

Mit einem Ruck richtete sie sich auf, stützte den Kopf auf den Arm und sah ihn spöttisch an. »Ach ja? Wen denn?«

»Eine Ärztin. Ich … wir haben uns im Urlaub kennengelernt. Wir lieben uns. Sie kommt bald für immer her.« Fast tonlos war seine Stimme, und er blickte bei den Worten starr zur Decke, als käme von dem glatten weißen Holzanstrich irgendwelche Hilfe.

»Tja dann …« Sie atmete ein paar Mal tief durch, dann schwang sie die langen Beine aus dem Bett. Langsam, aufreizend langsam ging sie zurück zum Bad. »Schade. Es hat Spaß gemacht mit dir.«

Er blieb still liegen, rührte sich auch nicht, als sie ging.

Doch am nächsten Tag stand er mehr als eine Stunde lang vor der Grieg-Akademie und wartete auf die blonde Studentin.

Als Nina ihn sah, lachte sie und lief auf ihn zu. »Wusste ich es doch!« Sie küsste ihn lange. »Und jetzt?«

»Komm mit!«

Und sie kam mit. Sie kam, wann immer sie Zeit hatte, und es war wie ein Rausch, der Jonas immer tiefer mit sich zog. Wenn Nina bei ihm war, fiel der Stress des Tages von ihm ab. Dann gab es keine Pflichten im Hotel, keine Sorgen wegen unpünktlicher Lieferanten oder unzuverlässiger Mitarbeiter. Termine wurden unwichtig. Was zählte, war nur noch dieses Mädchen mit dem weichen hellen Haar, das immer ein wenig nach Limetten duftete. Ihre Augen, dunkelblau wie die tiefen Seen im Landesinnern oder die engen Fjorde, blitzten stets vor Übermut. Er hatte nie zuvor einen Menschen mit so großer Lebensfreude getroffen wie Nina. Andrea dagegen war oft ernst. Sie stellte ihren Beruf, der mit großem Pflichtbewusstsein verbunden war, über alles. Jonas hatte sich schon etliche Male dabei ertappt, dass er eifersüchtig auf Andreas Patienten war. Dabei bewunderte er sie für das, was sie tagtäglich leistete. Ja, er liebte sie – doch der Rausch, den er bei Nina erlebte, fand er bei der jungen deutschen Ärztin nicht.

Und dann traf Andrea früher als erwartet in Bergen ein.

Ihm trieb es die Schamröte ins Gesicht, wenn er sich vergegenwärtigte, in welcher Situation sie ihn ertappt hatte. Es war wie eine Szene aus einem billigen Film gewesen. Aber es war leider unschöne Wirklichkeit.

Er war ein Idiot, dass er es so weit hatte kommen lassen. Sein Verstand sagte es ihm immer wieder. Aber da waren die Gefühle, diese lustvolle Gier, die ihn immer wieder zu Nina zog.

Dass Andrea ihn in flagranti erwischt hatte, war mehr als peinlich. Er wollte, er musste ihr erklären, was passiert war – wobei es im Grunde keinerlei Erklärungen bedurfte. Was sie gesehen hatte, sprach für sich. Aber er wollte unbedingt, dass sie ihm verzieh. Er wollte sie nicht verlieren. Es war verrückt, dass er sie halten wollte, wo doch alles in ihm sich schon jetzt wieder nach seiner blonden Hexe sehnte …

Er drehte sich um und sah Nina nach, die kraftvoll in die Pedalen trat. Heute trug sie einen bunten dünnen Rock, der sich im Wind bauschte und ihre Beine sehen ließ. Beine, die ihn so oft umklammert hatten …

Sollte er hinüber nach Ålesund fahren und mit Andrea reden?

4

Bald ist Mittsommer. Dann tanzen die Elfen und Feen aus dem Wald heraus, sie treffen sich auf den Hügeln und den Felsen mit den Trollen. Dann feiern sie ein Fest, das drei Tage lang dauert. Sie essen, trinken Milch und ...«

»Trolle mögen keine Milch. Bestimmt nicht!«

»Doch, doch, Kleines, ganz bestimmt. Die Trolle wollen nämlich noch wachsen und groß und stark werden.« Dunkel und sanft klang die Männerstimme, und Andrea, die an der Reling stand und gedankenverloren in den hellen Nachthimmel geschaut hatte, hörte fasziniert weiter zu. »Du weißt doch, Kim, dass Trolle nur vier Finger und vier Zehen haben. Nicht fünf, wie wir Menschen. Und sie hoffen, wenn sie fleißig essen und trinken, dass ihnen dann noch ein weiterer Finger und auch ein fünfter Zeh wachsen.«

»Du machst Witze, Ole. Das stimmt gar nicht.« Ein trockenes Husten folgte den leisen Worten. »Aber ich nehme noch ein bisschen Joghurt.« Pause. »Du musst jetzt aber weitererzählen, ja?«

»Du solltest schlafen, Kim. Es ist weit nach Mitternacht.«

»Ich weiß. Aber ich bin nicht müde, Ole. Bestimmt nicht. Außerdem liege ich ganz bequem und ruhe mich aus. Die Sonne ... sieh nur, sie steht genau zwischen den zwei Bergen. Wie schön!« Sehnsucht, in die sich leise

Trauer mischte, war aus den Worten herauszuhören. »Und dahinten feiern sie. Ich kann die Feuer sehen. Und die Musik hören.«

»Ja, du hast recht, da sind drei Feuer. Sicher kommen dann auch gleich die Trolle und tanzen um den Reisigberg.«

»Ole! Aber in Wirklichkeit gibt es gar keine Trolle.«

»Wie kannst du so etwas sagen? Natürlich gibt es die. Das weiß doch jeder Norweger!«

»Der Doktor in der Klinik hat aber gesagt ...«

»Was weiß der denn schon! Gar nichts.« Die sonst so sanfte, warme Männerstimme hatte einen harten Unterton angenommen.

»Der Doktor Daniel war aber sehr nett. Er hat mir neue Haare gekauft, weil meine doch ausgefallen sind. Und er hat mir Buffy geschenkt. Das ist ein Hund, wie er in seiner Heimat lebt. Ganz groß werden die. Fast so groß wie unsere Rentiere. Sie heißen Bernhardiner.«

Eine Tür klappte, für einen Moment hörte man fröhliche Musik aus dem Schiffsinnern. Die meisten der Passagiere und auch der Teil der Besatzung, der dienstfrei hatte, feierte die Mittsommernacht. Es war ein ganz besonderes Fest, und kaum jemand versäumte es, dabei zu sein.

Andrea hatte sich diesen Tag, diese besondere Nacht ganz anders vorgestellt, als sie in Düsseldorf aufgebrochen war. Sie biss sich auf die Lippe. Nur nicht weinen! Es war vorbei. Und es war gut, dass sie Jonas durchschaut hatte, bevor sie ihm das Jawort gegeben hatte.

»Ole ...«

»Ja, Kim?«

»Ich hab Schmerzen. Und die Sonne ... ich kann sie gar nicht mehr sehen ...«

»Sie ist hinter den Bergen verschwunden.« Oles Stimme klang rau.

Andrea runzelte die Stirn. Warum log der Mann? Die Sonne war noch genau dort zu erkennen, wo sie auch vor fünf Minuten zu sehen gewesen war – ein heller, weißgelber Ball zwischen zwei Bergspitzen. Aber vielleicht hatte sie sich auch verhört. Schließlich war ihr Norwegisch noch lange nicht perfekt. Seit Jonas und sie ein Paar waren, lernte sie eifrig seine Muttersprache. Noch konnten sie sich auf Englisch verständigen, und auch in den großen Städten würde sie damit weiterkommen. Aber wenn sie erst einen Job an der Klinik hatte und mit vielen Menschen zusammenkam, war es wichtig, sich in der Landessprache verständigen zu können.

»Sing etwas, Ole. Bitte!«

Der Mann räusperte sich, dann begann er leise zu singen – es war der typische Joik-Gesang der Samen. Er erinnerte Andrea an die Gesänge der alten Indianer. Es war kein fröhliches Lied, das Ole anstimmte, sondern es klang wie ein immerwährendes Schluchzen, das zu einer traurigen Melodie geworden war.

Eine ganze Zeitlang sang er leise vor sich hin, der Joik-Gesang mischte sich mit den Discoklängen, die jetzt aus dem Schiffsinnern kamen.

Am rechten Ufer loderten fünf große Feuer, in den Sträuchern, die sich mühsam Platz zwischen bizarren Felsen geschaffen hatten, hingen bunte Lampions. Laute, fröhliche Rufe schallten zum Schiff herüber. Andrea hob die Hand und winkte den Feiernden zu.

Als sie sich umwandte, waren Ole und Kim nicht mehr zu sehen.

5

»Frau Sandberg!« Laut wurde an die Kabinentür geklopft.

»Einen Moment bitte!« Andrea schob die hellgelbe Bettdecke zurück und schwang die Beine aus dem Bett. In vielen langen Nächten, in denen sie in der Klinik Dienst gemacht hatte, hatte sie gelernt, gleich hellwach zu sein, wenn man sie rief. Sie trug nur ein knielanges Sleep-Shirt mit einem albernen Herz auf dem Bauch, doch das kümmerte sie nicht. Als sie es kaufte, hatte sie das Shirt witzig gefunden und sich vorgestellt, dass Jonas und sie erst über das kitschige Herz lachen würden, anschließend würde er es ihr ausziehen. Und dann ...

»Was ist passiert?« Der Weg zur Tür war etwas mühevoll, da das Schiff schwankte. Es herrschte starker Seegang, doch davon hatte sie bislang nichts mitbekommen.

Knut, der Erste Offizier, lächelte entschuldigend. »Nicht böse sein, aber du verschläfst einen der Höhepunkte der Reise. In einer knappen halben Stunde sind wir am Geiranger-Fjord. Und den solltest du unbedingt sehen.«

»Natürlich! Danke, dass du mich geweckt hast.« Andrea fuhr sich kurz durch das Haar. »In fünf Minuten bin ich an Deck.«

Knut lächelte. »Ich muss auf die Brücke, habe Dienst bei diesem Sturm. Aber ich wollte dich persönlich wecken. Und – keine Sorge, bei Windstärke sieben passiert gar nichts. Da liegt das Schiff ganz ruhig.« Er tippte sich kurz an die Mütze, dann war er schon fort.

Na, ruhig ist anders, dachte Andrea, während sie sich anzog und dabei zweimal fast umgefallen wäre. So etwas kann auch nur ein Seemann behaupten. Die Stabilisatoren waren zwar nützlich, doch ganz konnten auch sie die Wellen bei der stürmischen See nicht ausgleichen.

So wie etliche andere Passagiere hielt sich Andrea an den hellen Handläufen fest, die entlang der Gänge angebracht waren. Eine junge Frau versuchte im Gehen ihre Wetterjacke anzuziehen, doch sie stolperte und wäre gefallen, wenn Andrea sie nicht festgehalten hätte.

»Danke.«

»Du solltest dir noch die Schuhe richtig zubinden.« Andrea wies auf den rechten Turnschuh der Fremden.

»Ach, du liebe Güte ... ich komme mal wieder zu spät. Knut wird sauer sein.« Sie bückte sich, dabei fiel der dicke blonde Pferdeschwanz über ihre rechte Schulter. »Knut ist der Erste Offizier – und mein Freund.« Sie richtete sich auf und schob eine Haarsträhne hinters Ohr.

»Er ist sehr nett. Er hat mich geweckt, sonst hätte ich glatt verschlafen.«

»Ach so ...« Der Zopf wurde schwungvoll wieder auf den Rücken befördert. Die Freundlichkeit war aus den Augen der jungen Norwegerin verschwunden. Ganz deutlich war ihre Eifersucht spürbar.

Andrea lächelte. »Wir haben uns durch einen Taxifahrer kennengelernt, der mich im letzten Moment aufs Schiff gebracht hatte.«

»Dann weiß ich, wer du bist. Hei, ich bin Carina.« Die Kühle aus ihren Augen war sofort wieder weg. »Komm mit, ich weiß einen windgeschützten Platz.« Unbekümmert nahm sie Andrea beim Arm und zog sie mit sich.

Als das Schiff in den Stor-Fjord einlief, wurde das Wetter zum Glück besser, die See beruhigte sich. Andrea wusste, dass der weltberühmte Geiranger-Fjord eine Fortsetzung des großen Stor-Fjords war. Auch, dass er seit einigen Jahren zum UNESCO-Weltnaturerbe gehörte, hatte sie gelesen. Voller Spannung schaute sie, so wie die meisten der Mitreisenden, hinauf zu den steil aufragenden Felswänden rechts und links. Auf den höchsten Bergspitzen glitzerten noch weiße Schneekuppen. Unzählige Gebirgsbäche stürzten als schäumende Wasserfälle in die Tiefe. Langsam nur schob sich das Schiff, das in den Nationalfarben Norwegens gestrichen war, durch das tiefdunkle Wasser des Fjords. Der dunkelblaue Kiel hob sich kaum von der Farbe des Wassers ab.

Zwischen den hohen Berghängen schimmerten in sanftem Grün Hochalmen, wie man sie aus den Alpen kannte. Ein paar vereinzelte Holzhäuser klebten an den Hängen, es war kaum vorstellbar, dass sie bewohnt waren.

Andrea war fasziniert wie selten zuvor. Sie konnte kaum den Blick abwenden. So wie sie waren die meisten der Reisenden beeindruckt von dieser überwältigenden Landschaft, die das Wasser vor zweieinhalb Millionen Jahren geschaffen hatte. Sogar Carina, die eine Weile munter von sich, Knut und ihren Zukunftsplänen erzählt hatte, wurde stiller und stiller angesichts der Schönheit der Natur.

Erst als sie den Rückweg antraten, schaute sich Andrea um und bemerkte Ole, der, unbeeindruckt von der imposanten Fjordlandschaft, auf einer schmalen Bank im Schatten saß und an einem Stück Holz schnitzte.

»Da sind die ›Sieben Schwestern‹!« Einer der Reiseleiter, ein schmaler Engländer mit blassem Teint und einer runden Brille auf der spitzen Nase, zeigte zu den sieben Wasserfällen hin. »Nicht zu verwechseln mit der Bergkette, die den gleichen Namen trägt. Doch dahin kommen wir erst in einigen Tagen.«

So wie alle Touristen schaute Andrea fasziniert zu den Wasserfällen hinüber, die sich tosend ins Meer ergossen.

Eine Bewegung dicht neben ihr ließ sie aufmerken. Zu ihren Füßen lag ein Stück Holz – ein kleiner, grob geschnitzter Troll. Auf seinem runden Bauch war ein Äskulapstab eingeritzt.

Andrea runzelte die Stirn. Was sollte das? Eine Anspielung? Zufall? Niemand hier an Bord wusste, dass sie Ärztin war.

Als sie nach Ole Ausschau hielt, war von dem alten Mann nichts mehr zu sehen.

6

Was weißt du von dieser blonden Deutschen? Andrea heißt sie.« Carina schmiegte sich an Knut und streichelte sanft sein Knie in der dunkelblauen Wollhose.

»Nichts, im Grunde genommen. Warum fragst du?«

»Sie scheint nett zu sein. Aber traurig.«

Knut zuckte mit den Schultern. »Keine Ahnung. Bengt hat sie aufs Schiff gebracht und eindringlich darum gebeten, sie mitzunehmen. Mehr weiß ich nicht.«

»Bengt. Aha!«

Der junge Offizier richtete sich auf. Sein Dienst war beendet, er hatte sich mit Carina auf dem oberen Deck getroffen. Zwei der hölzernen Deckstühle, die er viel lieber mochte als die hellen, pflegeleichten Liegen, die inzwischen auch auf den Postschiffen üblich waren, standen im Windschatten unter den verglasten Panoramasalons. Knut hatte zwei Decken aus seiner Kabine mitgebracht, eine Flasche Sekt und Gläser.

Hier, wo die Passagiere keinen Zutritt hatten, konnte er hoffen, mit Carina ungestört zu sein. In der Bar herrschte noch reger Betrieb, doch viele Passagiere waren auch schon in ihre Kabinen gegangen. Der Tag, den sie in Ålesund verbracht hatten, war anstrengend gewesen. Es gab in der Hafenstadt, die weit ins Meer hinausragte, unendlich viel zu sehen. Bei einem tragischen Brand im Jahr 1904 war ein Großteil der Gebäude vernichtet worden. Danach hatte man Ålesund im reinen Jugendstil wieder aufgebaut. Bis heute waren die meisten der alten Häuser so erhalten geblieben und bildeten eine der Attraktionen der Stadt. Zusammengedrängt auf vielen Inseln standen die zwei- oder dreistöckigen Häuser, die vielfach in sattem Dunkelrot oder Ockergelb leuchteten.

»Dein Onkel Bengt ... manchmal ist er mir unheimlich«, gestand Carina und trank einen Schluck Sekt. »Wenn er mich ansieht, hab ich das Gefühl, dass er mir bis in die Tiefe der Seele schaut. Könnte ich das in meinem Job auch, dann wäre alles ziemlich einfach.« Carina war Kriminalbeamtin und hatte es trotz ihrer Jugend auf der Karriereleiter schon ziemlich weit nach oben geschafft.

Knut lächelte und nickte. »Ja, Bengt ist ein besonderer Mensch. Herzensgut und ...« Er zögerte, dann fügte er hinzu: »Meine Mutter hat behauptet, er hätte ganz besondere Gaben. Aber das ist natürlich Unsinn. Mittsommer-Märchen kannst du es auch nennen.« Er küsste sie. »Bengt selbst erzählt gern, dass einer seiner Vorfahren Rollo der Wikinger gewesen sei. Von ihm sagt man, dass er einst das Herzogtum Normandie gegründet hat.«

»Wie bedeutsam«, spöttelte Carina.

»Ist es – wenn es denn wahr ist.« Knut zwinkerte ihr zu. »Du weißt vielleicht nicht, dass er Stammvater von Wilhelm dem Eroberer und dem britischen Königshaus ist. Wenn das stimmt, wäre die englische Queen mit meinem Onkel Bengt verwandt.«

»Das ist eine herrliche Geschichte.« Carina lachte. »Ab sofort werde ich Bengt mit noch größerer Achtung begegnen.« Sie trank noch einen Schluck, drehte ihr Glas in der

Hand und sah hinaus in das helle Blau dieser besonderen Nacht. Wie Spinnweben schoben sich die Wolken über den Himmel, der auch jetzt noch, da der neue Tag gerade begonnen hatte, von einer weißen Sonne erhellt wurde. »Ich weiß nicht, ob dein Onkel nicht wirklich etwas Besonderes an sich hat«, sagte sie, nun ganz ernsthaft.

Knut küsste sie. »Vergiss Bengt«, murmelte er dicht an ihren Lippen. »Wir haben Besseres zu tun.«

»Hier?«

»Warum nicht?« Knut schob seine Hände unter ihren Anorak, tastete sich weiter vor unter den Pulli.

»Igitt, du hast ja Eisfinger!« Carina schob ihn lachend von sich. »An einer Abkühlung war ich nun gar nicht interessiert.«

»Dann komm mit.« Er zog sie hoch.

»Wohin?«

Knut grinste jungenhaft. »Lass uns was Verbotenes tun.«

»Aber ...«

»Komm mit, sei ein böses Mädchen.« Übermütig küsste er sie auf die Nasenspitze, öffnete gleichzeitig die Tür, die ins warme Schiffsinnere führte. Aus einer Bar klang »As time goes by«, und Knuts übermütiges Lächeln vertiefte sich. Das weltbekannte Liebeslied aus »Casablanca« passte in dieser Situation hervorragend.

Auf der Treppe, die mit einem roten Veloursteppich ausgelegt war, kamen ihnen vier ältere Herren entgegen, die freundlich grüßten, sich dann aber gleich wieder in ihre Diskussion über die Fangmethoden der Dorschfischer auf den Lofoten unterhielten. Zwei bärtige Männer, die normalerweise auf einer Bohrinsel arbeiteten und ein paar freie Tage genossen, kümmerten sich nicht um das Liebespaar. Sie strebten der Bar zu. Hier, auf dem Schiff, war es endlich mal wieder möglich, mehr als einen Drink zu nehmen.

Mit der Chipkarte öffnete Knut die Tür zu seiner Kabine, die geräumig und gemütlich möbliert war. Ein Schreibtisch, auf dem etliche Karten lagen, dominierte den Raum. Über dem Stuhl, der davorstand, lagen zwei Hemden und ein zerknautschtes T-Shirt. An der Wand hingen zwei Bilder – eins zeigte Carina in einem leuchtend roten Bikini. Sie stand am Ufer eines Sees, das Haar wehte im Wind, und sie lachte unbekümmert in die Kamera. Wann immer Knut dieses Foto ansah, wurde sein Herz groß und weit. Im Sommer des vorigen Jahres hatte er das Foto gemacht – an einem kleinen See in Finnland. Ein Freund besaß dort ein Ferienhaus, und Knut war sicher gewesen, das ideale Liebesnest für sich und Carina gefunden zu haben. Leider hatten auch Millionen von Mücken gedacht, dass dies ein toller Platz sei, und so war das Badevergnügen immer wieder getrübt worden. In der Nacht jedoch, unter einem dichten Moskitonetz, gab es niemanden, der sie störte.

Das zweite Bild zeigte nur einen riesigen Eisberg, der in der Abendsonne golden schimmerte. Diese Aufnahme war vor zwei Jahren entstanden, als er noch auf der *Fram*, einem Expeditionsschiff der Hurtigruten, gearbeitet hatte.

Die Tür fiel zu, und Knut zog Carina fest an sich. Er bedeckte ihr Gesicht und die zarte Haut des Halses mit Küssen, dann wanderten die Lippen tiefer und tiefer. Der dünne Pulli, der störte, segelte durch die Luft, gefolgt von allen anderen Kleidungsstücken.

Carina liebte es, wenn Knut, der im Grunde seines Wesens ruhig und besonnen war, seiner Leidenschaft nachgab. Er war ein guter, ausdauernder Liebhaber, der es auch heute wieder verstand, sie so intensiv an ihren intimsten Stellen zu küssen, bis sie um Erlösung bat.

Als er sich über sie beugte, ihr tief in die Augen sah und dabei behutsam in sie drang, wusste sie, dass dieser Mann ihr Pendant war. Keiner sonst verstand es, sie so glücklich zu machen. Schnell passte sie sich Knuts Rhythmus an, doch ehe er zum Höhepunkt kam, zog er sich zurück, drehte sie sanft um und begann dann das Liebesspiel von neuem.

»Dieser Mann ist einfach unersättlich«, flüsterte sie und drehte den Kopf. »Wenn ich diesen Hormonblick sehe, weiß ich, was …«

»Hm, du ahnst ja nur, was gleich kommen wird.« Er lachte tief und kehlig. »Aber ich weiß, was ich gleich tun werde.«

»Was denn?« Sie versuchte sich spielerisch aus seiner Umklammerung zu lösen, genau wissend, dass er sie nur umso fester halten würde.

»Ich tue das, wovon ich weiß, dass du es genau so haben willst.« Seine Zunge umspielte ihr linkes Ohrläppchen, dann beugte er sich weiter vor, versuchte sie auf den Mund zu küssen – und beide verloren das Gleichgewicht. Lachend fielen sie auf die Erde. Der dunkelgraue Teppichboden milderte den Aufprall.

Lachend, vor Erregung fast atemlos begannen sie sich erneut zu lieben – bis sie gleichzeitig zum Höhepunkt kamen.

Draußen ertönte eine Schiffssirene, eine andere antwortete. »Das ist die *Polarlys*«, sagte Knut schwer atmend und richtete sich auf, »sie kommt uns aus dem Norden entgegen.«

Carina antwortete nicht. Von wohliger Müdigkeit erfüllt, blinzelte sie unter halb geschlossenen Lidern hinüber zum Fenster. Es war fast anderthalb Quadratmeter groß, nichts erinnerte mehr an die kleinen Bullaugen auf den ersten Postschiffen.

Vor dem Fenster, an dessen Seiten ein Vorhang aus beigefarbenem Leinen mit zarten blauen Streifen hing, zogen dünne Nebelschwaden auf. Wie Elfen tanzten die weißen Schleier über dem Wasser. Die hellen Lichter der *Polarlys* wirkten wie durch eine Wattewand gefiltert.

Carina fühlte sich eingehüllt wie in einen Kokon aus Nebelschleiern und Zärtlichkeit. Der fröhliche Lärm, der dort drüben auf dem Schiff ebenso erklang wie auf der *Midnatsol*, blieb ausgesperrt. Knut und sie waren allein. Allein auf einer kleinen, etwa zwölf Quadratmeter großen Insel.

Langsam, immer noch von der Trägheit erfüllt, die guter Sex zu schenken vermag, streckte sie den Arm nach Knut aus. Der saß, mit dem Rücken an den Schreibtisch gelehnt, auf dem Boden und trank ein paar Schlucke Sekt.

Mit einer schnellen, fließenden Bewegung stellte er das Glas ab und beugte sich über Carina.

»Hast du noch nicht genug?« Sein Blick glitt liebevoll über ihren schlanken Körper, der, bis auf ein kleines Dreieck, nahtlos gebräunt war.

»Für die nächste halbe Stunde schon.« Sie lachte. »Gib mir auch noch einen Schluck, bitte.«

Er füllte ihr Glas zur Hälfte. Doch statt es ihr zu reichen, goss er ihr die prickelnde Flüssigkeit über den Bauch. Carina stieß einen hellen Schrei aus – der in der nächsten Sekunde in ein wohliges Seufzen überging, denn Knut küsste jeden Tropfen von ihrer Haut. Seine Zunge spielte in der kleinen Vertiefung des Bauchnabels, glitt tiefer, verweilte so lange an ihrer erogensten Zone, bis Carina bat: »Komm, lass mich nicht so lange warten.«

Knut zwinkerte ihr übermütig zu. »Ich wusste doch, dass du meiner Meinung bist: In einer Nacht wie dieser darf man nicht schlafen!«

7

Der Anruf kam am späten Nachmittag. Gerade hatten sie den Romsdals-Fjord erreicht. An seinen Ufern hatten sich etliche Industriebetriebe, vor allem fischverarbeitende Fabriken niedergelassen. Das hatte Andrea in dem Reiseführer gelesen, den sie sich in Ålesund gekauft hatte. Sie wollte zumindest annähernd wissen, was sie auf dieser Fahrt in den hohen Norden erwartete.

Schlaftrunken tastete Andrea nach dem Mobiltelefon, das griffbereit auf dem schmalen Nachttisch neben dem Bett lag. Sie war müde gewesen und hatte sich nur für eine halbe Stunde hinlegen wollen. Wie sie jetzt mitbekam, waren daraus beinahe zwei Stunden geworden. Egal! Sie hatte alle Zeit der Welt. Wohlig räkelte sie sich unter der dünnen Decke, als das Handy sich erneut meldete.

»Jonas …« Sie biss sich auf die Lippe, als sie seinen Namen auf dem Display las, dann drückte sie den Anruf weg. Nein, sie wollte nicht mit ihm reden! Seine lahmen Ausreden, seine Erklärungen … diese Lügen konnte er sich sparen.

Wieder läutete es. Wieder war es Jonas! Seine Hartnäckigkeit, die sie vor einigen Tagen sicher noch als Zielstrebigkeit bezeichnet hätte, war nervig. Kurz auf den roten Punkt drücken – und weg war er!

Noch zweimal klingelte das Handy, und Andrea blieb

standhaft. Beim dritten Mal meldete sie sich knapp: »Lass es, Jonas, ich will nichts hören!«

»Aber ich muss dir erklären …«

»Da gibt es nichts zu erklären. Die Situation war eindeutig. Oder willst du mir erzählen, dass dich eine blonde, langbeinige Fremde überfallen hätte?« Es tat gut, sich in Boshaftigkeit zu flüchten. Für den Moment milderte es den Schmerz, der sie erfasst hatte, als seine warme, werbende Stimme an ihr Ohr drang.

Sie setzte sich auf und schob die Vorhänge zur Seite. Draußen vor dem Fenster zog langsam eine Bergkette vorüber. Schneebedeckt auch jetzt noch viele der Spitzen, die sie an die hohen Berge der Alpen erinnerten. Doch die Bergkette, die vor ihr lag, reichte bis ans Wasser.

»Ich liebe nur dich, Andrea. Glaub mir! Ich schwöre es dir.«

»Pathos steht dir nicht. Und jetzt lass mich in Ruhe!«

»Wohin willst du überhaupt? Komm zurück, lass uns reden. Ich will dir erklären, wie es dazu kommen konnte. Bitte, Andrea!«

»Nein. Jonas, gib dir keine Mühe, es ist vorbei.«

»Dieses eine Mal …«

»War genau ein Mal zu viel.« Sie beendete das Gespräch. Die Tränen, die ihr ungewollt in die Augen gestiegen waren, wischte sie mit einer wütenden Geste fort. Er war es gar nicht wert, dass sie um ihn heulte. Über die eigene Blödheit musste sie weinen, das stimmte. Wie hatte sie ihm, den sie nur von langen Wochenenden und aus dem Urlaub kannte, so vertrauen können? »Ein Mann für schönes Wetter taugt nicht im Alltag«, hatte sie mal irgendwo gelesen. Ein wahres Wort!

Andrea stand auf und ging ins Bad, ließ erst etwas kaltes Wasser über Arme und Hände laufen, dann kühlte sie sich das Gesicht. Niemand sollte sehen, dass sie geweint hatte.

Zehn Minuten später stand sie, so wie viele andere Passagiere, an Deck und sah zu, wie die *Midnatsol* fast mitten im Stadtzentrum von Molde anlegte. Zur dunkelblauen Leinenhose trug sie ein weiß-blau gestreiftes Top, darüber eine weiße Leinenjacke. Es waren nur wenige Dinge, die sie sich noch kurz vor dem Auslaufen des Schiffes im Hafen gekauft hatte. Mit dem wenigen, das sie als Handgepäck bei ihrer Ankunft in Bergen dabeigehabt hatte, kam sie nicht zurecht auf See.

Sie hatte ihre blonden Haare im Nacken locker zusammengebunden. Sehr jung sah sie aus. Jung und attraktiv, wie mancher Männerblick bewies.

Doch Andrea reagierte nicht darauf. Sie sah hinüber zu der Stadt, die laut Reiseführer auch »Rosenstadt« genannt wurde. Das Klima war hier, dank des Golfstroms, so mild, dass noch Rosenstöcke gediehen, was normalerweise in diesen nördlichen Breiten nicht mehr vorkam.

Andrea wollte sich die Stadt, die einen ganz besonderen Zauber besitzen sollte, anschauen. Mit vielen anderen verließ sie das Schiff, ging zunächst zum Dom, der zentral lag. Als sie an einem kleinen Park vorbeikam, in dessen Mitte ein Rosenrondell angelegt worden war, blieb sie kurz stehen. Ein hellrotes Blütenmeer zog den Blick auf sich. Sie glaubte den Rosenduft wahrzunehmen, der den Geruch nach Meer, Salz und Fisch übertünchte.

»Vorsichtig, Kim!«

Andrea drehte sich um und sah die kleine Kim, die sie

vom Schiff her kannte, übermütig über den kiesbedeckten Weg laufen. Heute trug sie keine Tracht, sondern eine hellblaue Jeanshose, dazu einen gelben Pulli, auf dessen Vorderseite der Kopf eines Huskys eingestickt war. Zu dem modischen Outfit passte allerdings die rote Kappe nicht, die jetzt plötzlich …

Andrea hielt den Atem an, als eine Windböe Kim die Kappe vom Kopf riss und man den kahlen Schädel der Kleinen sah.

»Ole!« Panik schwang in der Kinderstimme mit. Ein Wortschwall, den Andrea nicht verstand, folgte. Sie rannte los, und es gelang ihr, die Kappe zu fassen zu kriegen, ehe sie ins Rosenbeet geweht wurde.

Der alte Ole hielt Kim im Arm und sprach tröstend auf sie ein. Andrea verstand nicht alles, doch sie hörte heraus, dass der alte Mann dem Kind versicherte, dass alles in Ordnung sei und Kim keine Angst haben müsse.

Als Andrea ihm die Mütze reichte, sah er kurz auf. »Danke. Kim schämt sich so, wenn man sieht, dass sie alle Haare verloren hat. Aber ihre Perücke ist nass geworden, deshalb konnte sie sie heute nicht aufsetzen.«

Andrea legte die Hand auf Kims Schulter. »Du musst nicht traurig sein, Kim«, sagte sie. »Ich weiß genau, warum du keine Haare mehr hast. Ich bin Ärztin, und ich habe schon viele Kinder wie dich behandelt.« Sie sprach zögernd, da sie nicht wusste, ob die Kleine sie verstand.

Langsam drehte Kim sich um. Neugierig, die dunklen Augen noch voller Tränen, schaute sie Andrea an. »Ja? Stimmt das?«

»Bestimmt. Und ich weiß genau, dass deine Haare wieder wachsen werden.« Sie wollte dem Kind über den Kopf streicheln, so, wie sie es bei unzähligen kleinen Patienten schon getan hatte. Da bemerkte sie die Narben, die sich über die Hälfte des Schädels zogen – und die von Verbrennungen zeugten. Kim hatte sich einer massiven Strahlenbehandlung unterziehen müssen.

Irritiert sah Andrea zu Ole, der nur kurz den Kopf schüttelte.

»Woher kommst du? Du sprichst komisch.« Kims Tränen waren versiegt, neugierig sah sie Andrea an. »Und du hast soo schöne Haare!«

Andrea richtete sich auf. »Ich komme aus Deutschland, und Norwegisch kann ich noch nicht sehr gut. Weißt du, wo Deutschland liegt?«

»Klar! Ich gehe doch zur Schule! Und auch im Krankenhaus hab ich immer gelernt und auch ganz viele Hausaufgaben gemacht.«

»Das ist toll! Du scheinst sehr tapfer zu sein, Kim.«

»Das hat der Daniel auch gesagt. Er war mein Lieblingsdoktor. Und ...«, ein Lächeln glitt über das schmale Kindergesicht, »er hat ganz lustiges Norwegisch gesprochen. Anders als du. Er kommt nämlich aus einem Land mit ganz hohen Bergen. Aus der Schweiz.«

»Da war ich schon mal. Sehr schön ist es dort. Es gibt viel Schnee, herrliche Seen und hohe Berge.«

»So hoch wie die Berge auf den Lofoten? Da kommen wir bald vorbei. Da treffen wir den Doktor Johan. Der hat mich ...« Die Stimme kippte, Kim taumelte ein wenig. »Jetzt wird es wieder ganz dunkel, Ole«, klagte sie.

Der alte Mann hockte sich neben Kim und zog sie fest in die Arme. »Das geht gleich wieder vorbei. Denk an was Schönes. An die vielen Fische, die wir daheim fangen und zum Trocknen aufhängen werden, an dein Rentier und an Johan. Er wird uns am Schiff abholen, das hat er mir am Telefon versprochen.« Während er sprach, liefen ihm zwei Tränen über die faltigen Wangen, und der Blick, den er zu Andrea hinüberschickte, war voller Leid und Hoffnungslosigkeit.

»Kann ich etwas tun?«, fragte Andrea.

»In meinem Rucksack sind Tabletten – und eine Wasserflasche.« Ole wies auf den sandfarbenen Rucksack, den er achtlos auf den Boden geworfen hatte.

Andrea musste nicht lange suchen, in der vorderen Tasche fand sie eine Wasserflasche und die Tabletten. Als sie die Aufschrift las, zuckte sie zusammen. Das war ein stark konzentriertes Schmerzmittel, das man Patienten im Endstadium verabreichte, kurz bevor man sie mit Morphium behandeln musste, um ihnen die Schmerzen zu nehmen. Geschockt sah sie auf.

Ole nickte nur, und so schob sie Kim die Tablette zwischen die Lippen. Nachdem Kim einen Schluck Wasser getrunken hatte, hob Ole sie hoch und trug sie zu einer Bank, die im Schatten einer halbhohen Hecke stand. Kim hielt die Augen geschlossen, sie atmete flach, während sich kleine Schweißperlen auf ihrer Oberlippe bildeten.

Andrea griff nach der schmalen Hand des Kindes und zählte den Puls aus – er war nicht allzu schwach. »Wir sollten sie zurück zum Schiff tragen«, schlug sie Ole vor.

»Gleich. Sie muss erst ein wenig ruhen. Dann bringe ich sie zurück.« Er presste kurz die Lippen zusammen, und als er Andrea wieder ansah, stand unendlicher Schmerz in seinen dunklen Augen. Es waren Augen, die schon viel gesehen hatten. Oles Gesicht war voller Falten, die Geschichten eines langen Lebens erzählten. Gute und traurige, amüsante und bewegende. Jetzt war das Gesicht von Angst und Sorge geprägt, und auch von dem Wissen, dass es keine Rettung mehr für das Kind in seinen Armen gab.

Molde, die schöne Hafenstadt mit den vielen Parks und dem fast südländischen Charme, hatte plötzlich für Andrea allen Reiz verloren. Sie hatte keine Freude mehr daran, sich den Ort anzusehen, sondern begleitete Ole und Kim, die von ihrem Großvater getragen wurde, aufs Schiff zurück. Als sie vor der Kabinentür standen, bot sie an: »Soll ich Kim einmal untersuchen? Es wäre keine Mühe für mich.«

Ole zögerte, dann schüttelte er den Kopf. »Es ist zu spät«, antwortete er leise. »Aber sollte ich Hilfe brauchen, darf ich rufen, ja?«

»Natürlich.« Andrea hielt ihm die Tür auf und sah zu, wie er das kleine Mädchen behutsam auf das schmale Bett legte, das links vom Kabinenfenster stand. Ein großer Bernhardiner aus Plüsch lag quer über dem Bett mit dem hellgelben Bezug, daneben eine Robbe und die halb fertige Trollfigur, an der Ole geschnitzt hatte.

Auf einem Ständer entdeckte Andrea Kims Perücke, davor lagen auf dem schmalen Tisch diverse Medikamentenschachteln und ein gerahmtes Foto, das eine Samenfamilie mit drei Rentieren zeigte. Sie konnte nicht erkennen, ob auch Kim auf dem Foto zu sehen war.

Gerade wollte sie die Tür schließen, als ein leises Stöhnen vom Bett her erklang. Kim, die gerade noch ruhig dagelegen hatte, den Arm um den Stoffhund geschlungen, begann zu krampfen. Ihre Gesichtszüge zuckten, das linke Bein zitterte stark, und die Schmerzenslaute, die über die blassen Lippen kamen, wurden immer intensiver. Schweiß stand auf der Stirn des Kindes, dessen Finger sich so fest in das Kunstfell des Stofftiers krallten, dass die Knöchel weiß hervortraten.

Ole sah voller Panik erst auf Kim, dann zu Andrea hinüber. Die junge Ärztin besann sich nicht lange, kontrollierte die Medikamente, die Ole in einem kleinen Notfallkoffer auf dem Tisch liegen hatte, und zog dann eine Spritze auf. »Hat sie das häufiger?«, erkundigte sie sich leise.

»Nein ... erst einmal in der Klinik. Ich ... ich kann das nicht tun. Ich kann sie nicht stechen.« Der alte Mann schlug die Hände vors Gesicht.

»Das mache ich ja.« Andreas Stimme blieb ruhig, während sie dem Mädchen das krampflösende Mittel injizierte.

»Noch zwei Tage, dann sind wir daheim, dann hilft mir Johan.« Der alte Mann drückte Andreas Hand. »Danke, dass du da bist. Bengt hat es gewusst.«

»Bengt? Was hat er gewusst?« Andrea runzelte die Stirn.

»Dass wir Hilfe brauchen.« Ole ging zum Bett und nahm Kims Hand, die sich jetzt leicht von dem Stofftier lösen ließ. Kurz drehte er sich noch einmal zu der jungen Ärztin um.

In seinen Augen, die eben noch voller Tränen gestanden hatten, war auf einmal ein Feuer, das Andrea zu hypnotisieren schien.

8

Trondheim mit seinem imposanten Nidarosdom, die große, 8274 Meter lange Atlantikstraße, der beschauliche Ort Kristiansund und die Überquerung des Polarzirkels – Andrea sah und merkte von alledem nichts, denn sie kümmerte sich intensiv um Kim, der es sehr schlecht ging. Der Krampfanfall hatte das Kind unendlich viel Kraft gekostet.

Ole wurde immer stiller. Die Falten, die sowohl die Jahre als auch der raue Seewind in sein Gesicht gegraben hatten, wurden zu tiefen Furchen. Er sprach kaum noch, ging nicht an Deck, aß wenig und saß stundenlang in einer Ecke der Kabine und schnitzte. Wenn Kim wach war und sich wohl fühlte, erzählte er ihr Geschichten und alte Sagen, er ließ die Zeit der Wikinger wieder aufleben und berichtete von den Abenteuern, die er als junger Mann mit seinem Vater und Großvater bestanden hatte, als sie bei rauer See und eisigen Temperaturen auf Robbenjagd gegangen waren.

Andrea, die Kim häufig besuchte, hörte ebenso gebannt zu wie das kranke Mädchen.

»Du solltest wenigstens heute einen Ausflug mitmachen«, schlug Ole vor, als das Schiff seine Fahrt verlangsamte. »Den Svartisen musst du dir ansehen. Er ist der zweitgrößte Gletscher Norwegens und von außergewöhnlicher Schönheit.« Noch ehe Andrea widersprechen konnte, fuhr er fort: »Gleich legt ein kleines Tenderboot an, das die Passagiere zum Ufer bringen wird. Dann musst du nur noch ein Stück mit dem Bus zum Gletscher fahren.«

»Den Ausflug kann ich doch immer noch machen«, wandte Andrea ein. Ihr Blick ging zu Kim, die im Bett saß und in einem ihrer Schulbücher las. Ihr ging es seit dem frühen Morgen schon recht gut, sie lächelte und war schmerzfrei.

»Fahr zum Gletscher.« Oles Stimme hatte etwas Beschwörendes. »Du wirst es nicht bereuen.«

»Wenn Sie meinen.« Wieder einmal war Andrea diese höfliche Anrede, die sie von Deutschland her kannte, herausgerutscht.

»Sag ruhig weiter du. Wir siezen nur sehr alte Menschen, vor denen wir Ehrfurcht haben. Wichtige, berühmte Persönlichkeiten ... einen Stammesältesten vielleicht, den König und seine Familie ...«

»Ja, das leuchtet mir ein. Und es ist ganz in Ordnung so, finde ich.«

Kim drehte den Kopf zur Seite. Sie trug heute wieder ihre Perücke, Andrea hatte ihr zwei große gelbe Schleifen ins dunkle Haar gebunden, was Kim entzückte. »Fahr mit zum Gletscher«, bat sie jetzt. »Man muss immer tun, was Ole sagt.«

Mo i Rana hieß der kleine Ort, von dem aus man den riesigen Gletscher ohne Schwierigkeiten erreichen konnte. Nachdem sie das Tenderboot verlassen hatten, fuhren die Passagiere der *Midnatsol* ein paar Kilometer mit dem Bus zurück in Richtung Polarkreis. Die Berge, die rechts und links der Straße aufragten, waren im unteren Drittel mit Flechten und niedrigen Sträuchern bedeckt, auf den Spitzen schimmerten die Reste des Schnees, der kaum einmal ganz wegschmolz. Die Sonne ließ die Millionen kleiner Eiskristalle, die auf der ewigen Schneedecke lagen, wie Diamanten glitzern.

Ein Raunen ging durch den Bus, als sich zum ersten Mal der Blick auf das in hellem Türkisblau schillernde Eisfeld auftat. Andrea hielt den Atem an. So etwas Beeindruckendes wie dieses Gletscherfeld, dessen Zunge bis fast zum grün schimmernden See reichte, hatte sie nie zuvor gesehen.

In ihrem Reiseführer hatte sie gelesen, dass der Svartisen mit 370 Quadratkilometern der zweitgrößte Gletscher Norwegens war und 60 Gletscherarme besaß. Andrea konnte nur einen kleinen Bruchteil der gigantischen Eismassen sehen, doch das, was sie sah, war von überwältigender Größe und Schönheit.

Eine etwa vierzigjährige Mitreisende, die Andrea schon in Molde aufgefallen war, weil ihre schulterlangen Haare von intensivem Rot waren, ließ sich abseits des Weges auf einem mit Flechten bedeckten Felsen nieder. Aus ihrem Rucksack zog sie einen Block und begann mit wenigen Strichen die Landschaft zu skizzieren.

Andrea trat neben sie. »Darf ich mal sehen?«

»Natürlich.« Die Malerin reichte ihr den Block. »Eigentlich male ich nur selten Landschaften, aber dieser Gletschersee und das ewige Eis ...«, sie zuckte mit den Schultern, »das sollte man unbedingt festhalten. Dieses Szenario ist einzigartig.«

»Du malst professionell, nicht wahr?«

Die rothaarige Norwegerin strich sich eine Haarsträhne hinters linke Ohr. »Ja.« Ein kleines Lächeln umspielte ihre Lippen. »Du kommst nicht von hier, oder?«

»Nein. Ich bin Deutsche.«

»Man hört's.« Sie machte noch ein paar Striche, dann fuhr sie fort: »Der Dialekt verrät die meisten Fremden, das ist auch noch nach Jahren so.« Wieder widmete sie sich für einen Moment ihrem Bild, bevor sie fragte: »Und – gefällt dir der Urlaub hier im Norden?«

Für Sekunden blieb es still, dann gestand Andrea: »Ich mache keinen Urlaub. Eigentlich wollte ich in Bergen an einem Krankenhaus arbeiten, aber das werde ich wohl nicht tun.«

»Du bist Krankenschwester? Die werden in unserem Land gesucht.«

»Nein, Ärztin. Chirurgin, genau gesagt.«

»Noch besser.« Die Malerin erhob sich und reichte Andrea die Hand. »Ich bin Evelyn Wahlstrom. Auf den Lofoten habe ich ein Sommerhaus. Und mein großes Atelier.« Sie zuckte mit den Schultern. »In Oslo verbringe ich allerdings gern einen Teil der dunklen Wintermonate. Ein bisschen Kultur, nette Restaurants, mal gehe ich ins Museum, und hin und wieder wird eine Ausstellung meiner Bilder organisiert ...« Sie lächelte, und die kleinen Fältchen unter ihren fast schwarzen Augen vertieften sich. »Nach diesen turbulenten Wochen bin ich dann froh, wieder daheim auf den Lofoten zu sein.«

»Das hört sich interessant an.« Andrea nahm an, dass Evelyn Wahlstrom von kleinen, privat organisierten Ausstellungen sprach. Banken, große Restaurants oder Bürohäuser stellten einheimischen Künstlern oft Flächen zur

Verfügung, um ihre Objekte einem größeren Publikum zu präsentieren.

»Die Malerei ist mein Leben.« Das klang nicht theatralisch, sondern wurde so ruhig ausgesprochen, dass es glaubhaft klang. »Ich würde mich freuen, wenn du mich mal besuchen kommst. Und vielleicht ... vielleicht bleibst du ja auch in meinem Heimatland.«

Andrea schaute hinüber zum Gletscher. »Es ist wunderschön hier«, sagte sie gedankenverloren. »Und ich kann mir schon vorstellen, für eine Weile in Norwegen zu arbeiten, auch wenn ...« Sie brach ab.

»Du meinst, auch wenn sich deine Träume von Liebe und Glück nicht erfüllt haben.« Die Malerin legte ihr die Hand auf den Arm. »Es kommt immer so, wie es kommen muss. Unser Schicksal bestimmen wir nicht selbst, das lenkt ein anderer.« Sie klappte den Zeichenblock zu. »Wir sollten noch mal intensiver miteinander reden. Unser alter Doktor, der schon seit Jahrzehnten in der Gegend praktiziert, könnte Hilfe brauchen, das weiß ich. Vor drei Jahren ist er noch regelmäßig mit dem Hubschrauber zu den Bohrinseln geflogen oder mit dem Boot auf die weiter entfernt liegenden Inseln. Das kann er einfach nicht mehr. Zu krank. Das Herz macht ihm zu schaffen.«

»Und wer versorgt die Patienten?«

»Wenn es ein gravierendes Problem gibt, werden sie mit dem Hubschrauber abgeholt und in das Zentralkrankenhaus von Gravdal gebracht. Ansonsten müssen die alten Hausmittel helfen, wenn Johan Ecklund nicht kommen kann und die wenigen anderen Hausärzte zu weit entfernt wohnen.«

Andrea erwiderte nichts mehr, und auch die Malerin

kam nicht mehr auf das Thema zurück. Gemeinsam spazierten sie noch einen Kilometer näher ans Eisfeld heran, doch als hinter den Bergen urplötzlich dunkle Wolken aufzogen und ein eisiger Wind aufkam, kehrten sie eilig zurück.

Das Blaugrün des Gletschereises wandelte sich zu hellem Grau, der See, eben noch von der Sonne erwärmt, wirkte plötzlich kalt und bedrohlich, kleine Wellen, auf denen helle Schaumkronen tanzten, schwappten an Land. Ein paar Vögel brachten sich kreischend in ihren Nestern an den Felsen in Sicherheit, und der Reiseleiter, ein etwa fünfzigjähriger Norweger mit hellblondem, halblangem Haar und einer blauen Strickmütze auf dem Kopf, ohne die man ihn kaum sah, mahnte die Touristen zur Eile.

Es dauerte keine zehn Minuten, dann brach ein Unwetter los, wie Andrea noch keins erlebt hatte. Hart klatschten die Regentropfen auf das Dach des Busses, der immer noch auf dem Parkplatz von Mo i Rana stand, denn an Weiterfahren war nicht zu denken, die Straßen waren überflutet, wie eine graue Wand fiel der Regen vom Himmel.

Andrea duckte sich tief in ihren Sitz. Neben ihr, auf der anderen Gangseite, saß Evelyn Wahlstrom, die das Tosen der Naturgewalten draußen gelassen hinnahm. Für sie waren diese Stürme, das Tanzen der grauen Regentropfen auf den Felsen, das schrille Singen des Sturms und die Stille, die dann plötzlich folgte und umso unerträglicher für Fremde war, etwas Normales.

»Keine Angst, in einer Stunde weißt du nichts mehr davon. Das Wetter wechselt hier rasch.« Sie wühlte in ihrer großen, bunt gewebten Umhängetasche herum und zog schließlich eine kleine silberne Flasche heraus. »Hier, nimm einen Schluck Cognac, das beruhigt.«

Andrea zögerte, dann trank sie dankbar. Der Alkohol wärmte, und sie fühlte sich wohler.

»Danke.«

»Gern. Sag Evelyn zu mir, Doktorin.«

»Ich bin Andrea Sandberg.«

Die rothaarige Malerin trank einen kleinen Schluck. »Schön, dass du hier bist, Andrea.«

Noch Stunden später, das Schiff fuhr ruhig durch die stürmische See in Richtung der Lofoten, war der Himmel wolkenverhangen.

»Wenn das Wetter besser wäre, könntest du die Lofotenwand sehen.« Evelyn und Andrea saßen an der Bar und tranken Tee mit Rum auf die neue Freundschaft. »Aber glaub mir, in ein paar Stunden scheint die Sonne wieder.«

»Das wage ich zu bezweifeln.« Andrea sah hinaus in das triste Grau. Nur vereinzelt blitzten rechts und links Lichter auf. Es waren die kleinen, auf Felsen befestigten Leuchttürme, die dieses tröstliche Licht spendeten. Obwohl fast alle Schiffe mit moderner Navigationstechnik ausgestattet waren, blieben diese Leuchttürme fester Bestandteil der Küstenlandschaft. Sie grüßten die Schiffer, spendeten Helligkeit und wünschten den Fremden, die zum ersten Mal in Richtung Norden fuhren, eine gute Reise.

»Morgen sind wir am Troll-Fjord.« Evelyn rutschte von ihrem Barhocker. »Sieh zu, dass dich die frechen Kerlchen in der kommenden Nacht nicht erschrecken.« Sie zwinkerte Andrea zu. »Bis dann. Wir sehen uns.«

9

Kein Mensch kann genau sagen, wie viele Fjorde es an der Küste gibt, doch einer ist besonders schön ...«

»Der Troll-Fjord, ich weiß!« Kim hatte wieder ihre Tracht an. Auf dem dunklen Haar der Perücke saß die rote Kappe mit der breiten Bordüre aus bunten Perlen. Nicht dazu passten die dicken gelben Schleifen, die Andrea dem kleinen Mädchen am Tag vorher ins Haar gebunden hatte. Doch Kim bestand darauf, sie auch heute zu tragen.

»Die Trolle finden mich bestimmt, wenn ich so bunte Schleifen habe«, sagte sie, bevor sie die Kabine verließen, »das hat kein anderes Kind.«

Ole hatte zustimmend genickt und ihr die Bänder ins Haar gebunden. »Gleich wird es ganz eng«, erklärte er und legte den Arm um Kim. »Der Raftsund war früher für die Schifffahrt sehr gefährlich. Und auch heute noch müssen die Kapitäne hier sehr aufpassen.«

Kim hörte kaum hin, sie hatte Andrea entdeckt und winkte ihr zu. Da die Ärztin sie nicht gleich bemerkte, wollte Kim ihr entgegenlaufen, doch sie taumelte und fiel. Schnell rappelte sie sich wieder hoch, und Andrea, die endlich auf die Kleine aufmerksam geworden war, stellte bestürzt fest, dass Kims linkes Bein immer wieder einknickte. Unkoordiniert wirkten die Bewegungen, und Kim kam schließlich mühsam auf ihre neue Freundin zugehinkt.

»Die Trolle!« Sie schien das Hinken zu ignorieren und war ganz aufgeregt. »Jetzt sind wir gleich bei den Trollen, Andrea!«

»Ich weiß. Der Troll-Fjord ist wunderschön.«

»Das haben die Trolle auch gewusst. Gleich sind wir da!« Kim griff nach Andreas Hand. »Sie haben sich überall an der Küste umgesehen, aber hier hat es ihnen am besten gefallen. Sie sitzen oben auf den Bergen, und wenn sie schlecht gelaunt sind, werfen sie mit Steinen nach den Booten auf dem Wasser.« Sie lachte und warf den linken Zopf in den Nacken. »Aber heute sind sie gut gelaunt. Sogar die Sonne scheint auf den Trolltindan. Sieh nur!« Sie wies zu dem mehr als tausend Meter hohen Berg, dessen steile Felswände bedrohlich nahe waren.

»Du weißt sogar, wie die Berge heißen. Das ist ja toll!«

»Ich wohne doch hier ganz in der Nähe ... wenn wir nicht mit den Rentierherden unterwegs sind. Meine Familie hat ganz viele Rentiere. Meins ist weiß und hat rote Augen. Mein Papa hat es mir geschenkt. Es wohnt immer bei uns und ist ganz zahm. Papa sagt, dass es nicht zu der Herde darf, aber bei mir ist es in Sicherheit.« Sie biss sich auf die Lippe. »Ich würde Flocke gern noch einmal streicheln, sie hat so weiches Fell ...«

»Das kannst du schon bald tun, ganz bestimmt!«

Kim schwieg, doch in ihren Augen lag auf einmal eine grenzenlose Traurigkeit.

»Kim!« Ole winkte der Kleinen zu. »Komm her, bitte.«

Kim kicherte und umklammerte Andreas Hand noch fester. »Er hat immer Angst um mich. Dabei muss er das nicht. Ich weiß doch, dass ich krank bin. Aber das ist nicht so schlimm. Wenn es sehr weh tut, bekomme ich Tabletten oder Spritzen. Das war schon in der Klinik so. Und wenn wir zu Hause sind, wird es der Doktor Johan machen. Er ist ein Freund von Ole und sehr, sehr nett. Er kennt fast so viele Geschichten wie Ole.«

Sie löste sich von Andrea und ging zu dem alten Mann, der an der Reling stand und hinauf zu den schroffen Berghängen schaute, die so nahe waren, dass man glaubte, den feuchten Fels und das sattgrüne Moos anfassen zu können. Sanft legte Kim ihre Hand in Oles große Pranke. Sie schauten übers Wasser, das in einem tiefen Blau schimmerte.

Langsam schlenderte Andrea zu den beiden und stellte sich an Oles andere Seite. Andächtig und still waren sie, so wie die meisten Passagiere, die sich von der einzigartigen Schönheit dieses Fjordes faszinieren ließen.

Als das Schiff den Raftsund verließ, bat Kim mit plötzlich müder Stimme: »Erzähl Andrea die Geschichte von den Sieben Schwestern, Ole, bitte.«

Der alte Mann lächelte und schob sich die blaue Mütze aus der Stirn. »Du willst sie nur noch mal hören. Aber du kennst sie doch schon genau.«

»Klar. Aber Andrea kennt die Geschichte noch nicht. Oder?« Fragend sah sie zu der jungen Ärztin auf.

»Nein, die kenne ich noch nicht. Ich bin ganz gespannt.« Andrea zwinkerte Kim zu.

»Na dann … aber wir setzen uns hin.« Ole führte Kim zu einer Bank im Windschatten. Nachdem er ihr seinen breiten blauen Strickschal fest um die Schultern gelegt hatte, begann er: »Es waren einmal sieben schöne Schwestern, die vom Vågekallen verfolgt wurden, der sich gerade auf Freiersfüßen befand. Sie reizten ihn, tanzten nackt vor ihm am Fjord, bis er wütend wurde. Da liefen sie voller Angst vor ihm davon, weiter und weiter weg von daheim. Nach vielen Stunden waren sie so erschöpft, dass sie sich einfach auf die Erde sinken ließen. Doch dann, ganz plötzlich, ging die Sonne auf, und sie erstarrten zu Stein. Noch heute tanzen sie in hellen Nächten über die Wellen und zwischen den kleinen Inseln hindurch. Doch wenn die Sonne aufgeht, werden sie wieder zu hartem Fels.« Er warf einen Blick auf Kim, die den Kopf an die Rücklehne der Bank gelehnt hatte und fest schlief.

»Sie wird immer schwächer«, murmelte er bedrückt. »Die Phasen, in denen sie sich wirklich gut fühlt, nehmen rapide ab.«

»Kann man denn gar nichts mehr machen?«

Ole schüttelte den Kopf. »Nein. Die Ärzte sind mit ihrer Kunst am Ende. Der Tumor wächst in rasender Schnelligkeit und ist inoperabel. Man hat so vieles versucht, die arme Kleine so gequält mit Bestrahlungen und Chemotherapie. Alles umsonst. Und ich ... ich kann auch nichts mehr für sie tun. Ich kann sie nur noch heimbringen.« Sein Blick ging an Andrea vorbei, blieb an den Felsen haften, glitt hoch zum Himmel, dessen lichtes Blau so viel Fröhlichkeit und Verheißung versprach. Als Ole zu den schroffen Gipfeln hinüberschaute, glitzerten Tränen in seinen alten Augen.

10

Andrea erwachte von einem ungewohnten Geräusch – hart klatschte der Regen gegen das kleine Fenster ihrer Kabine. Es war ungewöhnlich dunkel, sie musste die kleine Lampe über ihrem schmalen Bett anknipsen, um etwas sehen zu können. Als sie aufstand, merkte sie, wie heftig das Schiff schlingerte. Die See musste sehr rau sein, dass sogar die Stabilisatoren der *Midnatsol* den hohen Wellengang nicht ganz ausgleichen konnten.

Gähnend strich sich Andrea eine Haarsträhne aus der Stirn, während sie sich mühte, einen besseren Blick aus dem Fenster zu bekommen. Doch sie sah nur tief hängende graue Wolken, bizarr geformt, aus denen wie ein dichter Schleier der Regen fiel.

Eine Schiffssirene ertönte und bekam gleich drei hellere Antworten. Der Lautsprecher über der Tür knackte, und blechern erklang die Stimme des Reiseleiters. »In einer halben Stunde erreichen wir den Hafen von Stamsund. Da sich die Wetterverhältnisse rapide verschlechtert haben, raten wir beim Verlassen des Schiffes zu größter Vorsicht.«

Die *Midnatsol* hatte ihre Fahrt verlangsamt, und die ersten Passagiere standen bestimmt schon an Deck, um das Einlaufen in den Hafen nicht zu verpassen. Andrea amüsierte sich ein wenig über die kleine Gruppe Engländer, die unverdrossen in jedem Hafen von Bord gingen, auch wenn der Aufenthalt nur eine oder zwei Stunden dauerte.

Mit der Morgentoilette war Andrea rasch fertig. Auf Make-up und eine gestylte Frisur konnte sie heute gut verzichten. Doch es war ratsam, die warme, wetterfeste Jacke mitzunehmen, die sie sich, so wie eine weitere Hose und zwei Pullis, im Hafen von Trondheim gekauft hatte. Das wenige, das sie mitgenommen hatte, reichte einfach nicht, vor allem fehlten ihr warme Sachen. Aber das war, wie sie beim Einkaufen selbstironisch festgestellt hatte, das geringste Problem.

Zum Frühstück trug sie eine graue Flanellhose, dazu eine lange rosafarbene Bluse mit weißem Kragen. Den grauen Pulli hatte sie sich locker über die Schultern gehängt. Frisch sah sie aus, und ein paar Männer, die von einem Kurzurlaub auf dem Festland heimkehrten und am kommenden Tag wieder ihren Job in einer Fischfabrik aufnehmen würden, sahen ihr bewundernd nach, als sie durch den Aufenthaltsraum in den Speisesaal ging.

Nur wenige Passagiere nahmen ihr Frühstück heute hier ein, vergeblich schaute Andrea sich nach Kim und ihrem Onkel um.

Sie hatte gerade die zweite Tasse Kaffee getrunken, als das Anlegemanöver begann. Die Maschinen wurden gedrosselt, der PS-starke Dieselmotor versuchte erfolgreich, sich gegen die hoch an die Hafenmauern klatschenden Wellen durchzusetzen.

So sanft, wie man es kaum für möglich gehalten hätte, legte die *Midnatsol* an. Dichter Nebel nahm jedoch die Sicht auf den Ort, der sich fast trotzig an eine Felswand schmiegte. Nur schemenhaft waren die meist rostrot gestrichenen Häuser in Hafennähe zu erkennen. Andrea wusste inzwischen, dass die Farben der Häuser eine historische Bedeutung hatten: Das teure Weiß war früher dem Besitzer des Hafens – und damit dem reichsten Mann im Ort – vorbehalten gewesen, gelb war der Anstrich der Gebäude, in denen das Geld verdient wurde, nämlich die Fabriken und Lagerhäuser. Braunrot gestrichen wurden die Häuser der Arbeiter und Fischer.

So exakt war die Aufteilung heute allerdings nicht mehr. Auch wurde der dunkelrote Anstrich nicht mehr aus Dorschleber-Abfällen hergestellt. Seit sie dies alles gelesen hatte, sah sie die kleinen, so fröhlich aussehenden Rorbuer mit anderen Augen. Wie hart musste das Leben noch vor fünfzig Jahren in einer solchen Hütte gewesen sein! Es mussten ganz besondere Menschen sein, die in relativer Armut und Abgeschiedenheit, weit entfernt von den Verlockungen der Großstadt, lebten. Doch vielleicht, ging es Andrea durch den Kopf, waren sie glücklicher gewesen als mancher heutzutage, der via Internet mit der ganzen Welt kommunizieren konnte, der sich von falschem Glanz blenden ließ und in dem sich nach und nach immer stärkere Unzufriedenheit aufbaute, weil sein Leben nicht ganz so wundervoll verlief wie das eines Großstadtmenschen.

Aber – waren diese Menschen, die alles besaßen und sich alles leisten konnten, denen kein Wunsch unerfüllt blieb, wirklich glücklicher? Beneidenswerter? Waren sie ein Vorbild? Nein, wahrlich nicht!

»Du musst dich beeilen, Frau Doktor.« Plötzlich stand Ole neben ihrem Tisch.

»Guten Morgen, Ole. Du bist allein? Geht es Kim nicht

gut?« Andrea legte die Serviette neben ihren Teller und stand auf.

»Sie schläft. Wir werden nicht aussteigen, sondern bis Svolvær an Bord bleiben.« Die Stimme des alten Mannes klang ruhig, und seine blauen Augen unter den buschigen, fast weißen Brauen sahen Andrea eindringlich an. »Geh jetzt rasch. Du wirst am Hafen gebraucht. Glaube ich«, fügte er noch hinzu.

»Aber …«

»Bitte.« Er nahm ihren Arm und zog sie hoch. »Ich weiß es. Frag nicht, warum das so ist. Aber du solltest gehen.«

Was brachte es, sich mit ihm auseinanderzusetzen? Ihn umgab etwas Mystisches, das hatte sie inzwischen bemerkt.

Immer noch regnete es in Strömen, doch das tat der Betriebsamkeit an den Kaianlagen keinen Abbruch. Andrea bemerkte zwei Fischtrawler, die ausliefen, ein Containerschiff wurde beladen. Von einem großen Gebäude, das rechts vom Anlegekai stand, fuhren immer wieder Lastwagen mit Frischhalteboxen zu drei kleineren Booten, die an einem anderen Kai festgemacht hatten.

Andrea war überrascht von dem Verkehr, der auf den wenigen Straßen herrschte. Sie zuckte leicht zusammen, als aus der Ferne eine Sirene ertönte, doch zu sehen waren weder Feuerwehr noch ein Krankenwagen.

Mit etlichen anderen Passagieren verließ Andrea das Schiff und sah sich auf dem kleinen Platz vor dem Anleger um. Die Ortschaft war vor etwa hundert Jahren in den Fels gesprengt worden, noch heute dominierten die Fischfabriken das Leben hier. Viele der Häuser standen auf

Holzpfählen, die schmalen Anleger reichten weit ins Meer hinaus. Beinahe zu jedem Haus am Ufer gehörte ein eigener Holzsteg. Sicher war es in dieser Gegend nützlicher, ein Boot zu besitzen als ein Auto.

Lautes, aufgeregtes Rufen machte Andrea auf ein Boot aufmerksam, das gerade anlegte. Zwei Männer sprangen heraus und vertäuten das blau angestrichene Schiff, das höchstens zehn Meter lang war. Der Steg, an dem es angelegt hatte, gehörte zu einem Hotel, wie sie auf dem weißen Schild an der Stirnseite des Hauses erkennen konnte. Gerade wollte sie sich abwenden, als sie sah, dass die Männer zum Schiff zurückeilten. Gleich darauf hoben sie eine Trage heraus.

Andrea zögerte, dann hastete sie zu der schmalen Anlegestelle. Sie hörte noch Oles Stimme, der sie so eindringlich gemahnt hatte, dass sie unbedingt an Land gehen müsse. Der Mann auf der Trage ... er brauchte wohl Hilfe.

Noch zwanzig, noch zehn Meter. Drei Männer in weißen Kitteln, die allerdings voller Blut und Schmutz waren, näherten sich dem Verletzten, erregt wurde diskutiert, einer telefonierte.

»Was ist passiert? Ich bin Ärztin. Wenn ich helfen kann ...« Andrea beugte sich über die Trage, nachdem die Männer einen Schritt zurückgetreten waren.

»Er hat sich an einem Haken den Unterschenkel aufgerissen. Es ... es blutete wie verrückt, wir mussten das Bein abbinden.« Ein etwa fünfzigjähriger Mann mit dünner Brille, die ihm halb auf die Nase rutschte und die er vergeblich immer wieder hochschob, sprach sie auf Englisch an. »Magnus muss dringend in die Klinik, aber der Hubschrauber ist im Moment unterwegs zu einer kleinen Schäreninsel.

Dort gibt es Probleme bei einer Geburt, wie man uns sagte. Und der alte Doktor Ecklund, der hier am Ortsende seine Praxis hat, ist auch unterwegs.« Er sah mit fest zusammengepressten Lippen zu dem Mann auf der Trage.

»Können Sie ihn in das Haus dort bringen? Ich sehe mir die Wunde an, aber ... viel kann ich nicht tun.«

»Wir haben in der Fabrik eine gut ausgestattete Notfallapotheke.« Einer der Männer in den schmutzigen Kitteln sprach ebenfalls Englisch.

»Dann hol sie, Nils. Schnell! Magnus geht es verdammt schlecht.« Der Mann mit der Brille wandte sich sofort wieder an Andrea. »Ich bin James Hower, Meeresbiologe wie Magnus.«

»Gut. Dann brauche ich alles, was an medizinischem Gerät vorhanden ist. Wohin geht's?« Fragend sah Andrea in die Runde.

»Am besten in die Kantine der Fabrik dort hinten.« Er wies hinter sich zu einem weitläufigen Gebäude mit hellgelbem Anstrich.

»Vorsicht mit Magnus, er hat höllische Schmerzen.«

»Jetzt nicht mehr«, murmelte Andrea nach einem Blick auf den Verletzten, der ohnmächtig geworden war. Gut für ihn, denn so spürte er die Erschütterungen nicht, die entstanden, als die Männer im Laufschritt mit der Trage hinüber zu der Fabrikhalle eilten. Es roch intensiv nach Fisch, aber auch noch nach etwas anderem, das Andrea nicht gleich einordnen konnte.

Als sie kurz die Nase rümpfte, bemerkte das einer der Männer und grinste. »Drüben ist eine Guanofabrik.« Er wies zu einem abseits liegenden Haus. »Von da her stinkt es manchmal ziemlich heftig.«

Andrea fand diesen Ausdruck reichlich untertrieben, es stank fürchterlich, doch jetzt war keine Zeit, sich darüber auszulassen. Die kleine Gruppe hatte die Fabrik erreicht, und Nils und seine Kollegen brachten den Verletzten sofort in die Kantine.

Es war ein großer Raum, funktional und schmucklos eingerichtet. Eine große Theke, etliche längliche Tische, an der Decke Neonleuchten. Die hohen Fenster hatten keine Gardinen, nicht eine Grünpflanze war zu sehen, wie Andrea es eigentlich erwartet hätte.

Die Männer sahen sich fragend nach der jungen Ärztin um. »Wohin mit ihm?«, wollte der Ältere wissen. Er trug einen dunkelblauen Overall zu einem hellen Hemd, dessen ursprüngliche Farbe nicht mehr zu definieren war, es war vollkommen verwaschen. Sein Gesicht, von tausend kleinen Falten durchzogen, war gebräunt, die buschigen Augenbrauen eisgrau, so wie die Augen hinter einer dicken Hornbrille.

»Stellt die Trage auf einem großen Tisch ab.« Andrea wies zur Längsseite des Raumes, wo unter den Fenstern fünf große Tische aus hellem Kunststoff standen. »Ich will mir die Wunde erst mal ansehen.« Sie wandte sich an James Hower, den Meeresbiologen. »Was ist das für ein Haken?« Stirnrunzelnd betrachtete sie das fast handtellergroße Stahlteil.

»Damit werden Köder ins Wasser gelassen – oder auch Fangkörbe wieder an Deck gezogen.«

Andrea biss sich auf die Lippe. Wenn der Haken schmutzig oder gar blutig war, sah es für den Verletzten noch schlimmer aus als jetzt schon. »Ist der Haken schon mal benutzt worden?«, erkundigte sie sich.

»Nein. Heute zumindest nicht.« James schüttelte den Kopf. »Magnus hatte ihn gerade aus einer Kiste genommen und wollte ihn einsetzen, als einer der Matrosen unseres Schiffes über ein Tau stolperte – und ziemlich unglücklich gegen Magnus fiel. Als dieser stürzte, riss er sich mit dem Haken das Bein auf.«

Inzwischen war Nils mit einem großen Notfall-Set herangekommen. Als Andrea den stählernen Koffer öffnete, sah sie zu ihrer Erleichterung, dass sich ein steriles chirurgisches Besteck darin befand. Es gab Desinfektionslösung und ausreichend Mull. Sogar Betäubungsmittel fanden sich. Hier, weitab von einer Klinik oder einer gut ausgestatteten Praxis, war es wohl notwendig, alles Wichtige zur Erstversorgung bereitliegen zu haben. Sie konnte sich vorstellen, dass es in einer Fabrik oder in Lagerhallen immer wieder einmal zu Verletzungen kam.

»Ich werde ihm erst mal was gegen die Schmerzen geben«, sagte sie und beugte sich tiefer über den Mann, dessen Augenlider flatterten. Unruhig bewegten sich die Hände, ein unterdrücktes Stöhnen kam über seine Lippen. Rasch streifte sich Andrea sterile Handschuhe über und injizierte das schmerzstillende Mittel.

»Oh, das tut höllisch weh«, presste Magnus mühsam hervor, dann öffnete er die Augen. Zu Andreas Überraschung sprach er Deutsch, verfiel aber gleich darauf ins Englische. »Hey, was machst du da?«

»Ganz ruhig, Magnus. Sie ist Ärztin und versucht dir zu helfen.« James nahm kurz die Hand des Freundes.

Andrea nickte. »Vertrauen Sie mir, ich tue, was ich kann.«

»Hoffentlich reicht das«, stieß er hervor.

»Berufspessimist, ja?« Andrea schaute nicht auf, während sie sprach. »Sie können übrigens weiter Deutsch mit mir reden, wenn Sie mögen. Und bleiben Sie ganz ruhig liegen, gleich geht es Ihnen besser. Wir warten noch, bis die Spritze wirkt, dann ziehe ich den Haken heraus und untersuche die Wunde genauer. Zwischendurch muss ich leider noch mal den Knebel lösen ... zu lange darf die Blutversorgung des Beins nicht unterbunden werden, wie Sie ja wissen. Ich vermute, dass Sie exakt den Gastrocnemiusmuskel getroffen haben.«

»Und jetzt?«

»Sie bleiben ruhig liegen, den Rest mache ich.« Sie lächelte Magnus beruhigend zu, während sie sich daranmachte, das Tuch und den Knebel, mit dem das Bein am Oberschenkel abgebunden worden war, zu lösen.

»Hier in der Halle? Na toll! Können Sie das überhaupt?« Von der Erleichterung, die der Verletzte eben noch verspürt hatte, da die Spritze bereits wirkte, war nichts mehr zu merken. Skeptisch sah er zu Andrea hoch. »Sie sind noch so jung und ...«

»Eine Frau, die Ärztin ist, genau.« Andrea schüttelte den Kopf. »Das Mittelalter liegt hinter uns, schon bemerkt?«

»Mann, sei froh, dass wir einen Doc hier haben.« James drückte die Hand des Freundes. »Bis zur Klinik ist es mit dem Auto zu weit.«

»Was ist jetzt, soll ich nun operieren oder nicht? Wenn Sie nicht einverstanden sind, müssen Sie auf den Dorfarzt warten.« Andrea trat von dem provisorischen OP-Tisch zurück. »Es liegt ganz bei Ihnen.«

Magnus, dessen Schmerzen dank der Injektion geringer

geworden waren, versuchte sich aufzurichten, doch als er das dunkelrote Blut sah, das nicht nur seine Hose durchnässt hatte, sondern bis in die Schuhe gesickert war, sank er mit einem Seufzer wieder zurück.

»Ein Held also«, stellte Andrea fest.

»Tu, was du tun musst, Doc«, bat James. »Magnus weiß doch gar nicht mehr, was er sagt.«

»Er sollte aber einverstanden sein, dass ich ihn behandele.«

»Bin ich ja. Los doch. Oh, verdammt, du bist ja wahnsinnig!« Spontan duzte er sie jetzt auch. Andrea hatte den Knebel wieder angelegt und die massive Blutung erneut zum Stillstand gebracht. Sie wandte sich an James. »Kannst du mir assistieren?«

Der große Mann biss sich kurz auf die Lippe. »Ich hoff's jedenfalls.«

»Wir müssen deinen Freund wohl narkotisieren, bevor ich die Wunde nähen kann.«

»Das muss nicht sein. Ich kann was aushalten«, murmelte Magnus.

»Na dann …« Andrea nickte ihm zu. Er würde schon merken, wie weh es tat, wenn sie sein Bein versorgte. Aber dann war immer noch Zeit, ihm eine kurze Anästhesie zu verpassen. Ihr Patient schien höchst eigenwillig zu sein. Es war schon ziemlich unverschämt von ihm, in seiner Situation an ihren Fähigkeiten zu zweifeln. Wenn er wüsste, dass sie ein Jahr in Amerika, genau gesagt in Boston, an einem erstklassigen Krankenhaus gearbeitet hatte. Und auch die Düsseldorfer Klinik, an der sie zuletzt gewesen war, besaß einen hervorragenden Ruf und stellte nicht jeden x-beliebigen Chirurgen ein.

»Was ist, traust du dich nicht?« Seine Stimme klang gepresst, er musste trotz der Spritze noch Schmerzen haben. Andrea sah ihn schweigend an. Erst jetzt bemerkte sie, dass seine Augen von einem intensiven Blau waren und in interessantem Kontrast zu seinen dunklen, fast schwarzen Haaren standen. Dunkel waren auch die Wimpern, die, lang wie bei einer Frau, Schatten auf die braungebrannten Wangen warfen.

Als Andrea ihm den schweren Eisenhaken aus dem Unterschenkel zog, kniff er die Augen zusammen.

»Au!«

»Also doch kein Held. Dann werde ich dir jetzt eine Narkose verpassen. Einverstanden?« Ihre Stimme klang ruhig und gelassen, die Ironie darin war allerdings unüberhörbar.

»Tu bitte, was notwendig ist.« Das war der besonnene James.

»Nun gut. Ich denke, dein Freund ist jetzt einverstanden.« Andrea wartete keine Antwort ab, sie suchte in dem Notfallkoffer heraus, was sie benötigte.

Ein paar Minuten mussten verstreichen, ehe das Narkotikum wirkte. Dann säuberte sie sorgfältig die große Fleischwunde, ehe sie eine exakte Muskelnaht setzte. James, der als Einziger der Männer in der Nähe des Tisches stehen durfte, atmete schwer.

»Nicht ohnmächtig werden, du musst die Haken weiter auseinanderhalten, damit ich mehr sehen kann.« Kurz sah Andrea zu ihm auf. James hatte die Lippen zu einem schmalen Strich zusammengepresst. Schweißperlen standen ihm auf der Stirn, und Andrea hoffte, dass sie nicht in die Wunde tropften. Aber jetzt war keine Zeit, ihn zu bitten, sich den Schweiß abwischen zu lassen. Sie musste immer wieder das OP-Feld frei tupfen, damit sie den verletzten Muskel zusammennähen konnte. Sie arbeitete so ruhig und konzentriert, als befände sie sich in einem sterilen OP statt in einer Werkskantine.

Es fand sich sogar ein Drainageröhrchen, das sie anlegte, damit ausreichend Wundsekret abfließen konnte. Dann setzte sie die adaptierenden Hautnähte und verband das Bein.

»So, das war's.« Sie atmete zweimal tief durch. »Wenn er in der Klinik ist, kann man noch eine Schiene anlegen und den verletzten Bereich kühlen.«

Zwei der Fabrikarbeiter, die sich in der Nähe der Tür aufgehalten hatten und aus sicherer Entfernung dem ungewöhnlichen Geschehen zugeschaut hatten, applaudierten. »Das war ein Ding«, sagte einer. »Kompliment, Doc.«

Andrea wandte sich kurz um. »Danke. Ich hab meinen Job gemacht, das war alles.«

»Das war mehr.« James, der jetzt wieder entspannter wirkte, sah sie dankbar an. »Ich weiß nicht, was mit ihm geworden wäre ohne dich.«

»Er hätte es sicher bis in die Klinik geschafft.«

»Glaub ich nicht.«

»Nun, dann bringt ihn jetzt so rasch wie möglich dorthin. Die Kollegen werden ihn perfekter versorgen, als es mir hier möglich war.«

»Nein. Keine Klinik.« Die Stimme des Frischoperierten klang noch belegt, er war gerade wieder zu sich gekommen. »Kommt … kommt nicht in Frage.«

»Kaum wach, schon wieder renitent.« Andrea schüttelte den Kopf. »Sie müssen umfassend versorgt werden.

Ich habe hier nur das Notwendigste tun können. In der Klinik wird man die Verletzung optimal weiterversorgen können.«

»Keine Klinik. Unsere Versuchsreihen ... das muss weitergehen.«

James legte ihm die Hand auf den Arm. »Daran solltest du gar nicht denken. Das kriegen wir schon hin. Deine Gesundheit ist jetzt am wichtigsten.« Er warf einen Blick zu Andrea. »Die Frau Doktor hat dich hervorragend zusammengeflickt, aber du musst jetzt in ein Krankenhaus und dich dort auskurieren.«

»Nein!« Magnus schüttelte den Kopf.

Andrea zuckte mit den Schultern. »Wenn er partout nicht will, müsst ihr ihn eben privat unterbringen und dort behandeln lassen. Er kann nicht laufen, der Verband muss kontrolliert werden, und eigentlich sollte das Bein geschient werden.«

»Ecklund ... das kann Ecklund in seiner Praxis machen.«

»Wer ist das?«

»Der einzige niedergelassene Arzt weit und breit. Dr. Johan Ecklund. Er wohnt am Ende des Ortes, an einer kleinen Bucht.« James schüttelte den Kopf. »Aber der ist viel unterwegs. Mal mit dem Auto, mal mit seinem Boot ... er behandelt alle hier in der Umgebung, auch die Bewohner der weiter draußen liegenden Inseln.«

Andrea warf einen Blick zurück zum Schiff. »Ich glaube, ich habe schon von ihm gehört.« Sie zögerte, sagte dann: »Ich wollte mir eigentlich den Ort ansehen. In anderthalb Stunden geht die Fahrt weiter. Wenn ihr meint, dass mein Kollege den Verletzten versorgen kann, geht das für mich in Ordnung. Macht's gut.« Sie nickte ihrem Patienten, James und den drei anderen Männern, die in einigen Metern Entfernung standen, zu und machte Anstalten, den Raum zu verlassen.

»Doktor!« Magnus' Stimme hielt sie zurück. »Danke. Ich danke dir sehr.« Er richtete sich ein wenig auf, und zum ersten Mal wurde Andrea bewusst, dass er ein ausgesprochen gut aussehender Typ war. Das braungebrannte Gesicht wurde von den tiefblauen Augen beherrscht, unter denen jetzt noch ein paar Schatten lagen – Beweis dafür, dass der Mann sich alles andere als wohl fühlte. Aber der sanft geschwungene Mund war jetzt zu einem Lächeln verzogen, und rechts in der Wange bildete sich ein kleines Grübchen. Die Stimme, warm und auf einmal samtweich, erinnerte Andrea ein wenig an die Stimme des alten Ole, sie war faszinierend und bezwingend zugleich.

»Ist schon in Ordnung. Gute Besserung.« Beinahe fluchtartig verließ sie dann die Kantine, irritiert von dem heftigen Herzklopfen, das sie auf einmal verspürte.

An einem Bummel durch den Ort, der nicht allzu malerisch war, wie sie feststellte, verlor sie rasch die Lust und kehrte zum Schiffsanleger zurück. Stamsund bestand in erster Linie aus fischverarbeitenden Betrieben. Es gab zwei, drei Geschäfte und ein paar Wohnhäuser, die alle im gleichen Stil gebaut waren. Kleine Gärten gab es in diesem Ort, der vor etwa hundert Jahren in den Fels geschlagen worden war, allerdings nicht.

Die Mannschaft der *Midnatsol* machte sich zum Ablegen bereit, und Andrea beeilte sich, wieder aufs Schiff zu kommen. Das Ablegemanöver, vor drei Tagen noch für die Passagiere etwas Besonderes, hatte inzwischen für die meisten seinen Reiz verloren. Nur wenige der Reisenden standen an Deck und sahen zu, wie die bunten Häuser hinter dem Dunst- und Regenschleier kleiner und kleiner wurden.

Der Sturm nahm in den nächsten Stunden noch zu, heftig trommelte der Regen gegen die großen Panoramafenster, und wer nicht hinausmusste, blieb in der Wärme des Schiffes.

Andrea, die sich ziemlich erschöpft fühlte, trank einen Tee mit Rum und aß nur ein Sandwich dazu, dann ging sie in ihre Kabine. Sie sah nichts von Svolvær, der Hauptstadt der Lofoten, denn sie schlief tief und fest.

11

Als sie erwachte, schien die Sonne durch das kleine Fenster, die dunklen Regenwolken waren wie von Zauberhand verschwunden.

Lächelnd lehnte Andrea sich noch einmal im Bett zurück. Sie verschränkte die Hände hinter dem Kopf und ließ das gestrige Geschehen Revue passieren. Eine Notoperation in einer Betriebskantine ... das war mehr als außergewöhnlich. Aber sie hatte es geschafft, die starke Blutung zu stoppen und den verletzten Muskel perfekt zu nähen. Die Kollegen aus der Klinik, denen sich der starrköpfige Magnus hoffentlich doch anvertrauen würde, hatten gewiss nicht mehr viel Arbeit mit ihm.

Magnus ... ein interessanter Mann! Auch in seinem elenden Zustand war etwas Reizvolles, ja beinahe Erotisches von ihm ausgegangen. Hätte er nicht solche Schmerzen gehabt, dann hätte er vielleicht mit mir geflirtet, schoss es Andrea durch den Kopf. – Und du?, fragte eine innere Stimme, was hättest du dazu gesagt? Ich hätte es genossen, gab sie ehrlich zu.

Aber es war müßig, länger über diesen Patienten, den sie niemals wiedersehen würde, nachzudenken. Sie konnte nur hoffen, dass er einsichtig genug war, sich in optimale Behandlung zu begeben. Und ich begebe mich jetzt an die frische Luft, sagte sie sich und schwang entschlossen die

Beine aus dem Bett. Lange genug geschlafen hatte sie nun wirklich.

Obwohl die Sonne schien, war es kühl an Deck. Nicht umsonst hieß Tromsø »das Tor zum Eismeer«. Andrea machte sich klar, dass sie der Arktis und dem ewigen Eis recht nahe war. Fester zog sie die wattierte Jacke, die sie sich schon in Ålesund gekauft hatte, um sich.

»Ein herrliches Wetter, nicht wahr! Und dieses Licht ... betörend.« Evelyn Wahlstrom kam eine steile Eisentreppe hochgeklettert und stellte sich neben Andrea. »Ich bin immer wieder fasziniert von dem ganz besonderen Flair.«

»Bist du deshalb noch an Bord geblieben? Ich dachte, du lebst auf den Lofoten und wärst in Svolvær ausgestiegen.«

Die rothaarige Malerin lachte. »Wäre ich normalerweise auch. Aber ganz unerwartet ist Erik an Bord gekommen.«

»Erik?«

»Mein Freund. Verlobter. Lebenspartner.« Evelyn lachte. »Nenn es, wie du willst ... Erik ist Tierfilmer und Fotograf. Manchmal ist er wochenlang unterwegs, um bestimmte Tierarten vor die Linse zu bekommen. Aber seit gestern hat er Urlaub – zumindest sagt er das. Ich denke aber, dass er zwischendurch mal zur Vogelkolonie in der Kapregion fahren wird. Zuvor aber bleiben wir ein paar Tage zusammen auf dem Schiff. Wir sehen uns noch mal die Eismeerkathedrale an, dann geht es mit dem südlich fahrenden Postschiff zurück auf meine Insel.«

»Dann wünsche ich euch beiden viel Vergnügen, genießt die gemeinsamen Ferientage.«

»Danke. Aber wir sind nicht mehr so verliebt, dass wir immerzu allein sein wollen. Komm doch mit, ich zeige dir dann ganz privat die Stadt – und natürlich die Eismeerkathedrale.«

»Danke, das Angebot nehme ich gerne an. Die Kirche muss wunderschön sein.« Andrea beugte sich ein wenig über die Reling, denn in der Ferne war schon die weit gespannte Brücke zu sehen, die die einzelnen Stadtteile Tromsøs miteinander verband. »Die Glasmosaiken sind sehenswert, hab ich gelesen.«

»Davon lasse ich mich immer wieder inspirieren«, gestand Evelyn. »Außerdem kann man in Tromsø herrlich shoppen. Man merkt, dass viele junge Leute, hauptsächlich Studenten, in der Region leben. Ach, da kommt Erik schon«, unterbrach sie sich und winkte einem schlanken, fast zwei Meter großen Mann zu, der ihnen lächelnd entgegenkam. Er trug zu einer dunkelblauen Hose einen hellblauen Norwegerpulli und sah ausgesprochen gut darin aus. Das blonde Haar war kurz geschnitten, an den Schläfen schimmerte es weiß. Und auch der akkurat gestutzte Kinnbart hatte mehr weiße als blonde Haare. Doch das schmälerte seine Attraktivität nicht, im Gegenteil. Er war klug und charmant, wie Andrea in den nächsten Stunden feststellen konnte, als sie durch die Stadt schlenderten. Er wusste viel zu erzählen über die Stadt, das Land, die Weite des Nordmeeres. Und rasch merkte Andrea, dass er bereits die halbe Welt bereist hatte. Seine norwegische Heimat jedoch liebte er mehr als alles andere.

»Tromsø war Ausgangspunkt vieler Polarexpeditionen. Nansen, Amundsen und etliche andere haben hier ihre Mannschaften zusammengestellt«, erklärte er.

Andrea war fasziniert, erst als sie die Kathedrale betraten, wurden alle still. Sie war fasziniert von der ungewöhnlichen Architektur des Gotteshauses. Draußen hatte ihr Evelyn erklärt, dass die Dachkonstruktion Eisplatten symbolisieren sollte.

»Die Form der Kirche ist den Gestellen, auf denen der Stockfisch getrocknet wird, nachempfunden«, hatte Erik hinzugefügt. »Aber am schönsten ist das riesige Fenster. Es ist eins der größten Glasgemälde weltweit.«

Ebenso andächtig wie fasziniert sah sich Andrea im Kirchenraum um, der von dem hauptsächlich aus blauem Glas bestehenden Fenster dominiert wurde. Eine schlanke Figur in der Mitte zeigte die Wiederkehr Christi. Stilvolle Glaslampen hingen von der hohen Decke, und Andrea stellte sich vor, wie beeindruckend dieser Raum in den tristen Wintermonaten wirken musste, wenn es auch am Tag kaum richtig hell wurde.

»Und jetzt gehen wir bummeln«, schlug Evelyn vor, als sie das imposante Kirchengebäude verlassen hatten. »Ich kenne zwei Boutiquen ganz in der Nähe ... du wirst begeistert sein.«

Andrea erwiderte nichts. Im Grunde machte sie sich nicht allzu viel aus Mode. Ein, zwei elegante Kleider zum Ausgehen, ein paar Hosenanzüge, etliche Jeans ... das hatte ihr lange Zeit genügt. Erst seit sie Jonas kannte, legte sie mehr Wert auf ihr Outfit.

Aber das ist jetzt ja auch vorbei, dachte sie. Und ließ sich in der nächsten Stunde doch von Evelyns Begeisterung anstecken. Die Malerin hatte ein exzellentes Gespür für Farben, für ausgefallene Schnitte und Qualität. Sie kaufte für sich ein hellgrünes Leinenkleid, das schräg geschnitten war und am Ausschnitt eine dunkelgrüne Stickerei in einem fantasievollen Muster hatte.

Andrea ließ sich zu einer roten Bluse und einer hellen Hose überreden. Dazu erstand sie eine Kette aus hellroten Steinen und kleinen Perlen, die perfekt zur Jacke passte.

»Die Sachen sind wie für dich gemacht«, stellte Evelyn lächelnd fest, während die Verkäuferin alles in eine Tüte packte. »Ich hab ja gewusst, dass wir hier was Tolles finden würden.«

Während sie dann, die Einkaufstüten in der Hand, weiter durch die Stadt schlenderten, dachte Andrea darüber nach, wie sehr sich doch ihr Leben in den letzten Tagen verändert hatte. Nichts war mehr so, wie sie es in Düsseldorf geplant hatte.

Vorgestern noch hatte sie der Gedanke an die Zukunft beängstigt. Doch plötzlich war alles anders.

Hinter ihr in der Bar befand sich eine lange, verspiegelte Theke. Darin sah sie auf einmal schemenhaft das Gesicht von Magnus. Er lächelte sie an …

Als sie hochschaute, sah sie in das gebräunte Gesicht eines Mannes, der jedoch nur eine entfernte Ähnlichkeit mit dem Meeresbiologen besaß, den sie verarztet hatte. Der Fremde nickte ihr zu, und Andrea erwiderte den Gruß mit einem knappen Neigen des Kopfes. Dabei glitt ein Lächeln um ihre Lippen, das allerdings nicht dem Fremden an der Theke galt.

12

»Warum bist du nur so dickköpfig? Diese deutsche Ärztin hat dich perfekt versorgt, du könntest jetzt gemütlich in einem Krankenwagen liegen und hinüber nach Gravdal gefahren werden, um dich in der Klinik auszukurieren.«

Magnus schüttelte den Kopf. »Auf keinen Fall. Der alte Ecklund kann das Bein neu verbinden, wenn es sein muss, und in vier, fünf Tagen bin ich wieder auf meinem Posten. Die Versuchsreihe muss zu Ende gebracht werden.« Er fuhr sich kurz mit der Hand übers Gesicht. Irgendwie verschwamm alles vor seinen Augen, und ihm war auf einmal schrecklich heiß. Was, zum Teufel, hatte diese Ärztin ihm gespritzt? »Fahr schneller, ich halte es schon aus.«

Er biss sich auf die Lippe, als ein heftiger Schmerz sein Bein durchfuhr. Für die ungeschickte Bewegung, die er gemacht hatte, als er sich zu James vorbeugen wollte, der hinter dem Lenkrad eines modernen Range Rovers saß, musste er büßen.

»Wenn das nur gutgeht.«

»Hör auf zu unken!« Magnus biss sich wieder auf die Lippe, bis er Blut schmeckte. Verdammt, die Fahrt wollte offenbar kein Ende nehmen!

Dann, endlich, tauchte das in L-Form gebaute Doktorhaus rechts vor ihnen auf. Das Grundstück war von einem weißen Lattenzaun umgeben. Neben der dunkelbraun lackierten Tür standen zwei rotbraune Kübel, in denen Birkenstämmchen ein kärgliches Dasein fristeten. Links an der ockergelben Hauswand, unter einem breiten Sprossenfenster, lehnte ein altersschwaches Fahrrad.

»Gott sei Dank, es ist jemand da«, bemerkte James. Er parkte so dicht wie möglich vor dem Grundstück. »Warte hier, ich rufe den Doktor.«

Auf sein Klingeln hin öffnete allerdings nicht Johan Ecklund, sondern Birgit Nerhus, die langjährige Haushälterin des Arztes. Das runde Gesicht war hochrot, die Schürze, die sie umgebunden hatte, voller Mehl und einigen Teigspritzern. »Der Doktor ist noch nicht zurück«, erklärte sie knapp. »Seid ihr heute alle verrückt geworden? Andauernd will einer was von ihm – und ich komme nicht zu meiner Arbeit.«

»Tut mir leid, Birgit, aber ich bringe einen Notfall.« James, der die über Sechzigjährige seit langem kannte, ließ sich nicht abweisen. »Einer meiner Männer ist schwer verletzt und ...«

»Der Doktor ist aber nicht da.« Sie sah hinüber zum Wagen, wo Magnus auf dem Rücksitz saß und das verletzte Bein so gut wie nur möglich ausgestreckt hielt. »Wenn dein Freund schwer verletzt ist, müsst ihr rüber nach Gravdal.«

»Nicht nötig. Er ist schon versorgt worden. Eine deutsche Ärztin, die zufällig auf einem Postschiff gefahren ist, hat Magnus bereits operiert. Er hatte einen Fischhaken im Bein. Aber jetzt will er nicht in die Klinik zur Weiterbehandlung, sondern sich hier auskurieren.«

»Verrückt! Wir sind doch keine Sozialstation!« Aber

ihr Blick ging dennoch besorgt zum Range Rover. »Kann er laufen, dein Kollege?«

»Humpeln, denke ich, wird gehen.«

»Ich hole Krücken.« Birgit eilte davon, trotz ihrer Rundlichkeit war sie höchst behände. Dann brachte sie Magnus in eins der beiden kleinen Zimmer, die im linken schmalen Anbau des Doktorhauses für Patienten eingerichtet waren, die sich für zwei, drei Nächte hier auskurieren sollten.

»Brauchst du was?«, fragte sie knapp, als er sich stöhnend auf das schmale Bett sinken ließ. »Ein paar Schmerztabletten kann ich dir geben.«

»Geht schon. Danke.« Aufseufzend streckte sich Magnus auf dem Bett aus. Verdammt, das Bein tat so weh, als würde man ihm mit einem glühenden Scheit in der Wunde herumstochern. Flüchtig dachte er daran, dass es wohl doch gescheiter gewesen wäre, in die Klinik zu fahren. Doch als er eine Weile still gelegen hatte, ließ das heftige Brennen nach.

Magnus sah sich in dem kleinen Zimmer um, in dem außer dem Bett nur noch eine weiß lackierte Kommode stand, die aus dem vorvorigen Jahrhundert zu stammen schien. So wie die kleinen Lampen mit hellgelbem Schirm daneben und die kleinen runden Bilder im Birkenholzrahmen an der Wand. Was darauf zu sehen war, konnte er nicht erkennen, und mit einemmal fielen ihm die Augen zu.

James saß unterdessen in der geräumigen Wohnküche des Doktorhauses, trank schwarzen Kaffee aus einer überdimensional großen Tasse und erzählte Birgit, was geschehen war.

Die Haushälterin des alten Landarztes, die ihrem Chef

hin und wieder auch als Praxishelferin zur Seite stand, knetete weiterhin ihren Teig, dabei knurrte sie: »So ein Dickkopf! Macht uns zusätzliche Arbeit, nur weil er glaubt, in eurem Labor unersetzlich zu sein.«

»Na ja, eigentlich ist er das auch. Und deshalb …«

»Deshalb werden wir zusehen, dass er bald wieder von hier verschwindet. Ich weiß sowieso kaum, wo mir der Kopf steht. Johan geht es auch nicht gut, er ist nicht mehr der Jüngste und müsste einen Nachfolger haben. Aber wer will schon hierher?«

»Hier ist es wunderschön«, warf James ein. Er sah zum Fenster hinaus, intensiv leuchtete das Blau des kleinen Fjords, am hölzernen Anlegesteg dümpelte ein alter, blau gestrichener Kahn. In einem kleinen Garten, sorgfältig gehegt und gepflegt, zog Birgit Küchenkräuter und ein bisschen Gemüse. Drei hohe Stauden mit roten und weißen Blüten, deren Namen James nicht kannte, zogen den Blick auf sich. Am Ende des Zauns, windgeschützt dank eines Spaliers aus wildem Efeu, reckten sich Sonnenblumen zum Himmel.

»Schön! Ja, jetzt im Sommer, da kann man es aushalten. Aber wenn erst mal die Herbststürme eingesetzt haben, wird es unwirtlich hier.« Sie formte den Teig, der mit saftigen Rosinen versetzt war, zu kleinen Kugeln. »Wenn du anderthalb Stunden warten willst, dann sind die *Julekaken* fertig«, erklärte sie schmunzelnd, als sie James' Blick bemerkte.

»Die Zeit hab ich leider nicht mehr.«

»Dann nimm die *vannbakkels* hier. Sind zwar von gestern, schmecken aber bestimmt noch.« Sie ging zum Vorratsschrank am Ende des Raums und holte zwei

Windbeutel heraus. »Johan ist nicht dazu gekommen, sie zu essen – ein Notruf.«

»Er ist seit gestern unterwegs?«

»Das kommt immer wieder mal vor. Er musste mit dem Boot raus zu einer Schäreninsel.« Sie warf einen Blick auf die gedrechselte alte Küchenuhr über dem Herd. Das Zifferblatt war aus hellem Walzahn und besaß ein kleines Muster aus millimetergroßen Quadraten. »Eigentlich wollte er gegen Mittag zurück sein. Na ja, wer weiß, was wieder dazwischengekommen ist. Möchtest du noch Kaffee?«

James trank noch eine Tasse. »Soll ich Magnus etwas bringen? Waschzeug und so? Er hat eine Freundin, doch die ist leider für ein paar Wochen in der Südsee. Sonst könnte sie sich um ihn kümmern.«

Birgit winkte ab. »Wir kommen schon klar. Und für Notfälle haben wir alles im Haus. Fahr nur wieder, ich kümmere mich um deinen Kollegen.«

»Danke dir.« Er schaute noch einmal in das provisorische Krankenzimmer, doch Magnus schlief tief und fest vor Erschöpfung, und so konnte James ihn auch nicht fragen, ob er Lilian Blomquist eventuell über den Unfall informieren sollte. Magnus sprach nicht allzu viel über seine Beziehung zu der schönen Stewardess. Vielleicht war es besser, sich zurückzuhalten.

James ging zur Haustür. Er hatte sie noch nicht ganz hinter sich zugezogen, als aus der Küche das Läuten des Telefons zu hören war – und Sekunden später der spitze Entsetzensschrei von Birgit: »Nein! Nein, das kann doch nicht sein!«

13

Es war ein wunderbar klarer Tag, als das Schiff den Hafen von Honnigsvåg ansteuerte. Seit dem frühen Morgen saß Andrea, warm eingehüllt in ihre Jacke und eine dicke Decke, draußen auf einem Liegestuhl und genoss die Fahrt durch den Magerøysund, der eine stark befahrene Schifffahrtsstraße war. Fischtrawler, Frachtschiffe, aber auch kleinere Kreuzfahrer passierten diese Meerenge kurz vor dem Nordkap.

Carina hatte sich vor einer Viertelstunde zu ihr gesetzt. »Ist es dir recht, wenn ich dir Gesellschaft leiste? Knut hat Dienst, und mir ist langweilig.«

»Weil du das alles ja schon oft gesehen hast.« Andrea schaute fasziniert nach links, wo, hinter Dunstschleiern verborgen, das Nordkap liegen musste.

»Stimmt schon, aber es ist immer wieder toll, hier hoch zu fahren.« Carina wickelte sich fester in ihre Decke und erzählte ein bisschen über Land und Leute.

»Wenn wir verheiratet sind, werden wir vielleicht in Tromsø wohnen. Da hat man mir schon eine gute Position angeboten. Aber es ist auch eine Stellung auf den Lofoten frei, die auch reizvoll ist. Obwohl ...« Sie zögerte, dann gestand sie: »Ich mag es nicht, dass es im Winter so lange dunkel ist. Man muss hier im hohen Norden geboren sein, um das zu ertragen. Viele meiner Landsleute tun sich schwer damit.«

»Woher kommst du denn?«, fragte Andrea.

»Ich stamme aus Narvik, habe aber lange in Oslo gewohnt und dort auch meine Ausbildung gemacht. Aber seit drei Jahren bin ich wieder hier im Norden. Da kenne ich wenigstens ein paar Leute. Und in der Stadt ist es ja doch recht hell«, fügte sie lächelnd hinzu.

Andrea sah sie interessiert an. »Du hast noch gar nicht erzählt, was du machst.«

»Ich bin bei der Polizei. Genauer gesagt beim Morddezernat.«

»Eine Kriminalbeamtin! Das hätte ich nicht gedacht.«

Carina grinste. »Es ist oft von Vorteil, dass man mir das nicht zutraut. Man nimmt mich nicht ernst, weil ich noch so jung bin. Aber frag mal ein paar der schweren Jungs, wie verbissen ich mich in einen Fall reinknien kann.«

»Das glaube ich dir unbesehen.«

Carina schlug die Decke zurück und stand auf, da das Schiff langsam in den Hafen einlief. Sie stellte sich an die Reling, sah Andrea aber weiterhin an. »Weißt du, dieser alte Mann mit dem kranken Samenmädchen ... irgendwie kommt der mir auch bekannt vor. Ich glaube fast, dass ich sein Bild vor einiger Zeit auf alten Fahndungsfotos gesehen habe. Na ja, ich hab Urlaub, und wahrscheinlich ist es auch nur Einbildung.«

»Ole ist bestimmt nicht kriminell. Er kümmert sich so rührend um Kim und wirkt total aufrichtig. Ich glaube nicht, dass er ein Verbrechen begangen hat.«

»Sicher hast du recht.« Carina lachte schon wieder übermütig. »Du fährst doch bestimmt mit den anderen Touristen zum Nordkap. Soll ich mitkommen?«

»Gern. Ich kann Gesellschaft brauchen.«

»Dann los, beginnen wir mit dem Touristenprogramm.« Carina zog Andrea die Decke fort. »Du wirst dich wundern, wie viele Busse hoch zum Plateau fahren, auf dem die Weltkugel angebracht ist. Und es gibt Rentiere zu sehen, die du auch streicheln kannst, wenn du willst.« Sie kicherte. »Auch hier oben weiß man, wie man den Besuchern das Geld aus der Tasche ziehen kann.«

»Ich dachte, die Rentiere sind jetzt alle auf einer Sommerweide draußen auf einer Insel. Das hab ich jedenfalls gelesen.«

»Ja, mehr als viertausend Tiere werden jedes Jahr nach Magerøya gebracht. Früher mussten sie schwimmen, heute bringen Armeeboote sie rüber. Das ist immer ein besonderes Ereignis. Aber als Touristen-Attraktion gibt es auf dem Weg zum Nordkap zwei, drei Samenfamilien, die mit einem Dutzend Tiere dort bleiben. Sie zeigen ihre Hütten und verkaufen Souvenirs. Es ist ein bisschen wie Disneyland im hohen Norden.«

Andrea lachte. »Ich freu mich trotzdem drauf, das alles zu sehen. Aber bevor ich von Bord gehe, muss ich noch mal in meine Kabine und festere Schuhe anziehen. Wo treffen wir uns?«

»Draußen an der Gangway. Ich warte auf dich.«

Zehn Minuten zuvor war das Wetter noch sehr angenehm gewesen. Als Andrea nun das Schiff verließ, kam Wind auf und trieb kleine Dunstwolken wie Schleier vor sich her. Eine starke Bö riss ihr fast den Schal, den sie nur locker umgelegt hatte, vom Hals. Im letzten Moment gelang es ihr, ihn festzuhalten und zusammenzuknoten.

Auf dem Pier standen die meisten der Passagiere bereits

in kleinen Gruppen zusammen, drei große Reisebusse parkten nur fünfzig Meter entfernt. Mit ihnen würden sie über die Nordkapstraße hinauf zum Plateau fahren, wo nicht nur die gigantische Weltkugel stand, sondern wo sich auch die große, in den Felsen geschlagene Nordkap-Halle befand. Der Reiseleiter hatte gestern erklärt, hier gäbe es Andenkenläden, eine Poststation und einen Raum mit interessanten Video-Vorführungen. Sogar eine ökumenische Kapelle hatte man hier, am Ende der Welt, eingerichtet.

Der wärmende Burberry-Schal war festgeknotet, und Andrea ging die ersten Schritte über die Gangway. Da bemerkte sie Kim und Ole, die hinter einem Schuppen hervorkamen und ihr zuwinkten. Kim hopste vergnügt auf einem Bein über die Steine, und Andrea wollte schon warnend rufen, sie möge vorsichtiger sein, als die beiden auch schon wieder verschwunden waren. Es war, als hätten die feinen Nebelschleier, die sich immer enger um den Schuppen zusammenschoben, sie verschluckt.

»War das nicht Kim dort hinten?« Sie stellte sich zu Carina und wies in Richtung des roten Holzhauses.

»Da war doch nichts.« Carina hakte sich bei ihr ein. »Ich war eine der Ersten hier am Kai, ich hab weder die Kleine noch ihren Onkel von Bord gehen sehen.«

»Tja dann ...« Andrea folgte ihr leicht irritiert zum ersten Bus, in dem es angenehm warm war. Carina überließ ihr den Platz am Fenster, und Andrea sah angestrengt hinaus, während sich der Bus langsam in Bewegung setzte.

Die Nebelfetzen waren, wie von Geisterhand fortgewischt, nicht mehr auszumachen, eine helle Sonne schien warm. Zwei junge Schlittenhunde, kleine Wollknäuel noch, tollten über einen Felsen, auf dem fleckenweise hellgrünes Gras wucherte, vermischt mit wilder Kamille und kleinen blauen Glockenblumen. Das Muttertier lag ein paar Meter abseits vor einem Grashügel. Die Hündin war angekettet, ließ ihren Nachwuchs nicht aus den Augen und rief die übermütigen Kleinen hin und wieder mit leisem Bellen zu sich zurück.

»Was wären die Menschen in der Gegend hier ohne ihre Huskys«, sagte Carina. »Im Winter sind Fahrten mit dem Hundeschlitten nicht nur ein Vergnügen, je nachdem, wohin man will, ist es tatsächlich auch die beste Beförderungsart.«

Andrea erwiderte nichts, sie sah angestrengt nach draußen, wo auf dem Wasser eine kleine rote Wolke schwebte.

14

Das Nordkap, dieser riesige, eindrucksvolle Felsen, der nicht zu Unrecht als »das Ende der Welt« bezeichnet wurde, die Begegnung mit einer Samenfamilie, die Fahrt durch eine Landschaft, die lange nicht so karg war, wie Andrea gedacht hatte – all das waren Eindrücke, die sie ein wenig müde gemacht hatten. Als Carina vorschlug, vor dem Abendessen einen Aperitif zu trinken, lehnte sie ab. »Sei nicht böse, aber ich bin ziemlich kaputt.«

»Na gut. Dann schau ich mal nach Knut und überzeuge mich davon, dass er vor Sehnsucht nach mir fast vergangen ist«, sagte Carina lachend.

So muss das Gefühl sein, das echte Liebe vermittelt, dachte Andrea, als sie ihre Kabine aufschloss. Beschwingt, heiter, vertrauensvoll. Carina durfte sich sicher sein, dass Knut sie über alles liebte. Die innige Verbundenheit der beiden war unübersehbar, auch wenn sie sich nach außen betont lässig gaben. Aber immer wieder sagten Blicke, die sie tauschten, wie sehr sie miteinander verbunden waren. Ganz ähnlich war es auch bei Evelyn und Erik, die sich meist ohne Worte verstanden.

Andrea hängte die dicke Jacke über einen Bügel, dann setzte sie sich auf den kleinen Sessel, der unter dem Fenster stand, und zog sich die festen Schuhe aus. Ah, es tat gut, die Zehen frei bewegen zu können!

Andrea lehnte sich zurück. Eine Weile saß sie so da, die Augen geschlossen, und entspannte sich. Als sie Durst bekam, stand sie auf, um sich aus der kleinen Bar einen Saft zu holen. Dabei fiel ihr Blick auf die in Tromsø gekaufte rote Bluse, sie hatte sie gestern Abend angehabt – und manch bewundernden Blick geerntet. Sie hing immer noch am Schrank.

Als Andrea danach greifen wollte, sah sie zufällig auf ihr Bett. Sekundenlang hielt sie den Atem an.

Auf ihrem Kopfkissen lag ein kleiner Troll. Um sein linkes, etwas krummes Holzbein war ein Verband gewickelt.

In Kirkenes sind Sie am Wendepunkt Ihrer Reise mit dem Postschiff angekommen. Die Stadt befindet sich auf dem gleichen Längengrad wie St. Petersburg, Kairo und Istanbul, las Andrea in dem Reiseführer, den sie sich besorgt hatte. Bedächtig klappte sie das schmale Heft zu und verließ ihren Platz an einem der großen Panoramafenster. Während sie außen an der Reling entlang zu ihrer Kabine ging, sah sie sich wieder einmal nach Kim und Ole um.

Wo waren die beiden? Niemand hatte das kranke kleine Mädchen und seinen Onkel gesehen. Wann und wo sie von Bord gegangen waren, war auch ungewiss.

Es war kurz vor der Abendessenszeit, normalerweise waren die beiden bei den ersten Passagieren, die zu Tisch gingen, damit Kim zeitig ins Bett kam.

»Dieser Ole hat bis Kirkenes bezahlt«, wusste Knut, der Erste Offizier, zu berichten, als sie ihn nach den beiden fragte. »Aber ob die zwei die ganze Passage mitgefahren sind, weiß man nicht.«

»Ich könnte mir vorstellen, dass sie in Honnigsvåg ausgestiegen sind. In der Gegend leben viele Samen, möglich, dass Kim dort daheim ist. Machst du dir Sorgen wegen der Kleinen?« Carina legte Andrea kurz die Hand auf den Arm. »Du hast mir doch selbst gesagt, dass niemand ihr mehr helfen kann – es ist richtig, dass sie ihre letzten Tage zu Hause verbringt.«

»Da hast du recht. Ich hatte nur gehofft, mich von ihr verabschieden zu können. Sie hat mir so unendlich leidgetan …«

»Sie ist bei ihrer Familie am besten aufgehoben.« Carina sah durch das große Panoramafenster hinaus aufs Meer, das jetzt, im späten Abendlicht, immer noch von einem hellen Silberglanz überzogen war. Ein zarter, rotvioletter Lichtschein überzog die Wolken am westlichen Horizont, tauchte alles in ein fast magisches, geheimnisvolles Licht. »Die Kleine wird sich bei ihren Eltern bestimmt wohler fühlen als in einem großen Krankenhaus.«

Andrea nickte. »Ganz bestimmt, und deshalb hat man sie wohl auch entlassen. Trotzdem bedaure ich es, sie nicht noch mal gesehen zu haben. Ich habe mal einen klugen Satz gelesen. Er heißt: ›Manchmal begegnen sich zwei Menschen nur im Vorübergehen.‹ Man muss die Worte nicht nur auf eine kurze Liebe beziehen, sie treffen wohl auch in diesem Fall zu.« Gedankenverloren spielten ihre Finger mit der kleinen Trollfigur. Sie war perfekt zu Ende geschnitzt. Die große Nase beherrschte das Gesicht, wirre Haarbüschel waren von dem Schnitzer genauso gut ausgearbeitet worden wie die Augen und der Mund, der zu einem Lachen verzogen zu sein schien. Im Gegensatz zu all den Trollfiguren, die Andrea bisher gesehen hatte, war dieser Troll jung – zumindest gab es keine geschnitzte Falte in seinem Gesicht, das ungewöhnlich gut aussehend war. Allein die Nase und die übergroßen Ohren waren »trolltypisch«, wie Knut es grinsend ausdrückte. Der Seeoffizier konnte die Aufregung, die Andrea beim Fund der kleinen Figur erfasst hatte, nicht nachvollziehen. Sicher hatte der alte Ole einen Steward gebeten, der deutschen Ärztin das Figürchen aufs Bett zu legen.

Carina, der er das zuraunte, fragte später bei dem zuständigen Kabinensteward nach, doch der wusste von nichts. Die Sache blieb also ein wenig rätselhaft, geriet aber, zumindest bei Carina und Knut, rasch wieder in Vergessenheit, denn das Schiff lief am Abend noch den kleinen Ort Mehamn an, ein Fischerdorf, das damit warb, das nördlichste Hotelzimmer auf dem europäischen Festland anzubieten.

Carina eilte vom Schiff, denn sie wollte bei einer guten Bekannten zwei bestellte Pullis abholen. Die alte Ria war eine wahre Künstlerin, ihre weichen, warmen Norwegerpullover besaßen seltene Muster. Bei gutem Wetter hängte sie einige ihrer Modelle an den alten, grün gestrichenen Gartenzaun in der Hoffnung, dass sich Touristen dafür interessierten. Der kleine Garten, in dem außer Büschel von Wollgras im Sommer noch Glockenblumen und kleine gelbe Butterblumen wuchsen, wurde von ihr liebevoll gepflegt. Ihr ganzer Stolz waren stets leuchtend rote Geranien, die sie hegte und pflegte und die ein Blickfang in den großen Trögen neben der Gartentür waren.

Andrea hatte sich gerade einen guten Platz mit perfektem Ausblick gesucht und sich einen Drink bestellt, als Knut auf sie zukam. Er wirkte ernst und angespannt, als er unumwunden erklärte: »Sorry, aber es gibt einen Notfall, Andrea.«

»Wer ist verletzt?«

»Niemand hier an Bord. Aber dein Patient in Stamsund … er kann von dem dort ansässigen Arzt nicht versorgt werden. Der hatte einen schweren Herzinfarkt und liegt in der Klinik.«

»Und jetzt soll ich zurückfahren?«

»Nein. Fliegen. Außer diesem Magnus gibt es noch einen Patienten, der Hilfe benötigt. Und der ist, wie man uns erklärte, nicht transportfähig.« Er streckte ihr die Hand entgegen. »Der Helikopter ist bereits in Kirkenes gestartet und wird gleich hier sein.«

15

Diese unerwartete Reise mit dem Schiff war voller Überraschungen und Aufregungen. Von wegen »beschaulicher Norden«! Von Stille und Beschaulichkeit war nur wenig zu merken, vor allem in dem Moment nicht, da der gelb lackierte Hubschrauber mit lautem Rotorengeräusch auf einem Fußballfeld am Rand des Ortes landete. Der Begriff »Fußballfeld« hatte fast etwas Lächerliches an sich. Es gab keine abgesteckten Punkte; die beiden windschiefen Tore wurden von schweren Felsbrocken halbwegs gerade gehalten. Strafraumlinien oder andere exakt gezogene Begrenzungen, wie man sie normalerweise kannte, gab es nicht. Und doch war dieser Bolzplatz am Ende des Festlandes für die wenigen Jugendlichen des Ortes etwas Besonderes.

Kaum hatte der Pilot die Rotoren gedrosselt, lief Andrea, wie man es ihr gesagt hatte, auf den großen gelben Helikopter zu und ließ sich von einem jungen Burschen, der zum blauen Overall eine abgewetzte schwarzbraune Fliegerjacke trug, hineinhelfen.

Man reichte ihr die Ohrschützer gegen den höllischen Lärm, der die kleine Kabine erfüllte, dann wurde sie übers Bordmikrofon mit den wichtigsten Informationen versorgt.

»Dass Dr. Ecklund in der Klinik liegt, weißt du sicher

schon. Und ein Assistenzarzt aus der Klinik in Gravdal hat sich bei einem Sturz das rechte Bein gebrochen, er fällt also auch aus. Es heißt, man müsste den Oberschenkel nageln.« Der Pilot sah sie kurz an, ehe er sich an den Instrumenten zu schaffen machte. »Dein Patient ist allein mit Birgit – und auf Røst liegt eine alte Frau mit Krebs im Endstadium. Sie muss dringend neues Morphium bekommen.«

»Røst? Nie gehört.«

»Eine der kleinen Inselgruppen weit draußen im Meer. Da pfeift der Wind immerzu. Und so wird dort der beste Stockfisch weit und breit produziert.«

»Die alte Frau ... wer kümmert sich um sie? Und warum hat man sie nicht in die Klinik geflogen?«

»Lina will das nicht. Und Dr. Ecklund war ja auch jede Woche einmal bei ihr ... Die beiden kennen sich schon seit ihrer Jugend, und wie ich hörte, wollte Lina auf keinen Fall einen anderen Arzt. So ist Johan Ecklund immer hinausgefahren zu ihr, wenn sie krank war.« Der Pilot zog so rasch als möglich seinen gelben Rettungshubschrauber in die Luft. »Ich bringe dich gleich nach Kirkenes, von dort fliegst du mit einer Inlandsmaschine bis Svolvær. Da steht dann ein Wagen bereit, der dich zu Dr. Ecklunds Haus bringen wird. Birgit hat versprochen, die Bereitschaftstasche mit allem Notwendigen zu bestücken.«

»Ihr habt mich ja schon vollkommen verplant. Na dann ...« Andrea machte keinen Versuch mehr, mit dem Mann zu diskutieren und ihm zu erklären, dass die alte Frau dringend in klinische Behandlung gehörte. Dieser Menschenschlag hier oben im hohen Norden war sehr speziell – für sie, die Deutsche, die zudem stets in einer hochmodernen Klinik gearbeitet hatte, war dies alles neu und zum größten Teil auch unverständlich.

Der Blick aus dem Fenster war faszinierend und beängstigend zugleich. Das Wasser schimmerte tiefschwarz, wie kleine Punkte ragten hin und wieder Felsblöcke daraus hervor, umspült von weißer Gischt, die am harten Gestein in Millionen glitzernder Tropfen zerbarst.

Der Hubschrauber glitt langsam tiefer, und zum Greifen nah wurden die bunten Häuser von Kirkenes. Und kurz darauf ging es erneut in die Luft, diesmal mit einem Flugzeug, in dem höchstens dreißig Personen Platz hatten. Andrea bekam Kaffee und ein Sandwich, das mit frischen Krabben belegt war. Den Orangensaft, den sie bestellte, hatte sie noch nicht ganz ausgetrunken, da landeten sie auch schon – und gemeinsam mit dem jungen Mann in der abgewetzten Fliegerjacke lief sie übers Rollfeld zu einem dunkelblauen Wagen, der neben dem kleinen Flughafengebäude wartete.

»Ich bin Kristian«, stellte sich der Fahrer vor. »Gut, dass du da bist, Frau Doktor.« Sein Lächeln geriet ein bisschen schief. »Die alte Lina ist meine Großmutter. Sie ist … eigen. Aber ich liebe sie sehr.«

»Ich werde alles für sie tun, was ich kann. Aber sie müsste wirklich in eine Klinik.«

Kristian schüttelte den Kopf. »Sie war nur zweimal in ihrem Leben von zu Hause fort – einmal auf Hochzeitsreise nach Trondheim, dann vor fünfzehn Jahren, als meinem Vater die Doktorwürde verliehen wurde. Er ist ein ziemlich bekannter Ornithologe.« Er hielt kurz inne. »Sorry, ich rede immer viel zu viel, wenn ich nervös bin.«

»Schon gut.« Andrea nickte ihm beruhigend zu.

Die Fahrt bis nach Stamsund und zum Doktorhaus am Ortsende dauerte keine halbe Stunde. Vor dem kleinen weißen Gartentor, von dem die Farbe stärker abblätterte als vom Rest des Zauns, hielt Kristian an.

»Soll ich auf dich warten?«

Andrea zögerte. Ihr Herz begann heftig zu schlagen, als sie das Doktorhaus vor sich sah. Das hatte nun wahrhaftig nichts damit zu tun, dass sie Angst vor den Aufgaben hatte, die auf sie warteten. Doch der Gedanke, Magnus wiederzusehen, ließ sie nervös werden wie einen Teenie beim ersten Date.

»Ja bitte, warte hier. Es dauert bestimmt nicht lange.«

»Du bist Doktor Andrea, nicht wahr? Endlich kommt Hilfe!« Birgit, das runde Gesicht vor Aufregung gerötet, öffnete die Tür und streckte Andrea dann beide Hände entgegen. »Ich hatte solche Angst, dass du nicht kommen würdest. Danke. Wir brauchen deine Unterstützung wirklich dringend.« Damit schob Birgit sie durch einen schmalen, dämmrigen Flur in den kleinen Nebentrakt. »Dieser Mensch ist unmöglich«, schimpfte sie dabei vor sich hin. »Wollte heute Morgen unbedingt aufstehen und sich waschen. Prompt ist ihm schwindelig geworden, er ist an eine Kommode gestoßen und die Wunde ist aufgeplatzt. Er hat geblutet wie ein Walfisch nach dem Abstechen.«

»Das habe ich gehört, Birgit. Und es ist ein höchst ungebührlicher Vergleich«, kam es aus einem Nebenraum, der zum Krankenzimmer umfunktioniert worden war.

»Er fiebert, will aber nicht schlafen und auch keine Wadenwickel. Hier, sieh selbst, Doktor Andrea!« Sie hatte sich diese recht persönliche Anrede gleich zu eigen gemacht, und Andrea ließ es gern geschehen.

»Wie soll ich schlafen, wenn dauernd Damenbesuch kommt?« Magnus versuchte sich aufzurichten, sank aber mit einem knappen Stöhnen wieder zurück.

»Du wirst wohl nicht schlau, was?« Andrea nickte ihm nur kurz zu, dann beugte sie sich über das Bett. »Lass mal sehen.« Mit einem Ruck zog sie die Decke fort und kontrollierte die Wunde, die sich bereits wieder geschlossen hatte. »Ohne Hilfe rumzulaufen war leichtsinnig«, erklärte sie.

»Ich wollte mich nur mal ordentlich waschen und hab mich dann selbst rasiert. Das kann ich Birgit ja nicht auch noch zumuten. Sie hat schon genug Arbeit mit mir.«

»Welch überraschende Einsicht!« Andrea rettete sich in Ironie, das war ein schon häufig erprobtes Mittel, keine allzu tiefen Gefühle zuzulassen. »Wärst du in die Klinik gegangen, wie es vernünftig gewesen wäre, müsstest du den Leuten hier nicht zur Last fallen. So, und jetzt muss ich los, eine wirklich Kranke wartet auf mich.«

Magnus presste die Lippen fest zusammen. Gern hätte er eine barsche Antwort gegeben, doch leider, leider hatte diese junge Doktorin mit den schönen Augen recht. Sein verdammter Dickschädel war ihm mal wieder zum Verhängnis geworden.

16

Andrea hatte nicht geahnt, welches Arbeitspensum ihr Kollege Ecklund tagtäglich hinter sich bringen musste. Doch das wurde ihr gleich am ersten Tag bewusst. Es gab chronisch Kranke, die in den weit verstreut liegenden kleinen Ortschaften wohnten und versorgt werden wollten.

Hin und wieder musste die Ärztin sogar mit einem Boot zu einer der kleinen Schäreninseln gefahren werden, um einen Patienten zu behandeln, so wie die alte Lina, deren Tage gezählt waren – und die in Frieden mit sich und der Welt auf den Tod wartete. Sie lag in einem alten, geschnitzten Bett, die weiße Wäsche war mit Hohlsaumstickerei verziert und duftete ein wenig nach Salzwasser und Fisch. Das war auch kein Wunder, erkannte Andrea bald, denn noch nirgendwo hatte sie so viel Stockfisch gesehen wie auf der Inselgruppe Røst. Die alte Lina schaute immerzu hinaus zum Meer und zu den unzähligen Felsen, wo Tausende Vögel brüteten. Ihr faltiges Gesicht wirkte friedlich, seit sie keine Schmerzen mehr hatte.

»Ich hatte ein gutes Leben«, sagte sie und nahm Andreas Hand zwischen ihre rauen, abgearbeiteten Finger. »Jetzt bin ich müde. Mach dir keine Gedanken mehr um mich, alles ist gut.«

Wie Andrea dann drei Stunden später erfuhr, hatte

Lina ihren letzten Atemzug getan, kaum dass die Ärztin die kleine Insel verlassen hatte.

Dieser Krankenbesuch war der erste von einigen häuslichen Visiten, die Andrea in den kommenden zwei Tagen absolvierte – und die ihr klarmachten, dass in dieser Gegend wirklich dringend ein Hausarzt gebraucht wurde.

Nur ... wie sollte sie auf Dauer den kranken Dr. Ecklund vertreten? Sie musste vorher etliche Formalitäten erledigen lassen, wenn sie offiziell in der Praxis mitarbeiten wollte. Zudem stand ja auch noch gar nicht fest, ob das im Sinn des erkrankten alten Landarztes war.

»Die Behördengänge sind bestimmt kein Problem«, erklärte ihr Birgit, die einen unerschütterlichen Optimismus besaß. »Das lässt sich alles regeln, mach dir deshalb keine Gedanken, Doktor Andrea. Man wird froh sein, dass es eine neue Ärztin gibt, die bereit ist, hier zu arbeiten.«

Doch so einfach, wie sich die Haushälterin die Vertretung vorstellte, war sie nun wahrlich nicht. Andrea fragte sich in den kommenden Tagen immer wieder, warum sie noch blieb – und sich Schwierigkeiten auflud, die sie eigentlich nicht brauchte. Im Grunde machte sie ja hier im hohen Norden Urlaub. Oder ... hatte sie diesen Gedanken schon ganz ad acta gelegt? Sie wagte sich die Frage nicht exakt zu beantworten, zumal sich Schwierigkeiten ergaben, die sie daheim in Deutschland nicht bedacht hatte.

Aber damals hattest du ja auch in einer perfekt ausgestatteten Klinik in Bergen arbeiten wollen, sagte sie sich. Jetzt aber bist du als Landärztin auf den Lofoten tätig, musst hinausfahren zu kleinen Schäreninseln und dich dort mit sturen Fischern oder Viehzüchtern auseinandersetzen. Darauf warst du nicht eingestellt.

Und doch … sie gestand sich ein, dass ihr die Arbeit Freude machte. So intensiven Kontakt zu den Patienten hatte sie lange nicht mehr gehabt. Immer mehr Patienten kamen in die Sprechstunde, nachdem sich herumgesprochen hatte, dass es eine Vertretung für Johan Ecklund gab. Daran war in erster Linie Birgit Nerhus schuld. Die Haushälterin schwärmte bei jedem Gang in den Ort von der deutschen Ärztin.

»Du bleibst doch, nicht wahr?«, fragte sie immer wieder. »Wir brauchen dich hier, Doktor Andrea.«

»Aber ich hatte ganz andere Pläne. Und … Birgit, sei mir bitte nicht böse, aber ich weiß nicht, ob ich auf Dauer hier leben kann.«

»Du wirst dich an das Land gewöhnen, glaub mir. Und schon bald wirst du nicht mehr fortwollen von hier.«

»Aber es gibt so viele Probleme …« Andrea saß am blankgescheuerten Küchentisch und versuchte Zeitung zu lesen. Ihr fiel es immer noch schwer, sich auf Norwegisch zu verständigen, und der Dialekt vieler Einheimischer, vor allem der Samen, war für sie ein Buch mit sieben Siegeln.

»Das lerne ich nie«, klagte sie.

»Musst du auch nicht lernen.« Birgit legte ihr einen frisch gebackenen Krapfen auf den Teller. »Die Samen verstehe ich auch nicht, mach dir also deshalb keinen Kopf. Du kommst zurecht, das genügt doch.« Skeptisch sah sie Andrea an. »Oder willst du wieder weg?«

Andrea zuckte mit den Schultern. »Offen gestanden weiß ich nicht, was ich will, Birgit.« Ihr Blick ging zum Praxistrakt, wo Magnus immer noch lag. Seine Beinwunde verheilte jetzt perfekt, und er konnte schon etliche Stunden am Tag aufstehen. Sie gestand es sich nicht ein, doch der

Meeresbiologe versetzte sie in Unruhe. Er provozierte mit Worten, mit Blicken ... Wobei seine Blicke immer intensiver wurden und ihr ein ganz unvernünftiges Herzklopfen verursachten. Doch das wollte sie nicht wahrhaben.

»Hier, iss noch ein Stück Rosinenbrot. Und trink einen Tee, das tut gut.« Birgit schob ihr ein duftendes Stück des frischen Gebäcks hin, und Andrea hatte gerade den ersten Bissen gegessen, als das Telefon läutete. Es war ein Notruf aus einer der umliegenden Fischfabriken.

»Die Hallen liegen draußen im Fjord«, erklärte Birgit. »Da kommst du nur mit dem Boot hin.«

»Und jetzt?«

»Johan hat sein Boot immer selbst gesteuert, ich werde einen meiner Neffen fragen, ob er dich bringen kann.«

»Das wäre praktisch. Ich kenne mich ja in den Gewässern hier nicht aus – ganz davon abgesehen, dass ich auch kein Boot steuern kann.«

»Holger hat Zeit«, versicherte Birgit.

Und so brachte Holger die Ärztin wenig später zu einer jungen vietnamesischen Arbeiterin, die sich mit einem Messer so schwer verletzt hatte, dass die Wunde genäht werden musste. Und am nächsten Tag fuhr er Andrea zu einem sterbenden alten Mann auf einem winzigen Eiland im Norden, zu einem Fünfjährigen, der an einer Gräte zu ersticken drohte, und er brachte sie mit seinem Wagen bis zur Insel Gimsöy, einem Eiland, das schon zu Wikingerzeiten besiedelt gewesen war.

Andrea wunderte sich über den fast neuen Allradwagen, den der Zweiundzwanzigjährige besaß. Holger ging, das hatte Birgit erzählt, keiner geregelten Arbeit nach, doch er schien keine Geldsorgen zu haben.

»Was machst du eigentlich?«, fragte sie, als sie unterwegs waren und die Hochbrücke über den Gimsöystraumen passierten. »Dein Bruder Björn studiert, er will Ingenieur werden, oder?«

»Ja, ja, der Streber kriegt vom Lernen nicht genug.« Holger machte eine wegwerfende Handbewegung. »Nichts für mich. Ich mache meine eigenen Geschäfte, das bringt mehr ein.«

Wie diese Geschäfte aussahen, sagte er nicht, und Andrea hakte auch nicht nach. Sie konzentrierte sich auf die Patientin, eine etwa Vierzigjährige, die ihr erstes Kind erwartete und von einer Leiter gestürzt war, als sie das Stalldach reparieren wollte.

»Das ist nun wahrhaftig keine Arbeit für dich«, erklärte Andrea, nachdem sie die Patientin untersucht hatte. »Ein Glück, dass den Kindern nichts passiert ist.«

»Den Kindern?« Fassungslos sah Ellen Hornböy sie an. »Du meinst ... du meinst, es werden Zwillinge?«

»Da bin ich ganz sicher. Ich habe zwei Herzschläge gehört.«

»Ja aber ... das ... das hab ich nicht gewusst.«

»Warst du denn noch nicht bei einem Gynäkologen?«

Ein knappes Kopfschütteln war die Antwort.

Eindringlich sah Andrea die weizenblonde Ellen an. »Du musst dich unbedingt von einem Frauenarzt untersuchen lassen. Fahr in die Klinik, es ist wichtig.«

»Keine Zeit«, wehrte Ellen ab. »Die Tiere müssen versorgt werden, und mein Mann ist mit einem Walfänger unterwegs. Es dauert noch mindestens zwei Wochen, ehe er zurück ist.«

»Tu dir selbst den Gefallen und such einen Facharzt

auf. Es gibt doch in der Klinik bestimmt einen Gynäkologen. Bitte.« Andrea zögerte, dann fügte sie hinzu: »Ich bin bald fort, und wann Dr. Ecklund wieder gesund ist, kann noch niemand sagen.«

»Mal sehen. Erst mal schönen Dank, Frau Doktor.« Ellen setzte sich wieder auf und strich sich die Haare aus der Stirn. »Wenn mit dem Baby alles okay ist, bin ich beruhigt.«

»Mit den beiden Babys«, korrigierte Andrea. »Vergiss nicht, dass du jetzt für zwei kleine Lebewesen die Verantwortung trägst.«

»Ich vergesse es nicht.« Ellen lächelte ein wenig verkrampft. Sie schien mit der Situation überfordert, doch Andrea sah keine Möglichkeit, ihr zu helfen. Sie nahm sich aber vor, mit Birgit zu reden. Die kannte Gott und die Welt, sicher wusste sie einen Rat.

Es regnete wieder einmal, als Holger sie zurückbrachte. Vor dem Haus standen zwei Wagen, am Zaun lehnte ein altersschwaches Fahrrad – also waren Patienten im Wartezimmer. Doch bevor sie mit der Sprechstunde begann, ging Andrea in den Nebentrakt, wo Magnus aufrecht im Bett saß und an seinem Laptop arbeitete.

»Du solltest dich nicht überanstrengen.«

»Keine Sorge, ich habe nur ein paar Daten überprüft.« Er begleitete die Worte – die eine glatte Lüge waren, wie Andrea und er wussten – mit einem Augenzwinkern.

»Du bist unmöglich, Magnus!«

»Ich weiß. Das sagst du mir jedes Mal, wenn du hereinkommst.«

»Ich bin schließlich deine Ärztin. Und ich bin verantwortlich dafür, dass du dich erholst.«

»Dazu könntest du noch viel mehr tun.«

Es war wie verhext, er schaffte es tatsächlich, Andrea in Verlegenheit zu bringen. Im ersten Impuls wollte sie das kleine Krankenzimmer wieder verlassen, doch dann blieb sie und kontrollierte schweigend seinen Puls.

»Er ist erhöht, stimmt's?«

»Nein.«

»Das kann nicht sein! Er muss stark erhöht sein in deiner Nähe.«

»Hör mit dem Unsinn auf. Morgen kannst du übrigens nach Hause.«

»Morgen schon?« Das klang bedauernd.

»Du konntest es doch kaum erwarten, wieder in dein Labor zu kommen.«

»Ja, schon ...« Zum ersten Mal, seit sie ihn kannte, wirkte Magnus irritiert und unsicher. Doch das dauerte nur Sekunden.

»Na gut, dann ist morgen mein letzter Tag als dein Patient.« Er grinste sie an, es war wieder dieses jungenhaftcharmante Lächeln, das sie so mochte, auch wenn sie es sich nicht eingestehen wollte. »Dann können wir ja am Abend was zusammen trinken gehen. Kennst du schon das Rica Hotell Svolvær? Es liegt in Svolvær ganz dicht am Hafen.«

Andrea schüttelte den Kopf.

»Dann fahren wir dorthin. Man isst da sehr gut, und mit ein bisschen Glück spielen Gunnar und seine Band in der Bar.«

»Auf einen Drink, mehr nicht.«

»Wir werden sehen.«

17

Erschöpft strich sich Evelyn Wahlstrom eine rote Haarlocke hinters Ohr. Seit vier Tagen arbeitete sie fast ununterbrochen. Erik und sie hatten nach der Rückkehr auf die Lofoten noch drei geruhsame Tage miteinander verbracht, dann war er nach Tromsø geflogen. Von dort würde er weiterreisen. Erst nach Oslo, dann nach Südamerika. Gemeinsam mit einem dänischen Kollegen wollte er ein Stück den Amazonas entlangfahren und filmen.

Wie immer, wenn sie traurig war über seine lange Abwesenheit, stürzte sich Evelyn in die Arbeit. Stundenlang konnte sie an der Staffelei stehen und malen.

Evelyn Wahlstrom wohnte in Kabelvåg, einer kleinen Ortschaft in der Nähe Svolværs, die noch vor hundert Jahren »das Herz der Lofoten« genannt wurde. Die wundervolle alte, ungewöhnlich große Holzkirche gab Zeugnis davon, wie bedeutsam der Ort einmal gewesen war. Jetzt liefen nur noch kleine Schiffe den Hafen mit seinen flachen Felsbecken an.

Evelyns Haus stand in Hafennähe, es war ein zweistöckiges, weiß gestrichenes Gebäude mit einem flachen Anbau. Die beiden schmalen Wände waren mit hellbraunen Holzlatten verkleidet, die Südseite bestand aus einer großen Fensterfront, die der Künstlerin auch bei schlechtem Wetter recht gutes Licht garantierte.

Ein zweiter verglaster Raum, der wesentlich kleiner war als das Atelier, war von Evelyn als Wintergarten eingerichtet worden. Hier wuchsen Birkenfeigen und Zimmerpalmen, zwei große, hellrote Geranienbüsche reichten fast bis an die Decke. Seit etlichen Jahren wurden sie von Evelyn mit besonderer Sorgfalt gepflegt, es waren die ersten Geschenke gewesen, die ihr Erik gemacht hatte. Auf einer breiten Holzbank standen Töpfe mit kleinen Rosenstöcken, Gerbera und zart duftendem Jasmin.

Evelyn trat zwei Schritte zurück und schaute kritisch auf die Farbkomposition, die sie auf die Leinwand gebracht hatte. Seit vorgestern arbeitete sie an dem nur fünfzig Quadratzentimeter großen Gemälde, einem abstrakten Kopf, bestehend aus dunkelroten und violetten Dreiecken, die durch breite schwarze Striche unterbrochen wurden.

Die Malerin zuckte zusammen, als das Mobiltelefon klingelte, das sie auf eine kleine Kommode an der Längsseite des Ateliers gelegt hatte. Mit drei Fingern, an denen hellblaue Farbe klebte, angelte sie nach dem Gerät und meldete sich.

»Tom! Das ist ja eine Überraschung!«

»Und ich hoffe, eine gute für dich.« Samtweich klang die Männerstimme mit dem leichten französischen Akzent am anderen Ende der Leitung. »Ich bin ganz in deiner Nähe, Eve.«

»Was bist du?« Evelyn klemmte sich das Telefon zwischen Ohr und Schulter und wischte sich die Hände an einem alten Lappen ab, der leicht nach Terpentin roch.

»Ich bin in Tromsø, aber in zwei Tagen habe ich die Geschäfte erledigt, dann komme ich zu dir.« Jetzt klang die Stimme von Tom Rheenhus knapp und sachlich. »Ich hoffe, du hast ein paar fertige Arbeiten, die ich mir ansehen und eventuell sogar mitnehmen kann.«

»Nun ja, nicht allzu viele neue, ehrlich gesagt. Ich konnte ja nicht ahnen, dass du kommen würdest, Tom.«

»Ich bin gespannt, was du mir zeigen kannst.« Eine kleine Pause entstand, dann fuhr er fort: »Es gibt etliche Interessenten – gerade für deine Landschaftsbilder.«

»Das freut mich.« Evelyn zog sich das breite Stirnband, mit dem sie die roten Haare gebändigt hatte, herunter. »Allerdings arbeite ich gerade an etwas ganz anderem. Landschaften habe ich nur zwei fertig.«

»Das ist gar nicht gut.« Toms Stimme klang ein wenig verärgert. »Ich könnte zwei größere Bilder sofort loswerden. Kannst du dich nicht beeilen?«

»Ich bin doch keine Maschine!« Evelyn legte das Stirnband zur Seite.

»Jetzt reagier doch nicht gleich über, so hab ich es nicht gemeint«, lenkte er sofort ein.

»Schon gut. Wann wirst du in etwa hier sein?«

»Ich nehme übermorgen die letzte Fähre. Bis dann.«

Leicht irritiert legte Evelyn das Telefon auf einen alten Weichholzschrank, in dem sie Farben und Terpentinflaschen aufbewahrte. Dann wandte sie sich wieder ihrer Arbeit zu, doch die Inspiration, die sie vor zwei Stunden noch gehabt hatte und die sie ohne Unterlass hatte malen lassen, war weg. Evelyn war ärgerlich, denn die Störung durch Tom – vor allem aber seine Worte – ging ihr immer wieder durch den Kopf. Was war plötzlich mit ihm los? Warum bedrängte er sie auf einmal? Das hatte er nie zuvor getan. Gerade deshalb hatte sie bislang gern mit ihm zusammengearbeitet. Frustriert legte sie die benutzten Pinsel zur Seite, ehe sie die noch feuchte Leinwand mit einem dünnen Tuch abdeckte.

Den ganzen Abend hindurch musste sie an Toms merkwürdiges Verhalten denken. Der Galerist war erst vor anderthalb Monaten auf den Lofoten gewesen. Was trieb ihn jetzt schon wieder in den Norden? Ihre Arbeiten allein konnten es nicht sein, da war sie sich ganz sicher.

Tom Rheenhus, noch keine vierzig Jahre alt, besaß in Trondheim und Oslo große Galerien, die regen Zuspruch hatten. Der gebürtige Belgier lebte seit gut zehn Jahren in Norwegen und hatte sich als Kunstkenner, aber auch als seriöser Händler einen Namen gemacht. Evelyn war froh, dass er ihre Werke ausstellte. Jede der Vernissagen, die er arrangierte, war ein grandioser Erfolg und bescherte der Malerin nicht nur Ruhm und Anerkennung, sondern auch Geld.

Bevor Evelyn sich ihr Abendbrot zubereitete, ging sie noch einmal hinüber in ihr Atelier und schaute sich die Skizzen an, die sie in der vergangenen Nacht gemacht hatte. Nach einem wilden Alptraum, aus dem sie schweißgebadet erwacht war, hatte sie gezeichnet, was sie geträumt hatte: das weite Plateau des Nordkaps, ein weißes kleines Rentier, zu dessen Füßen ein Kind lag. Ein totes Kind …

»Nein, das nicht. Das zeige ich nicht.« Evelyn wollte schon das Blatt mit den flüchtig hingeworfenen Kohlestrichen zerreißen, doch es entglitt ihren zitternden Fingern.

»Wie viele Bilder sind es diesmal?«

»Leider nur sechs, verdammte Scheiße. Wir müssen es riskieren, alle Rahmen zu füllen.«

»Kein Problem.« Holger Nerhus grinste und zündete sich lässig eine Zigarette an. Süßlicher Duft erfüllte den Wagen.

»Sei nur ja vorsichtig, sonst hängst du bald wieder an der Nadel. Dein Eigenbedarf wird stetig größer«, mahnte Tom Rheenhus.

»Woher willst du das wissen? Lässt du mich etwa bespitzeln? Wenn dieser verdammte Vietnamese es wagt ...« Aggressiv sah Holger den dunkelhaarigen Galeristen an, der neben ihm im Wagen saß und hinüber zu dem alten Musikpavillon starrte, der sich direkt am Marktplatz befand und der hier, im hohen Norden, eine Rarität darstellte.

»Ich warne dich, Holger. Ich hab nicht die geringste Lust, durch deinen Leichtsinn unsere Geschäfte zu riskieren – oder gar aufzufallen.« Tom Rheenhus öffnete die Tür. »Morgen um die gleiche Zeit bei dir zu Hause. Ich werde versuchen, Evelyn so viele Bilder wie möglich abzunehmen.«

»Wen kümmern die Bilder«, erwiderte Holger geringschätzig lachend und nahm einen letzten Zug.

»Du bist ein Schwachkopf.« Tom stieg aus. »Sieh zu, dass dein Bruder nicht da ist, wenn ich komme.«

»Der Streber ist noch an der Uni.« Holger lehnte sich mit geschlossenen Augen in den Polstern zurück.

»Gut.« Tom warf einen letzten Blick auf den jungen Burschen, dann verschwand er in der Dämmerung, die erst jetzt, kurz vor Mitternacht, einsetzte und die Landschaft in ein unwirkliches Silberlicht tauchte.

18

Zum ersten Mal seit Wochen bedauerte Andrea, dass sie keine große Auswahl an Garderobe besaß. Drei Wochen lebte sie jetzt schon im Doktorhaus, und außer Jeans, Blusen und Pullovern brauchte sie nur wetterfeste Kleidung und Gummistiefel. Im Grunde war sie nicht eitel, doch in den Tagen, in denen Magnus Hallström ihr Patient gewesen war, hatte sie immer öfter bedauert, so wenig zum Anziehen zu haben.

Noch eine Woche, dachte sie, als sie ihre drei Blusen, Shirts und Hosen nacheinander aus dem Schrank nahm und einer kritischen Begutachtung unterzog, dann bin ich wieder fort von hier. Dr. Ecklund wird aller Voraussicht nach dann entlassen und kann seine Praxis wieder selbst führen.

Der Gedanke versetzte ihr einen Stich. Sie hatte sich schon viel zu sehr an das Leben hier gewöhnt. An die liebenswerte Birgit, an die Patienten ... sogar das Wetter, das hier so häufig Kapriolen schlug wie kaum irgendwo auf der Welt, gefiel ihr. Norwegen war ein faszinierendes Land, und die Lofoten, diese Inseln des Lichts, wie sie auch genannt wurden, besaßen eine außergewöhnliche Faszination.

Dennoch ... sie konnte nicht mehr bleiben. Dr. Ecklund drängte darauf, seine Arbeit wieder aufzunehmen. Er war ein ungeduldiger Patient, der die Toleranz der Kollegen in der Zentralklinik sehr strapazierte. Zwei Bypässe hatte man ihm gelegt, und nun war er der Ansicht, mit dem Elan eines Dreißigjährigen arbeiten zu können. Gegenargumente oder gar Ermahnungen, sich zu schonen, wurden ignoriert.

Andrea mischte sich nicht ein, sie hatte inzwischen Kontakt mit zwei Kliniken in Deutschland und der Universitätsklinik in Oslo aufgenommen, und schon in zwei Wochen war ein Vorstellungsgespräch in Oslo anberaumt. Die norwegische Hauptstadt besaß Großstadtflair, es war nicht allzu weit bis nach Hause. Alles Argumente, die für eine Anstellung dort sprachen, zumal ihr das Leben in Norwegen immer besser gefiel.

Die rote Bluse, die sie in Tromsø gekauft hatte, erschien ihr für das Date mit Magnus am geeignetsten zu sein. Dazu eine helle Leinenhose – das reichte allemal aus.

»Er ist ein Patient, also stell dich nicht so an«, sagte sie zu ihrem Spiegelbild, als sie sich die Haare hochsteckte und sich mit lange nicht mehr praktizierter Sorgfalt schminkte.

Nur ein Patient? Nein, das war Magnus wahrhaftig nicht! Andrea mochte es sich nicht eingestehen, aber der Gedanke, ihn morgen nicht mehr sehen zu können, verursachte ihr einen dumpfen Schmerz.

Schon am Tag zuvor hatte er seine wenigen Habseligkeiten gepackt. Morgen wollte er die Lofoten verlassen und seine Arbeit wieder aufnehmen.

Zehn Minuten, bevor sie losfahren wollten, klingelte ein Blumenbote. Er hatte einen bunten Strauß aus Gerbera und Astern für Birgit in der Hand und ein kleines Gebinde aus gelben Rosen für Andrea.

»Mein Dank an euch«, sagte Magnus, der Birgit in den Flur gefolgt war. Er drückte dem Jungen ein Trinkgeld in die Hand und nahm ihm die beiden Sträuße ab.

»Du warst wundervoll, Birgit.« Magnus nahm die rundliche Frau mit dem grauen, ganz modisch kurz geschnittenen Haar in den Arm. »Deine Pflege, deine gute Küche haben mir gutgetan. Ich werde dich vermissen.«

»Nur mich?« Sie zwinkerte ihm zu.

»Sei nicht neugierig!« Er lachte jungenhaft. »Heute Abend weiß ich mehr.«

»Ach nein!« Lachend stemmte sie die Hände in die Hüften. »Kaum kann er wieder laufen, wird er übermütig. Und was sagt Doktor Andrea?«

»Zur Einladung zum Essen? Ja hat sie gesagt.«

»Du verstehst genau, was ich meine.«

Magnus lachte. »Wir müssen es abwarten, Birgit. Aber du kannst mir die Daumen drücken.«

»Mach ich.«

Während der Fahrt nach Svolvær sprachen Andrea und Magnus nur wenig. Andrea schaute angestrengt aus dem Fenster und bemühte sich, diese Einladung als das zu sehen, was sie war: das Dankeschön eines Patienten. Den kleinen Rosenstrauß hatte sie in ihrem Zimmer gelassen. Damit – und mit der Einladung – hatte er seinen Dank genügend ausgedrückt, fand sie. Mehr durfte auch gar nicht sein.

Wirklich nicht?

Ihr Herz klopfte aufgeregt in seiner Nähe, und sie vermied es, Blickkontakt zu ihm aufzunehmen.

Sie befand sich in einer vollkommen verrückten Situation: Ihr Freund hatte sie nach Strich und Faden betrogen.

Ihre Gefühle für ihn … Nun ja, dass sie abgekühlt waren, musste sie als stark untertrieben bezeichnen, wenn sie ehrlich zu sich selbst war. Seit sie auf den Lofoten war, dachte sie eigentlich kaum noch an Jonas. Er war so weit entfernt, als lebten sie in zwei verschiedenen Galaxien.

Magnus aber … er war ihr gefährlich nah. Und das nicht nur jetzt, wo er anhielt und sich zu ihr beugte. Sie roch sein Rasierwasser, das ihr schon nach den wenigen Tagen, die sie ihn kannte, so vertraut war. Sein Atem streifte ihre Wange, und Andrea blieb stocksteif sitzen. Wenn er es wirklich wagen sollte, sie jetzt zu küssen …

Nichts dergleichen passierte. Mit ruhiger Stimme sagte er: »Schau mal dort nach rechts … siehst du das hell erleuchtete Haus mit dem Glasanbau? Darin wohnt eine sehr bekannte Malerin.«

»Doch nicht etwa Evelyn Wahlstrom?«

»Genau die. Kennst du sie etwa?«

Andrea nickte. Mit einem Schlag war die verkrampfte Atmosphäre zwischen ihr und Magnus dahin. Sie erzählte, wie sie Evelyn kennen und schätzen gelernt hatte. »Diese Bluse hier haben wir übrigens zusammen in Tromsø gekauft«, fügte sie hinzu.

»Bezaubernd.« Er nahm Andreas Hand und drückte sie für einen Moment. »Ich freue mich, dass wir zusammen essen gehen.«

»Wir wollen einen Drink nehmen«, korrigierte Andrea.

Magnus schüttelte den Kopf. »Das hast du gesagt. Ich verhungere aber, wenn ich nicht was Gescheites zu essen bekomme. Bedenk mal, tagelang bin ich durch Birgits gutes Essen verwöhnt worden. Und jetzt leide ich schon an Entzugserscheinungen.«

»Du Ärmster!«

»Wie gut, endlich dein Mitleid zu haben.«

»Wann hat dir zum letzten Mal jemand gesagt, dass du unmöglich bist?«

»Vor einer Sekunde. Normalerweise finden mich meine Mitmenschen sehr nett.«

»Die weiblichen sicher.« Verflixt, das hatte sie nicht laut sagen wollen! Mit der ihm eigenen Arroganz dachte Magnus jetzt bestimmt, dass sie eifersüchtig war! Mit angehaltenem Atem wartete Andrea auf eine Antwort. Doch Magnus grinste nur verhalten und schwieg.

Vor dem Hotel, das von innen genauso ansprechend wirkte wie von außen, half er ihr aus dem Wagen und ließ ihre Hand einfach nicht mehr los, bis sie an der Bar einen ersten Drink nahmen.

Nach dem Essen, das hervorragend war, folgten noch zwei weitere Drinks, und Andrea gestand sich ein, dass sie sich blendend unterhielt. Ihr Begleiter erzählte von seiner Arbeit, von seiner Wohnung in Trondheim, die allerdings die meiste Zeit des Jahres leer stand, und von seinen Kollegen, mit denen ihn ein freundschaftliches Verhältnis verband. Und auch sie berichtete kurz, wo sie studiert und gearbeitet hatte. Davon, dass sie in Amerika gewesen war, zeigte sich Magnus beeindruckt. Als er allerdings ein paar Fragen nach ihrem Privatleben stellte, winkte sie ab.

»Es ist so schön heute, da will ich mir nicht die Stimmung verderben«, erklärte sie betont gelassen. Aber Magnus spürte genau, dass es etwas gab, das sie tief verletzt hatte. Schnell schenkte er ihr ein weiteres Glas Wein ein.

»Du hast recht, private Angelegenheiten können nerven. Da ist eine kollegiale Freundschaft viel angenehmer.

James und ich, zum Beispiel, kennen uns seit vier Jahren, er ist nicht nur mein Vorgesetzter, sondern auch mein bester Freund.«

»Er scheint wirklich sehr nett zu sein.«

»Ist er auch. Und ein ausgewiesener Fachmann auf dem Gebiet der Meeresbiologie. Wir haben schon vor zwei Jahren auf den Lofoten und auf den Vesterålen geforscht, aber auch im Eismeer. Voriges Jahr war ich für drei Monate mit einem Team auf einer Forschungsstation in der Antarktis.«

Andrea legte den Kopf auf die linke Hand und sah ihn an. »Um diese Erfahrungen und Erlebnisse beneide ich dich. Das muss eine tolle Zeit gewesen sein.«

Er nickte, dann, von einer Sekunde zur anderen, blitzte wieder der Schalk in seinen blauen Augen auf. »Soll ich noch mehr von mir erzählen?«

»Klar.«

»Nun, wir unterhalten ein großes Labor in Trondheim und eins in Tromsø, das der Universität angeschlossen ist. Dann gibt es unser kleines Schiff hier …« Mit zärtlicher Geste schob er ihr eine Haarsträhne aus der Stirn. »Sag mir, wann ich dich zu faszinieren beginne.«

Peng!

Nein, es war kein Barhocker neben ihr umgefallen, doch dieser eine Satz hatte ganz ähnliche Wirkung. Es war Andrea, als sei sie mit einem Schlag von Wolke Sieben auf die Erde zurückkatapultiert worden.

»Du bist … unmöglich!«

»Das denkst du nur.« Er beugte sich vor, und es war klar, was er vorhatte.

»Wag es ja nicht!« Sie wollte vom Barhocker rutschen,

aber der letzte Drink war ganz offensichtlich etwas zu stark ausgefallen. Der Fußboden war jedenfalls nicht da, wo er sein sollte – zumindest kam es ihr so vor. Stattdessen waren da zwei Arme, die sie hielten, ein Gesicht, das näher und näher kam ...

Ich trinke nie wieder in einer norwegischen Bar, ohne nachzufragen, was im Glas ist, schoss es Andrea durch den Kopf. Man weiß ja nicht mehr, was man tut und ... Aber dann dachte sie nichts mehr, denn Magnus wollte gar nicht aufhören, sie zu küssen.

»Die Therapie hättest du ruhig schon vorher anwenden können.« Seine Stimme klang ein wenig heiser vor Erregung.

»Was erlaubst du dir!« Mit einem Ruck riss Andrea sich los. Zum Glück war der Fußboden wieder da, wo er hingehörte. Jedenfalls stand sie kerzengerade vor Magnus und funkelte ihn wütend an.

»Ich konnte einfach nicht widerstehen. Du bist zu süß.«

»Süß! So ein alberner Begriff! Ich bin doch keine siebzehn mehr.«

»Zum Glück nicht!« Er legte ihr den Arm um die Schultern und führte sie hinaus, nachdem er dem Barkeeper einen Schein auf den Tresen gelegt hatte.

Draußen war Sturm aufgekommen, er fuhr durch Andreas Haare und ließ sie schaudern. Die dünne Bluse und der Blazer, den sie darüber trug, waren eindeutig die falsche Kleidung. Verflixte Eitelkeit!

»Hier, meine Jacke.« Magnus' gefütterte Lederjacke, abgewetzt, aber herrlich warm, roch nach seinem Rasierwasser, aber auch ein bisschen nach Tang und Meer. Sie hüllte sich darin ein. »An das Wetter hier musst du dich noch gewöhnen. Ohne warme Jacke geht man einfach nicht aus dem Haus.«

»Ich bin vielleicht bald wieder daheim in Deutschland.«

»O nein!« Fest, beinahe schmerzhaft, war der Griff seiner Hände um ihre Schultern. »Das kommt gar nicht in Frage!«

»Bestimmst du das etwa?«

»Ja ... zumindest würde ich gerne versuchen, dich umzustimmen. So, zum Beispiel.« Sein Griff wurde noch ein wenig fester, seine Lippen öffneten die ihren fast gewaltsam. Aber dann, von einem Atemzug zum nächsten, begann er mit seiner Zunge höchst behutsam ihren Mund zu erobern. Sein Griff lockerte sich, die Hände glitten über ihren Rücken, streichelten, liebkosten, spielten mit ihrem Haar.

Andrea lehnte sich ans Auto, sie hatte Angst, wieder das Gleichgewicht zu verlieren. Dieser Mann verstand vielleicht zu küssen ...

Als er sie losließ, zuckte seine linke Augenbraue leicht nach oben. Amüsierte er sich eventuell über sie? Das wäre eine Frechheit sondergleichen!

»Du ... du bist ... Lass mich endlich los!« Sie versuchte sich gegen ihn zu stemmen, versuchte an etwas anderes zu denken als an seine Küsse, versuchte ihn nicht anzusehen ... Es musste doch gelingen, sich aus diesem Bann zu befreien!

Nein, es war unmöglich!

Wieder küsste er sie. Es war der süßeste, leidenschaftlichste, wildeste und innigste Kuss, den Andrea je bekommen hatte.

Er dauerte vom Parkplatz bis zum Hotelzimmer ...

Ein fremdes Bett. Ein fremder Raum. Und neben ihr – Magnus!

»O nein!« Mit einem Ruck setzte Andrea sich auf. Im nächsten Moment zerplatzten tausend kleine Sterne in ihrem Hinterkopf. Leise stöhnend sank sie auf das Kissen zurück.

»Guten Morgen, Schönheit.«

Keine fremde Stimme. Kein fremder Mund, der ihren Nacken küsste. Keine fremden Hände, die sie sanft zu streicheln begannen. Er war ihr so vertraut ... es war kaum zu glauben!

Sie wollte aufstehen, ins Bad laufen und sich dann anziehen. Was war nur in sie gefahren? Wie hatte sie es nur so weit kommen lassen können? Sie war nun wahrhaftig nicht der Typ, der auf One-Night-Stands stand. Sie hob die Hand, um die Decke zurückzuschlagen, hielt aber mitten in der Bewegung inne. Zu begehrenswert war Magnus' Nähe. Zu erotisch seine Ausstrahlung. Zu wissend seine Finger, die jetzt frech unter die Bettdecke glitten.

Ich muss verrückt geworden sein, dachte Andrea und drehte sich um, damit sie nicht mehr in diese blauen Augen sehen musste, die so unergründlich tief waren wie der Raftsund. Was tue ich hier? Was ist passiert in der letzten Nacht?

Blöde Frage, beantwortete sie diese im nächsten Atemzug selbst. Das liegt ja wohl auf der Hand. Beziehungsweise ... er, dieser unverschämte, verrückte, herrliche Mann nahm die Sache wieder in die Hand. Nämlich ihren kleinen Po, dann glitt seine Hand langsam ihren Rücken hinauf ... und drehte sie sanft zu sich um, damit er sie wieder ausgiebig küssen konnte.

Jetzt müsste die Welt aufhören sich zu drehen, schoss es ihr durch den Kopf.

»Hast du auch so großen Hunger?« Ein unüberhörbares Magenknurren begleitete seine Frage.

Wie prosaisch!

Ernüchtert richtete sich Andrea auf. »Ich muss nach Hause.« Sie schwang die Beine aus dem Bett, raffte das dünne Laken und wickelte sich darin ein, während sie im Bruchteil einer Sekunde abschätzte, dass die schmale Tür neben dem hellen Schrank nur ins Bad führen konnte.

»Es ist noch früh. Wir können in Ruhe Kaffee trinken.« Magnus setzte sich im Bett auf und sah ihr nach, ein Lächeln in den Mundwinkeln.

Andrea gab keine Antwort. Sie duschte ausgiebig, wobei sie sich immer wieder fragte, wie ihr so etwas hatte passieren können. Da ging sie mit einem Mann, den sie kaum kannte, ins Bett und …

Ja – und? Was war dabei? Sie war erwachsen, und es hatte Spaß gemacht. Zu bereuen gab es gar nichts.

Als sie aus dem Bad kam, das Haar noch ein bisschen feucht, lag Magnus immer noch im Bett.

Und er schlief!

Im ersten Impuls wollte sie ihm die Decke fortreißen und ihn auffordern, sie allein zu lassen, doch dann blieb sie am Fußende des alten Holzbettes stehen und sah auf Magnus hinab. Seine Lippen waren leicht geöffnet, das dunkle Haar verstrubbelt, eine Strähne fiel ihm in die Stirn. Die linke Hand lag hinter dem Kopf.

Langsam, zögernd, einen Fuß vor den anderen setzend, ging sie um das Bett herum, beugte sich vor …

»Endlich! Ich hab schon gedacht, du tust es nie!« Seine

Rechte kam unter der Decke hervor und zog sie aufs Bett. »Jetzt küss mich schon!«

»Das glaubst auch nur du.« Sie versuchte sich aus seinem Griff zu lösen, doch es klappte nicht. Im Gegenteil, er zog sie jetzt mit beiden Händen auf sich, hob den Kopf … dicht war sein Mund vor ihren Lippen.

Andrea schloss die Augen und vergaß, dass sie vor einer Viertelstunde noch wild entschlossen gewesen war, unverzüglich nach Stamsund zurückzufahren und die letzten Stunden aus ihrem Gedächtnis zu streichen.

19

Unmerklich, fast übergangslos war der helle Silberschein der Nacht in die Morgendämmerung mit ihren blaugrauen Schatten übergegangen. Ein nur zaghaftes Morgenrot, das Andrea beim ersten Blick aus dem Hotelzimmer noch gesehen hatte, war verschwunden. Dieser Sommermorgen am Polarkreis zeigte sich unwirtlich, zumal sich immer mehr bedrohlich schwarze Wolken vom Meer heraufschoben und schon bald in wilder Jagd über den Himmel zogen. Eisiger Wind strich um die Gebäude am Hafen, als Andrea und Magnus das Hotel verließen, um den Heimweg anzutreten.

Und dann setzte der Regen ein! In wahren Sturzbächen kam er aus den tief hängenden Wolken und erschwerte Magnus am Steuer des alten Volvos die Sicht. In höchster Geschwindigkeit versuchten die Scheibenwischer den Wassermassen Herr zu werden. Schemenhaft glitten ein paar entgegenkommende Fahrzeuge an ihnen vorbei.

In Henningsvær hielt Magnus auf einem Parkplatz am Hafen an. »Wir warten ein paar Minuten, ja? Das Unwetter wird gleich weiterziehen. In den Sommermonaten dauert so ein Regenguss nie lange.« Er schob den Regler der Heizung ganz nach oben, doch die feuchte Kälte ließ sich nicht vertreiben, auch wenn der Motor weiter lief.

»Ich kann mir gar nicht vorstellen, wie es im Winter

hier ist«, murmelte Andrea. »Man muss wohl im Norden geboren sein, um dieses Wetter auf Dauer zu ertragen.«

»Ach was!« Magnus lachte und legte den Arm um sie. »Daran gewöhnt man sich schnell, glaub mir.«

Andrea schüttelte den Kopf. »Ich glaube nicht, dass man sich ganz umstellen kann. Aber ich muss ja auch keinen Winter hier verbringen. Dr. Ecklund wird bald entlassen. Er hat sich geweigert, eine Kur auf dem Festland zu machen, hat mir Birgit erzählt.«

»Und dann?«

Sie lachte ein wenig gezwungen. »Dann übernimmt der Kollege seine Praxis wieder, und ich ... ich muss abwarten, was meine Bewerbungen ergeben.« Starr sah sie aus dem Fenster. In silbrigen Fäden fiel der Regen vom Himmel, das zum Greifen nahe Meer war wie hinter einer Wand aus Wolken und Regen verschwunden.

Doch dann ... Andrea hielt den Atem an. Aus einer dunklen Wolkenwand löste sich eine kleine rosarote Gestalt und winkte ihr zu. »Kim ...«

»Wer ist Kim?«

Wie erwachend sah sie Magnus an. »Ein kleines Mädchen. Ich ... ich habe für einen Moment gedacht, sie wäre da draußen.«

Magnus schüttelte den Kopf. »Bei dem Wetter ist kein Mensch auf der Straße, erst recht kein kleines Kind.«

»Natürlich, du hast ja recht.«

Der Regen hörte so abrupt auf, wie er eingesetzt hatte. Die Wolken lichteten sich, nur um den Vågekallen herum tanzten noch die Nebelfrauen.

»Er sieht immer Respekt einflößend aus, der König der Lofoten, nicht wahr?« Magnus wies zu dem hohen Berg hinüber, dann startete er den Motor wieder. »Du kennst die alten Sagen von ihm und den Sieben Schwestern?«

»Ja, ich kenne sie. Und ich weiß auch, dass die Lofotenfischer bei ihrer ersten Fahrt hinaus auf See die Mützen vor dem Vågekallen ziehen.«

»Richtig. An der Tradition halten alle fest.« Er wies nach links. »Da, schau, der alte Leuchtturm! Er ist einer der schönsten hier in der Gegend.«

»Halt mal an!« Andrea griff aufgeregt ins Lenkrad. »Sieh mal dort hinten – ist das nicht Holger Nerhus, Birgits Neffe?«

Magnus kniff die Augen zusammen. »Ja, das ist sein Luxusschlitten. Unverkennbar. Was treibt der denn hier bei dem Wetter? War der Wahnsinnige vielleicht mit seinem Boot draußen?«

»Sieht fast so aus. Er scheint was gefangen zu haben.« Angestrengt versuchte Andrea etwas Genaueres zu sehen. »Mich wundert, dass er stinkende Fischkisten in seinem Wagen transportiert.«

»Ach, das soll uns egal sein.« Magnus streichelte ihr Knie.

»Hey, konzentrier dich auf die Straße! Nicht, dass wir noch verunglücken.«

»Ungern!« Er zwinkerte ihr zu und stellte zufrieden fest, dass sie rot wurde.

»Er ist wieder da.« Birgit Nerhus empfing Andrea und Magnus mit gerötetem Gesicht. »So ein unvernünftiger Kerl! Entlässt sich selbst viel zu früh aus der Klinik und knurrt jetzt auch noch rum, weil er erkennen muss, dass er nicht unersetzlich ist.«

»Dr. Ecklund ist schon zurück?«

»Er ist in seinem Sprechzimmer.« Birgit sog heftig die Luft ein. »Kontrolliert die Patientenakten. Dabei sieht er aus wie ein Stockfisch kurz nach dem Ausnehmen.«

Den Vergleich wollte Andrea nicht kommentieren, sie sah sich nach Magnus um, der in der Tür stehen geblieben war. »Kommst du mit rein? Dann kann ich dein Bein noch mal verbinden.«

»Ach was, das ist nicht nötig. Du hast dich doch davon überzeugt, dass die Wunde gut verheilt ist.« Wieder erschien dieses unverschämte Grinsen in seinem Gesicht.

Andrea beschloss, darauf einfach nicht einzugehen. Birgit ahnte gewiss schon, was geschehen war. Allerdings war sie im Moment viel zu aufgeregt, um sich um das Liebesleben von Andrea zu kümmern. Dr. Ecklunds plötzliches Auftauchen hatte sie völlig aus dem Konzept gebracht.

»Birgit! Wer, zum Teufel, hat den Totenschein von der alten Lina ausgestellt?«

»Das war ich.« Andrea ging ins Sprechzimmer, wo Johan Ecklund hinter seinem Schreibtisch saß und eine Krankenakte nach der anderen hinter sich auf den schmalen Ablageschrank schleuderte.

»Wer bist du?« Unfreundlich sah er Andrea an.

»Dr. Andrea Sandberg aus Deutschland.« Sie sah den alten Kollegen mit dem schlohweißen Haar und der von Wind und Wetter braun gegerbten Haut offen an. »Ich hoffe, Sie sind einverstanden, dass ich eingesprungen bin.«

»Soll ich im Nachhinein vielleicht ein Veto einlegen?« Er musterte sie ungeniert. »Du bist eine Kollegin? Unglaublich! Viel zu jung …«

»Leider habe ich meine Unterlagen nicht zur Hand. Aber Sie können versichert sein, dass ich mein Medizinstudium abgeschlossen habe.« Es war nicht einfach, ruhig und gelassen zu bleiben, doch Andrea bemühte sich erfolgreich.

»Tja ... dann ist es ja gut.«

»Die alte Lina ist übrigens ganz friedlich eingeschlafen.«

»Nun hat sie endlich ihre Ruhe.« Kurz sah Johan Ecklund auf. »Und sonst?«

»Sie haben doch schon alles durchgesehen. Es gab keine besonderen Vorkommnisse.« Andrea antwortete kurz und knapp. Sie sah keine Veranlassung, besonders höflich zu dem Kollegen zu sein, der sich so barsch und abweisend gab, dass es schon wie eine Beleidigung wirkte. Dabei hatte er allen Grund, ihr dankbar zu sein, schließlich hatte sie ihn vertreten, ohne über ein Honorar zu reden. Das einzig Positive war für sie gewesen, dass sie auf schnellstem Weg ein Dokument von der Behörde bekommen hatte, das ihr erlaubte, als Ärztin in Norwegen tätig zu sein. Wie Birgit das geschafft hatte, blieb ihr Geheimnis. Die Haushälterin hatte nur gesagt: »Darum kümmere ich mich. Ich kenne da ein paar Leute ...«

Andrea sah zu Birgit hinüber, die ihren Arbeitgeber grimmig ansah. Ganz offensichtlich war sie nicht bereit, länger zu seinem Benehmen zu schweigen.

»Keine besonderen Vorkommnisse. Aha! Und das kannst du beurteilen, junge Kollegin? Pah!« Er blickte bei den Worten weiterhin starr auf seinen Schreibtisch.

»Johan, reiß dich gefälligst zusammen!« Birgit Nerhus schob die junge Ärztin zur Seite. »Sie war auf dem Schiff, als ein Notfall passierte. Stell dir vor, sie hat drüben in der Fischfabrik operiert! Aber das hab ich dir ja schon alles in der Klinik erzählt. Tu jetzt nicht so, als sei dir das neu.«

»Und den Eingriff hat der Patient überlebt?« Die Ironie in seinen Worten war unüberhörbar.

»Sehr gut sogar. Er steht übrigens draußen. Sie können ihn fragen, ob er mit meiner Behandlung einverstanden war.« Andrea sah kurz zu Birgit hinüber, die bei diesen Worten zu schmunzeln begann.

»Unsinn.« Mehr sagte Johan Ecklund nicht.

»Tja dann ... alles Gute für Sie. Tut mir leid, dass Sie so wenig mit meiner Vertretung einverstanden waren. Das habe ich nicht gewusst.« Andrea sah keine Veranlassung, länger wie eine Sünderin oder gar Bittstellerin vor dem alten Kollegen stehen zu bleiben. Mochte er doch zusehen, wie er allein zurechtkam. Sie würde so rasch wie möglich zurückfahren nach Bergen, dort ihre letzten persönlichen Dinge aus Jonas' Wohnung holen und Norwegen verlassen.

Es sei denn, du bekommst den Job in Oslo, schoss es ihr im selben Moment durch den Kopf. Andrea sah hinaus auf den Fjord, auf dem etliche Boote und ein paar kleinere Yachten kreuzten. Sie hatte das Land immer mehr lieben gelernt in den letzten Wochen, und die Vorstellung, nicht mehr hierher zurückzukehren, versetzte ihr einen schmerzhaften Stich. Doch was blieb ihr übrig?

»Ich darf mich dann verabschieden. Bis später. Ich werde nachher noch packen und morgen früh gehen.«

»Kommt ja nicht in Frage, dass du gehst!« Birgit trat einen Schritt vor und stieß den Arzt an. »Johan ... nun sag schon endlich was!«

Ein Ruck ging durch Dr. Ecklund. Er schob die Papiere zur Seite und stand zögernd auf. »Nein, bleib noch. Bitte. Ich … ich muss mich entschuldigen. Es ist nur … ich bin es nicht gewöhnt, dass jemand in meiner Praxis mitarbeitet.« Er streckte Andrea die Hand hin. »Danke für deine Hilfe, Kollegin. Und verzeih mir mein Benehmen. Ich entschuldige mich in aller Form.« Ein langer Blick ging zu Birgit, die ihm zunickte.

»Schon gut. Ich habe gern geholfen. Es war eine sehr interessante Erfahrung für mich.«

»Tja, mit der Arbeit an einer Klinik kann man das hier nicht vergleichen.«

»Stimmt. Aber ich bin, offen gestanden, froh, dass ich diesen Arbeitsbereich kennenlernen konnte.«

Johan Ecklund nickte nur.

»Gute Besserung für Sie.« Andrea wandte sich ab und umarmte Birgit Nerhus, die neben der Tür stehen geblieben war. »Danke, liebe Birgit. Du warst sehr, sehr nett zu mir.«

»Bleib doch noch, Doktor Andrea. Er braucht noch Hilfe.«

»Nein, ich muss gehen.« Beinahe fluchtartig verließ sie das Haus. »Meine Sachen hole ich später ab.«

Magnus lehnte an der Haustür und sah sie fragend an. »Dankbarkeit klingt anders«, stellte er lakonisch fest. »Aber so ist der alte Ecklund. Nach außen wirkt er so kalt wie das Eis am Nordpol. Aber er ist eine Seele von Mensch und tut alles für seine Patienten.«

»Das verstehe ich ja auch. Sein Arbeitspensum ist riesig, das habe ich schon festgestellt.«

»Und jetzt?« Fragend sah er sie an.

»Jetzt hätte ich gern einen heißen Tee. Danach gehe ich kurz zurück, packe meine Sachen und warte aufs nächste Postschiff. Oder auf einen Flieger.« Tränen stiegen ihr schon wieder in die Augen. Sie wischte sie sich mit einer fast trotzig wirkenden Geste ab.

»Kommt ja gar nicht in Frage!«

»Was soll ich denn sonst machen? Ich brauche einen neuen Job, eine Perspektive für die Zukunft. Und wahrscheinlich liegt meine Zukunft nicht in Norwegen.«

20

Bleib, so lange du willst. Ich freue mich über deine Gesellschaft.« Evelyn Wahlstrom goss einen Schuss Gin in das Glas mit dem kühlen Limettensaft. »Ich bin so froh, dass du mich angerufen hast und nicht gleich wieder nach Hause gereist bist.«

Andrea nahm einen Schluck. »Im Grunde ist es unverschämt von mir, dich so zu überfallen. Aber ich wusste nicht, wohin so schnell. Und da ist ja noch meine Bewerbung für Oslo …« Sie zuckte mit den Schultern. »Ich möchte noch abwarten, ob man mich will.«

»Ich wäre dir böse, wenn du nicht gekommen wärst.« Die Malerin trank ihr Glas leer und streckte die Hand nach Andrea aus. »Komm, ich zeige dir das Gästezimmer. Und dann, wenn du magst, mein Atelier.«

»Ich ziehe von einem Gästezimmer ins andere.« Andrea nippte nur an ihrem Glas. »Wenn Magnus mich nicht so bekniet hätte zu bleiben … es wäre vielleicht besser gewesen, daheim noch mal neu anzufangen.«

»Darüber reden wir noch. Man sollte nichts überstürzen, schon gar nicht, wenn man ein bisschen traurig und frustriert ist. Dieser Magnus scheint ein toller Typ zu sein.«

»Hm.«

Evelyn lachte. »Deine Gesprächigkeit spricht Bände!«

Andrea folgte ihr in das erste Stockwerk des Hauses.

Das große Gästezimmer besaß schräge, holzgetäfelte Wände, in die kleine runde Lampen eingelassen waren. Mit der indirekten Beleuchtung wurde der ganze Raum ausgestrahlt. Zwei Wände waren in einem sanften Grün gestrichen, die anderen beiden Seiten waren mit weiß lackierten Holzpaneelen verkleidet.

Das Bett an der Längsseite war nicht breit, doch bequem. Eine grün-blau-weiße Patchworkdecke lag darauf. Neben dem Fenster stand ein alter Schaukelstuhl, vor dem ein Rentierfell lag. Gleich nebenan befand sich ein kleines weiß gekacheltes Bad. Einziger Schmuck war ein abstraktes Acrylbild an der rechten Seite. Es war eine faszinierende grün-blaue Farbkombination. Natürlich hatte Evelyn es selbst gemalt.

Andrea sah sich kurz um. »Sehr schön. Danke, Evelyn.«

Die Malerin winkte ab. »Das geht in Ordnung. Ich hab dir doch schon gesagt, wie sehr ich mich freue. Aber jetzt erzähl ein bisschen mehr von diesem Magnus.«

»Was soll ich groß über ihn sagen? Er ist liebenswert, charmant, klug und …« Andrea zögerte, dann gestand sie ein wenig verlegen: »Er besitzt eine ungemein erotische Ausstrahlung. Ehrlich, ich war hin und weg, als ich ihn richtig angesehen habe.«

»Wie soll ich das denn verstehen?«

»Na ja, zunächst war er ja mein Notfall-Patient, ich musste seine stark blutende Wunde versorgen. Erst danach konnte ich Magnus ins Gesicht sehen.« Sie lächelte bei der Erinnerung.

»Das hast du dann aber hoffentlich mehr als intensiv getan.«

Andrea lachte. »Du bist unmöglich, Evelyn.«

Evelyn legte ihr den Arm um die Schultern. »Warum bleibt ihr nicht zusammen?«

»Das geht nicht. Erstens kennen wir uns kaum, und dann ... er arbeitet in Tromsø, zusammen mit anderen Meeresbiologen. Zu Hause aber ist er in Trondheim. Er pendelt hin und her, glaube ich. Und er ist immer wieder für Wochen oder gar Monate auf Forschungsreisen. Was soll ich dann in einer seiner Wohnungen?«

»Auf ihn warten und dir derweil einen neuen Wirkungskreis suchen. Schau mich an – es ist ganz angenehm, mal eine Weile allein zu sein. Umso schöner ist dann das Wiedersehen.«

Andrea antwortete nicht. Ihr Leben war im Moment wie eine Achterbahn, es ging rasant auf und ab.

Draußen vor den großen Fenstern des Ateliers lag blau schimmernd die jetzt ruhige See. Ein paar Fischerboote dümpelten im Hafen, doch viel Arbeit hatten die Männer jetzt, im Sommer, nicht. Der Dorsch war in den ersten Monaten des Jahres gefangen worden, auf den großen Holzgestellen entlang der Küste hing der Stockfisch zum Trocknen. Wenn ein Fischer jetzt hinausfuhr, dann nur, um für den eigenen Bedarf ein paar Fische oder Krabben einzuholen.

»Es ist schön hier, nicht wahr?« Evelyn trat neben Andrea. »Bleib hier, so lange du magst. Und warte in Ruhe ab, was man dir auf deine Bewerbungen antwortet.« Sie ging zur Staffelei und zog das Tuch, mit dem sie das Bild abgedeckt hatte, fort. »Wie gefällt es dir?«

Andrea stieß einen kleinen Schrei aus. »Das ist ... das ist Kim.«

»Ja. Ich musste sie malen. Fast jede Nacht träume ich von der Kleinen. So etwas ist mir noch nie passiert.« Evelyn hängte das Tuch wieder über die Staffelei. »Vielleicht gibt sie Ruhe, wenn ich das Bild fertig habe.«

»Du glaubst, dass Kim ... oder ihr Geist ...« Andrea sprach ihre Gedanken nicht aus. Sie dachte an den kleinen Troll, den sie in ihrer Kabine gefunden hatte, kaum dass Kim und der alte Ole auf so rätselhafte Weise verschwunden waren.

»Komm, wir nehmen noch einen Drink. Das vertreibt die verrückten Gedanken.«

»Lieber nicht. Magnus will mich gleich abholen. Wir wollen noch einmal essen gehen, bevor er morgen wieder nach Tromsø fährt.«

»Dann genießt den letzten Abend! Ich bekomme Besuch von meinem Galeristen. Er verkauft im Moment so erfolgreich, dass es mir fast unheimlich ist. Sogar die Landschaftsbilder, die ich nur sehr selten male und die mir selber gar nicht so besonders gefallen, verkaufen sich gut.«

»Ich gratuliere dir.«

Evelyn antwortete nicht. So sehr sie Tom Rheenhus als Galeristen schätzte, heute wäre sie froh gewesen, wenn er sich nicht angekündigt hätte.

21

Das Schiff hieß *Finnmarken*, es fuhr in südlicher Richtung und brachte die Passagiere vom Polarkreis zurück in wärmere Gegenden. Andrea hatte nur noch mit Mühe eine Kabine bekommen, es war beste Reisezeit und die *Finnmarken* fast ganz ausgebucht.

Wie schön war, im Nachhinein betrachtet, die Reise nach Norden gewesen. Sie hatte Carina und Knut, Evelyn und Erik kennengelernt – und Kim und ihren geheimnisvollen Großvater. Immer wieder nahm Andrea die kleine Trollfigur mit dem ungewöhnlich glatten Gesicht in die Hand und sah sie an. Es ging etwas Magisches von dem Figürchen aus, und sie hätte nicht zu sagen gewusst, was es war. Doch irgendetwas zwang sie immer wieder, den Troll anzuschauen.

Es klopfte, vor der Kabinentür stand ein junger Steward im weißen Jackett und hielt ihr lächelnd einen Strauß roter Rosen entgegen. »Für dich.«

»Danke.« Sie nahm die Blumen entgegen und steckte kurz die Nase in die duftende Pracht. Rote Rosen hier am Polarkreis ... ein Wahnsinn! Dass die Blumen von Magnus waren, stand außer Frage. Und da war ja auch eine kleine Karte inmitten der Blüten. Andrea zog die Lasche auf und las: *Für meine Lebensretterin und Traumfrau. Vergiss mich nicht bis zu unserem Wiedersehen. Magnus*

Allzu viel wusste Andrea noch nicht von dem Norden des Landes, doch dass es nicht einfach gewesen sein konnte, die Rosen in der kurzen Zeit aufs Schiff zu schicken, war ihr klar. Während ihrer kurzen Aufenthalte in den verschiedenen Häfen entlang der Küste hatte sie nur selten einmal ein Blumengeschäft gesehen. Und wenn doch, dann waren die frischen Blumen ausgesprochen teuer gewesen.

Magnus ... so ein Verschwender! Für einen Moment dachte sie an Jonas, der sie zu Beginn ihrer Bekanntschaft auch verwöhnt hatte. Mal war es ein Seidentuch gewesen, das er ihr beim Abschied am Flughafen geschenkt hatte, mal ein Schlüsselanhänger in Form eines Herzens. Einmal, sie erinnerte sich daran, dass es bei ihrem vorletzten Besuch in Bergen gewesen war, hatte er das Schlafzimmer mit Rosen dekoriert gehabt – und sie dann auf dem Bett, das voller Rosenblüten lag, leidenschaftlich geliebt.

Tränen traten ihr in die Augen, als sie daran zurückdachte. Wie glücklich sie doch gewesen war! Und wie naiv! Sie hatte Jonas geglaubt und vertraut. Sie war sicher gewesen, dass er eine gemeinsame Zukunft genauso wollte wie sie.

Und dann die Enttäuschung ...

Gedankenverloren sah sie auf die Rosen, dann auf den kleinen Troll. Wie lange war es her, dass sie Bergen überstürzt verlassen hatte? Vier Wochen erst? Unglaublich! Innerhalb von vier Wochen hatte sich ihr ganzes Leben verändert. Die Zukunft, die bei ihrer Ankunft in Norwegen noch ganz klar und sicher vor ihr gelegen hatte, war jetzt immer noch ungewiss. Aber sie wusste nun, dass ihre Liebe zu Jonas nicht echt, nicht dauerhaft gewesen war.

Er hatte sie betrogen, und ihr eigenes Herz ... es hatte sich gründlich geirrt.

Sie zog ihr Mobiltelefon aus der Jackentasche und versuchte Magnus anzurufen, doch sie bekam keine Verbindung. Er war gestern am frühen Abend von James abgeholt worden. Sie wollten noch ein paar der großen Königskrabben fangen, die sich seit über fünfzig Jahren in den norwegischen Gewässern viel zu stark vermehrten, so dass Meeresbiologen Alarm schlugen. Anschließend würde das Forschungsschiff in Richtung Tromsø zurückfahren.

Draußen ertönten zwei Schiffssirenen. Andrea wusste inzwischen, dass der *Finnmarken* jetzt ein anderes Schiff der Hurtigrute entgegenkam und die Kapitäne sich so begrüßten.

Am gestrigen Abend war Andrea von Evelyn an den Hafen von Svolvær gebracht worden.

»Du hättest wirklich noch länger bleiben können«, hatte die Malerin gesagt und aus ihrer großen Leinentasche ein kleines Päckchen geholt. »Damit du die Lofoten nicht so bald wieder vergisst.«

Es war ein wunderschönes Bild vom Troll-Fjord im Winter. »Es soll dich neugierig machen«, fügte Evelyn hinzu, als Andrea sich bedankte. »Komm bald zurück.«

Andrea erwiderte nichts, doch als sie Evelyn nachwinkte, standen Tränen in ihren Augen. Selten hatte sie so viel spontane Sympathie für einen anderen Menschen empfunden wie für diese ungewöhnliche Frau. Evelyn war sicher eine große Künstlerin, aber vor allem war sie ein ehrlicher, aufrichtiger Mensch mit einem großen Herzen.

Als sie an der Reling stand und hinüber zu dem Hafen

von Sandnessjøen schaute, den sie gleich anlaufen würden, dachte Andrea an den Galeristen, den sie kurz bei Evelyn gesehen hatte. Gut aussehend war Tom Rheenhus, charmant und wortgewandt. Und doch ... er war Andrea auf Anhieb unsympathisch gewesen, ohne dass sie einen Grund für ihre Abneigung hätte nennen können.

Hatte Tom nicht von diesem Ort erzählt? Er hatte von der großen Helgelandbrücke geschwärmt, die ein Vermögen gekostet hatte. Sie führte über einen Fjord und verband viele kleine Inseln miteinander.

Es war kurz nach Mittag, als das Schiff in den Hafen einlief. Andrea beschloss, so wie die meisten Touristen von Bord zu gehen und sich den alten Ort anzusehen. Weiter draußen im Meer wurde intensiv nach Öl gebohrt, hatte sie gelesen. Doch die Ölplattformen interessierten sie nicht, sie war fasziniert von der kleinen Stadt, in der reges Leben herrschte. Als sie an einer Boutique mit wunderschönen Leinenblusen vorüberkam, kaufte sie sich spontan eine in Lichtblau. Die Verkäuferin holte aus dem Hinterzimmer eine perfekt dazu passende, leicht gefütterte Jacke, die am Kragen und an den Ärmeln hellgrauen Pelzbesatz hatte, was sehr schmeichelte, wie die Verkäuferin versicherte.

»Die Jacke ist wie für dich gemacht«, fügte die junge Frau hinzu, die fast weißblondes Haar hatte, das ihr bis zur Taille reichte. Die großen Augen waren von einem intensiven Blau, das an das Blau der kleinen Veilchen erinnerte, die im Frühjahr im Garten von Andreas Großeltern geblüht hatten. Seltsam, an diesen immer ein wenig verwildert wirkenden Garten hatte sie lange nicht gedacht. Dabei war er das Paradies ihrer Kindheit gewesen. Er reichte fast bis zum Rhein hinunter. Nur eine steile Mauer grenzte die Uferstraße vom Grundstück ab. Der Großvater, der auch Arzt gewesen war, hatte seiner einzigen Enkelin eine Schaukel aufgestellt, die Großmutter eines Tages stolz ein Puppenhaus aus der Stadt mitgebracht. Doch Andrea hatte lieber mit den alten Instrumenten, die der Großvater in einer Vitrine ausgestellt hatte, gespielt. Ihre beiden Lieblingspuppen wurden zu Patienten, die immer neu verbunden oder »operiert« werden mussten.

Nie hatte ein Zweifel daran bestanden, dass sie in die Fußstapfen des Großvaters treten würde. Ihre Eltern waren Büromenschen, der Vater arbeitete in einer Versicherung, die Mutter war Bankkauffrau und hatte auch eine Weile in ihrem Beruf gearbeitet, bis Andrea geboren wurde. Sie hatte eine behütete, schöne Kindheit gehabt. Umso schwerer wog der Verlust der Eltern, die vor Jahren bei einem Autounfall ums Leben gekommen waren.

»Nun, wie gefällst du dir?« Die Verkäuferin trat neben sie und richtete den Kragen der Jacke.

Andrea drehte sich ein paar Mal vor dem großen Spiegel, bevor sie zustimmend nickte. »Ich nehme sie.«

Schon am nächsten Tag bekam sie Gelegenheit, die neu erworbenen Stücke anzuziehen, denn in Trondheim war es zwar sonnig, doch wehte ein kühler Wind. Auf dem breiten Fjord, der eher an ein Binnenmeer erinnerte, kräuselten sich kleine Wellen, über denen die ewig hungrigen Möwen kreisten und auf Beute warteten. Unzählige Inseln und Schären ragten aus dem Wasser auf.

Die Piers für die Kreuzfahrt- und Hurtigrutenschiffe lagen nur wenige Minuten vom Stadtzentrum entfernt. Busse und Taxen standen bereit, um die Touristen zu allen

Sehenswürdigkeiten zu fahren. Doch Andrea wollte zu Fuß gehen und sich die Stadt anschauen. Auf der Fahrt nach Norden hatte sie sich um die kranke Kim gekümmert, als das Schiff in Trondheim angelegt hatte – sie war nicht dazu gekommen, den Dom zu besichtigen.

Andrea band die Haare im Nacken zusammen, bevor sie das Schiff verließ. Doch der Wind lockerte rasch ein paar Strähnen, die ihr Gesicht umspielten.

Sie war gerade am Leif-Eriksson-Denkmal vorbeigegangen, als sie von hinten umarmt wurde. »Endlich hab ich dich wieder!«

»Magnus!« Das erste Erschrecken wich heißer Freude, die sich in ihrem ganzen Körper ausbreitete. Sie drehte sich in seinen Armen um, schaute in sein Gesicht, in die strahlenden Augen. Sie hätte in seinem Blick versinken mögen. Seine Nähe war ihr schon unendlich vertraut, sie roch seinen Duft, und erst jetzt wurde ihr bewusst, dass sie ihn vermisst hatte, diesen Geruch nach Sandelholz, Meer und – Erotik.

Sein Kuss war von unendlicher Süße, dauerte endlos. Was einfach herrlich war!

Eng umschlungen gingen sie weiter, und erst nach einer Weile, nachdem sie es schweigend genossen hatten, wieder zusammen zu sein, fragte Andrea: »Wie kommst du denn hierher? Warum bist du nicht gleich mit mir gefahren?«

»Weil ich unbedingt meine Testreihe selbst beenden wollte. Aber ich konnte mich einfach nicht richtig konzentrieren. Und als das Wichtigste erledigt war, bin ich losgefahren. Außerdem muss ja meine Beinwunde versorgt werden.«

Sie sah ihn erschrocken an. »Ist sie etwa wieder aufgeplatzt? Bist du etwa getaucht? Hast du dich zu sehr angestrengt?«

Er lachte und presste sie noch fester an sich. »Mehr, als ich mich bei dir angestrengt habe, ist doch gar nicht möglich.«

»Du bist … schrecklich!« Es ließ sich nicht verhindern, dass sie rot wurde bei der Erinnerung an all die herrlichen Dinge, die sie im Bett miteinander gemacht hatten. Und dabei hatte Magnus keine Sekunde auf sein verletztes Bein geachtet.

»Ich liebe dich!«

Es war das erste Mal, dass er diese drei Worte aussprach. Andrea sah zu ihm auf, und sie las in seinem Gesicht, dass er es ernst meinte.

»Komm, wir gehen zum Dom. Den musst du als Erstes sehen.«

»Deine Arbeit … Du hast mir noch nicht gesagt, warum du sie unterbrochen hast.«

»Hab ich doch! Weil ich dich liebe. James hat behauptet, ich wäre noch nie so unkonzentriert gewesen, und hat mich zu dir geschickt.« Er grinste und zwinkerte ihr zu. »Du musst zugeben, dass ich ein hervorragender Schauspieler bin.«

»Du hast also nur vorgetäuscht, dass du Sehnsucht nach mir hast?«

»Natürlich. Deshalb bin ich ja auch die ganze Nacht hindurch gefahren und habe mir am Pier die Beine in den Bauch gestanden, nur um dich nicht zu verpassen.«

»Du willst nur von mir verarztet werden, hast du gesagt.«

Er küsste sie übermütig auf die Stirn. »Klar doch! Mit allem, was dazugehört.«

Das Liebesgeplänkel machte ihr Spaß. »Dann gehen wir also nicht zum Dom?«

»Doch. Das muss sein! Wir Norweger sind sehr stolz auf diese Kirche, in der sieben Könige gekrönt wurden und wo zehn Könige begraben liegen.« Er legte ihr den Arm um die Schultern. »Und wenn wir dort waren, holen wir deine Sachen wieder vom Schiff.«

Andrea blieb stehen. Ihr eben noch strahlendes Gesicht wurde ernst. »Das geht nicht, Magnus.«

»Warum nicht? So viel Gepäck hast du doch gar nicht.« Er verstand sie absichtlich falsch.

»Ach, Magnus ...« Sie sprach nicht weiter. Ein erster Schatten verdunkelte den Tag, der ihr eben noch so strahlend schön erschienen war.

Bis sie die imposante Westseite des Doms erreicht hatten, kam das Thema nicht mehr auf. Und dann ließ sich Andrea ganz von der prächtigen Fassade des mehr als achthundert Jahre alten Bauwerks beeindrucken. Die herrliche Westfassade, die von einer Fensterrose dominiert wurde, faszinierte sie ganz besonders. Durch eine Seitenpforte betraten sie dann das in mystisches Dunkel gehüllte Innere des Nidaros-Doms. Magnus machte sie auf die herrlichen Glasmalereien aufmerksam und auf ein paar Schmuckelemente, die auf die normannische Kultur hindeuteten.

»Die Zackenbänder im Querschiff sind ebenso einmalig wie die Marienkapelle. Dort ist vor dem Altarvorsatz eine legendäre Schlacht dargestellt. Außerdem die Heiligsprechung eines norwegischen Königs.« Er zuckte leicht mit den Schultern. »Frag mich aber nicht nach seinem Namen. Als Fremdenführer bin ich nicht besonders gut.«

»Wenn du was nicht weißt, frage ich einfach meinen gedruckten Reiseführer.« Andrea lächelte und zog das schmale Buch hervor, in dem sie zuvor schon etliches über die altehrwürdige Kathedrale gelesen hatte.

»Womit soll ich nur bei dir Eindruck schinden, wenn du schon alles weißt?«

»Da fällt mir einiges ein.« Andrea hauchte einen Kuss in die Luft.

Viel zu schnell verging die Zeit, das Postschiff fuhr gegen Abend weiter in Richtung Südnorwegen.

Andrea ging an Bord, obwohl Magnus sie inständig bat, bei ihm zu bleiben. »Du kannst bei mir wohnen und dich von dort aus um einen neuen Job kümmern. Bei uns hier im Norden werden dringend Ärzte gesucht. Und du bist hochqualifiziert, man wird sich in jeder Klinik um dich reißen.«

Es war ein verlockender Gedanke, und für einen schwachen Moment war Andrea bereit, zu bleiben, auch dann, wenn es keine positive Antwort aus Oslo gab. Die Klinikleitung dort hatte um ein paar Wochen Aufschub in ihrer Entscheidung gebeten, man wollte sich telefonisch mit Andrea in Verbindung setzen. So gesehen, war es also möglich, bei Magnus zu bleiben. Sie könnten Tag und Nacht zusammen sein, den Alltag erleben. Sie könnte es besser machen als mit Jonas, den sie zu kennen geglaubt hatte – und der sie so sehr enttäuscht hatte.

Nein, sie würde diesen Fehler nicht noch einmal machen! Sie würde ihr Herz nicht noch einmal an einen

Mann hängen, von dem sie nur wusste, dass er gut küssen konnte und als Liebhaber unschlagbar war.

Für ein gemeinsames Leben war das zu wenig.

Magnus presste sie fast schmerzhaft fest an sich, als sie vor der *Finnmarken* standen, die schon zum Auslaufen bereit war. »Melde dich. Ruf mich an. Jeden Tag.«

»Versprochen.«

Ein letzter Kuss. Ein letztes Streicheln. Ein letzter zärtlicher Blick.

Andrea sah nicht zurück, als sie die Gangway hinauf zum Schiff ging. Erst oben an der Reling drehte sie sich zu Magnus um – und erstarrte.

Neben ihm stand Kim und winkte ihr ebenso zu wie Magnus.

22

Mit leicht schmerzenden Gliedern stand Magnus Hallström auf und strich sich müde über die Augen. Er sicherte die Daten der Forschungsunterlagen, die er gerade auf den neuesten Stand gebracht hatte, ehe er sich in der kleinen, schlauchähnlichen Küche ein Glas Rotwein eingoss. Ihm war es schwergefallen, sich auf die Arbeit zu konzentrieren, immer wieder wanderten die Gedanken zu Andrea. Für eine Weile wurde für ihn die Population der Königskrabbe ebenso uninteressant wie der Bestand der verschiedenen Walarten im Nordmeer und das sich immer mehr reduzierende Dorschvorkommen.

In einigen Wochen sollte er vor ausgewählten Wissenschaftlern einen Vortrag zum Thema »Verantwortungsvolle Nutzung der Ressourcen des Meeres« halten. Als man ihn zu dieser Tagung einlud, hatte er sich sehr geehrt gefühlt. Doch jetzt war sein Interesse an der Reise nach Oslo nur noch gering. Wichtig war allein Andrea.

Was machte sie wohl gerade? Dachte sie genauso intensiv an ihn wie er an sie?

Sie war die Frau, die er sich für immer an seiner Seite vorstellen konnte.

Er lächelte, als er sich ihre erste Begegnung ins Gedächtnis zurückrief. Sie hatten sich einen verbalen Schlagabtausch vom Feinsten geliefert – und doch war er gleich beim ersten Blick von ihr fasziniert gewesen. Nie zuvor hatte er so empfunden.

Mit dem Glas in der Hand ging er hinüber zum Wohnzimmer, das einen kleinen Balkon zur Straßenseite hin hatte. Magnus wohnte im zweiten Stock – wenn er sich ein wenig reckte und nach links schaute, konnte er bis zum Hafen schauen. Die hohen Kräne waren zwischen den Bäumen hindurch gut auszumachen.

Seine Nachbarin, eine siebzigjährige pensionierte Lehrerin, hatte ihren Balkon mit Geranien, Petunien und duftendem Jasmin bepflanzt. Für ihn, der oft unterwegs war, lohnte diese Mühe nicht. Auf seinem Balkon standen nur ein altersschwacher Holzstuhl und ein ebenso betagter runder Tisch.

Mit der Linken wischte Magnus ein paar Blätter fort. Er trug alte Jeans, dazu ein kariertes Baumwollhemd, das auch schon bessere Tage gesehen hatte. Viel Wert hatte er noch nie auf Kleidung gelegt, und daheim machte er sich erst recht nicht die Mühe, sich gut anzuziehen. Vorsichtig setzte er sich, was das Holz mit leichtem Quietschen quittierte, und blickte zum hellen Himmel hinauf. Kleine weiße Wolken zogen in Richtung Osten, frischer Wind kam vom Meer, trug den Geruch nach Salz, Tang und Fisch mit sich.

Auf der Straße ging es lebhaft zu, Autos hupten, ein paar Nachbarinnen tratschten auf der gegenüberliegenden Straßenseite so laut miteinander, dass er fast jedes Wort verstehen konnte. Es ging um die Kinder, die teuren Lebensmittel, ein bevorstehendes Familienfest.

Aus der Ferne hörte er eine Schiffssirene, und sofort waren die Gedanken wieder bei Andrea. Wenn er sie doch hätte festhalten können!

Auf der Straße hielt ein Taxi, eine blonde Frau in einem weißen Hosenanzug stieg aus und sah am Haus hoch.

Fast wäre Magnus das Glas aus der Hand gefallen. Lilian ... er hatte seit Tagen, nein, im Grunde schon seit Wochen nicht mehr an sie gedacht. Sie kannten sich seit fast einem Jahr, und er hatte die schöne Stewardess bezaubernd gefunden. Doch dann war er Andrea begegnet und wusste seit diesem Augenblick, was wahre Liebe war.

Mit einem kleinen Seufzer erhob er sich und ging zur Tür. Noch bevor die Besucherin läuten konnte, drückte er den Öffner.

Und dann stand sie vor ihm. Strahlend schön. Braun gebrannt. Mit leuchtenden Augen.

»Endlich!« Die hellbraune Reisetasche aus weichem Kalbsleder fiel zu Boden, Lilian umarmte und küsste Magnus. »Du hast mir so gefehlt.«

»Du hast lange nichts von dir hören lassen.«

Lachend ging sie ihm voran in die Wohnung und überließ es ihm, die Tasche aufzuheben. »Du weißt hoffentlich, dass es von Tonga aus nicht ganz einfach ist zu telefonieren. Das hatten wir doch besprochen. Außerdem warst du für Tage auf deinem alten Kahn unterwegs, und da kann man dich sowieso nicht erreichen.«

»Dieser Kahn ist ein Forschungsschiff.«

»Schon gut, reg dich nicht auf.« Sie drehte sich zu ihm um und hob die Arme. »Lass dich endlich mal richtig küssen. – Hey, du humpelst ja! Hast du dich verletzt?«

»Eine Lappalie, ist schon fast wieder in Ordnung«, winkte er ab und legte ihr fast widerwillig die Arme um die Taille. Sein Kuss war kurz und leidenschaftslos.

Lilian machte sich ruckartig von ihm los. »Was ist mit dir? Freust du dich gar nicht, dass ich wieder da bin?«

Magnus presste kurz die Lippen zusammen. »Magst du auch einen Schluck Rotwein?« Er ging in die Küche und holte die Flasche.

»Was ist es denn?« Lilian prüfte das Etikett und runzelte leicht die Stirn. »Du weißt doch, dass ich den trockenen Roten nicht so gern mag. Hast du Champagner da? Ich finde, damit sollten wir unser Wiedersehen feiern.«

Sie zog die Jacke aus und warf sie lässig über einen Sessel. Magnus las das Label. Natürlich – Armani! Lilian bevorzugte Designermode. In ihrem Beruf als Stewardess musste sie zwar die aparte Uniform tragen, doch sobald sie privat war, bevorzugte sie Armani, Dior und all die anderen angesagten Designer. Ihr Vater war einer der reichsten Männer des Landes. Er besaß einen Verlag, hatte allerdings den Hauptteil des Vermögens damit gemacht, indem er in erneuerbare Energien investierte. Lilian war seine einzige Tochter, der kein Wunsch verwehrt wurde. So hatte sie auch ihren Wunsch, Stewardess zu werden, ohne weiteres durchgesetzt. Dabei war ihr von vornherein klar, dass sie von einem Tag auf den anderen aufhören würde, wenn der Spaß vorbei war. Doch noch genoss sie es, durch die Welt zu jetten, unkontrolliert vom Papa, der sie am liebsten mit einem seiner Mitbewerber aus Schweden verheiratet hätte, um das Imperium auf ganz Skandinavien auszuweiten.

»Was ist mit dem Champagner? Hast du keine Flasche kühl stehen?«

Sie schmiegte sich an Magnus, er roch den Veilchenduft ihres Parfüms, ihr Haar kitzelte seine Nase.

»Tut mir leid, es ist gar nichts da.«

»Auch nicht schlimm. Ich weiß noch was viel Besseres, um unser Wiedersehen zu feiern.« Und schon begann sie sein Hemd aufzuknöpfen. Er bemerkte die sorgfältig manikürten Hände mit den in hellem Lachsrot lackierten Fingernägeln. Am rechten Ringfinger glitzerte ein großer Smaragd, der von zwei Brillanten umrahmt wurde. Dazu passte der Anhänger, der an einer dünnen Goldkette um ihren Hals hing.

Er dachte an Andrea. Sie hatte sich in Trondheim, kurz bevor sie wieder aufs Schiff musste, eine gehämmerte Silberkette von einem einheimischen Künstler gekauft. »Als Erinnerung an die Reise«, hatte sie dazu gesagt. Ihre schlanken Hände waren schmucklos gewesen, die Nägel kurz geschnitten. Hände, die zupacken konnten, mit denen sie schon viele Leben gerettet hatte.

»Nein, lass das.« Er fasste Lilian an den Handgelenken und schob sie sacht von sich. »Wir müssen reden.«

»Reden! Ach was, dazu ist später noch Zeit. Ich hatte riesige Sehnsucht nach dir und bin sofort zu dir gekommen.« Kurz sah sie zu ihm auf, in den großen Augen stand leidenschaftliches Verlangen. Lilian war in der Liebe unersättlich, das wusste Magnus. In den ersten Wochen ihrer Bekanntschaft hatte er das fantastisch gefunden, doch nach und nach war ihm ihr sexueller Hunger zu viel geworden. Er konnte sich nicht vorstellen, dass sie im Urlaub keinen Flirt gehabt hatte. Auch nur eine Woche ohne Sex kam für Lilian nicht in Frage.

»Hast du dich nicht gut amüsiert?«

»Schon, aber ohne dich war es in der Südsee nur halb so toll. Lass mich nie wieder so lange allein.«

»Du wolltest doch unbedingt diese Reise machen«, erinnerte er sie.

»Ja. Aber mit dir!« Trotzig schob sie die Unterlippe vor. »Aber dir waren ja Königskrabben, Wale und all das andere hässliche Getier wichtiger als ich.«

»Nicht noch einmal diese Diskussion. Das hatten wir doch alles schon tausendmal. Du hast genau gewusst, dass ich nicht wegkonnte.«

»Weil du so stur bist! Und unflexibel. Wenn du nur wolltest, könntest du dir deine Arbeit besser einteilen. Dann wäre es ohne weiteres möglich, hin und wieder zusammen einen Kurztrip zu unternehmen. Wenn ich, zum Beispiel, nächste Woche nach Rom fliege, könntest du mitkommen.«

»Lilian, bitte!«

Sie wandte sich ab. »Du willst einfach nicht. Das ist es.« Sie trank einen Schluck aus seinem Glas, verzog im nächsten Moment unwillig den Mund. »Warum steigst du nicht in Papas Firma ein? Er gäbe dir sofort einen guten Posten, wenn ich ihn darum bitte.«

»Als Meeresbiologe?«

Spielerisch schlug sie nach ihm. »Natürlich nicht. Aber im Management findet sich immer was.«

Magnus knöpfte sein Hemd wieder zu. Auch diese Unterhaltung war schon etliche Male geführt worden. »Lilian, ganz abgesehen davon, dass ich kein Talent zum Prinzgemahl habe …«

»Dann eben nicht. Wie du willst. Dann bitte ich Paps eben, dir ein eigenes Labor einzurichten. Das ist gar kein Problem. Dann bist du dein eigener Herr und kannst Urlaub nehmen, wann immer du willst. Aber darüber müssen wir jetzt wirklich nicht reden. Küss mich endlich!« Sie drängte sich an ihn, riss einfach sein Hemd auf, so dass die Knöpfe durchs Zimmer flogen. Noch ehe er protestieren konnte, schob sie ihm ihr linkes Knie zwischen die Beine. Ihre kleinen festen Brüste rieben sich an seiner Haut, während ihre Zunge sich zwischen seine Zähne drängte.

Spontan erwiderte Magnus den Kuss. Verdammt, es war schwer, sich aus ihrem Bann zu befreien. Noch einmal wollte er sie von sich schieben. Vergebens. Mit einem kleinen Seufzer hob er Lilian hoch und trug sie ins Schlafzimmer.

Es war wie immer, wenn ein Rausch verflogen ist – das Erwachen war bitter. Desillusionierend die Wirklichkeit. Bedrückend die Wahrheit, die ohne den rosaroten Schleier eine graue bösartige Fratze hatte.

»O nein!« Mit beiden Händen fuhr sich Magnus übers Gesicht. Wie eine eiskalte Dusche wirkte das schlechte Gewissen.

»Es war toll. Wie immer mit dir.« Lilians kehliges Lachen tat seinen Ohren weh. Ihr Kopf lag in seinem Schoß, und kaum dass sie wieder ruhig atmen konnte, begann sie ihn an seiner sensibelsten Stelle zu küssen.

»Lass das!« Mit einem Ruck setzte Magnus sich auf, schob sie grob beiseite. Fast wäre Lilian aus dem Bett gefallen.

»Hey! Spinnst du?«

»Ach, Lilian, tut mir leid.« Er streckte die Hand nach ihr aus und streichelte ihren Arm.

»Was tut dir leid? Dass du mit mir geschlafen hast?«

»Dass ich dir weh tun muss. Aber es ist aus. Ich ... wir ...«

»Sei still! Ich will das nicht hören – es ist aus! Hast du deshalb mit mir geschlafen? Sieht so in deinen Augen eine Trennung aus?« Sie kniete sich aufs Bett und zwang ihn, sie anzusehen. »Oder hast du eine andere kennengelernt?« Ihre Augen wurden zu Schlitzen. Lauernd sah sie ihn an.

»Ja.« Er sah sie an und erschrak. Blanke Wut verzerrte ihr schönes Gesicht. Sie schrie kurz auf und begann dann wie eine Furie auf ihn einzuschlagen. Wahllos trafen ihre Fäuste seine Brust, seinen Hals, die Arme – bis er ihre Arme mit aller Macht festhielt.

»Du Mistkerl! Betrüger! Westentaschen-Erotiker!«

Wider Willen musste Magnus bei der letzten Beleidigung grinsen. Diese Wortschöpfung hatte was!

»Grins nicht so dämlich!«, fauchte Lilian, dann brach sie in jämmerliches Weinen aus. Heftiges Schluchzen ließ die zarten Schultern erzittern, sie weinte wie ein Kind. Und Magnus nahm sie, so, wie er auch ein ängstliches Kind in die Arme genommen hätte, und wiegte sie.

»Ich weiß nicht, wie es geschehen konnte«, sagte er dabei, »aber mit Andrea will ich leben. Das habe ich vom ersten Moment an gewusst.«

»Andrea?« Sie hob leicht den Kopf.

»Sie ist Deutsche. Eine Ärztin, die mein Bein versorgt hat, als ich mich verletzt habe.«

»Ach so!« Schlagartig versiegte der Tränenstrom. Es war ein fast ironisches Lächeln, das Lilians Lippen umspielte, als sie sagte: »Das ist nur eine romantische Schwärmerei. Man hört immer wieder, dass sich Patienten in ihre

Ärzte verlieben.« Sie fuhr sich übers Gesicht. »Das geht vorbei, glaub mir.«

Magnus schüttelte den Kopf und ging ins Bad. Er musste eine Weile allein sein. Mit seinen sich überschlagenden Gedanken. Mit seinem schlechten Gewissen.

Als er zurückkam, war Lilian verschwunden.

23

Wie mit flüssigem Gold überzogen wirkte die Küstenlandschaft, an der das Schiff vorüberfuhr. Tiefe, nachtblaue Fjorde, die Berge im Hintergrund, die unzähligen Buchten, vor denen auf kleinen Felsklippen Leuchtfeuer standen ... alles war in dieses Farbenmeer aus Feuerrot, hellem Pink und strahlendem Gelb getaucht. Die bunten Rorbuer, die zu der vorüberziehenden Landschaft gehörten wie die grauen Felsen, das sanfte Grün der Pinien und niedrigen Büsche, boten einen reizvollen Kontrast. Kleine Boote zischten an der *Finnmarken* vorbei. Das Wochenende hatte begonnen, und viele Städter zog es hinaus aufs Wasser.

Wehmut erfasste Andrea. Sie hatte das Gefühl, in einem luftleeren Raum zu schweben. Wie sah ihre Zukunft aus?

Der Verstand riet: Kehr heim nach Deutschland. Such dir eine Stellung an einer renommierten Klinik und führ dort deine Karriere fort.

Das Herz aber wollte etwas anderes. Schon jetzt hatte sie Sehnsucht nach Magnus. Nach seiner Nähe, seiner Umarmung. Es war ein neues, zuvor nicht gekanntes Gefühl. Es verwirrte sie fast so sehr, wie es sie glücklich machte.

Eine laute Schiffssirene ertönte – ein anderes Postschiff kam ihnen entgegen. Als Andrea ihren windgeschützten

Platz an Deck verließ und sich über die Reling beugte, sah sie, dass es die *Midnatsol* war. Die Wehmut, die sie erfasst hatte, verstärkte sich noch.

Kaum war das Schiff ihren Blicken entschwunden, ging sie zu ihrem Deckstuhl zurück und griff zum Mobiltelefon. Ja, sie hatte ein Netz! Carinas Nummer war ebenso eingespeichert wie die von Magnus, Evelyn und Birgit Nerhus.

»Erstes Kommissariat, Carina Rasmussen am Apparat.«

»Hallo, Carina. Ich bin's – Andrea.«

»Andrea! Wo steckst du?«

»Auf dem Schiff. Ich bin auf dem Weg zurück nach Bergen.«

»Reist du wirklich heim?«

»Ich ... ich weiß es noch nicht.« Einen Moment lang blieb es still in der Leitung. »Carina, störe ich dich?«

»Ach was. Ich sitze am Schreibtisch und schreibe ein Protokoll. Schwere Körperverletzung mit Todesfolge. Nichts, was ich nicht gern unterbrechen würde.«

»Ich habe mich verliebt. Auf den Lofoten.«

»Das ist ja wunderbar!« Carina lachte. »Dann bleibst du vielleicht doch bei uns.«

»Wenn das so einfach wäre ...«

»Es ist alles einfach, wenn man nur will. Denk an mich. Ich habe den Job auf den Lofoten tatsächlich gekriegt, muss aber schon in vier Wochen dort antreten. Das wird ganz schön stressig, aber ich will's ja so.«

»Knut wird sich freuen. Dann könnt ihr euch vielleicht öfter sehen.«

»Hoffentlich.« Carina schloss die vor ihr liegende Akte und speicherte den Text, den sie in den Computer getippt hatte. Andrea hörte das leise Klingelgeräusch, als die Datei geschlossen wurde. »Weißt du was? Ich komme morgen nach Bergen. Dann können wir in Ruhe reden, sobald du von Bord gegangen bist.«

»Du bist verrückt, das ist doch viel zu weit von Narvik bis hierher. Obwohl ... es wäre toll, dich noch mal zu sehen.«

»Mit dem Flugzeug ist es kein Problem. Ich habe zum Glück einen Kollegen, der Hobbyflieger ist und mich für einen kleinen Obolus nach Bergen bringen wird. Seinen Service haben Knut und ich schon mehrmals in Anspruch genommen.« Sie lachte. »Es hat eben seine Vorteile, wenn man Leute mit Geld kennt. Warte an der Bar des Radisson-Hotels auf mich. Das kann man gar nicht verfehlen. Einverstanden?«

»Nur zu gern! Ich freue mich jetzt schon.«

»Ich mich auch.«

Der Tag hatte noch zusätzlichen Glanz bekommen, und als das Schiff in Kristiansund anlegte, hatte sich Andreas Stimmung gebessert. Nun sah sie der Rückkehr nach Bergen viel gelassener entgegen. Obwohl ... der Gedanke, Jonas noch einmal begegnen zu müssen, war nicht gerade angenehm. Rasch verdrängte sie diese Vorstellung und konzentrierte sich auf die letzte größere Reiseetappe.

Kristiansund erstreckte sich über drei Inseln, hatte sie gelesen, und besaß schon in der Steinzeit einen Hafen. Viele der Reisenden stiegen aus, um einen kleinen Rundgang zu unternehmen, doch Andrea blieb an Bord. Sie genoss die Ruhe, das herrliche Licht des späten Nachmittags.

Hin und wieder hörte sie Hubschrauber am Himmel, drei, vier der wendigen Maschinen flogen gen Westen, wo weit draußen im Meer die riesigen Ölfelder Norwegens lagen, die einen großen Teil zum Reichtum des Landes beitrugen.

Zwei Besatzungsmitglieder gingen an ihr vorbei und grüßten. Aus dem Innern des Schiffes erklang Hundegebell. Es war nicht verboten, Tiere mitzunehmen, und viele der Einheimischen, die die Postschiffe auch heutzutage noch lieber nutzten als Busse, hatten ihre Hunde dabei.

Als Andrea sich umsah, bemerkte sie einen alten Mann, der zwei Schlittenhunde an der Leine hielt. Es waren wunderbare, sehr gepflegt wirkende Tiere. Der Rüde, ein großes Tier mit grauem Rücken und einem fast herzförmigen weißen Brustfleck, zog in Andreas Richtung.

»Du musst keine Angst haben«, rief der alte Mann von weitem. Er war Same, trug allerdings nicht die traditionelle Tracht, sondern eine Kordhose und eine olivfarbene Wetterjacke. Die leicht schräg stehenden Augen, die unzähligen Falten um den Mund und das beinahe zahnlose Lächeln erinnerten Andrea an Ole.

»Hab ich nicht. Kommt ruhig her.« Andrea streckte die Hand aus und ließ die Tiere schnuppern. Feucht, aber nicht unangenehm waren die dunklen Nasen. Doch am faszinierendsten waren die Augen der Tiere. Der graue Rüde besaß ungewöhnlich dunkle, fast veilchenblaue Augen, seine Gefährtin hatte links ein hellblaues, rechts ein dunkelbraunes Auge, was lustig aussah. »Ihr seid ja ganz Feine«, lobte Andrea die Tiere, die sich willig streicheln ließen.

»Nano ist der beste Zuchtrüde weit und breit«, berichtete der alte Same voller Stolz. Besorgt sah er zum Himmel. »Es wird Regen geben.«

Andrea runzelte die Stirn. So sah es nun wahrhaftig

nicht aus. Aber sie widersprach dem Alten nicht. Er sprach nur gebrochenes Englisch, vielleicht hatte sie ihn sogar falsch verstanden.

Die Hunde legten sich auf den Befehl ihres Herrn hin, doch die Ruten peitschten aufgeregt den Boden.

»Sie spüren das Unwetter.« Der Alte ließ sich auf einer schmalen Bank nieder, in der Rettungswesten deponiert waren, wie auf einem Schild stand. »Magst du unser Land?«

»Ja, sehr. Es ist wunderschön.«

»Dann bleib. Du wirst hier gebraucht.«

Andrea schüttelte den Kopf. »Wahrhaftig nicht! Ich habe nicht mal einen Job.«

»Aber bald. Glaub mir.« Der Alte erhob sich wieder. »Geh hinein, es wird stürmisch werden.« Er machte eine knappe Handbewegung, und sogleich erhoben sich die Hunde. Irritiert sah Andrea dem Trio nach. Dieser alte Mann ... Er war genauso geheimnisvoll wie Ole. Aber seine Prophezeiungen waren albern. Er wusste ja nicht einmal, welchen Beruf sie ausübte. Wahrscheinlich sagte er seine Floskeln jedem Fremden.

Das Licht der Sonne wechselte plötzlich von sattem Goldrot in Orangerot. Von Westen zogen Wolken auf, die sich in rasender Schnelle zu dunklen, bedrohlich wirkenden Bergen vermehrten. Der eben noch wundervoll schimmernde Goldhimmel wurde grau, fast schwarz.

Und dann brach das Unwetter los.

24

Wie im übermütigen Spiel zerrte der Wind an den weiß-gelb gestreiften Markisen, die über die weitläufige Terrasse des Hotels *Peer Gynt* gespannt waren. Die Tischtücher blähten sich, ein paar der schmalen Vasen, in denen je eine einzelne Rose stand, fielen um. Das Blumenwasser ergoss sich über die zartgelben Tischdecken, hinterließ dunkle Flecken.

Die wenigen Gäste, die draußen gesessen und den Blick hinüber zum Grieg-Haus genossen hatten, beeilten sich, ins Innere des Restaurants zu kommen.

Es war ein häufiges Phänomen in der Region um Bergen: Das Wetter schlug innerhalb von wenigen Minuten um. Die Sonne, eben noch ein heller Goldball am blauen Himmel, verschwand hinter einem dunklen Schleier. Wie ein Gebirge türmten sich die Wolkenwände auf, die von der See heraufzogen, schickten Wind und Nässe übers Land.

Jonas Fredriksen fuhr eilig die Markise zurück, dann hastete er, zusammen mit drei Angestellten, hinaus und brachte Geschirr und Tischwäsche in Sicherheit. Die Miene des Hoteliers war ernst und verschlossen. Seit Wochen schon war seine Stimmung ausgesprochen schlecht, er war gereizt, und die Mitarbeiter zogen es vor, ihm weitestgehend aus dem Weg zu gehen.

Das hellblaue Hemd und die Seidenkrawatte waren so nass geworden, dass Jonas rasch in seine Wohnung hinaufging und sich umzog. Er hatte das Haar noch nicht trockengeföhnt, als sich eine schlanke Gestalt hinter ihn stellte und ihn umarmte.

»Da bin ich wieder.« Nina, aus deren Haaren das Wasser tropfte, strahlte ihn an. »Freust du dich?« Ihre Hand glitt tiefer, tastete nach seiner Hose.

»Lass das!« Abrupt drehte Jonas sich um. »Was soll das?«

»Hey, der Herr haben schlechte Laune! Und ich dachte, du bist froh, mich wieder hier zu haben.«

»Du bist wie eine läufige Katze – kommst und gehst, wie es dir gefällt.« Ob sie ahnte, wie schwer es ihm fiel, sie nicht an sich zu ziehen und zu küssen? Süß sah sie aus, das T-Shirt klebte ihr am Körper, zeigte deutlich, dass sie keinen BH trug. Die dunklen Brustwarzen, die er oft zwischen seinen Lippen gehabt hatte, traten deutlich hervor. Er spürte, wie ihn Erregung erfasste.

»Du freust dich also doch.« Das klang triumphierend, und ihre Hand rieb seinen Penis noch intensiver.

»Nina ... wo hast du gesteckt?« Mit einem Ruck drehte er sich um, umklammerte ihre Arme so fest, dass es ihr einen kleinen Schmerzensschrei entlockte. Sein Kuss war hart, ohne jede Zärtlichkeit.

»Ich hatte Termine.«

»Termine. Aha! Und davon musstest du mir nichts sagen?«

»Warum denn? Wir sind weder verheiratet, noch bin ich deine Leibeigene. Ich brauche eben meine Freiheit.« Lachend hob sie die Arme und legte sie ihm um den Nacken. Und während sie ihn zu sich herunterzog, flüsterte sie: »Aber ich brauche auch dich. Komm mit …«

»Nein!«

»Aber ja doch.« In ihren Augen blitzte es auf. »Du kannst mir ja doch nicht widerstehen. Also versuch's gar nicht erst.«

Sie hatte recht. Er hasste sich dafür, dass er ihr sofort wieder nachgab und sich aufs Bett ziehen ließ.

Liebte er sie? Nein. Liebe war anders. Liebe vermittelte ein tiefes und warmes Gefühl. Mit Nina gab es Sex. Heißen, hemmungslosen Sex, der für einen Moment jedes Denken auszuschalten vermochte.

So war es auch an diesem Nachmittag wieder. Draußen regnete und stürmte es heftig, aber Jonas merkte nichts mehr davon. Nina zog ihr T-Shirt und den langen bunten Rock aus und setzte sich auf ihn. Mit einem Ruck öffnete sie sein Hemd. Dass das teure Leinen zerriss, amüsierte sie. Lachend beugte sie sich vor, ihre kleine, vorwitzige Zunge umspielte seine Brustwarzen, glitt über den Brustkorb bis hoch zu seinem Mund.

Jonas stöhnte auf, er vergrub die Hände in ihrem noch nassen Haar und zog Nina fester an sich. Ihn wunderte es nicht, dass sie unter dem langen bunten Rock keine Wäsche getragen hatte, das passte zu ihr. Er spürte ihre feuchte Wärme und konnte es kaum noch erwarten, in sie einzudringen. Schnell fanden sie ihren Rhythmus, der erste Orgasmus kam nach wenigen Minuten.

»Puh, das hat mir gefehlt!« Nina rollte sich neben ihn und angelte nach einer Zigarette. Jonas hasste es, wenn sie im Bett rauchte. Er selbst rauchte seit einem Jahr nicht mehr, doch für Nina lagen immer Zigaretten bereit.

Vorgestern noch hatte er das Päckchen wegräumen wollen – und es dann doch nicht fertiggebracht. Es hätte etwas Endgültiges, Unwiderrufliches gehabt.

Nina zog nur dreimal an der Zigarette, dann begann sie Jonas erneut zu küssen. Das alte, ewig neue Spiel von Lust und Leidenschaft begann von vorn.

Als das Handy klingelte, das er neben sich auf die kleine graue Kommode mit der chinesischen Lackarbeit gelegt hatte, richtete er sich schwer atmend auf und tastete danach.

»Lass das doch«, maulte Nina und biss so fest in sein Ohrläppchen, dass er kurz aufschrie.

»Fredriksen«, meldete er sich knapp und versuchte vergebens, Nina daran zu hindern, sich wieder auf ihn zu setzen. Ihre kleinen festen Brüste waren dicht vor seinen Augen. Er sah die zarten Brustwarzen, bemerkte die Äderchen, die unter der dünnen Haut pochten.

Unter seinem intensiven Blick richteten sich die Warzen gleich wieder auf. Er sah hoch und tauchte ein in Ninas wissenden, selbstzufriedenen Blick.

»Jonas ...«

»Andrea!« Er schob Nina von sich, die einen unterdrückten Fluch ausstieß. Darauf reagierte er nicht, sondern konzentrierte sich auf die Anruferin. »Wo bist du?«

»Wieder in Bergen. Ich möchte die Sachen abholen, die noch bei dir sind. Die Containerladung ist doch angekommen, oder?«

»Natürlich.«

»Kann ich sie holen?« Sie klang kühl und knapp.

»Natürlich. Ich ... ich freue mich, wenn du kommst.«

»Kein Grund, sich zu freuen. Ich hole nur meine Sachen und bin dann gleich wieder weg. Passt es dir morgen früh?«

»Selbstverständlich. Aber wir müssen reden, Andrea. Ich ... ich vermisse dich. Und ich ...«

Ich liebe dich, hatte er sagen wollen. Doch er sprach die drei bedeutungsvollen Wörter nicht aus. Erstens, weil Nina wie eine Rachegöttin vor ihm stand, und zweitens hatte Andrea das Gespräch schon beendet, ohne sich zu verabschieden.

Mit einer resignierenden Bewegung legte er das Mobiltelefon zurück und ließ sich auf das graue Seidenlaken zurückfallen.

»Sie kommt also wieder. Schön für dich!« Nina warf das lange blonde Haar mit Schwung in den Nacken.

»Andrea und ich wollten heiraten. Sie ... sie ist mit Recht gekränkt. Wer findet es schon prickelnd, den Freund mit einer anderen im Bett vorzufinden.«

»Es hatte aber was ...«, Nina kicherte, »... wie in einer Soap – billig, aber wirkungsvoll.«

»Du bist grässlich.«

»Wirklich?« Ihr Gesicht kam näher und näher. »Dann schick mich weg.«

Wie sollte er? Wie konnte er standhaft bleiben, wenn sie dicht vor ihm stand in ihrer aufreizenden Schönheit? Wie hatte er sich nur einreden können, er könnte ohne sie leben? Wie hatte er auf ihre Leidenschaft auch nur acht Tage lang verzichten können, ohne verrückt zu werden? Wie sollte er stillhalten, wenn sie ihm mit ihren Fingernägeln langsam über den Rücken kratzte – sanft nur, doch er bekam sofort Gänsehaut.

»Du schickst mich nicht fort«, flüsterte Nina. Ihr

Mund war dicht an seinen Lippen. »Heute nicht – und morgen auch nicht. Und es ist völlig egal, ob sie zurückkommen will zu dir.«

Nina blieb die ganze Nacht. Sie aßen kleine Krabbenhäppchen im Bett, tranken Champagner dazu. Kurz schliefen sie, eng aneinandergeschmiegt, dann liebten sie sich wieder. Heftig und wie besessen voneinander. Danach tranken sie die nächste Flasche.

Als Jonas erwachte, war Nina fort.

Mühsam stand er auf. Sein Kopf dröhnte, es machte Mühe, die im ganzen Raum verstreuten Kleidungsstücke einzusammeln. Das Hemd konnte gleich in den Müll. Ob der teure Anzug noch zu retten war, würde sich in der Reinigung herausstellen.

Jonas duschte lange. Das kühle Nass vertrieb die Taubheit aus seinem Hirn. Erst als er auch die Champagnerflaschen fortgeräumt und das Bett frisch bezogen hatte, rief er Andrea an.

»Hei! Wo steckst du? Soll ich dich irgendwo abholen kommen? Wir müssen doch miteinander reden, Andrea.«

»Ich nehme mir ein Taxi. Ist es dir recht, wenn ich noch am Vormittag komme?« Ihre Stimme klang ruhig und gelassen, als sie hinzufügte: »Zu reden gibt es, meiner Ansicht nach, nichts mehr.«

»Doch. Ich ... ich will dir zumindest zu erklären versuchen, was mir geschehen ist. Es ... es tut mir so leid, Andrea. Ich bitte dich um Verzeihung.«

»Schon gut. Wir sehen uns dann gleich.«

Jonas war enttäuscht über ihre Reaktion. Aber was hatte er erwartet? Sehnsucht? Angst? Zärtlichkeit? Er wusste es nicht. Von alledem vielleicht etwas. Nur nicht diese kühle Gelassenheit, die seine männliche Eitelkeit verletzte. Und dass Andrea offenkundig gar nicht an einer Versöhnung gelegen war, schmerzte erst recht.

25

Das Radisson-Hotel lag im Zentrum von Bergen. Vor dem Eingang standen große Blumenkübel, in denen Fuchsien, Lavendel und Moosröschen in verschwenderischer Fülle blühten. Vor den unteren Fenstern hingen Blumenkästen, die mit Begonien und Efeu bepflanzt waren, das sich sanft im Wind wiegte. Andrea dachte spontan an die wenigen Blumen im Garten des Doktorhauses, die von Birgit Nerhus mit großer Sorgfalt gepflegt wurden.

Die Erinnerung tat weh. Unsinnig war das. Andrea zwang sich energisch, nicht mehr an die Lofoten und die Zeit dort zu denken.

Sie bekam ein schönes Zimmer mit Blick auf den Hafen und machte sich in Ruhe frisch. Es würde später Abend werden, ehe Carina eintreffen konnte. Zeit genug also, in den Stadtteil Fana zu fahren und ihre Sachen bei Jonas abzuholen. Vielleicht kam sie sogar noch dazu, sich das Grieg-Museum anzuschauen. Dazu war sie bislang nicht gekommen.

Die Begegnung mit Jonas wollte sie so kurz wie möglich halten. Er konnte sich seine Erklärungen, die bestimmt wortreichen Entschuldigungen sparen. Es gab nichts zu entschuldigen. Diesen Betrug konnte und wollte sie nicht verzeihen.

Außerdem gab es keine gemeinsame Zukunft mehr für

sie. Selbst wenn ihre Liebe zu Magnus keinen Bestand haben sollte, würde sie nicht zu Jonas zurückkehren. Es war vorbei. Endgültig. Die Liebe zu ihm war ein großer Irrtum gewesen.

Nachdem sie einen Espresso getrunken hatte, ließ sie sich ein Taxi rufen.

Wieso überraschte es sie kaum, dass es der alte Bengt war, der ihr wenig später die Wagentür aufhielt?

»Hallo, Andrea! Nun, wie war die Fahrt mit dem Postschiff?« Er schien nicht überrascht, sie zu sehen.

»Sehr beeindruckend. Ich bin froh, dass ich auf dich gehört habe, Bengt.«

»Beeindruckend … ja, das ist die Landschaft ohne Zweifel. Aber du warst ja länger unterwegs.« Forschend sah er sie im Rückspiegel an. »Du hast sicher interessante Leute getroffen.«

»Ja.«

»Freut mich für dich.« Er fuhr ein paar Minuten schweigend weiter, dann fragte er: »Du willst trotzdem zurück ins Hotel?«

»Nur meine restlichen Sachen holen.« Wieso rede ich mit diesem fremden alten Mann eigentlich über ganz private Dinge?, schoss es ihr durch den Kopf.

»Vernünftig. Auf den Lofoten bist du auch besser aufgehoben als hier in Bergen.«

»Aber … ich wollte nicht zurück auf die Lofoten.« Sie schüttelte den Kopf. »Ich muss mir wieder eine Anstellung in Deutschland suchen. Ich bin Ärztin und wollte eigentlich an einer Klinik in Bergen arbeiten. Doch diese Anstellung werde ich unter keinen Umständen annehmen.«

»Hast du nicht Ole und die kleine Kim kennengelernt?«

Bengt ging gar nicht auf ihre Bemerkung ein. Fast schien es, als hätte er schon gewusst, dass sie Ärztin war. »Ole ist ein weit entfernter Verwandter von mir.« Mit Schwung lenkte er den Wagen durch einen Kreisverkehr. »Man hat ihm vor Jahren sehr übel mitgespielt. Er wurde verleumdet und zu Unrecht eines Verbrechens bezichtigt.«

»War er … eingesperrt?«

»Nein. Er hat sich drei Jahre lang versteckt.« Bengt sah starr geradeaus, als er hinzufügte: »Bei mir. Ich habe eine Fischerhütte in der Nähe von Bodø. Da hat er gewohnt, gleich am Salt-Fjord. Wir haben immer gehofft, dass man den wahren Täter findet. Doch das ist nicht passiert.«

»Was wirft man Ole denn vor?«

»Er soll, gemeinsam mit zwei Komplizen, einen Juwelier niedergeschlagen und ausgeraubt haben.« Einen Moment lang war es still im Wagen, bevor er fortfuhr: »Die beiden sind von der Polizei bei ihrem Fluchtversuch erschossen worden. Den dritten Mann hat man nie gefasst. Auch die Beute ist seither verschwunden.«

Andrea schüttelte den Kopf. »Das traue ich Ole nie und nimmer zu. Er wirkt aufrichtig und nett. Und höchst besorgt um die kleine Kim. Wie geht es ihr? Weißt du das zufällig? Ich habe sie mal versorgt, als es ihr nicht gutging.«

»Sie war Oles Enkelin. Vor zwei Wochen ist sie gestorben.«

Andrea zuckte zusammen. »Aber nein! Ich habe sie doch vor kurzem noch gesehen.« Irritiert biss sie sich auf die Lippe. Kim … lachend und winkend hatte sie neben Magnus gestanden … Ein Trugbild? Eine Halluzination?

Natürlich, es konnte gar nicht anders sein. Sie hatte sich doch gleich gesagt, dass es unmöglich Kim sein konnte, die da neben ihm gestanden und fröhlich gewinkt hatte. Aber es gab ja, darüber waren sich sogar seriöse Wissenschaftler einig, Dinge zwischen Himmel und Erde, die sich nicht mit Logik und Verstand erklären ließen. Warum sollte sie nicht in dem Moment, da sie Kim zu sehen geglaubt hatte, eine besondere Verbindung zu dem Kind gehabt haben? Eine Kommunikation, die mit den normalen Maßstäben nicht greifbar, nicht erklärbar war?

Normalerweise hielt Andrea nicht viel von Esoterik. Übersinnliches, Geisterhaftes, nicht Erklärbares ... sie hatte es stets lächelnd abgetan. Doch jetzt, da sie sich seit einem Monat im Land der Feen und Trolle aufhielt, hatte sich ihre Einstellung geändert. An Zauberei glaubte sie immer noch nicht, doch vielleicht gab es ja wirklich diese rätselhafte Mystik, von der immer wieder gesprochen wurde.

»Kim ist bei ihrer Familie gestorben.« Bengts dunkle Stimme riss sie aus ihren Gedanken. Er hielt vor dem Hotel *Peer Gynt*. »Sie hat ihr weißes Rentier noch mal gesehen, hat mir Ole erzählt. Danach ist sie kaum noch aufgestanden. Die Schmerzen wurden heftiger, die Sehkraft ließ ganz nach. Sie ist zum Glück sanft eingeschlafen.« Er warf einen kurzen Blick nach hinten. »Die alte Schamanin, die zu der Großfamilie gehört, hat ihr etwas gegen die Schmerzen geben können, das besser wirkte als die moderne Medizin.«

Andrea erwiderte darauf nichts mehr. Sie begriff mit jedem Tag hier im hohen Norden mehr, dass es Dinge gab, die sich nicht mit dem Verstand begreifen ließen. Und dazu gehörten sicher auch die Künste einer samischen

Schamanin. »Kim war so ein aufgeschlossenes Kind. Leider konnten wir uns nicht verabschieden. Ole ... er war mit der Kleinen ganz plötzlich verschwunden.«

»Ja. Er hat eine Kommissarin erkannt, die sich auf dem Schiff befand. Und da hat er Panik bekommen und ist einen Hafen eher als geplant ausgestiegen.« Das war nun wieder ganz profane Wirklichkeit.

Andrea sah Bengt stirnrunzelnd an. »Kann man denn seine Unschuld wirklich nicht beweisen?«

»Bislang nicht.« Bengt stieg aus und hielt ihr die Tür auf. Es war deutlich zu merken, dass er über Ole nicht mehr sprechen wollte. »Soll ich dich wieder mit zurücknehmen?«

Andrea, noch verstört von dem gerade Gehörten, nickte mechanisch.

»Gut. Ich warte.« Bengt ließ sich hinters Lenkrad gleiten, während Andrea mit steifen Schritten hinüber zum Hoteleingang ging. Ihre Gedanken überschlugen sich. Die kleine Kim war von ihrem Leiden erlöst. Ole ... nein, er konnte unmöglich ein Schwerverbrecher sein. Seine Augen waren sanft und gut. Sie musste unbedingt mit Carina über ihn reden. Ob sie mal mit dem Fall zu tun gehabt hatte? Ole jedenfalls hatte die Kriminalbeamtin sehr wohl erkannt und war vor ihr geflüchtet.

»Endlich bist du da!« Jonas breitete die Arme aus.

»Hallo, Jonas.« Sie schrak leicht zusammen, als er plötzlich in der Hotelhalle vor ihr stand. Sie war so mit den Gedanken an Ole und Kim beschäftigt gewesen, dass sie ihn nicht bemerkt hatte. Er wollte sie umarmen, doch Andrea wich aus. »Ich will nur rasch meine Sachen holen. Bitte lass sie mir bringen.«

Er schüttelte den Kopf. »Wir müssen erst reden. Ich … ich muss dir so vieles sagen …«

»Da gibt es nichts mehr zu sagen, Jonas. Unsere Beziehung war ein Irrtum, das weiß ich jetzt.« Als er etwas einwenden wollte, hob sie die Hand und legte sie ihm auf den Mund. »Als ich dich kennenlernte, war ich sicher, dass wir füreinander bestimmt wären. Aber das war ein Irrtum.«

»Nein, war es nicht!«

»Doch. Ich weiß es, und du weißt es auch.«

Er schüttelte den Kopf. »Dieser Flirt mit Nina … er bedeutete nichts. Ein Riesenfehler. Ich liebe nur dich. Du bist die Frau, mit der ich leben will. Alles andere hat keine Bedeutung. Es war ein Ausrutscher, den ich sehr bereue.«

»Aber ich kann und ich will nicht mehr mit dir leben, Jonas. Gib mir mein Gepäck und lass uns in Frieden auseinandergehen. Es wäre nur gut, wenn ich die verschifften Dinge noch hierlassen könnte, bis ich weiß, wo ich leben werde.«

Misstrauen glomm in seinen Augen auf. »Hast du jemanden kennengelernt? Willst du deshalb nicht bleiben?«

Andrea lächelte bitter. »Würde es dir helfen, mit deinen Schuldgefühlen fertig zu werden, wenn es so wäre?«

Fest presste Jonas die Lippen zusammen, dann wandte er sich brüsk ab und ging in einen kleinen Raum am Ende der Hotelhalle, in dem die Koffer der Gäste deponiert werden konnten. Mit zwei Schalenkoffern kam er zurück. »Hier, deine Sachen.«

»Danke.« Andrea nickte ihm zu. »Leb wohl.«

»Liebling … nicht doch! Wohin willst du?«

Sie zuckte zusammen, ihre Augen waren dunkel vor Schmerz, als sie Jonas ansah. »Ich weiß es noch nicht.«

»Bleib!« Er verstellte ihr den Weg, hielt sie an den Armen fest. »Bitte! Alles kann doch wieder so werden, wie es war.« Andrea schüttelte nur den Kopf.

»Doch! Du musst es nur wollen. Verzeih mir! Ich schwöre, dass so etwas nie wieder vorkommt.«

»Ach, Jonas ...« Beinahe mitleidig war ihr Blick. »Schwör lieber nicht, es könnte sonst Ärger geben.« Sie machte eine kleine Kopfbewegung nach links.

Dort stand Nina. Zu einem korallenroten Leinenkleid trug sie gleichfarbene Flipflops. Wie ein Glorienschein umgab sie das lange helle Haar, das sie sich nun mit einer wütenden Bewegung in den Nacken warf.

»Welch nettes Bild!« Ihre Stimme war voller Bissigkeit. »Ich komme wohl im falschen Moment. Sorry.« Und schon drehte sie sich um.

»Nina!« Jonas lief ihr nach. »So warte doch! Andrea und ich ...«

»Lasst euch nicht stören.« Sie warf ihm eine Kusshand zu. »Wir sehen uns wieder, das weißt du doch.«

Mit hängenden Armen blieb Jonas in der Halle stehen. Andrea sah ihn an – fast so etwas wie Mitleid empfand sie für ihn. Der Ritter von der traurigen Gestalt, schoss es ihr durch den Kopf. Und im nächsten Atemzug erschien Magnus' Bild in ihrer Erinnerung. Männlich, in sich ruhend, selbstsicher und souverän.

»Halt sie auf, wenn du sie willst«, sagte sie zu Jonas. »Ich muss gehen. Das Taxi wartet.«

26

Auf der Insel standen nur vier altersschwache Holzhütten. Bucklige Felsen schützten das Eiland im kleinen Ski-Fjord. Die rot-weiß gestrichene Rorbuer von Nik Yitterdal besaß als einzige einen Bootssteg, der ungewöhnlich stabil gebaut war. So, wie sich auch der Anbau hinter dem altersschwachen Holzhäuschen als neu und wetterfest erwies. Vom Ufer aus war dieser Teil allerdings nur schwer zu erkennen, ein paar niedrige Sträucher und ein hoher Holzstoß verdeckten die Sicht.

Mit lautem Motorengeräusch näherte sich ein schnittiges weißes Boot und legte neben Niks Kahn an. Am Heck flatterte die norwegische Fahne, an den Seitenfenstern der kleinen Kajüte hingen dichte braune Gardinen.

»Hei, Giftmischer, bist du da?« Mit langen Sätzen sprang Holger Nerhus aus dem Boot und vertäute es, langsamer folgte ihm Tom Rheenhus, der Galerist.

»Schrei nicht so!«, kam Niks Stimme aus der offenen Tür des Anbaus.

»Hierher verirrt sich doch keine Menschenseele.« Holger lachte geringschätzig.

»Idiot«, zischte Tom. »Die Hütten werden doch immer mal wieder bewohnt.«

»Was scheren mich die alten Fischer? Die sollen aufpassen, dass ich ihnen keinen Tritt verpasse und sie mit den Krabben um die Wette robben müssen.« Holger lachte wieder.

»Halt endlich die Klappe, Idiot! Du bist ja wieder total zugedröhnt.« Tom schob den Jüngeren zur Seite und ging in den Schuppen. Hier war ein komplettes Labor eingerichtet, und Nik, ein Chemiestudent, hantierte an einigen Glaskolben. Das lockige rotblonde Haar hatte er im Nacken mit einem Gummiband zusammengebunden. Im linken Ohr blitzte ein kleiner Brillant.

»Bin gleich so weit«, murmelte er, ohne den Kopf zu heben.

»Hast du alles fertig?« Tom trat neben ihn.

»Klar doch.«

»Hab ich dir ja gesagt! Nik hält, was er verspricht.« Wieder kicherte Holger. Er tänzelte zu einer Truhe, die mit alten Fischernetzen bedeckt war. »Meine Schatztruhe! Wie schön!«

»Finger weg!«, riefen Nik und Tom fast gleichzeitig.

»Stellt euch doch nicht so an. Spielverderber!« Wieder wollte er sich am eisernen Verschluss der Truhe zu schaffen machen, aber Nik machte drei Schritte auf ihn zu und schob ihn so heftig zur Seite, dass Holger taumelte.

Tom presste die Lippen zusammen. »Wenn er weiter so kifft, wird er noch zum Problem«, raunte er Nik zu.

Nik antwortete nicht, er arbeitete schweigend noch ein paar Minuten weiter. Erst als der letzte Tropfen der hellgrünen Flüssigkeit in den großen Glaskolben geronnen war, sah er auf. »Ich hatte noch nicht mit dir gerechnet.« Er gab Tom die Hand. »Was ist passiert?«

»Nichts. Nur ... ich brauche rascher Nachschub als gedacht.«

»Wie stellst du dir das vor? Mehr als arbeiten kann ich auch nicht.«

»Ich muss liefern. Sonst machen mir die Russen das Geschäft kaputt. Die warten nur drauf, dass sich eine Marktlücke bietet.«

»Sechs Behälter haben wir dabei.« Holger kicherte. »So wertvolle Bildchen hängen nicht mal im Louvre.«

Tom schüttelte nur den Kopf. Er wandte sich ausschließlich an Nik. »Hoffentlich ist das Zeug, das du da zusammengebraut hast, besser als das, was Holger sich reingepfiffen hat.«

»Willst du probieren?«

»Nein, kein Bedarf.«

»Dann lass mich!« Holger sah mit glitzernden Augen auf die kleinen Päckchen mit hellblauem und weißem Pulver, die Nik aus einer Schublade seines altersschwachen Schreibtisches holte.

»Hier sind sie – meine Badesalze«, sagte er dabei.

»Das war bislang die Domäne der Asiaten.«

»Stimmt.« Nik war, wie immer, höchst wortkarg. »Ich kann's aber auch«, fügte er schließlich selbstgefällig hinzu.

Tom prüfte ein paar Päckchen. Er selbst nahm keine Drogen, wusste aber recht gut über die in der Szene beliebten Designer-Drogen Bescheid. Zurzeit waren Hurricane Charlie, Ivory Wave und Angel Dust sehr begehrt. Den Galeristen, der seit drei Jahren das meiste Geld im Drogenhandel verdiente, kümmerte es nicht, was mit den meist jungen Konsumenten geschah. Es war schließlich bekannt, dass diejenigen, die sich mit Mephedron-haltigen Substanzen zudröhnten, an Halluzinationen mit

Angstzuständen und Verfolgungswahn litten. Aber auch zu Herz- und Kreislaufbeschwerden kam es, ebenso zu massiven Fieberschüben und Nierenversagen.

Tom hatte keinerlei Skrupel, diese Rauschmittel zu verkaufen. Ihn interessierte allein der Profit. Und so war er jetzt auch ziemlich genervt, als Nik erklärte: »Der Preis verdoppelt sich.«

»Du hast wohl zu viel von dem Zeug inhaliert. Das kommt überhaupt nicht in Frage!«

»Musst es nicht nehmen.« Nik nahm drei Glasbehälter mit gelber Flüssigkeit und hielt sie prüfend gegen das Licht der hellen Neonlampen. Es schien, als sei er vollkommen in die Betrachtung der zusammengemixten Substanzen vertieft.

Tom Rheenhus hätte ihm am liebsten eine verpasst. Was bildete sich dieser verkrachte Chemiestudent eigentlich ein? Wagte es, ihn zu erpressen ... Aber ihm war klar, dass Nik am längeren Hebel saß. Er war ebenso genial wie experimentierfreudig, die Pillen, die er bisher hergestellt hatte, waren in der Disco-Szene begehrt. Und auch die härteren Substanzen fanden immer mehr Abnehmer.

»Und was ist mit mir?« Holger kam grinsend näher, doch immer wieder glitt sein Blick zu der alten Truhe, in der sich, wie er wusste, Päckchen mit Speed und Ähnlichem befanden.

»Halt du dich raus!« Nik sah den etwa Gleichaltrigen geringschätzig an. »Und sei vorsichtig mit dem, was du dir einwirfst. Ich hab dich gewarnt. Mehr als zwei Pillen am Tag bringen dich um den Verstand.«

»Ach was. Ich brauche einfach hin und wieder den ultimativen Kick.« Holger lachte. »Und jetzt her mit den Spezialbonbons. Wir müssen uns beeilen, es ist Sturm angesagt.«

»Wie viel kannst du mir geben, Nik?«

»Kommt auf den Preis an.«

Tom biss sich auf die Lippe. »Ein Drittel mehr.«

»Zwei Drittel.«

»Die Hälfte.«

»Na gut.« Niks Miene blieb unbewegt, auch wenn er gerade ein Vermögen verdient hatte. Er ging zu der alten Truhe und holte sechs Tüten heraus, in denen sich jeweils fünfzig kleinere Päckchen befanden.

»Und dann noch die Pillen«, sagte Tom und wies auf den Schreibtisch. »Wie viele hast du?«

»Fünfhundert.«

»Einverstanden.« Tom griff in seine Jackentasche und zog eine große Rolle Bargeld heraus. Fast fünfzehntausend Kronen wechselten den Besitzer. Lässig steckte Nik das Geld in die Brusttasche seines karierten Hemdes. Er wusste, dass Tom das Vielfache mit dem Rauschgift verdienen würde, doch es kümmerte ihn nicht. Ihm war wichtig, dass er sein Können unter Beweis stellen konnte. Das Geld war eine angenehme Zugabe. Sein Risiko war, im Gegensatz zu dem, das Tom einging, relativ gering. Auf der kleinen Insel lebte er allein. Die drei anderen Hütten hatte er längst gekauft; die Fischer, denen sie gehört hatten, waren froh gewesen, sie los zu sein. Das aber ging niemanden etwas an, fand Nik. Und auch, dass es außer Tom noch einen weiteren Großabnehmer gab, war sein Geheimnis. Konkurrenz belebte nun mal das Geschäft, das war eine altbekannte Tatsache.

»Hol die Bilder her!« Tom wandte sich an Holger. »Aber sei vorsichtig damit.«

»Ja, ja, es kommt schon nix an die Kunstwerke deiner Evelyn.« Holger machte eine geringschätzige Handbewegung, dann verließ er den Raum.

»Er ist ein Idiot«, sagte Nik lakonisch. »Wir sollten sehen, dass wir ihn loswerden. Wenn er sich weiterhin so zudröhnt, wird er zu einer Gefahr.«

»Dann gib ihm doch nichts mehr.«

»Wie stellst du dir das vor? Soll ich riskieren, dass er uns sofort verpfeift, weil er sauer auf mich ist?«

Tom antwortete nicht, er ging schulterzuckend hinaus, um zwei Bilder zu holen. Sie waren nicht allzu groß, die Rahmen allerdings, die er dafür ausgewählt hatte, hatten einen breiten Rand. Niemand konnte erahnen, dass sie innen hohl waren und jetzt von Holger, der ihm beim Tragen geholfen hatte, vorsichtig mit kleinen Rauschgifttüten gefüllt wurden.

Seit Jahren transportierte Tom so das Rauschgift von den Lofoten zum Festland. Zum Teil ging die Ware sogar auf diesem Weg weiter nach Westeuropa.

»Die drei sind für mich.« Holger steckte drei Tüten mit hellgrünen Tabletten in seine Tasche.

»Nichts da! Die Ware ist korrekt abgewogen. Ich werde mich deinetwegen nicht mit meinen Abnehmern anlegen.« Tom versuchte, ihm die Tüten abzunehmen, doch Holger hob die Hand und schlug ihm brutal an die Schläfe.

»Du bist wirklich irre.« Nik, der auch jetzt die Ruhe behielt, half dem Galeristen wieder auf die Beine. Während er ihm einen Stuhl zuschob, drehte er sich nach Holger um. »Her mit den Tüten!« Er streckte die Hand aus.

»Ich brauch aber was.« Holgers Stimme klang plötzlich weinerlich. Die Aggressivität, die er in der letzten halben

Stunde an den Tag gelegt hatte, war schlagartig einem extrem depressiven Verhalten gewichen.

Nik beobachtete die Reaktion gespannt. »Hier, das ist mindestens so gut.« Er holte eine kleine Tüte mit weißem Pulver von seinem Labortisch. »Aber Vorsicht, das Zeug ist stark!«

»Geil.« Holger griff gierig nach dem Tütchen. »Ich warte schon lange auf den ultimativen Kick.« Er begann albern zu kichern.

»Her mit meinen Pillen!« Tom rieb sich das schmerzende Gesicht. »Wenn du das noch mal wagst, mach ich Fischfutter aus dir.«

Holger reagierte nicht. Er befeuchtete seinen linken Zeigefinger und probierte eine Prise, aus dem Augenwinkel genau beobachtet von dem rotblonden Chemiker.

»Wir müssen los.« Tom rappelte sich auf. Er klopfte Nik auf die Schulter. »Bis dann.«

»Sei vorsichtig. Vor allem mit dem da.« Kurz sah er zu Holger hinüber, der am Türrahmen lehnte und mit starrem Blick hinaus aufs Wasser sah.

»Bin ich.« Tom nahm zwei Bilder auf. »Wir sehen uns.«

»Ruf auf jeden Fall vorher an.«

27

»Wir nehmen noch einen Drink.« Carina Rasmussen winkte dem Barkeeper zu.

»Nicht doch!« Lachend wehrte Andrea ab. »Ich hab schon jetzt mehr getrunken, als gut für mich ist.«

»Unsinn! Es gibt so viel zu feiern.« Carina schob ihr leeres Glas über den Tresen und lächelte den dunkelhaarigen Barkeeper charmant an.

»Auf deine Beförderung und Versetzung zu den Lofoten haben wir schon dreimal angestoßen.«

»Lieber wäre ich nach Tromsø gegangen, aber so ist es mir auch recht. Da kann ich sicher sein, Knut alle paar Tage zu sehen. Und vielleicht bleibst du ja doch auf der Inselgruppe.« Forschend sah sie Andrea an, die gleich den Kopf schüttelte.

»Auf keinen Fall. Dr. Ecklund hat mir sehr deutlich zu verstehen gegeben, dass er keine Hilfe in der Praxis will. Und die Stellen im Krankenhaus sind nicht sehr reizvoll. Nein, nein, ich werde wohl nach Deutschland zurückkehren.«

»Wieder ein Grund zum Trinken.« Carina hob ihr Glas. »Ich muss meine Enttäuschung runterspülen.«

»Ach was, ich bin ja nicht auf einem anderen Planeten.«

»Aber beinahe.« Carina nahm einen kleinen Schluck.

»Ich hoffe immer noch, dass es diesem Meeresbiologen gelingt, dich hier zu halten. Er muss ein toller Typ sein.«

»Ist er auch. Das stimmt schon, dennoch ... ich muss zurück. Das mit Magnus und mir ... es war ein Flirt, mehr nicht.«

Ihre traurigen Augen sagten etwas ganz anderes, doch Carina ging nicht darauf ein. »Wir müssen noch auf deine endgültige Trennung von diesem Hotelier anstoßen. Oder ... willst du zu ihm zurück?«

»Nie und nimmer.« Andrea schüttelte den Kopf. »Das Kapitel ist zu Ende. Jonas ... er war ein Irrtum. Und ich muss froh sein, dass ich das noch rechtzeitig erkannt habe.« Sie nahm auch einen Schluck. »Wenn er wüsste, dass ich feiere, statt um ihn zu weinen ... das würde seine Eitelkeit sehr verletzen.«

»Gut so!« Carina hob ihr frisch gefülltes Glas mit einem perfekt gemixten Mojito. Es gab nicht zu viel zerstoßenes Eis darin, nicht zu viel Minze, doch genügend Rum. »Dann trinke ich jetzt auf deine Freiheit – und darauf, dass du deine Meinung noch änderst und hier bei uns bleibst. Ich könnte eine Freundin wie dich wirklich brauchen.« Sie drehte das Glas in den Händen und sah gedankenverloren in die hellgrüne Flüssigkeit. »Es ist nicht immer leicht, sich in dieser Männerdomäne zu behaupten. Gerade bei der Mordkommission geht es rau zu. Und für viele ist es auch heute noch ein Problem, eine Frau – noch dazu eine junge – als Vorgesetzte zu haben. Mord und Totschlag, das ist was für harte Jungs. So hat es mal ein alter Kollege ausgedrückt.«

»Als lebten wir noch im Mittelalter.« Andrea hob ihr Glas. »So ähnlich denkt auch der alte Ecklund, glaube ich.«

»Tja, es gibt eben keine unkomplizierten Männer.«

»Recht hast du.«

Die beiden neuen Freundinnen blieben bis weit nach Mitternacht zusammen, und als sie sich trennten, hatte Andrea versprochen, zumindest noch eine Woche in Norwegen zu bleiben und mit Carina deren Urlaubstage zu verbringen.

Als sie endlich in ihrem Zimmer war, sank sie stöhnend aufs Bett. »Das waren zwei Mojito zu viel«, murmelte sie und tastete nach ihrer Handtasche, die sie auf den kleinen Nachttisch gestellt hatte. Vorsorglich wollte sie vor dem Einschlafen ein Aspirin nehmen – es konnte nicht schaden, dem Kater, den sie morgen sicher hatte, vorzubeugen.

»Mist!« Die Handtasche fiel zu Boden, und der Inhalt verstreute sich über den hellgrauen Teppichboden des Hotelzimmers. Es dauerte, bis Andrea alles wieder eingeräumt hatte. Irgendwie drehte sich der Raum. Oder … drehte sie sich?

»Nie wieder Mojito«, nahm sie sich vor und stopfte als Letztes die Puderdose und eine kleine Packung Papiertaschentücher in die Tasche zurück.

Erst als sie wieder auf dem Bett lag, zuckte sie zusammen: Der kleine Troll, den sie seit Wochen mit sich führte, war verschwunden. Aber bevor sie weiter darüber nachdenken konnte, fielen ihr auch schon die Augen zu.

»Nie wieder Mojito.« Mit einem Seufzer richtete sich Andrea auf. Ihr Blick fiel auf das Kleiderbündel neben dem Bett. Die Handtasche lag ebenfalls auf der Erde. »Mein Troll!« Mit einem Ruck setzte sie sich auf und begann erneut nach der kleinen Figur zu suchen.

Aber auch jetzt, da sie wieder nüchtern war, blieb die Holzfigur verschwunden.

Beim Frühstück trafen sich Carina und Andrea wieder. Die junge Kommissarin war bester Laune. »Na, gut geschlafen?«

»Wie eine Tote. Die haben allerdings keinen Kater mehr.«

Carina lachte. »Sag so etwas nicht in meiner Gegenwart.«

»Na ja, in meinem Beruf sehe ich auch oft Leichen.«

»Stimmt auch wieder.« Mit Genuss biss Carina in ein Croissant. »Was machen wir heute?« Unternehmungslustig sah sie Andrea an. »Warst du schon mal auf dem Ulriken?«

»Ja.«

»Dann fahren wir eben mit der Drahtseilbahn auf den Fløien. Ich war noch nie oben. So viel Zeit hab ich mir nie genommen. Meist bin ich ja nur schnell aufs Schiff zu Knut.« Ein verliebtes Lächeln huschte über ihr Gesicht. »Man hat sicher einen tollen Blick über die Stadt, die Hügel ringsum und den Fjord.«

»Einverstanden. Aber erst mal brauche ich noch einen Kaffee.« Andrea trank die dritte Tasse, und langsam kehrten die vom Mojito verschütteten Lebensgeister zurück. »Wann siehst du Knut wieder?«

»Erst in einer Woche. Ich hab ja Urlaub und fahre hoch nach Tromsø. Ein Teil meiner Möbel kann bei ihm untergestellt werden, bis ich weiß, wo ich auf den Lofoten wohnen werde.«

»Frag doch mal Evelyn. Sie kennt sicher viele Leute.«

»Ich warte erst den genauen Einsatzort ab. Und jetzt

will ich nicht mehr vom Job reden, sondern mit dir die Stadt erkunden.«

Sie verbrachten einen herrlichen Tag in Bergen, und es war wie ein kleines Wunder, dass ununterbrochen die Sonne schien und sich die Hafenstadt, die sich so gern »das Tor zum Norden« nannte, von ihrer schönsten Seite zeigte.

Die beiden schlenderten von der Domkirche aus hinüber zum Fischmarkt, wo sie sich fangfrische Krabben schmecken ließen. Auf der anderen Hafenseite standen, glänzend im Sonnenlicht, die alten, gelb, braun und rostrot bemalten Holzhäuser der Bryggen.

»Das alles haben einst die Deutschen aufgebaut«, erzählte Carina.

»Ich weiß. Es war die ›Deutsche Brücke in Bergen‹. Man nannte die Häuser so, weil sie zum Ent- und Beladen der Schiffe direkt an den Hafen gebaut wurden. Jonas hat mir mal ein altes Buch zu lesen gegeben, darin stand unter anderem, dass die Gesellen der damaligen Handwerker einen besonders brutalen Härtetest bestehen mussten. Er erinnert mich ein bisschen an die Äquatortaufe der Seeleute. Die Jungen wurden mit einem Tau unter dem Schiff durchgezogen, von älteren Gesellen verprügelt oder im Rauchspiel über qualmendem Feuer aufgehängt und regelrecht geräuchert. Es hat eine Weile gedauert, bis die Dänen im 17. Jahrhundert dieses Treiben verboten.«

»Meine Güte, bist du klug. Das alles hab ich nicht gewusst.«

»Angelesenes Wissen.« Andrea lachte. »Ich musste ja oft die Wartezeit am Flughafen überbrücken.«

»Komm, wir gehen mal rüber. Danach zeige ich dir was, das du nicht kennst.«

»Und das wäre?«

»Ein ganz besonderes Schiff. Ich habe heute in der Zeitung gelesen, dass die alte *Lofoten* im Hafen liegt. Das ist noch ein Hurtigruten-Schiff der alten Generation. Sie fährt als Nostalgie-Schiff nur noch zu besonderen Zeiten – und auf speziellen Routen.«

Zunächst aber besuchten sie die Festung Bergenhus, Bergens königliches und kirchliches Zentrum des Mittelalters. Sie bewunderten den wuchtigen Rosenkranzturm und die Håkonshalle, die im Mittelalter von den norwegischen Königen als Repräsentationsraum benutzt wurde. Die Deckenkonstruktion aus Holz erinnerte an ein umgekipptes Wikingerschiff.

»Puh, hier atme ich einfach zu viel Geschichte.« Carina musste grinsen. »Los, raus hier. Oder willst du noch eine Kirche besichtigen?«

»Lieber nicht. Aber das alte Schiff würde ich mir gerne ansehen.«

»Dann komm.«

»Meinst du, wir können an Bord gehen?«

Carina nickte. »Wenn wir Glück haben, hat Kapitän Jakobsen Dienst. Den kenne ich durch Knut ganz gut.«

Das alte Postschiff lag, festgetäut und ungewohnt klein und gedrungen wirkend, an seinem Ankerplatz. Vom Glanz, den die modernen Postschiffe ausstrahlten, war nichts zu sehen. Andrea war enttäuscht. Der Rumpf der *Lofoten* war schwarz gestrichen, ein paar Matrosen pinselten gerade die Aufbauten neu in frischem Weiß.

Andrea zögerte. »Wollen wir wirklich an Bord gehen?«

Carina nickte. »Du musst das Schiff von innen sehen.« Und schon betrat sie den leicht schwankenden Steg, der ins Schiffsinnere führte. Mit einem Offizier, der sofort auf sie zukam, sprach sie rasch und in einem Dialekt, dass Andrea fast nichts verstand.

»Das ist Knuts Freund Erik. Er ist hier der Zahlmeister – und Mädchen für alles. Er lässt uns an Bord und sagt auch dem Käpt'n Bescheid.« Sie winkte Andrea, ihr zu folgen. »Nun komm schon!«

Andrea zögerte, dann betrat sie die Holzplanken. Einer der Matrosen, schmal und mit auffallend hellem Haar, hörte mit der Arbeit auf und pfiff anerkennend hinter ihr her. Ein zweiter rief etwas, das sie nicht verstand.

Sie ignorierte die Männer und beeilte sich, die schwankende Gangway hinter sich zu bringen. So ein altes Schiff zu besichtigen war nicht gerade aufregend. Was hatte sich Carina nur dabei gedacht? Doch dann trat sie durch eine schwere, mit Messingbeschlägen verzierte Holztür – und befand sich in einer anderen, längst vergessenen Welt. Goldenes Licht schimmerte auf dicken, sorgfältig polierten Messinggeländern. Alte Dielen knarrten gemütlich. Eine große Schiffsglocke, ebenfalls aus Messing, hing an der linken Seite, daneben vier leicht vergilbte Bilder, die norwegische Landschaften zeigten.

Andrea zuckte zusammen, als sie Erik und Carina folgte und eine Halle betrat, an deren Längsseite sich die Rezeption befand. Rechts von der Treppe, hoch aufgerichtet und die Pfoten bedrohlich nach den Eindringlingen ausgestreckt, stand ein ausgestopfter Eisbär.

»Unser beliebtester Staubfänger«, erklärte Erik und grinste. »Ich wollte ihn schon ein paar Mal entfernen, aber die Leute mögen ihn. Vor allem die Kinder.«

»Das kann ich verstehen.« Andrea bewunderte das

Tier, dessen Fell schon ziemlich vergilbt war. Auf der anderen Seite der Treppe stand ein Ledersofa. Daneben ein Nierentisch, ein Sessel, mit Rentierfell bezogen.

»Das ist urgemütlich, stimmt's?« Carina sah sich nach Andrea um.

»Ja, das schon. Aber ist das Schiff denn noch seetauglich?«

»Beleidigen Sie meine alte Dame nicht.« Erik strich mit einer fast liebevollen Geste über das Mahagoniholz des Rezeptionstresens. »Es hat noch nie einen ernsthaften Zwischenfall gegeben, seit die *Lofoten* 1964 ihren Dienst aufgenommen hat.«

Er zeigte den beiden Besucherinnen noch eine Kabine mit altmodischem Bullauge, den geräumigen Essraum und ging dann mit ihnen hoch auf die Brücke, wo der Kapitän die beiden Besucherinnen kurz begrüßte.

»Leider hab ich gar keine Zeit für euch«, sagte er bedauernd. »Gleich kommen gut siebzig Dänen an Bord, die das Schiff für einen Törn nach Kristiansund gechartert haben.«

»Das geht?«

»Ja. Es ist zwar die Ausnahme, doch wenn es sich einrichten lässt, fahren wir auch solche Routen. Ansonsten verkehrt die alte Lady auf nostalgischen Sonderfahrten.«

»Dann verziehen wir uns mal wieder. Danke, dass wir uns umsehen durften.« Carina umarmte Erik, dann verließen sie das Schiff, das sicher schon viele Abenteuer auf dem Meer erlebt hatte.

Andreas Hand glitt über das dicke Tau, das als Handlauf die Gangway hinab diente. Wie viele Menschen hatten sich an dem Hanfstrang wohl schon festgehalten?

Der leise Klingelton ihres Handys ließ sie zusammenzucken. Sie nestelte es aus ihrer Umhängetasche und meldete sich, gerade als sie wieder festen Boden unter den Füßen hatte.

»Hier ist Birgit. Doktor Andrea, kannst du mich hören?«

»Ja. Was ist denn passiert, Birgit?«

»Ein Unglück. Ein schreckliches Unglück ist passiert. Bitte, Doktor Andrea, komm zurück!«

28

Von einem Tag zum anderen war das Wetter umgeschlagen. Die hellen Tage und Nächte waren wie mit einem dunklen Tuch bedeckt. Das Thermometer war um mehr als zehn Grad gefallen. Regen mischte sich mit Hagelschauern. Sturm peitschte die Blätter von den Bäumen, ließ die Schiffe im Hafen einen aufgeregten Tanz vollführen.

Die Bewohner von Trondheim waren derlei Wettereskapaden gewöhnt, sie störten sich nur bedingt an den Regenfluten, die aus den tief hängenden Wolken strömten. Die Frauen verzichteten auf modische High Heels und zogen feste Schuhe oder gar Stiefel an. Statt der bunten Sommerkleider holten sie Jeans und Pullis samt Wetterjacken aus dem Schrank.

Die Touristen, überrascht von dem Wettersturz, waren nur teilweise auf Regen eingestellt. Sie flüchteten in Kirchen, Museen oder in eins der gemütlichen Cafés oder Restaurants. Es war nicht angenehm, draußen zu sein. Etliche kauften sich Regencapes, damit sie ihr geplantes Sightseeing-Programm durchziehen konnten.

Der Sturm nahm mit jeder halben Stunde zu, es war zum Teil mühevoll, sich auf den Beinen zu halten.

Auch die *Black Nessy*, das Forschungsschiff, mit dem James und Magnus häufig auf See waren, hatte Mühe, in den Hafen von Trondheim zurückzukehren. Immer wieder wurde das Schiff auf Wellenkämme gehoben, es war ein ungemütlicher Reigen, den es, so wie viele andere kleine Boote, tanzen musste.

»Pass auf, dass du nicht ausrutschst.« James, den Südwester tief ins Gesicht gezogen, winkte Magnus zu, der ihm helfen wollte, die Taue an Land zu werfen.

»Es passt schon.« Magnus lachte. »So leicht holt mich nichts von den Beinen.«

»Ach nein?« James grinste.

»Hör nur ja auf. Das war kein Unfall, das war Schicksal. So hab ich schließlich Andrea kennengelernt.«

»Und hast ein Problem.« James wies zum Ufer. Dort stand ein weißes Sportcoupé. Der schnittige Wagen fiel deutlich auf zwischen den dunkel lackierten, zum Teil schon recht altersschwachen Autos der Fischer.

»Lilian!«

»Sie ist hartnäckig.« James warf einem jungen Burschen, der am Ufer wartete, die letzte Leine zu. »Dazu auch noch bildschön und reich.«

»Der Reichtum ihres Vaters hat mich nie interessiert.« Magnus strich sich die feuchten Haare aus der Stirn.

»Aber ein paar Millionen wären eine angenehme Beigabe, nicht wahr?«

»Unsinn! Wofür hältst du mich?«

»Für einen Mann mit Problemen, sagte ich doch schon.« James grinste. »Jetzt mach schon, dass du von Bord kommst. Sie wartet sicher schon lange.«

Das bestätigte Lilian, kaum dass Magnus zu ihr gekommen war.

»Ich warte schon länger als eine Stunde. Ihr seid viel zu spät«, maulte sie.

»Der Sturm ... das hast du dir doch denken können.« Er öffnete die Wagentür. »Warum hast du nicht vorher angerufen?«

»Um mir Ausreden anzuhören?« Lilian griff nach hinten und zog eine dicke Decke hervor. »Setz dich lieber da drauf. Du verdirbst mir sonst die Polster.«

»Ich muss nicht mitfahren.« Magnus trat einen Schritt zurück. »Drüben steht mein Auto.« Er wies zu einem alten Kombi, der von einigen Containern halb verdeckt wurde.

»Sei nicht so empfindlich und steig ein.« Sie hatte die Decke über die hellen Lederpolster gelegt. »Ich hab doch nicht umsonst auf dich gewartet.«

Bevor er sich ins Auto setzte, zog Magnus die Regenjacke aus und warf sie auf den Boden. »Wieso bist du schon wieder hier?«

»Hat sich so ergeben.« Lilian beugte sich zu ihm. »Ist das eine Begrüßung? Bekomme ich nicht wenigstens einen Kuss?«

Er küsste sie flüchtig.

Verdammt, warum hatte er nicht gleich nach Lilians Urlaub offen mit ihr gesprochen? Warum hatte er noch einmal mit ihr geschlafen, statt endgültig Schluss zu machen?

Als er an die Nacht mit Lilian zurückdachte, schoss ihm das Blut zum Herzen. Sie war wie eine Wildkatze. Leidenschaftlich. Unersättlich. Fantasievoll. Rau und zärtlich zugleich.

Er war immer gern mit ihr ins Bett gegangen. Der Sex mit ihr war einmalig.

Aber ... das genügte nicht. Erst seit er Andrea kannte, wusste er das.

»Papa lässt dich grüßen. Er erwartet uns zum Abendessen.«

Kjell Blomquist besaß einen der größten skandinavischen Kunstbuchverlage. Das Verlagshaus befand sich in Oslo, doch privat lebte die Familie in Trondheim, auf einer Insel im Fjord, die mit dem Festland durch eine private Brücke verbunden war.

»Lilian, was soll das? Warum versuchst du immer noch, mich zu manipulieren?«

»Aber das tut doch niemand! Ich liebe dich. So einfach ist das. Und deshalb möchte ich so oft es geht mit dir zusammen sein.«

Magnus schüttelte den Kopf. Doch noch bevor er etwas einwenden konnte, fuhr Lilian fort: »Paps hat eine Überraschung für uns – für dich, besser gesagt.«

»Ich will nicht noch mehr überrascht werden. Einmal am Tag reicht mir.« Er hasste sich dafür, dass er so unhöflich war, doch wie sollte er Lilian sonst begegnen?

Die junge Frau, die zu einer dunklen Designerjeans eine hellrote Bluse mit einer Weste aus gezupftem Nerz trug, zuckte nur mit den Schultern. »Sieh dir an, was er dir zeigen will. Dann reden wir weiter.«

Sie lenkte den Wagen durch die Straßen, wich geschickt einem umgeknickten Baum aus, den der Wind entwurzelt hatte, und umfuhr ein paar Mülltonnen, die auf die Straße gerollt waren.

»Gut, dass ihr heil zurück seid. Für den Abend hat man Orkanböen angesagt.« Sie legte ihm die Hand auf den Oberschenkel. »Sei lieb, mein Bär. Ich freue mich so auf die Überraschung. Du wirst Augen machen.«

»Ich hasse Überraschungen.«

»Die wird dich begeistern, da bin ich sicher.«

Sie hatten Magnus' Wohnung erreicht, und Lilian folgte ihm wie selbstverständlich nach oben.

»Nimm dir einen Drink. Ich muss unter die Dusche.« Magnus warf das Regenzeug ins Badezimmer und schloss hinter sich die Tür. Er sah keine Veranlassung, allzu höflich zu sein. Lilian musste merken, dass sie ihn störte. Vielleicht begriff sie wirklich nur auf diese Weise, dass es vorbei war.

Er ließ das heiße Wasser auf die Haut prasseln. Es war eine Wohltat, die Wärme zu spüren. Während er sich einseifte, schloss er die Augen. Das Wasser rann über seinen Rücken, löste die Verkrampfung und vertrieb die eisige Kälte endgültig.

Als sich die Glastür einen Spaltbreit öffnete, zuckte er zusammen.

»Lilian, nicht doch!« Er wollte sie abwehren, aber da schmiegte sie sich bereits an ihn. Ihre Hände waren überall, ihr Mund glitt über seine Brust, über den flachen Bauch. Glitt tiefer und tiefer.

Magnus schloss ergeben die Augen.

29

Die Trolle jagten ihn den Strand entlang. Ihre Gesichter waren zornig, sie fauchten und schüchterten ihn mit Drohgebärden ein. Er stolperte, fiel, rappelte sich wieder auf und hetzte weiter. Seine Lungen schmerzten, vor den Augen tanzten bunte Kreise, wurden zu Fratzen mit riesigen Mündern. Mündern, die ihn auffressen wollten.

Eine Hand griff nach ihm, er schlug sie fort.

Etwas klatschte ihm ins Gesicht, für einen Moment zerriss der rote Schleier vor seinen Augen. Er sah in Björns entsetztes Gesicht und schrie auf. Sein Bruder sah aus wie ein Troll ... wirr stand sein Haar vom Kopf ab, er hatte einen Bart, böse blitzten die Augen. Und jetzt ... jetzt wollte er ihn mit sich ziehen. Hinüber zu den Felsen. In eine Höhle, in der noch andere Trolle darauf warteten, ihn, Holger, zu quälen.

Wie irre schlug Holger um sich. Die Trugbilder, die ihm der Drogenrausch aufzwängte, ließen sich nicht vertreiben. Lauter, immer lauter gellten seine Schreie durch die Nacht. Er schlug seinen Bruder zu Boden und taumelte weiter, den schmalen, von hartem Gras überwucherten Strandweg hoch zu dem Haus mit dem hellen Licht. Licht war gut. Helligkeit bedeutete Sicherheit.

Vor dem Licht hatten die Trolle Angst.

»Um Himmels willen, was ist denn da draußen los?«

Birgit Nerhus legte das Strickzeug beiseite. Seit Tagen arbeitete sie an einem dunkelblauen Pullover. Es war nicht einfach, mit hellem Garn Sterne und Rentiere einzuarbeiten, wie es sich ihr Neffe Björn wünschte, für den der Pulli war. Schon zweimal hatte Birgit ein paar Reihen wieder aufribbeln müssen, weil sie sich verzählt hatte. Im Gegensatz zu Holger, dem jüngeren ihrer Neffen, liebte Björn die traditionelle Kleidung, während sein Bruder modische Hemden und Jacken bevorzugte.

»Klingt, als würden Schlittenhunde raufen.« Johan Ecklund, in eine medizinische Fachzeitschrift vertieft, sah kaum auf.

So wie seit vielen Jahren saßen er und Birgit Nerhus am Abend zusammen – er im privaten Arbeitszimmer, dessen Schiebetüren zum Wohnraum immer offen waren. Birgit, die im obersten Stock ein Schlafzimmer hatte, saß in einem der bequemen Sessel neben dem Kamin. Jetzt, im Sommer, brannte darin kein Feuer, doch spätestens im September verbreitete ein Kaminfeuer wohlige Wärme.

»Was du dir denkst ...« Die Haushälterin stand seufzend auf und öffnete einen Flügel der Terrassentür. »Hilf Himmel!« Sie zuckte zusammen, als Holger wie von tausend Furien gehetzt an ihr vorbeistürmte.

Brutal stieß er sie zur Seite, rannte in die große Diele und verkroch sich wimmernd unter einer alten, kunstvoll geschnitzten Bank.

»Das hat mir gerade noch gefehlt.« Mühsam stand Dr. Ecklund auf. »Holger, du verflixter Mistkerl, was hast du dir eingeworfen?«

»Aber ... aber das kann doch nicht sein!« Birgit rang die Hände. »Er nimmt seit anderthalb Jahren keine Drogen mehr. Er ist damals in schlechte Gesellschaft geraten und hat sich verführen lassen. Doch er hat eine Entziehungskur gemacht und ist seitdem clean. Johan, du glaubst doch nicht wirklich, dass ...«

»Wenn der Junkie keine Halluzinationen hat, dann hab ich keinen Doktortitel.« Johan Ecklund beugte sich vor und streckte Holger die Hand hin. »Komm raus, Junge.«

Ein irres Lachen war die einzige Reaktion.

»Bitte, Holger, komm zu mir. Ich will dir doch helfen.« Birgit Nerhus, die sich seit dem frühen Tod ihrer Schwester um die beiden Neffen gekümmert hatte, kniete sich vor die alte Bank.

»Weg da! Hexe! Hilfe!« Schreiend schlug und trat Holger nach seiner Tante, die plötzlich, von einem Tritt gegen den Kopf getroffen, zur Seite kippte.

»Jetzt reicht's aber!« Johan Ecklund zog Holger, der noch lauter schrie, an einem Bein aus seinem Versteck. »Du Vollidiot, was hast du genommen?« Er wollte ihn aufrichten, um ihm in die Augen sehen zu können, doch in seinem Drogenwahn schlug Holger immer heftiger um sich.

Der alte Arzt bekam einen kräftigen Hieb gegen die Brust, er taumelte rückwärts, versuchte sich festzuhalten und verlor dennoch die Balance. Sein Schrei mischte sich mit Holgers irrem Kreischen. Mit verrenktem Arm und halb besinnungslos blieb der Arzt liegen.

Holger schlug die Hände vors Gesicht, sein Schreien war erneut in leises Wimmern übergegangen.

Birgit rappelte sich mühsam auf und tastete nach dem Telefon, das auf einem schmalen Schrank an der Längsseite der Diele stand. Nachdem sie den Notruf gewählt hatte, schleppte sie sich zu Johan Ecklund zurück. »Gleich kommt Hilfe.« Sie versuchte ihm aufzuhelfen, musste dieses Unterfangen aber rasch wieder aufgeben.

Eine halbe Stunde später war der alte Arzt auf dem Weg in die Klinik. Holger hatte sich, von Birgit unbemerkt, davongemacht, während die Sanitäter sich um Dr. Ecklund kümmerten und ihn in die Klinik nach Gravdal brachten.

Birgit war froh, ihren Neffen nicht mehr sehen zu müssen. Sie schloss die Terrassentür, verriegelte die Haustür. Dann griff sie zum Telefon.

»Ein Unglück. Ein schreckliches Unglück ist passiert. Bitte, Doktor Andrea, komm zurück!«

30

»Schön, dich zu sehen, Magnus. Du warst lange nicht mehr hier. Nimmst du einen Drink?« Jovial begrüßte Kjell Blomquist den jungen Meeresbiologen.

»Danke, Kjell.« Magnus nahm den Cognacschwenker und trank Kjell Blomquist zu.

Lilian trat neben ihn und hakte sich bei ihm ein. In ihren Augen glitzerte Triumph. Sie hatte wieder einmal erreicht, was sie wollte. Magnus war ihren Reizen erlegen – so, wie es schon immer gewesen war. Lilian war noch keinem Mann begegnet, der ihr auf Dauer hätte widerstehen können. Zugegeben, Magnus war ein Sonderfall, ihn liebte sie wirklich – soweit sie zu einem solchen Gefühl fähig war. Sie wollte ihn haben! Und sie würde ihn bekommen!

Das Abendessen war exzellent wie immer. Zunächst gab es einen Cocktail aus Flusskrebsschwänzen, danach hauchzarten Rentierschinken mit geeisten Melonenkügelchen. Das Hauptgericht, auf den Punkt gebratenes Rinderfilet, war ein Gedicht. Lilian wusste, dass das Magnus' Lieblingsessen war, und hatte der Köchin einen entsprechenden Auftrag gegeben.

Das Dessert wurde durch Espresso ersetzt, und nachdem sie den belebenden Kaffee, gemeinsam mit einem Aquavit, genossen hatten, stand Kjell Blomquist auf. »Bevor ich dir zeige, welche Überraschung wir für dich haben, möchte ich dir meine beiden neuen Bilder zeigen. Lilian hat sie in einer Galerie gesehen und spontan gekauft.«

Kjell Blomquist besaß eine weit über die Grenzen des Landes hinaus bekannte Sammlung zeitgenössischer Kunst. Zwei große Räume, die sich an sein Arbeitszimmer im ersten Stockwerk des weitläufigen Hauses anschlossen, beherbergten ungeahnte Kunstschätze.

Während sie das Arbeitszimmer durchquerten, bewunderte Magnus insgeheim den echten Monet, der an der Wand dem Schreibtisch gegenüber hing. Daneben hing ein Frühwerk von Emil Nolde. Es waren Bilder, die Ella Blomquist, Lilians verstorbene Mutter, besonders geliebt hatte.

In den beiden Räumen hinter dem Arbeitszimmer befanden sich unter anderem Bilder von Andy Warhol, Max Ernst, Ernst Oppler und Marino Marini. Magnus fand nicht jedes Bild ansprechend, doch gestand er offen ein, dass sein Kunstverstand nicht ausgeprägt war.

Die beiden Bilder, zu denen ihn Kjell führte, gefielen ihm allerdings sehr. Das erste zeigte die Bergkette der Lofoten, grau-weiß ragten die Bergspitzen in einen grauen Himmel, der sich gen Westen jedoch immer stärker goldrot färbte. Das zweite war ein abstraktes, in Rot- und Blautönen gehaltenes Bild, das »Fernweh« betitelt war, wie der Hausherr erklärte. »Die Malerin kennst du vielleicht. Evelyn Wahlstrom lebt auf den Lofoten. Sie wird noch eine der ganz Großen, da bin ich sicher.« Er lächelte seiner Tochter zu. »Ich bin so froh, dass du endlich dein Auge geschärft hast, mein Engelchen. Und den Galeristen, diesen Tom Rheenhus, muss ich unbedingt persönlich aufsuchen. Er hat ein Juwel entdeckt.«

Lilian hauchte ihm einen Luftkuss zu. Wenn du wüsstest, Papa, dachte sie dabei. Tom hat eine exzellente Einnahmequelle entdeckt. Und davon profitiere unter anderem ich.

Doch das war ihr ganz persönliches Geheimnis. Sie hatte Tom während eines Fluges kennengelernt und war gern auf seine Flirtversuche eingegangen. In Brüssel hatten sie ein heißes Wochenende verbracht – mit viel Sex und bestem Speed.

»Meinen Glückwunsch. Evelyn ist wirklich eine hervorragende Malerin. Ich kenne sie flüchtig.«

»Das ist Fügung! Du musst mich mit ihr bekannt machen.« Für einen Augenblick vergaß Kjell Blomquist, dass seine Tochter sich von diesem Abend etwas Besonderes erhoffte.

»Ich denke, das wird Magnus gern arrangieren.« Sie zog Magnus zur Tür. »Aber jetzt komm, ich kann's kaum noch erwarten, dir deine Überraschung zu zeigen. Aber dafür müssen wir kurz nach draußen.«

Der Wind hatte, wie vorhergesagt, noch zugenommen. Er heulte ums Haus, trieb Blätter und abgebrochene Äste vor sich her wie ein Hütehund seine Schafe. Die Bäume im alten Park, der zum Haus gehörte, bogen sich mühsam ächzend. Wie kleine Nadelstiche war der Regen auf der Haut.

Den drei Menschen, die durch das Unwetter ans andere Ende der Insel hasteten, wurden beinahe die Schirme aus den Händen gerissen.

»Wir hätten mit dem Wagen fahren sollen«, murmelte Kjell Blomquist und zog sich den Regenmantel enger.

»Das lohnt doch nicht, Paps.« Lilian lachte. Sie hatte als »Dessert« eine der kleinen Pillen eingenommen, die ihr

Tom geschenkt hatte, als sie die Bilder erwarb. Jetzt fühlte sie sich euphorisch, das Wetter schreckte sie gar nicht. Im Gegenteil, es war doch lustig, sich gegen den Wind zu stemmen, das kühle Nass auf der Haut zu spüren.

»So, hier sind wir.« Das niedrige Holzhaus, das zur Seeseite hin mit Backsteinen verkleidet war, lag im Dunkeln. Nur eine schmale Neonleuchte über der Tür spendete Licht. Doch als Kjell die Tür geöffnet und einen Lichtschalter betätigt hatte, konnte Magnus sehen, was sich in dem etwa sechzig Quadratmeter großen Raum befand.

»Na, ist das eine Überraschung?« Lilian strahlte ihn an.

»Das ist es. In der Tat.« Magnus blieb unter der Tür stehen. Mit einem langen Blick umfasste er das Labor, das perfekt eingerichtet zu sein schien.

»Nebenan sind noch die Vorrichtungen für einige Aquarien angebracht.« Eifrig zog ihn Lilian weiter. »Hier kannst du deine Forschungen in aller Ruhe betreiben. Bist dein eigener Herr und kannst tun und lassen, was du willst.« Beifallheischend sah sie ihn an. »Paps hat versprochen, dass er dir alles beschafft, was du sonst noch brauchst.«

»Selbstredend.« Kjell Blomquist legte Magnus den Arm um die Schultern. »Wenn du erst mal mein Schwiegersohn bist, können wir über eine richtige Forschungsstation reden. Bis dahin …«

»Ich glaub's nicht.« Magnus sah kopfschüttelnd von Kjell zu Lilian. »Ja, denkt ihr denn wirklich, ich lasse mich kaufen?«

»Wer sagt denn so was?« Der Verleger, ein gedrungener, korpulenter Mann mit weißer Löwenmähne, schüttelte den Kopf. »Du bist der Mann, in den sich meine Tochter verliebt hat. Mit dir will sie leben. Das macht mich glücklich. Und – ich weiß, dass du in deiner Arbeit aufgehst. Das schätze ich sehr. Es ist immens wichtig, die Schätze unseres Meeres zu erhalten – und erst einmal richtig zu erforschen.« Er lachte selbstgefällig. »Was ich dazu beitragen kann, damit du das in Ruhe tun kannst, soll geschehen. Vielleicht schreibst du sogar mal ein Buch über deine Forschungen. Das wäre doch naheliegend.«

Magnus trat ein paar Schritte zurück. »Nimm's mir nicht übel, Kjell, aber ... das ist ein Irrtum. Ich weiß nicht, was Lilian dir erzählt hat, aber es stimmt so sicher nicht. Ich mag deine Tochter. Sehr sogar. Sie ist bezaubernd. Aber ... ich liebe sie nicht. Zumindest nicht so sehr, dass es für ein gemeinsames Leben ausreichen würde.«

»Ach was, das redest du dir ein. Ich hab dich zu lange allein gelassen, das ist alles.« Lilian hängte sich an seinen Arm und schmiegte den Kopf an seine Schulter. »Du liebst mich. Hast du vergessen, wie du es mir eben noch gezeigt hast?«

»Lilian!«

»Ach was, das kann Paps ruhig wissen. Er ist ja nicht von gestern.«

Magnus schob ihre Hand von seinem Arm. »Und ich bin kein Spielzeug, Lilian.« Er verbeugte sich knapp vor Kjell Blomquist. »Tut mir leid. Entschuldigt mich bitte.«

Ohne sich umzudrehen, stürmte er aus dem Haus.

Aus schmalen Augen sah Lilian ihm nach. »Du kannst nicht vor mir davonlaufen, Magnus«, flüsterte sie. »Ich will dich – und ich kriege dich!«

31

So etwas Irres.« Entspannt lehnte sich Andrea in ihrem Sitz zurück. »Da fliegst du eine lange Strecke, nur um mich noch mal zu sehen – und jetzt sitzen wir gemeinsam im Flugzeug und reisen den gleichen Weg zurück.«

Carina nippte an dem heißen Kaffee, den die Stewardess eben serviert hatte. »Du hast recht. Allerdings kennst du meine Heimatstadt noch nicht. Ich hätte dir gerne die wenigen Sehenswürdigkeiten von Narvik gezeigt, aber dazu ist ja leider keine Zeit. Nicht mal mit der Seilbahn werden wir fahren können.« Sie machte eine knappe Handbewegung. »Dabei hat man vom Fagernesfjell – so heißt der Berg, der über unsere Stadt wacht – einen herrlichen Blick auf die Bucht und den Fjord.«

»Und wenn wir einfach einen Tag bleiben? Ich habe Birgit ja nicht meinen genauen Ankunftstag genannt.«

Carina strahlte. »Das wäre toll! Das Wetter ist ideal, du kannst von oben die Mitternachtssonne bewundern – so herrlich siehst du sie nie wieder.«

»Na ja … ich hab jetzt schon so viel Spontanes gemacht, da kommt es auf diese Unternehmung auch nicht mehr an.« Andrea lachte. »So ein turbulentes Leben hab ich noch nie geführt. Selbst in den USA, wo es doch so hektisch zugeht, war ich sesshafter. Hier aber reise ich hin und her – und weiß immer noch nicht, wo ich endgültig landen werde.«

»Nimm's als Fingerzeig des Schicksals.« Carina sah aus dem Fenster, wo unter ihnen die Küste zu erkennen war. »Wir Norweger glauben fest daran, dass alles Bestimmung ist im Leben.«

»Ja, ja, die Trolle haben es wahrscheinlich prophezeit.« Andrea verzog das Gesicht zu einer kleinen Grimasse. »Als Wissenschaftlerin möchte ich eher behaupten, dass es eine Verkettung von mehr oder weniger unglücklichen Zufällen ist. Wenn Jonas mich nicht betrogen hätte, wenn ich Magnus und dich nicht kennengelernt hätte, wenn Dr. Ecklund nicht krank geworden wäre …«

»Wenn … wenn … Das sind keine Zufälle, glaub mir! Es ist Schicksal, dass du wieder zu den Lofoten zurückkehrst. Und ich auch.« Die junge Kriminalbeamtin beugte sich vor. »Sieh mal runter, unter uns erkennst du den Ofort-Fjord. An seinem Ende liegt meine Heimatstadt in einer herrlichen Bucht.« Sie lächelte. »Ehrlich gesagt, ist die Lage das Schönste an Narvik. Ansonsten gibt es nicht viel zu bestaunen, deshalb hab ich ja auch immer wieder versucht, von hier wegzuziehen. Eine Stelle in Tromsø hatte ich mir gewünscht. Da ist es wegen der vielen Studenten lebendiger, es ist immer was los, ganz im Gegensatz zu Narvik. Das ist ein ziemlich schmuckloser Industrieort. Am wichtigsten ist für die Gegend hier der Hafen, der dank des Golfstroms das ganze Jahr über eisfrei bleibt. Deshalb wird hier seit Jahrzehnten Eisenerz verschifft. Das meiste kommt aus Kiruna.«

»Das liegt aber schon in Schweden, nicht wahr?«

»Genau. Man hat schon vor mehr als hundert Jahren eine Eisenbahn vom Nachbarland bis hierher zum Hafen gebaut. Es war eine außergewöhnliche Leistung für die

Zeit damals. Du wirst sehen, es gibt etliche Denkmäler in der Stadt, die an diese Pioniertat erinnern.«

»Ich hab nachgelesen, dass die Deutschen Narvik während des Zweiten Weltkriegs lange besetzt hielten.« Andrea presste die Lippen zusammen. »Dieser Krieg war schrecklich.«

»Das stimmt.« Carina winkte ab. »Aber die Zeiten sind zum Glück lange passé, wenn man sie auch nicht vergessen darf. Es liegt an unserer Generation, dafür zu sorgen, dass es nie wieder zu einem solchen Drama kommt. Aber jetzt schau runter, man kann alles ganz genau sehen. Das ist der Vorteil dieser kleinen Maschine. Nicht nur, dass wir damit den Flughafen in Stadtnähe anfliegen können, wir sehen auch aus der Luft viel besser, was unter uns los ist.«

»Man erkennt die Erztransporter, die beladen werden.« Andrea schaute angestrengt aus dem kleinen Fenster. Der breite Fjord schimmerte im hellen Licht des frühen Nachmittags. Grünblau sah das Wasser von oben aus. Kleine weiße Boote flitzten an den behäbig dahingleitenden Lastschiffen vorbei. Zwei Fähren trafen sich gerade in der Mitte des Fjords.

»Dahinten, im Westen, sind die Lofoten zu erkennen. Bis dahin ist es nur ein Katzensprung.«

»Aus der Luft betrachtet vielleicht.« Andrea versuchte mehr von der Inselkette zu erkennen, auf der sie in den nächsten Wochen erneut leben würde. Sie konnte es immer noch nicht begreifen, dass sie spontan zugesagt hatte, zurück nach Stamsund zu kommen. Aber Birgit war so verzweifelt gewesen am Telefon, dass sie ihr die Bitte nicht hatte abschlagen können.

»Johan liegt wieder in der Klinik. Er hat einen gebrochenen Arm, geprellte Rippen ... und vielleicht ist auch was mit der Wunde. Schließlich ist die Herz-OP noch nicht sehr lange her.« Die letzte Behauptung war zwar von ihr frei erfunden, doch sie setzte alles daran, Andrea Sandberg zurück auf die Lofoten zu holen. Ein paar Mal schon hatte Birgit von der jungen Ärztin geträumt. Sie hatte sie im weißen Kittel, in einem Boot und vor dem Altar der alten Kirche von Gimsöy gesehen. Das alles musste einen Sinn haben! Birgit glaubte fest an höhere, unbekannte Mächte, die das Schicksal der Menschen lenkten.

Auch Andrea dachte, als das Flugzeug auf der Landebahn aufsetzte: Alles ist Bestimmung. Norwegen schien wahrhaftig ihr Schicksalsland zu sein!

»Das hat köstlich geschmeckt«, sagte Andrea.

»Hier gibt es den besten gebeizten Lachs weit und breit. Und nirgendwo kriegst du besseres Rentier-Carpaccio.« Carina winkte dem Kellner und bestellte noch zwei Espressi.

Satt und zufrieden lehnte sich Andrea auf dem braunen Korbstuhl zurück und sah hinüber zum Hafen. Auch jetzt noch, um zehn Uhr abends, wurde intensiv gearbeitet. Die hohen Kräne, die Gabelstapler und LKWs, die Lasten hin und her bewegten, schienen nie stillzustehen.

Gegen den Wind, der vom Meer her wehte, brachte der Kellner zwei Decken. »Noch einen Aquavit? Der geht aufs Haus.«

»Danke, aber wir müssen gleich weg, Rasmus.« Carina kannte den blonden Hünen aus der Schulzeit. »Ich will mit meiner Freundin noch hoch zum Fagernesfjell und die Mitternachtssonne genießen.«

»Das könnt ihr von hier aus auch.« Rasmus war offensichtlich froh, noch Gäste zu haben, mit denen er ein bisschen privat quatschen konnte.

»Nein, du, lieber nicht. Wir kommen ein andermal wieder.«

In sieben Minuten brachte sie die Kabinenseilbahn hoch zum bekannten Aussichtspunkt. Andrea sah sich begeistert um. Es war auch jetzt noch fast so hell wie am Tag, die Berge ringsum, das blaugrüne Fjordwasser und die Stadt mit ihren bunten Häusern ... Alles war mit einem goldenen Schein überzogen. Sie musste zugeben, dass man von hier oben die Mitternachtssonne ganz besonders intensiv genießen konnte. Auf den Lofoten sah man sie nur an den Küstenstreifen, die dem Atlantik zugewandt waren, die Bergkette verhinderte, dass das Sonnenlicht an der Ostküste zu sehen war.

Andrea schaute gen Westen, dorthin, wo wie ein dunkler Schatten die hohen, mit hellen Spitzen bestückten Berge der Lofoten zu erkennen waren. Majestätisch wirkten die wild zerklüfteten Zinnen.

Sie schienen ihr einen Gruß zu schicken.

Andrea dachte an das Telefongespräch, das sie am Mittag mit Magnus geführt hatte. Er war begeistert gewesen, als sie erzählte, dass sie nun doch für längere Zeit im Land bleiben würde.

»Ich hab's gewusst. Du fliegst nicht nach Deutschland zurück. Das ist wunderbar, mein Engel! Ich freu mich so. Und ich versuche, so rasch als möglich zu dir zu kommen.«

»Aber ... du musst doch deine Projekte zu Ende führen. Und den Vortrag für Oslo vorbereiten.«

»Ach was, das meiste ist fertig, und James und die zwei

Kollegen sind ja auch noch da.« Magnus' Stimme klang ein wenig atemlos vor freudiger Erregung. »Ich wäre jetzt so gern bei dir und würde dich küssen … Mein Gott, ich bin einfach nur happy.«

Andrea lachte. »Ich freue mich jetzt auch. Obwohl … ein bisschen verrückt ist das schon, was ich tue.«

»Du machst deinen Job. Was ist daran verrückt?«

»Ich bin Klinikärztin. Ich wollte in Bergen an einer Uniklinik arbeiten. Oder an einem gut geführten privaten Krankenhaus. Und jetzt werde ich Landärztin am Ende der Welt.«

»Ich bin so froh darüber.« Für Sekunden war es still geblieben in der Leitung, dann sagte Magnus: »Ich werde versuchen, so schnell wie möglich zu dir zu kommen. Andrea, ich liebe dich. Dich allein!«

»Ich … ich liebe dich auch.«

Er hatte ihr noch ein paar herrliche Dinge durchs Telefon zugeflüstert. Verrücktheiten, Zärtlichkeiten, die man sich nur in der ersten Zeit der Verliebtheit sagt.

Und Andrea wusste auf einmal genau, dass es richtig war, was sie tat.

»Hilfe!« Der laute Schrei zerriss die Idylle, vertrieb alle zärtlichen Erinnerungen.

»Woher kam das denn?« Andrea sah sich suchend um, konnte aber außer drei Touristen in khakifarbenen Parkas, die intensiv fotografierten, niemanden entdecken.

»Hilfe!« Ein junger Mann im blauen Overall kam auf die Aussichtsplattform gestürmt. »Meine Freundin … das Baby kommt … o mein Gott …«

»Ich bin Ärztin.« Andrea ging auf den aufgeregten Mann zu. »Wo ist deine Freundin denn jetzt?«

»Drüben bei mir … im Aufenthaltsraum. Sie … sie hat mich nur für ein paar Stunden besuchen wollen. Und … es ist doch noch zu früh …« Er umfasste Andreas Arm so fest, dass es schmerzte.

»Keine Sorge, alles wird gut. Kinderkriegen ist das Normalste von der Welt.«

Zum Glück behielt sie mit ihren optimistischen Worten recht. Die junge Frau, gerade mal zwanzig, lag mehr als sie saß auf einer Holzbank. Sie hielt sich den Leib und sah Andrea voller Angst entgegen.

»Ich bin Doktor Sandberg. Hallo.« Andrea lächelte der jungen Frau zu.

»Hei, Doc.« Die Schwangere erwiderte mühsam das Lächeln. Sie trug zu einer schwarzen Hose ein türkisfarbenes langes Hemd, über das sie eine schwarze Weste mit silberfarbenen Knöpfen gezogen hatte. Eine wattierte Jacke war ihr als Stütze in den Rücken geschoben worden.

»Wie heißt du?«

»Inga.«

»Im wievielten Monat bist du denn, Inga?«

»Im achten … übermorgen beginnt der neunte Monat.« Eine Wehe nahm ihr den Atem. Erst nach ein paar Minuten konnte sie wieder aufsehen. Ihr Haar, von ein paar lilafarbenen Strähnen durchzogen, klebte ihr an der Stirn. »Das ist doch viel zu früh für das Baby, oder?«

»Ach was, das schafft ihr schon, du und dein Kleines.« Andrea tastete nach dem Puls, der nur wenig beschleunigt war. Für die Situation jedoch war er ganz normal. »In welchem Abstand kommen …«

Die Wehen, hatte sie sagen wollen, doch in dem Moment stöhnte die junge Frau auf und krümmte sich erneut.

»Das Baby hat's wohl sehr eilig.« Andrea bemühte sich, die leise Panik, die sie erfasst hatte, nicht merken zu lassen. Wie lange war es her, dass sie einem Kind auf die Welt geholfen hatte? Es war während des ersten Klinikjahres gewesen. Ihr war aber klar, dass sie es nicht mehr schaffen würden, die Gebärende hinunter zur Stadt zu bringen.

»Au! Das tut so weh! Hanjo!« Sie streckte die Hand nach ihrem Freund aus, doch der werdende Vater lehnte, blass und einer Ohnmacht nahe, an der gegenüberliegenden Wand und sah aus großen Augen dem Geschehen zu. In seinem Gesicht spiegelten sich Entsetzen und Not, und es war wohl bei ihm so wie bei den meisten Männern, die eine Geburt miterleben konnten: Er wünschte sich wohl, alles ungeschehen machen zu können.

»Atmen. Ruhig atmen.« Andrea sah sich nach Carina um, die ebenso eifrig wie vergeblich versuchte, den jungen Mann zu beruhigen. »Kommt, ihr müsst helfen! Ich brauche Tücher, heißes Wasser, wenn es zu beschaffen ist ... einen besseren Platz für Inga. Die Bank ist viel zu hart.«

Aber es war zu spät. Andrea hatte gerade noch Zeit, die Kleidung der jungen Frau zu lockern und sie besser zu betten, dann drängte das Baby auch schon ans Licht der Welt.

Die Touristen, eben noch ganz vertieft in die wunderschöne Mitternachtssonne, die alles in rotgoldene Glut getaucht hatte, standen in einigem Abstand da und bestaunten das Baby, das voll ausgereift war und gesund und kräftig einen lauten Protestschrei in die Welt schickte.

»Das ist ein Prachtjunge!«, lobte Andrea und kümmerte sich erst einmal um das Neugeborene, das notdürftig in ein paar Handtücher gewickelt wurde, die Carina aus dem nahe gelegenen Restaurant besorgt hatte. »Jetzt noch die Daunenjacke drüber, das reicht bis zur Klinik.« Sie lächelte Inga zu. »Toll gemacht! Halt den Kleinen fest, bei dir ist er am besten aufgehoben.«

Inga nickte nur. Erschöpft, aber überglücklich sah sie auf ihren Sohn, dessen ungewöhnlich lange Haare den gleichen weißblonden Ton hatten wie die Haare seines Vaters.

Carina hatte übers Handy die Notrufstelle informiert, und mit einer extra eingesetzten Seilbahn wurden Mutter und Kind eine Viertelstunde später zu Tal gebracht.

Andrea übergab ihre Patienten dem norwegischen Kollegen vom Notarztwagen. »Ich denke, alles ist in Ordnung.«

»Das hast du prima gemacht.« Er gab ihr die Hand. »Ich bin Doktor Christensen.«

»Andrea Sandberg aus Deutschland. Ich bin auch Ärztin.«

»Das war dann ein riesiges Glück für die zwei hier.« Er wies zum Notarztwagen. »Sehe ich dich noch?«

Andrea schüttelte den Kopf. »Ich fahre morgen rüber zu den Lofoten.« Sie zögerte, dann fügte sie hinzu: »Ich werde dort eine Praxisvertretung machen.«

»Dann grüß mir Johan Ecklund, falls du mal nach Stamsund kommen solltest. Er ist ein Studienkollege meines Vaters und mit dafür verantwortlich, dass auch ich Arzt geworden bin. Wir telefonieren hin und wieder. Leider haben wir viel zu wenig Zeit, um uns zu treffen.«

»Zu ihm will ich.« Rasch war erzählt, was auf den Lofoten passiert war.

»So ein Pech! Er wird den Leuten fehlen.« Er streckte Andrea die Hand hin. »Prima, dass du die Praxis am Laufen halten wirst.« Dann musste Gunnar Christensen los. »Wir sehen uns sicher noch mal. Adjø!« Und schon schlossen sich die Türen des Krankenwagens hinter ihm.

»Langweilig wird's mit dir nicht.« Carina schob ihren Arm unter den der Freundin. »Komm, wir fahren zu mir. Eine Dusche und ein guter Drink werden uns guttun nach der Aufregung.«

»So was aber auch ... das war wirklich knapp für Mutter und Kind. Eine Sturzgeburt hab ich noch nie mitgemacht, ehrlich gesagt.«

»Da siehst du es mal wieder: Du wirst in Norwegen gebraucht.«

32

Die Sonne stand blendend wie ein großer Punktstrahler über dem klaren, wolkenlosen Horizont. Nur vereinzelt segelten kleine Zirruswolken vorbei, dünnes, goldiges Gespinst, das den außergewöhnlich schönen Tag perfekt machte.

Auf der Fähre standen die Autos Stoßstange an Stoßstange. Jetzt, im Sommer, zog es viele Touristen in den hohen Norden. Und die Fährverbindung vom kleinen Ort Skutvik hinüber zu den Lofoten wurde rege genutzt. Im Winter, wenn es dunkel und eisig kalt war, blieben die Einheimischen meist unter sich. Nur ein paar Kreuzfahrtschiffe brachten dann Besucher in den Nordteil des Landes; Menschen, die gespannt auf das Phänomen des Nordlichts warteten, das in faszinierenden bunten Farben am Himmel seine Lichtschweife zog.

Andrea hatte ihr Gepäck auf einer Bank im Innern des Schiffes abgestellt. Wieder waren es nur ein Koffer und eine Reisetasche, die sie dabeihatte. Zwei alte Samenfrauen hatten versprochen, auf die Sachen aufzupassen, während Andrea an Deck war. Die beiden Alten trugen perlenbestickte rote Hauben. Ihre Kleider waren beinahe identisch, blau mit rot-gelber Borte am Hals, an den Ärmeln und am Rocksaum. Die kleinere Frau hatte noch ein rotes Tuch mit gelbem Blumenmuster umgelegt. Ihre Gesichter, von Wind und Wetter gegerbt, waren voller Falten. Aber es waren interessante, gute Gesichter, die viel von dem inneren Frieden verrieten, den die Frauen gefunden hatten. Sie kauten getrocknetes Robbenfleisch, von dem sie Andrea auch anboten.

»Danke, aber ich möchte gern an Deck.« Andrea wollte nicht unhöflich sein, aber Robbenfleisch schmeckte ihr gar nicht. Sie hatte es einmal probiert – und es viel zu fett und tranig gefunden.

»Du bist Deutsche!« Die ältere der Frauen stand auf und hielt Andrea am Arm fest. »Du hast Kim geholfen, ja?« Sie sprach ein hartes, nicht perfektes Englisch, doch man konnte sie gut verstehen.

»Ja, das stimmt. Kennst du Kim?«

»Kim war meine Großnichte. Ihre Eltern sind bei einem Jagdunfall gestorben, da habe ich sie zu mir genommen.« Ein Schatten fiel über das Gesicht der Alten. »Sie ist jetzt bei den Ahnen.«

»Ich weiß. Es tut mir so leid, dass man ihr in der Klinik nicht helfen konnte.«

»Ich habe es gewusst.« Die Stimme der alten Samin wurde leiser. »Aber mein Sohn ... er ist modern, hat sogar gelernt, wie man mit dem Computer umgeht. Er wollte, dass Kim in die Klinik gebracht wird, obwohl die Schamanin wusste, dass es keinen Sinn hat.«

»Die moderne Medizin kann sehr viel heutzutage. Es war richtig, dass man es versucht hat.«

»Vielleicht.« Die Alte nestelte an ihrer Jacke, öffnete drei Knöpfe einer bunten Bluse und zog eine Lederkette hervor. Daran hing ein großer heller Anhänger, den sie in der Hand behielt. Sie führte die Hand an die Stirn, schloss kurz die Augen und murmelte etwas, was Andrea nicht verstand. Dann öffnete sie die Hand und hielt ihr ein Medaillon entgegen, das an einem dünnen Lederriemen hing. Es war eine fein geschnitzte runde Platte, in der Mitte waren von dem Künstler zwei Rentiere herausgearbeitet worden, die sich gegenüberstanden. Ihre Geweihe waren miteinander verwoben, obwohl es nicht aussah, als würden sie kämpfen. Obgleich das Medaillon kaum vier Zentimeter im Durchschnitt groß war, konnte man jede Kleinigkeit erkennen.

»Für dich. Damit danke ich dir für deine Hilfe.«

»Aber das kann ich nicht annehmen! Das ist sicher sehr wertvoll.« Andrea schüttelte den Kopf. »Ich habe Kim gern geholfen. Es ist meine Aufgabe, für kranke Menschen da zu sein.«

»Du musst es nehmen. Es wird dich schützen.« Der Blick der Alten verschleierte sich von einer Sekunde zur anderen, es schien, als blicke sie durch Andrea hindurch. Erst als ein zweites Fährschiff mit der Schiffssirene einen Gruß übers Wasser schickte, zuckte sie zusammen und kehrte in die Wirklichkeit zurück. Noch einmal hielt die alte Samin Andrea das Amulett hin. »Es ist aus einem Walzahn gearbeitet. Nimm es, trag es immer.« Und eindringlich fügte sie hinzu: »Und denk dabei an Kim.«

»Danke. Ich … ich bin sehr gerührt.« Ob die Alte verstand, was sie damit sagen wollte?

Sie hob kurz die Hand, dann drückte sie Andreas Arm und wandte sich ab.

»Bitte … einen Augenblick noch.« Andrea zögerte, dann fragte sie leise: »Hast du Ole zufällig gesehen? Ich … grüß ihn von mir.«

Ein dunkler Schatten huschte über das Gesicht der Alten. Ihre Miene war undurchsichtig, als sie sagte: »Ole ist fort.« Dann drehte sie sich um und ging zu ihrem Platz zurück.

»Mist! Ich habe wohl ein Tabu angesprochen.« Andrea ärgerte sich, dass sie so spontan gefragt hatte. Doch es interessierte sie wirklich, was mit Ole war, wo er jetzt lebte, ob er sich wieder versteckte. Das war doch kein Leben! Er war mit Sicherheit ein Mensch, der nur hier im Norden, in der Freiheit glücklich sein konnte. Es musste doch möglich sein, ihm zu helfen, seine Unschuld zu beweisen!

Leider hatte sie vergessen, Carina auf den Fall anzusprechen. Bei der nächsten Gelegenheit, das nahm sie sich vor, würde sie es tun. Der Kommissarin war es sicher möglich, noch einmal Nachforschungen anzustellen.

Andrea ging zur Reling und sah hinunter ins dunkle Wasser. Der Fahrtwind des Schiffes spielte mit ihrem Haar. Obwohl die Sonne schien, war es nicht allzu warm. Sie war froh, dass sie ihre dicke Jacke angezogen hatte und sich die Kapuze über den Kopf ziehen konnte.

Das Fährschiff näherte sich Svolvær. Der Wind flachte ab, die Strahlen der Sonne bekamen den wundervollen rotgoldenen Schimmer, was bei einigen Passagieren romantische Gefühle weckte. Immer mehr Pärchen standen, eng aneinandergeschmiegt, an der Reling und sahen zum Hafen hinüber.

»So hab ich mir den Norden vorgestellt«, sagte eine ältere Dame, ein grünes Tuch fest um den Kopf gebunden, auf Deutsch zu ihrem Begleiter. »Es ist so schön, dass wir diese Reise noch gemacht haben, Hans-Joachim. Das war doch unser Traum seit vielen Jahren. Jetzt müssen wir noch hoch zum Nordkap.«

»Bis dahin sind es aber noch mehr als tausend Kilometer«, warf Andrea ein. »Wissen Sie das?«

»So lange zieht sich das hin?« Der Mann, schmal und mit Halbglatze, verzog das Gesicht. »Muss das sein, Ulla? Ich finde, auf den Lofoten sollten wir ein paar Tage bleiben.« Verstohlen griff er sich an die Brust.

Andrea sah es, doch sie wollte sich nicht noch mehr einmischen. Wenn der Mann gesundheitliche Probleme hatte, würde er es seiner Frau gewiss sagen.

»Kennen Sie sich in der Gegend aus?«, erkundigte er sich jetzt.

»Ein bisschen.«

»Gibt es ein Hotel in Svolvær, das Sie uns empfehlen könnten? Wir haben das Wohnmobil auf dem Festland stehen lassen. Drei, vier Tage wollen wir uns auf den Lofoten aufhalten und uns dort umsehen, dann geht es zurück nach Skutvik.« Der Mann wies hinter sich, der kleine Ort lag, im Dunstschleier noch gut zu erkennen, der Lofotenhauptstadt Svolvær genau gegenüber.

»Fragen Sie am Hafen nach, dort gibt es eine Touristeninformation.« Sie nickte den beiden zu. »Noch gute Erholung, und übernehmen Sie sich nicht.« Sie sah den alten Herrn forschend an. »Ist alles in Ordnung mit Ihnen?«

»Ja, danke.«

»Sollten Sie mal einen Arzt brauchen – ich werde für eine Weile in Stamsund praktizieren. Und es ist vielleicht praktisch, sich auf Deutsch unterhalten zu können.«

»Gut zu wissen. Danke, Frau Doktor. Aber ich muss mich nur ein bisschen ausruhen. Wir waren gestern einfach viel zu lange unterwegs.«

»Dann – alles Gute.« Andrea holte ihr Gepäck und

ging, nachdem die Fähre angelegt hatte, als eine der Ersten an Land. Suchend sah sie sich um.

»Andrea!«

»Evelyn! Das ist ja eine Überraschung!«

Andrea ließ ihr Gepäck zu Boden fallen und lief auf die Malerin zu, die neben einem grauen alten Volvo stand und beide Arme ausbreitete.

»Ich hab's gewusst, dass wir uns sehr bald wiedersehen würden.« Evelyn trug zu einer wollweißen weiten Hose einen lachsfarbenen Pullover, darüber einen Poncho aus grauem Mohair. Das Haar hatte sie am Hinterkopf festgesteckt, so konnte man die lachsfarbenen langen Ohrgehänge aus Koralle und getriebenem Silber sehen. »Birgit hat mich angerufen und mir gesagt, was passiert ist.« Sie griff nach Andreas Reisetasche und schob sie auf den Rücksitz. Den metallenen Koffer wuchtete Andrea in den Kofferraum.

»Hätte ich geahnt, dass ich so schnell wieder hier bin ... das Ungetüm hätte ich schon mal hiergelassen.« Andrea lachte.

»Tja, mit Gepäckträgern sieht es hier schlecht aus. Aber ich bin die beste Chauffeuse weit und breit. Steig ein! Wir fahren gleich rüber zum Doktorhaus, einverstanden?«

»Klar. Birgit wird sicher schon warten. Sie war total geschockt, schien mir.«

»Mit Recht. Holger ist wohl völlig durchgedreht. Man hat ihn in die Psychiatrie gebracht, da wird er erst mal ruhiggestellt.« Evelyn seufzte leise auf. »Birgit ist rüber nach Gravdal in die Klinik.« Sie setzte sich hinters Lenkrad und startete den Motor. »Holger ist eine echte Belastung für Birgit. Er war schon immer ihr Sorgenkind. Lausig faul in der Schule, dazu frech und aufsässig. Was immer er angefangen hat – nie hat er eine Arbeit zu Ende geführt. Gelernt hat er auch nichts Rechtes, dabei scheint er Geld genug zur Verfügung zu haben. Ich denke, er ist auf die schiefe Bahn geraten. So sagt man bei euch, nicht wahr?«

»Ja …« Andrea schaute aus dem Fenster. Evelyn lenkte den Wagen vom etwas außerhalb gelegenen Fährhafen fort in Richtung Stadt. Die bunten Holzhäuser am Ufer, auf ihren hellen Holzpfählen stehend, waren Andrea inzwischen wohlvertraut, genauso wie die ein wenig abseits stehenden Fischfabriken, vor denen Lastwagen und Kleintransporter parkten. Gleich hinter dem Ort erhob sich das Felsmassiv Svolværgeita, das wegen seiner zwei Spitzen an einen Ziegenbock erinnerte.

Ein paar Dutzend weiße Yachten waren im Hafen vor Anker gegangen, ein Wasserflugzeug landete gerade. Zwei majestätische Kreuzfahrtschiffe lagen am Kai, die Touristen befanden sich bestimmt auf einem Ausflug zum nahe gelegenen Troll-Fjord, der größten Attraktion der Inselkette. Andrea erinnerte sich daran, wie begeistert sie gewesen war, als sie diesen Fjord zum ersten Mal gesehen hatte.

War das wirklich erst ein paar Wochen her? Ihr kam es wie eine kleine Ewigkeit vor.

»Ich hab gewusst, dass du zurückkommen würdest.« Evelyn fuhr durch die kleine Stadt, die gerade mal viertausend Einwohner hatte – und doch das Herzstück der Lofoten war. Gemütliche Kneipen am weitläufigen Hafen, Geschäfte, Hotels, Galerien. Es war unglaublich, wie viele Künstler es auf die Lofoten gezogen hatte.

Evelyn wies zu einer Brücke, die im ersten Moment unscheinbar wirkte. Es gab unendlich viele große und kleine

Brücken, die Schäreneilande und größere Inseln miteinander verbanden.

»Die Brücke führt nach Svinöy, da steht das bekannte *kunstnerhus.*«

»Was ist das? Ein Museum? Ehrlich gesagt, hab ich noch nie davon gehört.«

»Die ganze kleine Insel ist eigentlich ein Künstlerzentrum. Und das *kunstnerhus* wird von einer norwegisch-schwedischen Stiftung unterhalten. Hier können von einer Jury ausgewählte Stipendiaten aus ganz Europa arbeiten.« Evelyn zuckte leicht mit den Schultern. »Seit zwei Jahren gehöre ich auch zur Jury.«

»Alle Achtung. Ich werde mir die Insel mal ansehen.«

Andrea atmete tief durch. Wie vertraut ihr der Geruch nach Meer und Fisch doch schon war! Gleich hinter dem Ortsende standen die ersten Trockengestelle für Stockfisch, an zweien hingen noch die starren, von der Salzluft getrockneten Dorsche.

Der schmale Strandstreifen kurz vor dem Doktorhaus war menschenleer. Zwischen den flachen Felsbrocken, die das Meer in Tausenden von Jahren glatt geschliffen hatte, wucherte helles Strandgras. Es gab zwei winzig kleine Buchten mit Sandstrand. Wie große helle Laken glänzten sie in der Sonne.

»Das ist Johans Reichtum.« Evelyn wies zu den hellgelben Sandflecken. »Es gibt kaum Sandstrand auf den Lofoten, und Johan wird um diese Oase beneidet.«

»Ja, ich weiß. Schade nur, dass man nicht ins Wasser kann.«

Die Malerin lachte. »Was hindert dich? Du musst nur abgehärtet sein, wenn du eine Weile baden willst. Der

Golfstrom beschert uns schon recht angenehme Wassertemperaturen.«

»Für norwegische Verhältnisse wahrscheinlich. Ich bin mir nicht sicher, ob ich hier schwimmen möchte.«

Der Kies vor dem Haus knirschte leise, als Evelyn den Wagen zum Halten brachte. Ruhig und friedlich wirkte das hell getünchte Doktorhaus. Die beiden Blumenkübel seitlich der Haustür waren frisch bepflanzt. Weithin leuchteten gelbe Astern mit lilafarbenen Stiefmütterchen um die Wette. Die alten Birkenstämmchen hatten im hinteren Garten einen neuen Platz gefunden, wie Andrea wenig später feststellte.

An der Haustür hing, sorgfältig in Klarsichtfolie gehüllt, ein Zettel, der verkündete, dass die Praxis bis auf weiteres geschlossen sei. Darunter befand sich die Notrufnummer der Zentralklinik in Gravdal.

»Birgit hat an alles gedacht.« Andrea wuchtete den Koffer ins Haus. Evelyn folgte mit der Reisetasche und einer Flasche Sekt, die sie in einer Kühltasche aus dem Wagen geholt hatte.

»Bevor du auspackst, trinken wir erst mal auf deine Rückkehr.« Geschickt öffnete sie die Flasche, Gläser holte Andrea aus dem Küchenschrank.

»Es ist wirklich wie eine Heimkehr«, stellte sie fest. »Ich tue ja auch schon so, als sei ich hier zu Hause.«

»Bist du auch.« Evelyn schob sich mit einer für sie typischen Bewegung das Haar aus der Stirn. Ihr eben noch lächelndes, entspanntes Gesicht war ernst geworden. »Ich habe geträumt, dass ein Unglück passiert«, sagte sie und ging langsam hinüber in den Wohnraum. Dort stellte sie sich ans Fenster und schaute hinaus aufs Meer.

Andrea trat neben sie. »Du hast von Holger geträumt, diesem Junkie, und von seinem Drogentrip?«

»Nein.« Evelyns Blick war starr aufs Wasser gerichtet. Der Sturm hatte sich wieder gelegt, ruhig und fast so glatt wie ein Spiegel wirkte die Wasseroberfläche. Ein paar Papageientaucher, deutlich zu erkennen an ihren dicken gelben Schnäbeln, ließen sich von den sanften Wellen schaukeln.

Andrea, die ein feines Gespür für Schwingungen hatte, trank einen Schluck und sah aufmerksam in Evelyns plötzlich ganz ernstes Gesicht. »Was hast du denn geträumt?«

»Vom Tod.«

»Und – wer ist gestorben?«

»Keine Ahnung. Ich weiß nur ...« Evelyn wandte sich vom Fenster ab. »Ach was, ich rede Unsinn.« Sie goss sich ihr Glas noch einmal voll und trank es in einem Zug leer. Es war unsinnig, Andrea von dem Traum zu erzählen, der sie seit fast einer Woche jede Nacht quälte. Sie sah sich selbst in ihrem Atelier stehen ... blutend ... hilflos. Vor ihr, auf der Staffelei, ein Bild mit einem Männerporträt. Doch das Gesicht blieb verschwommen. Wann immer sie versuchte, es deutlicher zu sehen, quollen rote Blutströme aus der Leinwand, ließen das Gesicht bis zur Unkenntlichkeit verlaufen. Es war ein verrückter Traum, und es war ganz unmöglich, davon zu erzählen. Sie straffte die Schultern. »Komm, schauen wir nach, was Birgit gekocht hat. Ich hab riesigen Hunger.«

Für den Moment ließ sich Andrea ablenken. Sie hatte am Morgen kaum etwas gefrühstückt. Carina, die morgens nur zwei Tassen Tee trank, hatte Croissants besorgt, doch auch Andrea hatte nur wenig Appetit gehabt.

Jetzt aber, beim Anblick des köstlichen Krabbensalats, den Birgit in den Eisschrank gestellt hatte, lief ihr das Wasser im Mund zusammen. Dazu gab es selbst gebackenes Brot und Aprikosenkuchen als Dessert.

»Himmel, das hab ich vermisst!« Andrea lehnte sich auf dem hellblau lackierten Küchenstuhl zurück. »Birgits Kochkünste sind einmalig. Ich werde aufpassen müssen, dass ich nicht zu einer kleinen Tonne mutiere, wenn ich länger hierbleibe.«

»Da hab ich keine Sorge.« Evelyn lachte bereits wieder. Ihr Anflug von Traurigkeit schien verflogen. »Du wirst dich für Magnus fit und schön halten. Was sagt er eigentlich dazu, dass du Johan Ecklunds Praxis wieder leitest?«

»Er ist begeistert und hat versprochen, ganz bald herzukommen.« Andrea steckte sich das letzte Stück Kuchen in den Mund. »Er schickt jeden Tag mindestens ein halbes Dutzend SMS. Und zwischendurch telefonieren wir natürlich.«

»Natürlich.« Evelyn schmunzelte.

»Das machst du doch mit deinem Erik auch, oder?«

»Na ja, sechsmal am Tag nicht. Aber wir versuchen zumindest einmal in der Woche zu telefonieren, das stimmt schon.«

»Wann kommt er denn zurück?«

»So genau weiß man das bei ihm nie. Ich schätze aber, dass er noch mindestens zwei Monate lang unterwegs sein wird.« Sie zuckte leicht mit den Schultern. »Zumindest ist er zurück, bevor es Winter wird. Die dunklen Tage sind nicht immer leicht zu ertragen. Das wirst du auch noch feststellen. Da ist es schon schön, nicht allein zu sein.« Sie lächelte. »Aber jetzt hab ich ja auch noch dich in der Nähe, das ist fantastisch. Wir werden eine gute Zeit zusammen haben, das verspreche ich dir.«

Andrea stellte das Geschirr zusammen und trug es zur Spüle. Sie drehte sich nicht um, als sie erwiderte: »Noch steht nicht fest, dass ich so lange bleibe. Es ist alles irgendwie in der Schwebe … im Grunde mag ich so etwas gar nicht.«

Draußen hörte man wieder den Kies aufspritzen, ein Wagen bremste hart, und im nächsten Moment rief jemand: »Doktor … ist der Doktor da? Wir brauchen Hilfe.«

»Das sind Touristen. Deutsche, wenn ich nicht irre.« Evelyn ging zur Haustür und öffnete. Ein Mann kam aufs Doktorhaus zugerannt, er trug einen kleinen Jungen auf dem Arm. Weinend folgte ihnen eine zierliche blonde Frau.

»Wir brauchen einen Arzt.« Der etwa dreißigjährige Mann trug eine verwaschene Jeansjacke über einem dunkelblauen Hemd. Schweiß rann ihm übers Gesicht, und in seinen Augen flackerte die Angst.

»Was ist passiert?« Andrea hielt bereits die Tür zur Ordination auf. »Ich bin Doktor Sandberg.«

»Ein Glück, dass Sie da sind! Ein alter Mann, den wir nach dem Weg gefragt haben, meinte, der Doktor wäre nicht daheim. Unser Jens … er ist gestürzt …«

»Er ist auf den Felsen drüben herumgeklettert.« Jens' Mutter versuchte, ruhig zu berichten, was geschehen war. »Dann ist er abgerutscht und rücklings auf die Erde gefallen. Mehr weiß ich nicht.«

»Legen Sie ihn dorthin.« Andrea wies auf die Untersuchungsliege. »Wie alt ist er?«

»Viereinhalb.«

Andrea untersuchte den Jungen, dessen Atmung sehr

flach war. Die Ohnmacht dauerte noch an, während sie ihn behutsam abtastete. »Es scheint nichts gebrochen zu sein. Aber …« Sie zuckte zusammen, als sie sah, dass auf einmal ein dünner Blutfaden aus dem linken Ohr des Jungen rann und im dunklen Haar versickerte. »Haben Sie sehen können, wie er gestürzt ist?«, wandte sie sich an die Eltern.

»Nein. Wir waren im Wohnwagen – ich hab nach der Angel gesucht. Jens wollte unbedingt fischen gehen.« Die Stimme des jungen Mannes klang gepresst. Seine Frau stand auf der anderen Seite des Untersuchungstisches und hielt die Hand ihres Jungen. Als sie sich über ihn beugte und versuchen wollte, ihn aufzurichten, hielt Andrea sie zurück.

»Nicht bewegen. Lassen Sie ihn still liegen. Ich muss erst noch etwas nachsehen …« Sie untersuchte den Kopf des Jungen genauer. Eine offene Wunde war nicht zu erkennen, nur ein paar Schrammen an der linken Schläfe. Andrea sah sich nach Evelyn um, die in der Nähe der Tür stehen geblieben war. »Ruf in der Klinik an, wir brauchen den Notarztwagen. Verdacht auf Schädelbasisbruch.«

»Nein!« Jens' Mutter schlug die Hände vors Gesicht.

»Es ist noch nicht sicher, ob ich mit meinem Verdacht recht habe.« Andrea fuhr behutsam mit ihren Untersuchungen fort, während sie weitersprach. »Aber es muss unbedingt eine Computertomographie gemacht werden.« Behutsam zog sie nacheinander die Augenlider des Kindes hoch, leuchtete mit einer dünnen Lampe in seine Augen. Die Pupillen waren unterschiedlich geweitet, was auf eine Hirnblutung hindeutete.

Evelyn telefonierte über ihr Handy, während Andrea versuchte, die besorgten Eltern zu beruhigen. »Mein Verdacht muss sich nicht erhärten, doch diese Sickerblutung aus dem Ohr lässt schon darauf schließen, dass Jens eine Schädelverletzung erlitten hat. Und die muss dringend neurologisch behandelt werden.« Sie strich dem Jungen, der immer noch besinnungslos war, leicht über den Arm.

»Und ... was dann?«

»Ihr Sohn wird eine Weile in der Klinik bleiben müssen, damit sollten Sie auf jeden Fall rechnen. Aber er wird wieder gesund, da bin ich sicher.« Sie sagte es, obwohl es vermessen war, eine solche Diagnose zu stellen. Doch die großen dunklen Augen von Jens' Mutter waren so angstvoll auf sie gerichtet, dass Andrea einfach etwas Tröstliches sagen musste.

Aus der Ferne ertönte die Sirene des Notarztwagens, und schon fünf Minuten später konnte Andrea ihren kleinen Patienten an die Kollegen übergeben.

»Puh, das war aufregend.« Evelyn sah zu, wie sich Andrea die Hände desinfizierte. »Glaubst du, dass alles gutgeht?«

»Ich denke schon. Wenn sich kein Blutgerinnsel bildet oder das Gehirn verletzt worden ist, braucht er nur viel Ruhe. Und ich brauche noch einen Schluck Sekt.« Sie legte den Arm um Evelyns Schultern. »Das war ein verrückter Einstand.«

Ein leiser Summton ihres Handys erklang. »Eine neue SMS«, lächelte Andrea und las: 1. *Ich liebe Dich.* 2. *Ich liebe Dich.* 3. *Ich liebe Dich! In Gedanken bin ich schon bei Dir. Und übermorgen fliege ich zu Dir – Magnus*

»Er kommt.« Andrea strahlte. »Übermorgen ist er da.«

33

Ein eigenes Labor ... was sagst du dazu?« Magnus sah angestrengt durch das Mikroskop. »Der Mann muss verrückt sein.«

»Er liebt seine Tochter. Kjell Blomquist ist millionenschwer, da sind ein paar Tausender mehr oder weniger, die er in den zukünftigen Schwiegersohn investiert, kein Problem. Und wenn er damit seinem Töchterchen den Herzenswunsch erfüllen kann ... Warum sollte er sich zurückhalten?«

»Deine Logik, lieber James, hat einen gravierenden Fehler: Ich werde nicht sein Schwiegersohn.«

James, der am Computer saß und ein paar neue Eintragungen machte, sah kurz auf. »Bist du ganz sicher? Die süße Lilian gibt nicht so leicht auf, wie du weißt.«

»Stimmt. Und ich Idiot hab mich mal wieder von ihr manipulieren lassen. Ich könnte mich ohrfeigen dafür.«

»Du hast dich nach allen Regeln der Kunst verführen lassen. So musst du es sagen.« James grinste. »Du bist eben nicht so abgeklärt wie ich, mein Junge. Aber wenn du erst mal in meinem Alter bist ...«

»Hör auf mit deinen Scherzen! Mir tut jede Sekunde leid. Ich kann nur hoffen, dass Andrea nie etwas davon erfährt.« Magnus biss sich auf die Lippe. »Lilian, dieses Biest ... ihr ist wirklich jedes Mittel recht. Und ihr Vater gibt sich dazu her, ihr den Liebhaber zu kaufen. Unglaublich!«

»Du sollst Schwiegersohn eines der reichsten Männer des Landes werden. Das ist dir wohl gar nicht bewusst.« James stand auf und trat an eins der hohen Sprossenfenster, die vom Labor aus den Blick auf den Trondheim-Fjord freigaben.

»Geld interessiert mich nicht sehr, wie du weißt.« Magnus stellte sich zu ihm. »Ich will meinen Job gut machen, das ist alles. Aber in erster Linie will ich mit Andrea leben. Und nur mit ihr!«

»Dann kommst du um eine klärende Aussprache nicht herum. Und sei diesmal energisch ... und standhaft«, fügte er augenzwinkernd hinzu.

»Ich möchte wissen, warum mich Kjell zum Dinner eingeladen hat. Er sagte, er wolle unter vier Augen mit mir reden.«

»Dann geh hin – und du erfährst, was er von dir will.« James sah hinüber zum Wasser. Ein gutes Dutzend kleiner weißer Boote fuhr den Fjord hoch in Richtung Levanger, das schon im Mittelalter ein bedeutender Marktplatz gewesen war. Etwas abseits des Ortes befand sich ein Gräberfeld aus der Eisenzeit. Von den siebenunddreißig Hügeln hatte man einen herrlichen Blick auf den Fjord und die Stadt.

»Kjell Blomquist wird mich wohl nicht verführen wollen.«

»Sag das nicht, mein Freund. Sag so was nicht.«

»Du spinnst. Komm, lass uns noch was tun. Ich will noch ein paar Daten auswerten. Und den Beitrag für das wissenschaftliche Komitee der Walfangkommission muss ich auch noch fertig machen.« Er seufzte unterdrückt auf.

»Ich hab ehrlich ein schlechtes Gewissen, weil ich euch mit den Testergebnissen der letzten Reise allein lasse.«

»Wir gönnen dir den romantischen Trip.« James schlug dem Freund auf die Schulter. »Halt sie fest, deine Andrea. Sie ist ein Schatz.«

Das *Regent* war ein exklusives, fast intimes Restaurant mit nur wenigen Tischen. Fast alle waren besetzt. Meist waren es Paare, die sich gegenübersaßen. Die Herren in dezentem Dunkelblau oder Anthrazit, die Damen in eleganten Kostümen oder Seidenkleidern. Viel verstand Magnus immer noch nicht von Mode, doch seit er Lilian kannte, wusste er zumindest über die Preise gewisser Designermodelle Bescheid.

Er war froh, sich noch rasch umgezogen zu haben. Doch sicher fiel er auf in seinem schlichten Outfit. Egal, er war nun mal so, wie er war.

Kjell Blomquist saß an einem Tisch in der Nähe der drei bodentiefen Fenster. Magnus musste den ganzen Raum durchqueren, um zu ihm zu gelangen. Er folgte dem Angestellten an dem guten Dutzend Tischen vorbei, die erlesen eingedeckt waren. Weiß gestärkte Tischdecken, dazu passende, kunstvoll gefaltete Servietten, kleine Rosenbuketts als Dekoration ... alles atmete Luxus pur. Auf jedem Tisch standen zwei Silberleuchter, in denen gelbe Bienenwachskerzen brannten und sanftes Licht verströmten.

Vom gleichen Gelbton waren die dichten Seidenportieren, die an den Fenstern hingen. Von der Decke hingen Kristallleuchter, ein dichter Teppichboden dämpfte jeden Schritt. Aus der Hotelhalle drang leises Klavierspiel. Chopin, erkannte Magnus.

Magnus hätte es vorgezogen, einen Straßenzug weiter im Nordic-Hotel zu essen. Die Brasserie, die zum Haus gehörte, bot schmackhafte Gerichte an. Aber natürlich verkehrte ein Kjell Blomquist nicht in so schlichter Umgebung.

Lilians Vater erhob sich halb, als Magnus zu ihm trat. »Schön, dass du es einrichten konntest.« Der Verleger trug zum dunkelblauen Jackett ein hellblaues Hemd und eine seiner unvermeidlichen Hermès-Krawatten. Diesmal zierten kleine Fische den hellgelben Seidenschlips. Wie sinnig, schoss es Magnus durch den Kopf, und er musste sich Mühe geben, ein kleines Grinsen zu verbergen.

»Kein Problem.«

»Ich möchte vorausschicken, dass Lilian von unserem Treffen nichts weiß.« Kjell winkte einem Kellner, der unaufgefordert die Aperitifs servierte. »Ich hoffe, Martini ist in Ordnung.«

»Natürlich.«

Der Verleger hob sein Glas. »Auf deine – auf eure Zukunft.«

Magnus schüttelte den Kopf. »Tut mir leid, aber ich sagte doch schon, dass aus Lilian und mir kein Paar werden wird.« Er stellte das Glas zurück, ohne einen Schluck getrunken zu haben.

»Lass uns drüber reden. Von Mann zu Mann.« Kjell Blomquist beugte sich vor. »Erst mal essen wir. Was hältst du von Salat mit Flusskrebsen und hinterher einer gefüllten Maispoularde? Die ist hier köstlich!«

»Na gut.« Magnus bemühte sich um einen lässigen Tonfall. Dabei wäre er liebend gern aufgestanden und wieder gegangen. Stattdessen trank er sein Glas leer und hörte zu, wie Kjell das Menü bestellte und eine Flasche Bordeaux dazu orderte.

Während des Essens sprachen sie über Magnus' letzte Forschungsfahrt, und es erstaunte ihn, wie gut Kjell über seine Arbeiten informiert war.

»Du leistest etwas Großartiges, das sage ich ohne Schmeichelei. Es ist immens wichtig für unser Land, dass das Meer und seine Ressourcen geschützt werden.«

»Wenn mehr Leute so denken würden wie du, wäre unsere Arbeit erfolgreicher.« Magnus trank einen Schluck Rotwein, der exzellent war. »Aber leider ist die Profitgier meist größer als die Verantwortung für die Natur – und somit unseren Nachkommen gegenüber. Ich darf gar nicht daran denken, dass Jahr für Jahr immer noch viele Wale ihr Leben lassen müssen. Dabei sind etliche Arten stark gefährdet.«

Sie hatten den Hauptgang beendet, und Kjell lehnte sich auf seinem Stuhl zurück. Mit einer knappen Handbewegung winkte er dem Kellner, damit noch einmal Wein nachgeschenkt wurde. Dann hob er das Glas und ließ die dunkelrote Flüssigkeit langsam kreisen, ehe er kurz am Wein atmete und dann in zwei kleinen Schlucken trank.

»Du hast recht, viel mehr Menschen müssten sich für den Umweltschutz und die Erhaltung der seltenen und oft bedrohten Meerestiere einsetzen.« Er stellte das Glas ab und beugte sich vor. »Du weißt es vielleicht nicht, aber ich bin seit langem einer von denen, die sich engagieren.«

»Das wusste ich wirklich nicht.«

»Solltest du aber.« Von einer Sekunde zur nächsten verlor Kjell Blomquist alles Verbindliche. Seine Miene war hart, als er sagte: »Das Schiff, auf dem ihr arbeitet und forscht, ist von mir finanziert worden. Und euer Institut … wenn man es genau nimmt, gehört es mindestens zu zwanzig Prozent mir.«

Magnus schwieg.

»Na, was sagst du dazu?«

»Kompliment. Es ehrt dich, dass du so viel tust.«

»Red keinen Unsinn. Es ist ein sinnvolles Engagement, zugegeben. Aber es ist auch was fürs Renommee und die Steuer, um es mal ganz lässig zu formulieren.« Noch ehe Magnus etwas erwidern konnte, fuhr er fort: »Und jetzt denk mal nach, mein Lieber: Wenn ich es will, ist dein toller Job von heute auf morgen gefährdet. Man muss ja sparen. Rationalisierung heißt das Zauberwort.«

»Du willst mich erpressen!«

»Nein. Ich will dir nur klarmachen, was du aufs Spiel setzt. Nämlich nicht nur deine Existenz, sondern auch die deiner Kollegen.«

Aus Magnus' Gesicht war alle Farbe gewichen. Er musste sich beherrschen, um nicht aufzuspringen und Kjell am Kragen zu packen. »Das ist infam.«

»So ist nun mal das Geschäft. Aber reg dich nicht auf. Du hast es ja selbst in der Hand. Lilian will dich als Lebenspartner – also kriegt sie dich.« Kjell Blomquist stand auf. »Denk drüber nach, Magnus.«

34

Der Fjord schien sich endlos weit ins Land hineinzufressen. Dunkel und bedrohlich wirkte sein Wasser. Die Felswände, die steil an beiden Seiten aufragten, waren kahl und feucht. Nur Moos bedeckte einige der Steine. Kein Schiff war weit und breit zu sehen. Ihr Boot schien das einzige zu sein, das sich in diesen düsteren Fjord hineinwagte. Vorn am Bug saß ein Troll, er zählte an seinen vier Fingern immer wieder die spitzen Zacken der Berge ringsum ab. Und dann, plötzlich, wickelte er einen weißen Verband von seinem Bein, wedelte damit durch die Luft und lachte lauthals.

Sie sah zum Himmel. Auch der Himmel hatte diese dunkelblaue, von unendlicher Tiefe kündende Farbe angenommen. Nahtlos gingen Himmel und Meer ineinander über. Die dünne Fahne aus weißem Verbandmull war der einzige helle Fleck weit und breit.

Und dann … woher kam das weiße Rentier? Wie aus dem Nichts war es am Horizont aufgetaucht. Auf seinem Rücken saß eine kleine Gestalt. Weithin leuchtete die rote, mit gelben, blauen und weißen Perlen bestickte Mütze. Jetzt hob die Gestalt die Hand, winkte. Winkte ihr zu.

»Kim!« Mit einem Ruck setzte sich Andrea im Bett auf.

Mit zitternden Fingern schob sie sich das wirre Haar aus der Stirn und sah sich, desorientiert für den ersten Moment, im Zimmer um. Schon wieder dieser Traum! Seit drei Tagen war sie im Doktorhaus, und jede Nacht träumte sie von Kim. Von ihrem Rentier. Von einem dunklen Fjord und dem lachenden Troll.

Es klopfte an ihre Tür. »Guten Morgen, Doktor Andrea. Bist du schon wach? Es gibt Kaffee und Pfannkuchen mit Sirup.«

»Danke, Birgit.«

»Beeil dich, die ersten Patienten kommen sicher bald.«

Es hatte sich rasch herumgesprochen, dass die deutsche Ärztin wieder da war und Dr. Ecklunds Praxis weiterführte. Ein paar Anrufe von weiter entfernt liegenden Inseln waren bereits am Tag zuvor eingegangen, da es im Moment aber niemanden gab, der das kleine Boot hätte steuern können, musste Birgit die Kranken vertrösten.

»Trine Hallstedt will dich mit ihrem Boot abholen, ihrem Schwiegervater geht es immer schlechter«, sagte Birgit beim Frühstück.

»Wäre es dann nicht besser, wenn sie ihn gleich in die Klinik brächte?«, gab Andrea zu bedenken.

»Will er nicht.« Birgit zuckte mit den Schultern. »Du kennst doch die alten Fischer, die sind eigenwillig. Die Vorstellung, in einem sterilen Krankenzimmer liegen zu müssen, ist ihnen unheimlich.«

»Sturheit kann manchmal ziemlich ungesund sein«, erwiderte Andrea lakonisch. »Aber wenn sie mich holt, soll's mir recht sein. Am besten gleich nach der Vormittagssprechstunde. Weit ist es ja nicht, oder?«

»Nein. Die Fahrt dauert knapp zwanzig Minuten. Nur

die Björnsen-Familie lebt da. Die Insel ist auf einer normalen Karte nicht verzeichnet, auf den Seekarten ist sie natürlich eingetragen.«

»Wie soll ich mich jemals hier in der Gegend auskennen?« Andrea biss mit Appetit in das Brot, das Birgit selbst gebacken hatte. Dazu gab es frischen Quark und Marillengelee.

»Zum Glück sind ja die meisten der größeren Inseln inzwischen mit Hochbrücken mit dem Festland verbunden.« Birgit schenkte sich Kaffee nach. »Wenn ich dran denke, wie beschwerlich es vor zwanzig Jahren noch war, graust es mir. Da brauchte man einen ganzen Tag von hier bis zu den Vesterålen.«

»Und dennoch kommt man nicht ohne Boot aus.« Andrea stand auf. »Fährst du heute noch mal in die Klinik?«

»Nein, erst morgen.«

»Soll ich dann mitkommen?«

»Nein, bleib lieber hier. Es gibt sicher viel zu tun. Außerdem kommt Magnus. Schon vergessen?«

»Wie könnte ich!« Andrea ging lachend hinüber ins Sprechzimmer. Auf einen weißen Kittel verzichtete sie. Die altmodischen großen Mäntel, die in Dr. Ecklunds Schrank hingen, waren sowieso viel zu groß, und es war bequemer, in Hose und einem weißen T-Shirt zu arbeiten.

Bis zum Mittag versorgte sie Patienten, zwischendurch rief sie in der Klinik an und erkundigte sich nach Dr. Ecklunds Befinden und dem Zustand des kleinen Jens.

»Ich verbinde mit Dr. Vardeland, dem Oberarzt der chirurgischen Abteilung«, sagte die Stationsschwester, die unter anderem Johan Ecklund betreute. »Der Doktor möchte gern mit dir über Jens sprechen.«

»In Ordnung, ich warte.« Es dauerte nur Sekunden, dann meldete sich der Kollege.

»Hallo, Andrea. Wie gut, dass du anrufst. Ich hätte mich im Laufe des Tages noch bei dir gemeldet und berichtet, dass es dem kleinen Patienten ganz gut geht. Du hattest recht mit deiner Diagnose – es liegt ein Schädelbasisbruch vor. Doch zum Glück ist es nicht zu massiven Gehirnblutungen gekommen.«

»Das ist gut.« Andrea lächelte. »Dann hat Jens wohl Glück im Unglück gehabt.«

»So kann man es sagen. In ein paar Wochen kann er sicher wieder unbeschwert herumtollen. Das hat er dir zu verdanken.«

»Ach was, ich hab meinen Job gemacht, mehr nicht.«

»Wann kommst du mal in die Klinik? Wir würden dich alle gern kennenlernen.« Er lachte. Es war ein dunkles, kehliges Lachen. »Ehrlich gesagt, würden wir alle gern wissen, wem Johan seine Praxis anvertraut hat. Der eigensinnige alte Kerl schwärmt geradezu von dir.«

»Wirklich? Das kann ich kaum glauben.«

»Ist aber so. Also, wann lernen wir uns kennen?«

»Ich werde sehen, wann ich es einrichten kann. In den nächsten Tagen wollte ich Dr. Ecklund sowieso einmal besuchen.«

»Fein, ruf vorher an, damit ich Dienst habe.«

Ist das jetzt Anmache oder Freundlichkeit, fragte sich Andrea, als sie den Hörer zurücklegte. Lange Zeit, darüber nachzudenken, hatte sie nicht, denn Birgit klopfte kurz an die Tür des Sprechzimmers und meldete: »Trine ist da.«

»Ich komme sofort.« Andrea hatte die Bereitschaftstasche am Morgen frisch aufgefüllt, sie hoffte, dass sie alles dabeihatte, um dem alten Fischer Björnsen zu helfen.

Trine Björnsen wartete am Anlegesteg. »Hei, Doktor Andrea, ich bin so froh, dass du mitkommen kannst.« Wie selbstverständlich duzte sie die Ärztin. Sie streckte ihr die Hand hin. »Komm, ich helfe dir.«

Andrea zögerte. Das Boot, gerade mal sechs oder sieben Meter lang, sah alles andere als vertrauenerweckend aus. Die blaue Farbe war zum größten Teil abgeblättert, die Windschutzscheibe hatte einen großen Riss. Auf der Erde lag neben zwei nassen Tauen ein Netz, in dem noch ein paar Muscheln hingen.

»Hier, gegen den Wind und das Wasser.« Trine reichte ihr ein erstaunlich sauberes Cape aus grünem Wachstuch. Dann wies sie auf die Bank am Heck. »Da sitzt du am besten.«

»Gut.« Sie ließ sich vorsichtig nieder. Während Trine das Boot geschickt an Klippen und kleinen Inselchen vorbeisteuerte, fragte Andrea: »Was fehlt dem Patienten eigentlich genau? In der Krankenakte steht nur, dass er ein Prostataleiden hat. Und Herzrhythmusstörungen.«

»Er hat Schmerzen. In der Brust und im Unterbauch.« Sie zuckte mit den Schultern. »Was genau es ist, sagt er nicht.«

Dann gehört er zur gründlichen Untersuchung in die Klinik, hätte Andrea am liebsten erklärt, doch sie schwieg. Birgit hatte ihr ja schon gesagt, dass der alte Björnsen etwas schwierig war.

Wie sehr, würde sie schon sehr bald erfahren. Sie betraten das niedrige rote Holzhaus, das fast ein Viertel der Inseloberfläche einnahm. In der weitläufigen Diele, in der es dämmrig war, denn nur durch ein kleines Fenster fiel Licht, hingen Walzähne von der Decke. An den Wänden sah sie alte Bilder in schlichten Holzrahmen, die Männer beim Walfang zeigten.

»Hier rein, da ist Opas Reich.« Trine stieß die vorletzte Tür auf. Ein großer heller Raum tat sich auf, dessen Fenster bis zur Erde reichten und den Blick aufs Meer freigaben. Ein hellbrauner Sisalteppich bedeckte den Boden, ein schwerer, altersdunkler Eichenschrank stand an der Längsseite. Davor ein Tisch mit sechs gedrechselten Stühlen. Auf dem Tisch lag eine Bibel, darauf eine leicht verbogene silberfarbene Brille.

Der alte Mann, der in einer Ecke des Zimmers saß, sah ihr mit skeptischem Blick entgegen. Er saß in einem Korbstuhl, im Rücken ein Rentierfell. Neben ihm, auf einem schmalen Holzregal, standen zwei Buddelschiffe und ein breites Wikingerschiff. Größere und kleinere Stoßzähne waren, wie Trophäen, aufgereiht.

»God dag«, grüßte Andrea und streckte dem Alten die Hand hin. »Ich bin Dr. Andrea Sandberg und möchte nach dir sehen.«

»Eine Frau? Nein!« Olaf Björnsen hob abwehrend den Arm, was ihm allerdings sichtlich Schmerzen bereitete. »Du fasst mich nicht an! Was versteht so ein junges Ding denn von meiner Krankheit?«

»Eine Menge, denke ich. Seit Jahren arbeite ich als Ärztin, das kannst du mir glauben. Im Augenblick vertrete ich Johan Ecklund.«

»Nein!« Der Alte wollte aufstehen, sank aber mit einem unterdrückten Stöhnen in den Sessel zurück.

»Sei endlich vernünftig, Vater.« Trine stellte sich neben

ihn. »Ich hab die Doktorin nicht umsonst hergeholt. Also, sag, was dir weh tut.«

Es dauerte noch eine Weile, ehe der alte Björnsen sich mit einer Untersuchung einverstanden erklärte. Und es dauerte eine ganze Viertelstunde, bis Andrea herausgefunden hatte, dass er die verschriebenen Medikamente einfach weggeworfen hatte.

»Das geht so nicht. Du musst die Tabletten nehmen.« Sie steckte das Stethoskop in die Tasche zurück und nahm ein Ärztemuster heraus. »Das hat Johan Ecklund doch sicher auch gesagt.«

»Ärzte! Alles Scharlatane! Ich weiß, dass meine Zeit bald zu Ende ist. Warum soll ich dem Schöpfer im Himmel ins Handwerk pfuschen?«

Trine griff nach der Tablettenpackung. »Er wird sie schlucken, Doktor Andrea, keine Sorge.« Ihr Gesicht drückte Entschlossenheit aus. »Braucht er noch was?«

»Ich gebe ihm heute eine Spritze, das wird den Druck von der Brust nehmen. Und dann müsstet ihr die Medikamente, die ich aufgeschrieben habe, in der Apotheke besorgen.« Das Rezept gab sie gleich Trine.

»Wird alles besorgt. Und jetzt lass dir die Spritze geben, Vater.«

Der alte Mann biss die Zähne zusammen und wandte den Kopf ab, als Andrea ihm den Arm abband und die Injektion verabreichte. Olaf Björnsen, der in seinem langen Leben sicher Tausende Fische ausgenommen und auch in jungen Jahren als Walfänger gearbeitet hatte, konnte es nicht ertragen, sein eigenes Blut zu sehen.

35

Wie vertraut ihr der Geruch des Hauses doch schon war! Da war der Duft nach altem Holz, nach Birgits herrlichen Backwaren, nach getrockneten Kräutern – und ein bisschen auch nach Medikamenten. Die Dielen knarrten leise, das Windspiel aus Muscheln, das Birgit draußen überm Vordach angebracht hatte, sang im Wind.

Andrea musste schmunzeln, als sie – so mechanisch wie seit Tagen – die zwei Bilder gleich neben der Tür zur Küche gerade rückte. Wann immer Birgit hier vorbeiging, schien sie an diese alten Fotografien zu rühren. Jedenfalls hingen die Fotos schief, sooft Andrea sie ansah. Sie zeigten das Doktorhaus im Winter, tief verschneit, das Dach schien die Schneemassen kaum tragen zu können. Doch in den Fenstern schimmerten Lichterbögen, spendeten tröstliche Helligkeit. Neben der Haustür stand eine junge Frau, sie trug einen Pelzmantel und eine Pelzmütze, die so groß war, dass ihr zartes Gesicht kaum zu erkennen war – Johans vor zwanzig Jahren verstorbene Frau Ella.

Auf dem zweiten Bild lag das Doktorhaus im Sonnenlicht. Weiß glänzte das weitläufige Holzhaus, vor den hellblau gestrichenen Fenstern bauschten sich die Gardinen, im Vorgarten blühten Rittersporn und rote Rosen. Ein alter Volvo war links vor dem Haus geparkt, daneben stand Ella und lachte in die Kamera.

Es waren verschiedene Jahreszeiten, doch es war immer Ella. Lachend. Lebenssprühend. Sichtlich glücklich.

Leise Wehmut ergriff Andrea immer, wenn sie diese Fotos betrachtete. Wie rasch verging doch das Glück. Wie schnell konnte eine harmonische Zweisamkeit von einem grausamen Schicksal zerstört werden.

»Birgit, ich bin zurück!« Sie steckte den Kopf kurz in die Küche. Wie so oft stand Birgit am Küchentisch und bereitete eine Mahlzeit zu. Diesmal machte sie ihren berühmten Krabbensalat.

»Johan schmeckt das Essen in der Klinik nicht.« Sie wies auf die Schüssel. »Morgen nehme ich ihm was mit. Den Apfelkuchen, den er sich gewünscht hat, mache ich später noch. Ich bin jetzt erst mal mit Inga von gegenüber verabredet.« Schon band sie sich die Schürze ab, dann stellte sie den Krabbensalat in den Kühlschrank.

»Du verwöhnst ihn.« Andrea lachte. »Du, ich muss mich beeilen, sonst verpasse ich noch die Fähre.«

»Kein Problem. Er ist schon da.« Birgit wies lachend hinüber ins Wohnzimmer.

»Und das sagst du erst jetzt?« Andrea wirbelte herum – und landete in Magnus' Armen.

»Du …« Er hielt sie fest, und obwohl Birgit ganz indiskret zuschaute, küsste er Andrea lange und innig.

Wie eine große warme Woge überflutete Andrea das Glück. Sie spürte seinen Herzschlag, sie spürte seine Hände, die sanft ihren Rücken streichelten. Sie atmete den Duft seiner Haut, das dezente Rasierwasser. Sie fühlte seine Lippen, die von ihrem Mund bis hin zur Halsbeuge glitten, wo er sicher das erregte Pulsieren ihres Blutes spüren konnte.

»Endlich hab ich dich wieder!« Er sah sie an, mit leuchtenden Augen, die viel mehr von seinen Gefühlen verrieten, als es Worte vermocht hätten.

»Du bist früher gekommen als geplant.« Sie umfasste sein Gesicht mit den Händen.

»Harry hat mich mit seinem Boot rübergefahren. Harry ist ein Bekannter. Er vermietet kleine Yachten«, fügte er erklärend hinzu. »Wir kennen uns seit Jahren. Manchmal fährt er mit uns hinaus, Wale beobachten.«

»Die Tiere würde ich auch gern einmal aus der Nähe sehen.«

»Kein Problem. Wir fahren mal hoch zu den Vesterålen, genau gesagt nach Andenes. In den Gewässern dort oben tummeln sich die meisten Wale.«

»Sagt mal, müsst ihr hier in meiner Küche rumstehen?« Birgit stemmte die Hände in die molligen Hüften. »Raus mit euch!«

»Dein Wort ist wie immer Befehl«, erwiderte Magnus grinsend, und schon zog er Andrea hinüber zu dem südlich gelegenen Zimmer, in dem sie wieder wohnte. Kaum dass die Tür sich hinter ihnen geschlossen hatte, nahm er sie wieder in den Arm.

»Lass mich leben, ich krieg ja keine Luft mehr!« Andrea musste lachen.

»Du ahnst nicht, wie sehr ich mich nach dir gesehnt habe.« Magnus zog sie zum Bett, noch während er die vier Schritte ging, nestelte er an ihrem hellgrauen Pullover. »Dass mir so etwas einmal passieren würde … Du hast mich verzaubert.«

»Das passiert leicht hier im Norden.« Andrea half ihm beim Aufknöpfen der Bluse, die sie unter dem Pulli trug.

Die Träger des zarten gelben BHs waren rasch heruntergestreift, das zarte Teil fiel zu Boden, so wie nacheinander alle Kleidungsstücke.

Magnus küsste jeden Zentimeter ihrer Haut. Andächtig, zart, oft nur wie ein Flügelschlag zu spüren waren seine Berührungen, doch sie erregten Andrea so stark, dass sie glaubte, keine Luft mehr zu bekommen. Im Unterbewusstsein hörte sie die Haustür ins Schloss fallen. Birgit ließ die beiden Verliebten diskret allein.

»Komm zu mir.« Sie flüsterte es dicht an seinem Mund, während sie sich ihm immer mehr entgegendrängte. Heiß durchströmte es ihren Körper, und wo immer Magnus' Hände sie umfassten oder streichelten, steigerte sich diese Glut noch ins beinahe Unerträgliche. Andrea spürte Magnus überall. Es war, als habe er ihren ganzen Körper erobert. Nie hätte sie geglaubt, dass sie zu einer so leidenschaftlichen Reaktion fähig sein könnte. Doch sie konnte es kaum erwarten, dass er ihr endlich die vollkommene Erfüllung schenkte.

Ihren leisen Schrei erstickte er in einem Kuss, der kaum enden wollte. Dann lagen sie erschöpft nebeneinander, sahen sich nur an, während ihre Hände ineinander verschlungen blieben.

»Du bist unglaublich«, sagte Magnus, als er wieder zu Atem gekommen war.

»Ich? Warum?«

»Weil du bist, wie du bist.« Er rollte sich noch ein wenig mehr zur Seite und stützte sich auf einem Arm auf. Lächelnd schaute er sie an. Dabei verirrte sich sein Blick von ihrem Gesicht hinunter zu ihren Brüsten, und in seinen Augen glomm erneut die Leidenschaft auf.

Draußen auf der Straße hupten Autos wild durcheinander, Schreie erklangen, von ferne war die Sirene eines Polizeiwagens zu hören.

»Was ist denn da los?« Magnus richtete sich auf.

»Keine Ahnung. Es ist besser, wir stehen auf und sehen nach.« Schon schwang Andrea die Beine aus dem Bett. Die romantische Stimmung, die eben noch alles wie eine warme, weiche Decke umfangen hatte, war schlagartig verschwunden.

Sie hatte sich gerade angezogen, als es laut an die Tür klopfte. »Doktor Andrea, schnell! Komm her!«

»Das ist Birgit.« Andrea öffnete. Zwar hatte Magnus sein Hemd noch nicht zugeknöpft, aber das war in dieser Notsituation – und um eine solche handelte es sich zweifellos – völlig unwichtig.

»Holger ist fort!« Birgits Gesicht war von Angst und Entsetzen gezeichnet. »Die Polizei sucht ihn schon. Kalle, Ingas Mann, hat es gesagt.«

»Wer ist Kalle?«

»Ingas Mann leitet die Polizeistation in Svolvær. Er hat sie angerufen und es erzählt.« Birgit wischte sich die Tränen von den Wangen. »Bei seiner Flucht hat er zwei Krankenschwestern niedergeschlagen, die ihn aufhalten wollten. Eine von ihnen …« Sie schluchzte auf, konnte für Sekunden nicht weitersprechen. »Eine von ihnen hat eine schwere Kopfwunde erlitten, als sie gegen einen Tisch gestürzt ist. Sie liegt im Koma«, presste sie dann hervor. »Wie konnte das nur passieren? So ein Unglück …«

»Was ist denn mit diesem Holger?«, fragte Magnus.

Andrea erzählte es ihm in knappen Worten. »Ich denke, auch von der Klinik aus wird man ihn suchen«, fügte sie hinzu. »Da klafft ja wohl eine recht große Sicherheitslücke.«

»Das denke ich auch.« Magnus nahm Birgit kurz in den Arm. »Mach dir keine Sorgen, sie finden ihn bestimmt schnell wieder. Dann kommt er zurück in die Klinik und wird weiterbehandelt werden.«

»Ich glaube es nicht.« Birgit schüttelte den Kopf. »Er ist raffiniert. Er wird ein Versteck finden. Und was er dann noch alles anstellt ... ich darf es mir gar nicht vorstellen.«

»Als Erstes solltest du bei seinem Bruder anrufen«, schlug Andrea vor. »Björn muss auch wissen, was passiert ist.«

Draußen wurden erregte Stimmen laut, es waren Inga, zwei Polizisten und zwei Sanitäter, die heftig miteinander diskutierten.

Stundenlang dauerte die Suche nach Holger, aber er blieb verschwunden.

»Ich lasse Birgit gar nicht gern allein.« Andrea setzte sich in Dr. Ecklunds Volvo und schnallte sich an. »Es ist unbegreiflich, dass man immer noch keine Spur von Holger hat.«

»Es ist noch viel bedenklicher, dass es diesem Kerl gelungen ist, aus der Psychiatrie auszubüxen.« Magnus setzte sich auf den Beifahrersitz. Sacht legte er die Hand auf Andreas Arm. »Vergiss das Problem für heute. Du hast einen freien Tag, und den wollen wir genießen.«

»Aber ...«

»Kein Aber.« Er lächelte sie liebevoll an. Seit drei Tagen war Magnus nun schon auf den Lofoten. Er half Birgit im Haus, reparierte ein paar morsche Latten am Gartenzaun, strich den kleinen Anbau – und versuchte bei alledem, Ruhe und Gelassenheit zu vermitteln. Doch die Angst, die Birgit um ihren Neffen ausstand, hielt an. Sie hatte inzwischen begriffen, dass er wirklich unberechenbar war, was Björn bestätigte, als er am zweiten Tag noch einmal vorbeikam.

»Wir haben alle Orte abgesucht, an denen er sich gern aufgehalten hat«, berichtete er, »aber er ist wie vom Erdboden verschluckt.«

»Es gibt unzählige Möglichkeiten, sich unsichtbar zu machen, wenn man nur will«, sagte Magnus. »Die unzähligen kleinen Inseln, die einsamen Landstriche an der Atlantikküste ... er wird sicher einen Unterschlupf gefunden haben.«

Andrea hatte ihre Bedenken, die sie aber nur Magnus gegenüber äußerte. »Er ist hochgradig süchtig. Und sobald sein Vorrat an Rauschgift erschöpft ist, muss er wieder unter Leute. Und was dann geschieht ... ich wage es mir nicht auszudenken.«

Doch an diesem sonnigen Tag, der noch einmal den ganzen Glanz verströmte, den der hohe Norden im hellen Licht zu schenken vermochte, wollte auch sie nicht mehr länger über Holger nachgrübeln. Zu schön war es, mit Magnus in Richtung der Vesterålen zu fahren. Weit spannten sich die neu errichteten Brücken über die einzelnen Inseln, sie ermöglichten es, die Strecke in wenigen Stunden zu bewältigen. Am meisten beeindruckte Andrea die siebenhundertfünfzig Meter lange Brücke zwischen Hinnøya und Andøya.

Nachdem sie die passiert hatten, eröffnete sich Andrea eine andere Welt. Andøya wirkte außen bergig und schroff, in der Mitte allerdings war die Landschaft flach. Torfmoore und Sümpfe beherrschten den größten Teil der Insel.

»Hier gibt es sogar Saurierskelette, die hundertfünfzig Millionen Jahre alt sind«, wusste Magnus zu berichten. »Aber die sehen wir uns ein anderes Mal an. Jetzt müssen wir uns beeilen, um zum Hafen zu kommen. Harry wird schon warten.«

»Harry?«

Magnus nickte. »Harry, der Freizeitkapitän. Wir haben telefoniert, und weil er gerade in der Nähe von Tromsø war, hat er versprochen, zu den Vesterålen zu fahren und mit uns den Trip zu machen. Das ist ein mehr als glücklicher Zufall.«

»Jetzt müssen nur noch die Wale da sein.«

»Mit Sicherheit. Jetzt, im Sommer, tummeln sich die Walbullen genau vor Andenes.«

»Und warum gerade da?«

Magnus lenkte den Wagen geschickt über die nun sehr schmale Piste. Er umfuhr ein paar kleine Felsbrocken, die auf die Straße gerollt waren und ein zum Glück nicht allzu großes Hindernis bildeten. In der Ferne war schon die Stadt zu sehen, die auf einer Anhöhe lag und sowohl die Torfmoore wie auch die offene See zu bewachen schien.

»Weil die Tiefsee nur knapp zwanzig Kilometer vom Festland entfernt ist. Die Küste fällt unter Wasser steil ab, das ist für die Wale optimal.«

»Und es sind nur Bullen da?«

»Ja. Die weiblichen Tiere bleiben mit den Jungen in den warmen südlichen Gewässern. Aber die Bullen treibt es regelmäßig hoch in den Norden.«

»Verrückt ist das.« Andrea lehnte den Kopf an seine Schulter. »Aber auch sehr interessant.«

»Ja. Und es gibt eine sehr einfache, logische Erklärung für das Verhalten der Tiere: Weil es im Sommer nördlich des Polarkreises immerzu hell ist, wachsen Algen besonders gut. Und auch das Plankton und der Krill vermehren sich extrem stark, und somit finden die Wale reichlich Nahrung.«

»Faszinierend. Ich bin ja so gespannt, ob wir wirklich einen Wal zu sehen kriegen.« Andrea vergaß für eine Weile die Sorgen und Nöte, die man sich im Doktorhaus machte. Sie freute sich auf die Bootstour.

Harrys Boot lag bereits im Hafen, als sie eintrafen. Es war eine zirka dreißig Meter lange Yacht, die jeden Luxus bot. Harry, ein braungebrannter Mann von knapp vierzig Jahren, kam ihnen auf dem Bootssteg entgegen. Sein schwarzes Haar fiel ihm in einer verwegenen Locke ins Gesicht, die er immer wieder aus der Stirn schob.

»Willkommen auf der *Lady Lou*.« Er lachte Andrea an. »Schön, dich kennenzulernen. Magnus hat schon von dir geschwärmt und gesagt, dass du eine Klassefrau bist. Er hatte recht.« Er drückte ihre Hand und grinste jungenhaft. »Du gefällst mir wesentlich besser als Lilian.«

»Lilian? Wer ist denn das?« Stirnrunzelnd sah Andrea von Harry zu Magnus, dem Röte ins Gesicht stieg.

Harry schob sich wieder einmal die Haarlocke aus der Stirn. »Ach, eine flüchtige Bekannte von uns«, erklärte er betont locker. Dann machte er sich eilig an dem Tau zu schaffen, mit dem das Boot festgemacht war.

Andrea sagte nichts, doch der Tag hatte von einer Sekunde zur anderen viel von seinem Glanz verloren. Erst als sie weit auf die See hinausgefahren waren und der

Fahrtwind ihr erhitztes Gesicht kühlte, hatte sie das Gefühl, wieder frei atmen zu können.

»Du, diese Lilian ... das war ein Flirt, weiter nichts.« Magnus sah sie nicht an bei diesen Worten. Er kam sich schäbig und feige vor. Aber was sollte er sagen? Jetzt und hier war nun wahrlich nicht der richtige Zeitpunkt für eine Aussprache.

»Schon gut. Ich bin ja nicht naiv.« Andrea lachte, doch ihre Augen erreichte dieses Lächeln diesmal nicht. »Ich hab mir wirklich nicht eingebildet, du hättest bislang wie ein Mönch gelebt.« Sie streichelte kurz seinen Arm. »Ich hab ja schließlich auch meine Vergangenheit.«

»Da ... da ist der Erste! Ein Riesenkerl ist das.« Harry drosselte den Motor und kam zu Andrea und Magnus, die an der Reling standen und angestrengt aufs Wasser blickten. »Ein Pottwal ist das, glaube ich.«

Andrea hob das Fernglas, das ihr Magnus mitgebracht hatte, an die Augen und schaute aufs Meer, das ganz ruhig war. Nur ein paar sanfte Wellen mit hellen Schaumkronen waren auszumachen.

Und dann, ganz plötzlich, schoss eine Wasserfontäne in die Höhe, der Wal war aufgetaucht, um Luft zu holen.

»Wow! Der ist ja riesig.« Wie ein grauer Berg tauchte das Tier aus dem Wasser auf. Der graue Rücken glänzte im Licht der Sonne. Dann tauchte der Wal auch schon wieder ab, die Finne, seine majestätische Flosse, peitschte das Wasser auf. Es war wie ein Winken zum Abschied.

»Und da sind drei kleinere Finnwale.« Magnus zeigte nach links. »Und gleich noch ein paar.« Er lächelte. »Die haben sich wirklich gut vermehrt in den letzten Jahren. Der Artenschutz hat Wirkung gezeigt.«

»Leider nicht bei allen Walarten«, warf Harry ein. »Seht mal, die Kerle da ... mir scheint, die Orcas haben uns bemerkt und wollen sich präsentieren. Von denen gibt es auch viele. Sie haben, außer uns Menschen, keine Feinde.«

Fünf große Schwertwale, deutlich zu erkennen an ihrer fast schwarzen Haut mit den weißen Flecken, kamen neugierig näher ans Boot heran, was die Finnwale bewog, rasch abzutauchen. Die Orcas hingegen gaben hohe Laute von sich, stießen fast gerade in die Luft, um dann graziös wieder im Wasser zu verschwinden.

»Sie unterhalten sich.« Magnus legte den Arm um Andreas Schultern. »Viele Forscher versuchen weltweit herauszufinden, wie sich diese Tiere verständigen. Es ist tatsächlich so, dass sie miteinander kommunizieren. Hör nur ... es klingt, als würden sie sagen: Schaut euch diese schöne Frau an!«

»Schmeichler«, erwiderte Andrea lachend. Sie nahm kurz das Fernglas von den Augen und schaute Magnus an. Es gab ihr wieder einen Stich ins Herz, als ihr bewusst wurde, dass es wohl noch eine andere Frau in seinem Leben gab.

Oder gab es diese Rivalin nicht mehr? Hatte sich Magnus von der anderen getrennt?

Ich ertrage es nicht noch einmal, ging es Andrea durch den Kopf. Wenn auch Magnus mich belügt und betrügt ... das verzeihe ich nie!

»Schau nur, ein zweiter Pottwal!« Harry wies nach Norden, wo sich eine zweite Fontäne zeigte. Im Nu waren die kleinen Finnwale verschwunden, nur die schnellen schwarzweißen Orcas umkreisten das Boot noch eine Weile, ehe auch sie sich davonmachten.

»Wunderschön sind die.« Andreas Augen strahlten. »So elegant … ich darf mir gar nicht vorstellen, dass man Wale auch heute noch jagt.«

»Nur in ganz begrenztem Rahmen.«

»Und auch das muss nicht sein.«

»Das ist ein weites Feld.« Magnus war für einen Moment ernst geworden. »Für viele Menschen hier im Norden gehört der Walfang zu ihrer Kultur. Und ich denke, wenn man es ihnen gestattet, nur für den eigenen Bedarf ein paar der Finnwale, von denen es wieder viele gibt, zu töten, ist das akzeptabel. Alles andere verurteile ich auch.«

Andrea nickte. Sie dachte spontan an Ole und Kim … Zu ihrer Kultur gehörte die Robbenjagd und auch das Töten der Wale. Aber sie wusste, dass die Inuit und Samen stets nur so viele Tiere töteten, wie sie wirklich brauchten, um die Familienclans zu ernähren.

Ich habe ganz vergessen, Carina anzurufen und sie nach Ole zu fragen, fiel ihr ein. Das werde ich gleich bei der Rückkehr nach Stamsund tun, nahm sie sich vor.

Doch erst einmal verbrachten sie noch zwei Stunden an Bord der *Lady Lou*. Sie entdeckten sogar noch einen Buckelwal, der mit seinen großen Flossen das Wasser aufpeitschte und dessen perfekt geformte Finne immer wieder aus den Wellen auftauchte.

Andrea legte den Fotoapparat kaum noch aus der Hand. »So was Tolles sehe ich so schnell nicht wieder.« Dann fotografierte sie Magnus, der lachend am Bug des Schiffes stand. Der Fahrtwind zerrte an seinem Haar, blähte die dünne Jacke auf.

Wie gut er aussieht, dachte Andrea, und die Liebe zu ihm überflutete sie wie eine heiße Woge.

Erst spät am Abend kehrten sie nach Andenes zurück. In einem Hotel oberhalb des Hafens hatte Magnus Zimmer reserviert. Es war ein kleines, gemütlich eingerichtetes Haus. Ohne allzu großen Komfort, dafür gab es aber sehr gutes Essen und eine kleine Bar, die mit Ledersesseln, altersdunklem Holz und mit Rentierfell bezogenen Barhockern einladend wirkte.

Im ganzen Haus roch es nach frisch gekochten Krabben, und Andrea genoss die für sie noch seltene Delikatesse.

»Unsere Männer fangen immer mehr von den Dingern«, erklärte die Wirtin, und sie wirkte nicht sehr glücklich dabei. »Die Riesenkrabben fressen alles kahl ... das ist gar nicht gut. Wir können nicht genug von ihnen im Kochtopf verschwinden lassen.«

»Mir schmecken sie ausgezeichnet«, lobte Andrea.

Auch den anderen schmeckte es hervorragend. Gemeinsam gingen alle Gäste nach dem Essen hinüber in die Bar.

Der Wirt, der selbst hinter der Theke stand, war Same, wie an seinen Gesichtszügen deutlich zu erkennen war. Er trug Jeans und ein graues Hemd und spendierte als Erstes eine Runde Aquavit. »Damit das Essen besser bekommt.« Er lachte. Dann erzählte er ungezwungen, dass er nur in den Sommermonaten in Andenes lebte. »Meine Tiere sind auf der Sommerweide, da habe ich Zeit, hier zu sein. Aber in drei Monaten kehre ich zur Herde zurück.«

»Und Ihre Frau?«, wollte ein junger Mann wissen.

»Die versteht es. Es gehört zu meinem Leben. Diese Tradition ... es liegt mir im Blut.« Er sah hinaus, und so etwas wie Sehnsucht lag in seinem Blick. »Aber ich freue mich auch immer wieder, hierher zurückzukehren.« Er lächelte seiner Frau, die gerade hereinkam und ein großes Tablett auf den Tresen stellte, liebevoll zu.

»Greift zu, das sind frische Windbeutel.«

»Noch drei Monate norwegische Küche und ich bin zehn Kilo schwerer«, erklärte Andrea und lachte.

»Ach was, das arbeiten wir ab!« Magnus zwinkerte ihr zu. »Süßigkeiten gehören gerade im Sommer zum Leben hier dazu. Am späten Abend werden die köstlichsten Naschereien aufgetischt.« Er griff zu einem Windbeutel und schloss verzückt die Augen.

Es war immer noch recht hell, obwohl der Zenit der »weißen Nächte« bereits überschritten war. Vom Atlantik her kam Sturm auf, umso gemütlicher war es in der Bar. Vier Engländer, die für den kommenden Tag eine Walsafari gebucht hatten, sprachen dem Bier eifrig zu. Zwei Norweger und ein schwedisches Ehepaar gehörten auch zu der Gruppe.

Harry, Magnus und Andrea setzten sich für eine halbe Stunde zu ihnen, dann sagte sie: »Sorry, aber ich bin müde und gehe ins Bett.«

»Wir nehmen noch einen Drink, dann komme ich nach.« Magnus griff nach ihrer Hand und küsste sie zärtlich.

Die Stufen der alten Holztreppen knarrten leise, als Andrea in den ersten Stock hinaufging. Auf dem Boden lagen drei große Rentierfelle, an den Wänden hingen, aus Walknochen selbst gebastelt, ein paar Lampen, die nur spärliches Licht spendeten. Der große Schlüssel, mit dem Andrea aufschloss, lag schwer in ihrer Hand.

Das war ein wunderbarer Tag, dachte Andrea, als sie

sich nach einer kurzen Dusche unter die Decke kuschelte. Die Bootstour hatte ihr eine ganz neue Welt erschlossen. In Amerika hatte sie mal eine Delfinshow gesehen, diesen Dressurakten stand sie allerdings skeptisch gegenüber. Wie viel schöner war es doch, die gigantischen Tiere aus der Nähe sehen zu können, miterleben zu dürfen, wie sie sich in ihrer natürlichen Umgebung bewegten, wie sie das Wasser durchpflügten und mit ihren Flossen die Wellen peitschten.

Von einer Sekunde zur anderen fielen ihr die Augen zu, doch schon wenig später wurde sie durch erregte Stimmen geweckt. Mit einem Ruck setzte sich Andrea im Bett auf, als sie den Namen Lilian hörte. Offenbar waren die Männer so sehr in eine Diskussion vertieft, dass sie nicht merkten, dass sie schon vor ihrem Zimmer standen.

»Musstest du von Lilian reden?« Magnus' Stimme klang wütend.

»Mein Gott, ich konnte doch nicht wissen, dass du Andrea noch nichts von ihr erzählt hast. Tut mir leid.«

»Lilian ist zurzeit mein größtes Problem.« Magnus sprach jetzt leiser. »Ihr Vater will mich erpressen, damit ich bei ihr bleibe.«

»Was?«

»Ja. Er finanziert zu einem großen Teil unsere Forschungen. Das hab ich nicht gewusst. Und jetzt ...«

»Jetzt hast du ein Problem.«

»Ganz genau. Aber das werde ich nicht heute Nacht lösen.«

Harry lachte. »Das glaub ich dir. Hast sicher Besseres zu tun. Bis morgen früh dann.«

»Liebling.« Magnus beugte sich über Andrea und küsste sie. »Du riechst gut. Warte ein paar Minuten, ich dusche schnell, dann bin ich bei dir.«

Sie schob ihn zurück. »Wer ist Lilian?«

»Lilian ...« Er biss sich auf die Lippe. »Das ist eine Bekannte.«

Andrea richtete sich auf. »Eine sehr gute Bekannte, vermute ich.« Als er sie in den Arm nehmen wollte, schob sie ihn von sich. »Bitte, sag mir die Wahrheit.«

»Lilian ist Stewardess. Wir kennen uns seit etwa einem Jahr.« Magnus zuckte mit den Schultern. »Es stimmt, ich hatte einen etwas intensiveren Flirt mit ihr. Aber seit ich dich kenne, ist es vorbei.«

»Das hörte sich eben anders an.«

»Andrea, Liebling ... schau mich an.« Er zwang sie, ihm in die Augen zu sehen. »Ich liebe dich. Nur dich allein.«

Wie gern würde sie ihm glauben! Sein Blick war aufrichtig und offen, in seinen Augen las sie nur eins: Liebe.

Sie streckte die Arme aus und zog ihn zu sich aufs Bett. »Meine Andrea ...« Das war alles, was Magnus immer wieder murmelte, während er ihr half, die Knöpfe seiner Jeans zu öffnen. Verflixt, warum hatte er nicht die Hose mit Reißverschluss angezogen? Seine Hände zitterten, seine Erregung wuchs mit jedem Atemzug, soweit das überhaupt noch möglich war.

Sie liebten sich leidenschaftlich, vergaßen alle Zurückhaltung. Andrea stieß kleine, lustvolle Schreie aus, als er sich in ihr bewegte. Ihre Hände glitten über seinen Rücken, leicht kratzte sie mit den Fingernägeln seine Haut ... Es waren Schmerzen, die die Lust noch steigerten.

Schwer atmend lagen sie schließlich nebeneinander, die

Hände ineinander verschlungen und kaum in der Lage, etwas zu sagen.

»Du bist wahnsinnig sexy«, sagte Andrea und beugte sich über ihn. »Und du machst mich wahnsinnig glücklich.« Ihre Zunge glitt über die Lippen, sie sah ihm intensiv in die Augen, bevor sie ihn erneut küsste. Dann, nur einen Millimeter waren ihre Lippen von seinen entfernt, sagte sie: »Belüg mich nicht, Magnus. Das könnte ich nicht ertragen.«

36

Wo war die Sonne, die die Haut gewärmt und das Land mit goldenem Licht übergossen hatte? Wo war der sanfte Wind, der mit den Wellen gespielt und die erhitzten Körper gekühlt hatte?

Der nächste Morgen zeigte sich kalt und düster. Sintflutartige Regengüsse verwandelten die Landschaft in ein abweisendes Meer aus Stein und Geröll. Die grünen Weideflächen im Innern der Insel waren wie mit einem grauen Schleier verhangen. Es war kaum möglich, weiter als hundert Meter zu sehen. Die norwegische Flagge, die vor dem Hotel an einem weiß gestrichenen Mast hing und die gestern noch übermütig im Wind geflattert hatte, war nichts als ein nasser Fetzen Stoff.

Die Fahrt zurück nach Stamsund war beschwerlich. Die Straßen waren nass und zum Teil von Schlamm bedeckt. Die Scheibenwischer des Volvo schafften es nur mit Mühe, die Wassermassen von der Scheibe zu verbannen.

Magnus fuhr langsam und konzentriert, vor allem auf den Brücken drosselte er das Tempo, denn der Wind versuchte den Widerstand, den der Wagen bot, zur Seite zu schleudern.

Nach vier Stunden bot Andrea an, ihn abzulösen, doch er winkte ab.

»Ich bin noch nicht müde.«

»Gar nicht erschöpft?« Sie lachte und lehnte kurz den Kopf an seine Schulter. »Dabei hatte ich letzte Nacht den Eindruck, dass du …«

»Hey, was denkst du von mir? Bin ich vielleicht ein alter Mann? War ich dir nicht potent genug?« Er bremste mitten auf der Straße ab. »Du, wenn du das nicht sofort zurücknimmst …«

»Was dann?«

»Dann zeige ich dir jetzt und hier, wie fit ich bin. Und vor allem wie potent.« Er zog sie an sich. Sein Kuss war leidenschaftlich, seine Zunge spielte in ihrem Mund, seine Hände tasteten zu ihren Brüsten, woraufhin ihre Brustwarzen sich sofort steil aufrichteten. Kurz beugte er sich vor, küsste sie durch den leichten Stoff des Pullis.

»Nein … nicht jetzt.« Lachend wehrte Andrea ihn ab. »Wenn jemand kommt …«

»Wer soll sich schon in diese Einöde verirren?«

Aber er fuhr dann doch weiter, so lange, bis sie am späten Abend Stamsund erreichten. Das Doktorhaus lag in tiefer Dunkelheit, nur über der Haustür brannte die blau lackierte Lampe.

»Birgit ist bestimmt unterwegs.« Andrea schloss auf und machte Licht. Sofort sah sie, dass der Anrufbeantworter, der auf einer kleinen Kommode an der Längsseite der Diele stand, blinkte.

Es war nur eine Nachricht von Birgit zu hören: »Hallo, Andrea. Ich war bei Johan, es geht ihm besser. Jetzt ist aber das Wetter umgeschlagen. Es regnet so sehr, dass ich lieber hierbleibe. Mach dir also keine Sorgen und grüß mir Magnus. Ach ja … eine Liste mit Anrufen von Patienten findest du in der Praxis.«

Andrea drehte sich lächelnd nach Magnus um. »Wir sind heute Nacht allein.«

»Tja, und was machen wir mit der Freiheit?«

»Das zeig ich dir dann schon.« Sie hängte ihre Jacke an die Garderobe. »Erst mal sehe ich nach, welche Patienten angerufen haben.« Sie öffnete die Tür zum Praxistrakt und blieb wie versteinert stehen. »Nein! Das darf ja wohl nicht wahr sein!«

Magnus, der ihr gefolgt war, stieß einen unterdrückten Seufzer aus. »Einbrecher. So ein Mist!« Er ging zu dem schmalen Fenster, das eingeschlagen worden war, und schloss die Fensterläden, damit Regen und Sturm nicht noch mehr Schaden anrichten konnten.

»Der Giftschrank ... er ist gewaltsam aufgebrochen worden.«

»Na ja«, Magnus zuckte mit den Schultern. »Das war sicher kein Problem. Das Ding ist uralt. Der Dieb hätte die Scheiben nicht einschlagen müssen, das Schloss ist bestimmt leicht zu knacken.«

»Holger ... das war bestimmt Holger!« Andrea durchsuchte den Medikamentenschrank. »Es fehlen Beruhigungstabletten und morphinhaltige Mittel. Der Typ kennt sich aus!«

»Ich informiere die Polizei.« Magnus telefonierte vom Nebenzimmer aus. Als er zurückkam, sagte er: »Die Kriminalbeamten aus Svolvær kommen erst morgen. Sie meinen, heute würden sie sowieso nichts mehr ausrichten können. Wir sollen alles so lassen, wie es ist, damit keine Spuren verwischt werden.«

»Und was machen wir jetzt?« Andrea sah sich im verwüsteten Sprechzimmer um. Glassplitter lagen auf dem

Boden, der Wind hatte Papiere durchs Zimmer gewirbelt, die zum Teil vom Regen völlig durchnässt waren.

»Wir trinken jetzt erst mal etwas Heißes, essen einen Happen – und dann weiß ich ein Mittel, das dir hilft, das Chaos hier zu vergessen.« Zärtlich nahm er sie in den Arm. »Komm mit nach drüben. Wir können ja doch nichts tun.«

Andrea nickte. »So hatte ich mir den vorletzten Abend mit dir nicht vorgestellt.«

Magnus zögerte, dann sagte er: »Es ist der letzte Abend, Schatz. Ich muss, bevor ich nach Oslo zu meinem Vortrag fliege, noch mal kurz zu Hause vorbei.« Er hielt inne. »Mein Laptop ... hoffentlich ist mein Laptop nicht gestohlen worden. Dann wäre die Katastrophe perfekt.«

Aber er hatte Glück, sein Computer war für den Einbrecher uninteressant gewesen. Er hatte nur in der Praxis alles durchsucht, die privaten Räume waren offensichtlich gar nicht betreten worden.

»Glück im Unglück«, murmelte Andrea.

»Das stimmt.« Magnus zog nun auch seine Jacke aus und warf sie mit Schwung aufs Bett. »Komm, gehen wir rüber in die Küche. Auf den Schreck muss ich erst mal einen Schluck trinken.«

37

Holger fror. Es zog durch die Ritzen der alten Fischerhütte, und der Gestank nach vergammeltem Fisch und ausgeweideten Robben verursachte ihm Brechreiz. Die zwei Decken, die er heimlich aus dem Doktorhaus in Stamsund mitgenommen hatte, waren inzwischen feucht geworden. Trotzdem zog er sie sich enger um den Körper.

Es regnete seit Stunden. Keine Chance, rauszugehen und sich etwas zu essen oder zu trinken zu besorgen. Aber Hunger hatte er sowieso nicht. Nur Durst. Ganz schrecklichen Durst. Die Wasserflasche, ebenfalls aus dem Doktorhaus, war seit dem frühen Morgen leer.

Holger lehnte an der groben Holzwand und biss die Zähne zusammen, die leise klapperten. Vor Kälte?

Nein, er brauchte wohl schon wieder was! Zum Teufel, das Zeug aus dem Apothekenschrank half kaum. Mit zitternden Fingern riss er die Tablettenpackung auf, schluckte drei der kleinen hellblauen Pillen. Eine klebte am Gaumen, erzeugte wieder diesen unangenehmen Würgereiz, den er fürchten gelernt hatte.

»Nik … ich muss zu Nik.« Er versuchte aufzustehen, aber die Beine trugen ihn nicht, er sackte auf sein provisorisches Lager aus Fischernetzen, einer zerschlissenen Plastikfolie und den beiden Decken zurück.

Seit seiner Flucht aus der Klinik hielt sich Holger Nerhus in einer seit langem nicht mehr benutzten Hütte in der Nähe von Kabelvåg auf. Die Medikamente, die man ihm verabreicht hatte, konnten seine Entzugserscheinungen nur in geringem Maß eindämmen, er litt und hatte nur einen Gedanken: Ich brauche was! Ich brauche ganz dringend was!

In seiner Wohnung befanden sich noch, versteckt in einer alten Packung Seifenpulver, ein paar der Pulvertütchen von Nik. Sie brachten ihm für kurze Zeit den ultimativen Kick – und schon zwanzig Stunden später jähe Ernüchterung.

Und jetzt hockte er in der Hütte, sah gebannt auf die tanzenden bunten Gestalten, die schwerelos durch den Raum geisterten, die nach ihm griffen, ihn aufforderten, mit hinauszukommen aufs Wasser. Dann, von einer Sekunde zur anderen, verloren die Gestalten ihre Farbe. Graue, furchterregende Fratzen sahen Holger an, knochige Hände griffen nach ihm. Eine der Gestalten wurde zu einem bösartigen Troll, der ihn mit in den Abgrund eines Fjords ziehen wollte. Dann war da sein Bruder Björn … wie sah er nur aus? Klein, grau, wie aus Stein gemeißelt. Und er winkte ihm zu, fasste nach ihm.

Auf allen vieren kroch Holger aus der Hütte. Nur fort von diesen Schreckensgestalten. Der Regen klatschte in sein Gesicht, brachte ihn für Sekunden in die Wirklichkeit zurück.

Irritiert sah er sich um. Wo war er? Ach ja … da war ja sein Boot!

Er taumelte auf einen altersschwachen Kahn zu, der nicht die geringste Ähnlichkeit mit seinem Boot hatte. Mühsam zog er sich über die Planke, löste den zerschlissenen Strick, mit dem der Kahn festgemacht war. Die Ruder auf dem Boden ignorierte er. Wie gebannt sah er den beiden dunklen Figuren zu, die am Bug saßen, die ihre Hände nach ihm ausstreckten … Holger merkte nicht, dass der Kahn immer weiter aufs Wasser hinaustrieb. Er lehnte sich zurück und schloss die Augen, um die dunklen, wie irre um ihn herumtanzenden Gestalten nicht mehr sehen zu müssen.

38

Sanft fiel ein heller Sonnenstrahl auf die Bettdecke. Die Wärme war wie ein Streicheln auf der Haut. Andrea blinzelte, drehte den Kopf zur Seite – und schaute direkt in Magnus' Augen.

»Wie schön du bist!« Er beugte sich vor und küsste sie lange und innig.

»Wir hätten die Vorhänge fester zuziehen müssen. So sind wir viel zu früh geweckt worden«, murmelte Andrea und kuschelte sich in seinen Arm.

»Welch ein Glück! Dann haben wir ja noch Zeit.« Er küsste sie wieder, und seine Hände gingen auf zärtliche Entdeckungsreise.

Andrea seufzte wohlig auf, als er sie an ihren empfindlichsten Stellen zu streicheln begann. Als seine Berührungen intensiver wurden, drängte sie sich ihm noch mehr entgegen. Es war wundervoll, ihn so nah zu spüren. Seine Hände, seine Lippen auf ihrer Haut zu fühlen und zu wissen, dass er ihr in wenigen Minuten vollkommene Erfüllung schenken würde. Sie schloss die Augen, als er sich über sie beugte und sich erst langsam, dann in schnellerem Rhythmus in ihr zu bewegen begann.

Die Sonne wanderte langsam weiter, der schmale Spalt der Gardinen, der den Ausblick nach draußen erlaubte, wurde etwas dunkler, doch davon merkten die Verliebten nichts. Für eine kleine Ewigkeit waren sie der Welt entrückt.

Dann lagen sie eng aneinandergeschmiegt da, schwer atmend, erschöpft und doch glücklich.

»Wann musst du los?« Vier Wörter nur, doch sie zerrissen jäh den Kokon aus Liebe, Wärme und Leidenschaft, der sie umgeben hatte.

Magnus seufzte auf und sah auf seine Uhr. »In einer Stunde schon. Verdammt, ich muss aufstehen! Es ist höchste Zeit.«

»Schade ...« Andrea umarmte ihn. »Ich würde dich am liebsten so festhalten«, flüsterte sie.

»Für immer?«

»Natürlich.« Sie kicherte. »Und irgendwann wird man uns so finden – verhungert und verdurstet, aber innig umarmt.«

»Ein schöner Tod.« Magnus lachte. »Aber damit möchte ich gern noch mindestens fünfzig Jahre warten.«

»Einverstanden. Und deshalb jetzt raus aus den Federn. Ich koche Kaffee und schaue nach, was Birgit im Vorratsschrank hat.«

»Bitte keine Umstände, ich muss gleich los.« Er stand auf, zog sie hoch ... und dann vergingen noch einmal zehn Minuten, bis er lachend in der Dusche verschwand.

Fürs Frühstück blieb nur wenig Zeit, und auch der Abschied am Hafen fiel kurz aus.

»Vergiss mich nicht. Ich liebe dich.« Eine letzte Umarmung, ein letzter Kuss, dann lief Magnus als letzter Passagier hoch zur Fähre.

Mit Tränen in den Augen sah Andrea ihm nach. Es würde einige Tage dauern, bis sie sich wiedersahen.

Im Doktorhaus warteten schon vier Patienten auf sie, die sie, da das Untersuchungszimmer verwüstet war, im Wohnzimmer behandeln musste. Zudem gab es zwei Notrufe von kleinen Inseln. Sie würde noch einmal Björn, Holgers Bruder, bitten müssen, sie zu fahren. Er war bereits einige Male eingesprungen und hatte sie zu den entlegenen Schäreninseln gebracht, wo Patienten auf ärztliche Hilfe warteten.

Kurz vor Mittag kamen zwei Polizisten und suchten nach Spuren, doch es gab kaum etwas Verwertbares. Drei Fingerspuren an der Fensterbank, ein Schuhabdruck, das war alles.

»Ihr könnt wieder aufräumen«, erklärte der ältere der Beamten. »Es wäre ein Wunder, wenn wir den Täter finden würden. Der Regen hat draußen alle Spuren fortgeschwemmt.«

Die Nachmittagssprechstunde war schon vorbei. Birgit Nerhus, die am Mittag wieder von Johan zurückgekehrt war, werkelte emsig in ihrer Küche. Und endlich fand Andrea Zeit, bei Carina anzurufen.

»Hei, schön, dich zu hören.« Die junge Kommissarin lachte. »Hast du Langeweile, kaum dass Magnus fort ist?«

»Darüber kann ich nun wirklich nicht klagen.« Andrea erzählte kurz von dem Einbruch. »Ich denke, es war Holger, der Junkie. Er ist aus der Klinik entwischt und braucht jetzt sicher irgendwas, das die Sucht mildert.« Sie seufzte kurz auf. »Und in der Praxis gibt es einiges zu tun. Gleich muss ich noch zu zwei Patienten fahren. Einen kenne ich schon – ein starrsinniger alter Mann, der einfach nicht in die Klinik will. Mal sehen, ob ich ihn heute dazu überreden kann.« Sie ging zum Fenster und sah hinaus. Im Garten wiegten sich gelbe und weiße Astern im Wind, spielte der Wind mit den Blättern der letzten Rosen. Wie kleine Federn wirbelten die roten und rosafarbenen Blütenblätter durch die Luft.

»Hast du schon eine Wohnung gefunden?«

»Ja … sie ist zwar ein bisschen teuer, dafür hab ich einen herrlichen Blick auf die Bucht von Svolvær. Du musst kommen und dir mein neues Reich ansehen.«

»Sobald ich es einrichten kann. Aber … ich muss dich etwas fragen.« Sie schilderte knapp Oles Geschichte, und Carina versprach, sich zu erkundigen, ob es in diesem Fall Neuigkeiten gab.

»Danke, Carina. Es wäre gut, wenn es endlich Klarheit gäbe. Ich kann einfach nicht glauben, dass der Mann, den ich kennengelernt habe, ein Verbrecher ist.« Sie machte eine kleine Pause, dann fuhr sie fort: »Du hast ihn doch auch gesehen, denkst du, dass er der gesuchte Dieb ist?«

»Vorstellen kann ich es mir nicht, aber du weißt ja, man kann niemandem hinter die Stirn schauen. Wenn ich im Büro bin, werde ich mir das alte Fahndungsfoto noch mal intensiv ansehen und ein paar Nachforschungen anstellen. Komm bald, vielleicht weiß ich dann schon was.« Sie nannte Andrea ihre neue Adresse.

»Ich komme, sobald ich Zeit habe. Bis dann!«

Andrea legte das Telefon zur Seite und ging hinüber in ihr Zimmer, um die Schuhe zu wechseln. Wenn Björn sie gleich mit dem Boot abholte, war es ratsam, wetterfestes Schuhwerk anzuziehen.

Sie entdeckte das Mobiltelefon erst, als sie nach ihrer Wachsjacke griff, die sie gestern lässig über einen Sessel gelegt hatte. Darunter lag, silbrig glänzend und blinkend, Magnus' Handy.

Es war eine ganz mechanische Reaktion, als sie auf die kleine grüne Taste drückte und nachschaute, welche SMS er erhalten hatte.

»Ich vermisse Dich unendlich. Wo steckst Du? Es gibt eine wunderbare Neuigkeit! 1000 *Küsse, Lilian«*

Nein! Nein! Nein! Da war kein wirklich konkreter Gedanke, nur dieses *Nein*!

Das Blut rauschte ihr in den Ohren. Die Konturen des Zimmers verschwammen vor ihren Augen, die sich mit Tränen füllten. Die Knie gaben nach. Mit einem wehen Laut, der sich anhörte wie der schmerzliche Ruf eines verletzten Tieres, sank sie auf ihr Bett. Das kleine Metallteil in ihrer Haut brannte, sie ließ es los und sah mit starrem Blick zu, wie es auf den Teppich fiel. Da lag es … blinkend. Klein und unscheinbar wirkend. Aber es hatte ihr Leben von einer Sekunde zur anderen zerstört.

39

Das Bett war viel zu eng, die Decke zu heiß, sie drohte unter ihr zu ersticken. Unruhig wälzte sich Andrea hin und her, stöhnte auf und richtete sich für Sekunden im Bett auf – um gleich wieder zurückzusinken und sich an die dumpf pochende Stirn zu fassen.

Und dann war da auf einmal Kim. Sie kam durchs Fenster, schob den Vorhang zur Seite und setzte sich auf ihr Bett. Das rote Mützchen leuchtete im fahlen Licht, die bunten Perlen, mit denen der Rand bestickt war, fielen auf einmal herunter, direkt auf Andreas Gesicht. Es war eine kühle, glänzende Schicht, die ihr immer mehr die Luft zum Atmen nahm.

»Komm mit.« Kim streckte die Hand aus. »Bei mir ist es schön. Das weiße Rentier wartet schon … wir können beide auf ihm reiten. Komm, Doktor Andrea! Komm mit!«

»Nein! Nein, ich kann nicht!« Sie wehrte Kims kleine Hände ab, doch die hielten ihre Finger eisern fest.

»Lass mich los!« Andrea setzte sich im Bett auf. Aus weit aufgerissenen Augen sah sie Birgit Nerhus an, die ihre Finger fest umschlossen hielt. »Du? Was ist los?« Ihr Blick ging zum Fenster. Es war geschlossen, die Vorhänge zugezogen. Von Kim keine Spur.

»Das frage ich dich.« Birgit sah Andrea kopfschüttelnd an. »Du hast im Schlaf laut geschrien, da bin ich hergekommen.« Sie legte ihr die Hand auf die Stirn. »Himmel, du hast ja Fieber!«

»Ach was! Mir fehlt nichts.«

»Wo, um Himmels willen, hast du dich so stark erkältet?«

»Gestern ...« Aufstöhnend sank Andrea zurück. Mit einem Schlag kam die Erinnerung zurück. Magnus. Die Nachricht von Lilian auf seinem Handy. Die Fahrt hinüber zur Insel, wo der alte Olaf lag und mit dem Tod rang. Sie hatte nicht mehr viel für ihn tun können, er weigerte sich nach wie vor, in die Klinik zu gehen.

»Ich spüre es, meine Zeit ist gekommen«, hatte er gesagt und kurz nach Andreas Hand gegriffen. »Sag nichts mehr, es ist alles gut so, wie es ist. Danke, Doktor ... mach es gut. Bleib hier bei uns.« Dann war er wieder in einen leichten Dämmerschlaf gefallen.

»Er müsste in die Klinik, hier kann ich gar nichts für ihn tun. Sein Herz ... vielleicht kann ihm eine Operation noch helfen«, hatte sie zu Trine gesagt.

Doch die hatte den Kopf geschüttelt. »Ich hab meinen Mann angerufen, er sagt auch, dass wir Vaters Willen respektieren sollen. Er will daheim sterben, also soll es so sein.« Sie hatte Andrea bittend angesehen. »Kommst du dann noch einmal her, wenn es so weit ist?«

»Natürlich.«

Nach Olaf besuchte sie noch eine fünfzigjährige Frau, die mit Mann und drei Hunden auf einer Insel weiter südlich lebte. Eigentlich gehörte die Insel zur Gemeinde Reine, doch Johan Ecklund war mit der Familie Hakonsen seit Jahrzehnten befreundet, man rief bei ihm an, wenn dringende medizinische Hilfe notwendig war.

Diesmal war es Ditte Hakonsen, die schwer gestürzt war. Ein paar Rippen waren gebrochen, der linke Fuß geprellt. Andrea versorgte Ditte, so gut sie es konnte, ließ Schmerztabletten und eine abschwellende Salbe da.

Auf der Rückfahrt kamen sie in einen Sturm, der das kleine Boot auf den Wellen tanzen ließ.

Björn hatte alle Mühe, den Kurs zu halten. »Ich hab ja gesagt, dass wir uns beeilen müssen.« Er sagte es ruhig, ohne jeden Vorwurf.

»Tut mir leid, aber Ditte musste versorgt werden.« Ohne dass sie es wollte, begann Andrea zu weinen. Zum Glück war Björn vollauf damit beschäftigt, das kleine Boot durch die Wellentäler zu manövrieren, so dass er nicht bemerkte, was mit der Ärztin los war.

Andreas Tränen mischten sich mit den Regentropfen, die jetzt wie Perlenschnüre zur Erde fielen. Groß und hart klatschten sie auf die Haut, und der alte Wachstuchumhang, den Trine ihr geliehen hatte, konnte nur wenig vor der Nässe schützen.

Sie atmete auf, als Björn das Boot endlich an Land gebracht hatte und vertäute. Ihre Finger waren eisig kalt, sie konnte kaum zufassen, als er ihr seine Hand entgegenstreckte, um ihr aus dem Boot zu helfen.

»Du musst lange und sehr heiß duschen«, riet Björn ihr, »sonst gibt das einen Schnupfen, der sich gewaschen hat.«

»Du aber auch.«

Er winkte ab. »Ich bin so ein Wetter gewöhnt, mir machen Kälte und Nässe nicht viel aus. Bis dann, Doktor Andrea. Ruf ruhig an, wenn du mich wieder brauchst.«

Er rannte hinüber zu seinem alten Auto. Andrea hörte

den Motor aufheulen, sah zwei Lichter, dann schloss sich die Haustür hinter ihr.

Birgit schlief schon, und um sie nicht zu wecken, machte Andrea so wenig Lärm wie möglich. Eine kurze Dusche musste reichen, dann kroch sie zähneklappernd unter die Bettdecke. Und hier, in der Geborgenheit ihres Zimmers, gab sie sich endlich ganz ihrem Schmerz hin.

Magnus … war er wirklich so ein gemeiner Lügner?

Er ist wie Jonas, sagte eine gehässige Stimme in ihrem Hinterkopf. Hier liebt er dich, auf dem Festland wartet dann Lilian. Wie praktisch!

»Ohne mich«, murmelte Andrea und zog die Bettdecke noch höher über den Kopf. »Ohne mich. Ich lasse mich nie wieder belügen und betrügen.«

Sie weinte, bis die Erschöpfung größer war als Enttäuschung und Wut. Den Kopf in das nasse Kissen vergraben, schlief sie ein. Doch es war kein ruhiger, erholsamer Schlaf. Wirre Träume quälten sie, sie sah Traumgesichter, die ihr Angst machten.

Kim … warum wurde das liebe kleine Gesicht auf einmal zur Fratze? Warum wollte Kim sie mit sich in dieses undurchdringliche Grau ziehen, von dem sie, Andrea, nicht wusste, wo es hinführte? Wer hatte das weiße Rentier geschickt, das einen roten Sattel aufliegen hatte und jetzt vor ihr in die Knie ging, damit sie leichter aufsteigen konnte?

Und Ole … er winkte ihr zu, in der linken Hand hielt er einen Revolver, in der rechten glitzerten Perlen und Brillanten. Jetzt hob er die Hand, zielte … aber nicht auf sie, sondern auf Magnus, der Kim an der Hand hielt und auf sie zugeschwebt kam.

»Nein! Nicht! Magnus ... nein!«

Birgit Nerhus hatte Mühe, die junge Ärztin in die Kissen zurückzudrücken. Immer wieder murmelte sie beruhigende Worte, flößte Andrea Tee oder Wasser ein, zog ihr ein frisches Nachthemd an und machte Wadenwickel. Doch die halfen kaum, ebenso wenig wie die Medikamente, die Birgit nach Anweisung von Johan, den sie in der Klinik anrief und um Rat fragte, verabreichte.

Vier Tage lang dämmerte Andrea vor sich hin. Als sie endlich wieder klar war, schien sie ein anderer Mensch zu sein. Still. In sich gekehrt. Mit blassem Teint und unendlich traurigen Augen.

Magnus, der in Oslo seine Vortragsreihe hielt, rief einige Male an, doch Birgit konnte ihn nie mit Andrea verbinden, die Kranke war gar nicht in der Lage zu telefonieren. Und Birgit erfand eine Ausrede nach der anderen.

»Was ist los?« Magnus' Stimme klang nervös. »Ich spüre doch, dass etwas nicht stimmt. Birgit, lüg mich nicht an.«

»Sie ist krank. Hat sich erkältet. Aber es geht schon wieder.«

»Das glaub ich nicht.« Magnus' Stimme klang gepresst. »Sag mir, was los ist. Ich ... ich habe einfach keine Ruhe. Und fatalerweise hab ich irgendwo mein Handy verloren. Es ist lästig, vom Hotelzimmer aus zu telefonieren. Bitte, Birgit ... sag mir ehrlich, was mit Andrea ist.«

»Sie wird schon wieder. Mach dir keine Sorgen.« Dann unterbrach sie einfach das Gespräch und ging nicht mehr ans Telefon.

Magnus aber ließ nicht locker. Jeden Morgen und jeden Abend rief er an, doch Birgit legte auf, sobald sie seinen

Namen hörte. Am vierten Tag, es war früher Nachmittag, meldete Magnus sich erneut. »Leg nicht wieder auf, Birgit. Ich flehe dich an. Lass mich endlich mit Andrea reden!«

»Na gut.« Sie brachte das Telefon ins Zimmer zu Andrea, doch die winkte ab.

»Nein, ich will nicht mit ihm reden.« Sie schrie es laut heraus, so dass Magnus es hören musste. Dann drehte sie den Kopf zur Wand.

»Aber … er macht sich Sorgen.« Birgit hielt ihr das Telefon ans Ohr, doch Andrea schlug es weg. Mit einem Ruck drehte sie den Kopf und sah Birgit mit starrer Miene an.

»Wenn du nicht willst, dass ich sofort zurück nach Deutschland reise, dann lass das. Sprich nie wieder von ihm!«

40

Es dämmerte bereits, als Magnus Hallström das Gebäude der altehrwürdigen Universität in Oslo verließ. Heute hatte er seinen letzten Vortrag gehalten und war mit großem Beifall bedacht worden. Auch an den beiden vorherigen Tagen durfte er sich über ein aufmerksames, interessiertes Publikum freuen, das seine Forschungsergebnisse würdigte. Die Diskussionen am Ende der Vortragsreihe waren lebhaft und ließen das Interesse der Zuhörer an der dargestellten Problematik erkennen.

Magnus und seine Kollegen konnten hoffen, weitere Unterstützung bei ihren Projekten zu erhalten.

Mit James und Henny, einer dänischen Kollegin, trank er noch ein Glas Bier zum Abschluss, dann verließ er allein das Gebäude. James wollte mit ein paar Bekannten noch in eins der vielen Lokale an der Åker Brygge gehen, doch dazu hatte Magnus keine Lust. Er machte sich Sorgen um Andrea. Um ihre Gesundheit, aber auch um ihre Beziehung.

Was war geschehen? Warum wollte Andrea nicht mit ihm sprechen, ihn nicht sehen?

Mit raschen Schritten überquerte er den Platz vor der Juristischen Fakultät, die mit ihren klassizistischen Säulen an das Alte Museum in Berlin erinnerte. Er wollte rasch in sein Hotel und von dort aus versuchen, den schnellstmöglichen Flug zu den Lofoten zu bekommen.

Er hatte den Eingang des Hotels noch nicht erreicht, als neben ihm ein roter Sportwagen bremste. »Hab ich dich erwischt!« Ohne sich darum zu kümmern, dass sie im Halteverbot stand, schwang Lilian die langen Beine aus dem kleinen Flitzer und kam auf Magnus zu. »Endlich bist du mit deinen Vorträgen fertig. Ich hab's kaum erwarten können.«

»Und aus lauter Langeweile hast du dir ein neues Spielzeug zugelegt.« Er zeigte auf das Cabrio.

»Der ist nur geliehen.« Sie wollte Magnus umarmen, doch er schob sie brüsk von sich.

»Lass es, Lilian!«

»Sei doch nicht so schrecklich spießig!« Sie lachte viel zu laut auf und warf das lange Haar in den Nacken. Dass ein paar Autofahrer erregt hupten, da sie mit dem Cabrio die halbe Straße versperrte, kümmerte sie nicht.

»Fahr endlich den Wagen zur Seite.« Magnus wies auf den roten Flitzer. »Du riskierst noch, dass du einen Strafzettel bekommst oder man den Wagen abschleppt.«

Wieder kicherte sie albern und grundlos. »Dann wäre ja das Parkplatzproblem gelöst.«

In diesem Moment kam ein Page aus dem Hotel und bot an, den Wagen in die Tiefgarage zu fahren.

»Fein, mach das.« Ehe Magnus reagieren konnte, hatte sie dem Jungen den Wagenschlüssel zugeworfen. Dann hakte sie sich bei Magnus ein. »Komm mit! Ich schreie sonst die ganze Straße zusammen.«

»Du bist verrückt. Lass mich los!«

»Nein!«

»Lilian ... du benimmst dich kindisch.«

»Komm mit! Nur auf einen Drink. Sonst mach ich dir

eine Szene, die du nie vergisst.« Sie stieß einen unterdrückten Schrei aus.

Er seufzte ergeben auf. »Einverstanden. Aber jetzt sei still.« Er umfasste ihren Arm und führte sie in die Lobby. Das Aufsehen, das sie bisher bereits erregt hatten, war ihm unendlich peinlich.

»Puh, bist du stark.« Lilian tänzelte neben ihm her, und Magnus fragte sich, was heute mit ihr los war. So kindisch und albern hatte sie sich noch nie benommen.

»Musst du eigentlich nicht mal wieder arbeiten?« Er drückte sie in einen der hellblauen Veloursessel. Auf den runden Tischen standen dunkelblaue Glasvasen, in denen gelbe Astern und Rosen kunstvoll arrangiert waren.

Ungeniert zupfte Lilian eine Rose aus dem Strauß vor sich und hielt sie sich vors Gesicht. »Wann hast du mir eigentlich das letzte Mal Rosen geschenkt?« Stirnrunzelnd sah sie Magnus an. »Du lässt nach, mein Lieber. Ich muss mich ernsthaft beschweren.«

»Lilian!« Er nahm ihre freie Hand und hielt sie fest. »Wie oft soll ich es dir noch sagen. Es ist aus zwischen uns! Und deshalb schenke ich dir auch keine Rosen mehr.«

»Du bist gemein!«

»Und du benimmst dich wie ein trotziges Kind.«

Fest presste Lilian die Lippen zusammen. Eine Weile blieb es still zwischen ihnen. Eine Reisegruppe von mindestens fünfzehn Japanern durchquerte die Halle, lebhaft sprachen sie auf die drei jungen Damen an der Rezeption ein. Zwei distinguiert aussehende Herren in dunklen Business-Anzügen machten einen großen Bogen um die Gruppe, ehe sie im Aufzug entschwanden.

»Wieso wohnst du eigentlich hier?« Lilian stand auf. »Im Grand-Hotel ist es besser.«

»Du weißt doch, dass ich auf übertriebenen Luxus keinen Wert lege. Das Haus hier liegt zentral und bietet jeden Komfort. Mir zumindest genügt es.«

»Wenn du meinst ...« Sie stand auf. »Gehen wir hoch auf dein Zimmer? Ich hab Durst.«

»Dann komm mit in die Bar.«

»Nein. Die ist nicht schick. Ich weiß was Besseres.« Sie schmiegte sich an ihn. »Wenn du jetzt nicht willst, gehen wir eben ins *Dreamtime*. Da gibt es die besten Drinks der Stadt.«

Um sie nicht ganz zu verärgern und eine weitere Szene zu vermeiden, tat er ihr den Gefallen. Draußen vor dem Hotel griff Lilian nach seiner Hand, und so gingen sie hinüber zur *Karl Johans Gata*, der Flaniermeile der Stadt. In dem schlauchartigen Lokal ging es hoch her. Viele junge Leute genossen ihren *afterwork-drink* und versuchten, neue Kontakte zu knüpfen. Zwei blonde junge Frauen in weißen Blusen saßen am Ende der langen Theke und winkten Lilian zu.

»Das sind ehemalige Kolleginnen. Sie haben die Uniformjacken vorsichtshalber abgelegt.« Lilian winkte zurück. »Aber die will ich nicht sprechen. Komm, da drüben ist noch Platz.«

»Wieso sind es ehemalige Kolleginnen?«

»Ach, ich hatte keinen Bock mehr auf die Fliegerei. Mit der Zeit wird das öde.« Lilian zuckte mit den Schultern. »Ich hab gleich nach meinem Karibikurlaub gekündigt.«

»Davon hast du mir nichts erzählt.«

»Ist doch auch nicht wichtig. Ich will mich jetzt viel mehr um dich kümmern.« Sie legte ihm die Hand auf den

Arm, mit der anderen winkte sie dem Kellner und bestellte Champagnercocktails.

Magnus widersprach nicht, obwohl ihm ein Martini oder ein kühles Bier viel lieber gewesen wären.

Noch bevor sie ihr Glas geleert hatte, sprang Lilian auf. »Da ist Tom. Hei, Tom!« Sie winkte einem gutaussehenden Mann um die vierzig zu. Er hatte dunkles Haar und trug ein rosafarbenes Hemd mit weißem Kragen. Er saß mit drei anderen Männern an einem Ecktisch und hob jetzt knapp die Hand, um Lilians Gruß zu erwidern. Allzu erfreut schien er über die Begegnung nicht zu sein.

»Einer deiner Flirts?«

»Was du nun wieder denkst! Er ist ein bekannter Galerist. Wir kaufen immer mal was von ihm. Er hat tolle Sachen.«

»Wir? Du meinst wohl, dein Vater zahlt. Vor allem jetzt, wo du noch nicht mal mehr dein Taschengeld selbst verdienst.« Die Spitze, fand er, musste sein.

»Sei nicht so kleinlich! Du musst doch am besten wissen, dass Paps alles nur für mich tut. Warum soll ich mich mit aufgeblasenen Pursern und arroganten Kapitänen rumärgern? Die scheuchen mich nicht länger. Mich nicht! Das hab ich gar nicht nötig. Schließlich bin ich eine Blomquist.«

In einem Gefühl der Ohnmacht presste Magnus die Lippen aufeinander. O ja, das wusste er! Und er wusste auch, dass Kjell Blomquist nicht einmal vor einer Erpressung zurückschreckte, um an das Ziel seiner Wünsche zu gelangen.

»Ich geh mal kurz rüber zu Tom.« Und schon war Lilian im Gedränge, das in der Bar herrschte, verschwunden.

Magnus bemerkte sie erst nach einer Weile wieder. Er sah, wie sie den Galeristen rechts und links auf die Wangen küsste und dann wild gestikulierend auf ihn einredete, als er den Kopf schüttelte. Schließlich stand der dunkelhaarige Mann auf und wandte sich zur Tür. Seine Lederjacke, hellgrau mit weißem gewachsten Lammfell, hatte er lässig über die Schulter geworfen.

»Magnus, Liebling, ich bin gleich wieder bei dir.« Lilian, mit glänzenden Augen und kleinen nervösen Flecken im Gesicht, kam zu ihm zurück. »Du, Tom hat ein tolles neues Bild, das er mir zeigen will. Es ist von meiner Lieblingsmalerin. Ich werde es Paps zum Geburtstag kaufen.«

»Ein Bild deiner Lieblingsmalerin. Aha!« Ironie schwang in Magnus' Stimme mit. »Bisher habe ich gar nicht gewusst, dass du dich für Kunst interessierst. Zumindest hast du vor einigen Monaten mal gesagt, du wärst noch nie im Munch-Museum gewesen.«

»Na und? Bei uns hängt auch ein Bild von Edvard Munch. Das reicht mir. So was Düsteres deprimiert mich nur. Aber das heißt nicht, dass ich keine guten Bilder mag. Solche, wie sie zum Beispiel Evelyn Wahlstrom malt. Das ist die Künstlerin, von der Tom in den letzten Jahren immer wieder was kauft. Du wirst auch begeistert sein von ihren Bildern. Sie lebt übrigens auf den Lofoten, und da bist du doch so gern in letzter Zeit«, fügte sie spitz hinzu.

Abrupt stand er auf. »Gut, dass du es sagst. Ich muss zurück nach Stamsund. Und zwar noch heute.«

»Nein! Wenn du jetzt gehst …«

»Sag's dem Papa. Es stört mich nicht.« Er griff nach seinem dunkelblauen Cordjackett, das er über den freien

Stuhl neben sich gelegt hatte, nahm die Collegemappe mit seinen Referatsunterlagen und ging zur Tür.

Lilian folgte ihm, wütend, mit fest zusammengepressten Lippen. Draußen vor dem Lokal zischte sie: »Mistkerl! Aber das wirst du büßen.« Dann lief sie zu dem Galeristen, der bereits auf der anderen Straßenseite stand.

»Bist du dir über die Konsequenzen im Klaren?« James Hower polierte so intensiv seine Brille, dass Magnus schon befürchtete, der schmale Goldrand würde brechen. »Wenn uns Kjell Blomquist wirklich die Geldmittel streicht, können wir das Schiff nicht mehr halten. Du hast selbst gesagt, dass er die *Black Nessy* und ihre Einsätze zu einem großen Teil finanziert. Und auch das Institut wird große Einschränkungen hinnehmen müssen ohne seine Spenden.«

»Tut mir leid.« Magnus biss sich auf die Lippe. Die beiden Männer saßen in der Bar ihres Hotels und tranken Rotwein. Eigentlich hatten sie noch mal auf den Erfolg der Vortragsreihe anstoßen wollen, doch daran dachte im Moment niemand. »Versetz dich doch mal in meine Lage. Ich liebe Lilian nicht, sie war ein etwas intensiverer Flirt. Doch so ein tiefes Gefühl, wie ich es für Andrea empfinde, gab es für sie nie. Wir hatten viel Spaß zusammen, das gestehe ich ein, aber Liebe ... nein, Liebe ist das, was ich für Andrea empfinde. Nur mit ihr will ich leben, meine Zukunft gestalten. Wie kann ich mich da von Blomquist kaufen lassen? Es wäre ein schrecklich hoher Preis, den ich zahlen müsste, um das Institut zu halten, meinst du nicht auch?«

James setzte die Brille wieder auf. Er legte Magnus einen Arm um die Schultern, als er sagte: »Du hast recht.

Sorry. Es war zu egoistisch von mir. Ich denke nicht, dass einer von uns anders handeln würde als du, wenn wir an deiner Stelle wären.« Er gab dem Jüngeren einen leichten Stoß. »Und jetzt mach dich fort. Andrea wartet sicher schon voller Sehnsucht.«

»Sie ... sie ist krank. Und sie will nicht mit mir reden.«

»So schlecht geht es ihr?« James rutschte von seinem Barhocker, um einer älteren Dame in einem eleganten grauschwarzen Kostüm Platz zu machen, die in Begleitung von fünf ähnlich distinguiert wirkenden Herren hereingekommen war. Sie nickte ihm dankbar zu, dann vertiefte sie sich gleich wieder in die Unterhaltung mit dem grauhaarigen Herrn zu ihrer Rechten.

Die beiden Forscher gingen, ihre Gläser in der Hand, zu den hohen Fenstern der Bar. Davor standen ein paar Bänke, die mit grünem Leder bezogen waren. Sie setzten sich und tranken ihre Gläser aus.

Gedankenverloren sah Magnus in das Glas, an dem, hellrot und in zarten Fäden, die letzten Tropfen Rotwein entlangliefen. »Nein. Sie ist auf dem Weg der Besserung, hat mir Birgit Nerhus erzählt. Es muss etwas Furchtbares passiert sein. Und ich werde herausfinden, was es war, das sie so verstört hat. Und was sie so wütend auf mich macht, dass sie nicht mal mit mir reden will.« Er atmete schwer. »Sollten Lilian oder ihr Vater dahinterstecken ... gnade ihnen Gott!«

41

»Man merkt, dass der Sommer zu Ende geht. Es wird stürmisch und kalt.« Evelyn Wahlstrom legte einen weiteren Holzscheit in den Kamin. »Eigentlich ist es noch zu früh. Aber hier oben muss man immer wieder mit einem solchen Wettereinbruch rechnen. Ein Glück, dass du dich schon darauf eingestellt hast.« Sie sah Andrea an, die vor dem Kamin in einem Sessel saß und sich die kalten Hände an einer Kaffeetasse wärmte. Zu den Jeans trug sie einen hellen Rollkragenpullover mit apartem Zopfmuster. Das Haar hatte sie zu einem lockeren Knoten gebunden. Allerdings hatten sich einige Haarsträhnen gelöst, die sich jetzt in kecken Löckchen um Andreas schmales Gesicht ringelten.

Draußen tobte einer der ersten Herbststürme des Jahres über die Inseln. Wild zerrte der Wind an den Fahnenmasten, die am Hafen aufgereiht standen, er ließ die Fischerboote einen Wellentanz aufführen und vertrieb mit dem Regen, den er mitführte, die Touristen von den Aussichtspunkten an den Klippen und aus den engen Gassen von Kabelvåg. Einige von ihnen besuchten die Lofot-Kathedrale, eine große, imposante Holzkirche, die an der neu angelegten Europastraße 10 stand und Zeugnis davon ablegte, dass der Ort um das Jahr 1900 noch das Zentrum der Lofoten gewesen war. Diejenigen, die sich mehr für die Tierwelt interessierten, gingen ins Aquarium am Westrand der Stadt, wo sie sich die ganze Wasserfauna der Lofoten anschauen konnten.

»Ist dir immer noch kalt? Rück doch noch ein bisschen näher ans Feuer.« Besorgt sah Evelyn Wahlstrom ihre Besucherin an. Am späten Nachmittag war Andrea gekommen, sie hatte Evelyn umarmt und nur gesagt: »Kann ich mit dir reden?«

Doch jetzt saß sie reglos am Kamin und sprach kein Wort. Sie reagierte auch kaum, als Evelyn eine Schale Nussgebäck vor sie hinstellte. Wie ein Häufchen Elend saß sie im Sessel, den Kopf zwischen die Schultern gezogen, die Beine eng zusammengepresst, und starrte in die Flammen, die leise aufzischten, als ein Scheit zerfiel. Kleine Funken sprühten auf, verglommen aber innerhalb weniger Sekunden.

Evelyn ging kurz hinüber in ihr Atelier und ließ die Rollläden herunter. Dabei sah sie kurz in ihren Garten, wo Blütenblätter und kleine Zweige wild durch die Luft gewirbelt wurden. Nur die vier Bronzefiguren an ihrem Brunnen, den sie vor zehn Jahren selbst gefertigt hatte, trotzten wie eh und je der Witterung.

Als sie in den Wohnraum zurückkam, hatte Andrea ihren Kaffee getrunken und saß, die Beine unter den Körper gezogen, im Sessel. »Magnus hat mich belogen.« Nur diese vier Wörter, doch sie verrieten alles, was sie bewegte: ihren Schmerz, ihren Zorn, ihre Verzweiflung, die Trauer und diese elende Hilflosigkeit, die sie zu lähmen drohte.

»Das glaube ich nicht!«

»Es ist aber so. Diese Lilian … ich nehme an, sie kriegt ein Kind von ihm.« Tränen liefen ihr bei diesen Worten über die Wangen.

»Wie kommst du denn darauf?« Evelyn setzte sich zu ihr auf die breite Sessellehne und legte ihr den Arm um die zuckenden Schultern.

»Ich ... ich habe die Nachricht auf seinem Handy gefunden. Er hat es bei mir vergessen.« Sie hielt inne und starrte zum Fenster. Es war, als würde sie die einzelnen Regentropfen zählen wollen, die an der Scheibe herunterliefen.

»Und was stand in der Nachricht?«

»Dass sie eine wundervolle Neuigkeit für ihn hat. Und dass sie ihn vermisst.«

»Nun ja, das kann alles und nichts bedeuten. Vor allem heißt es nicht, dass sie schwanger ist.«

»Aber ...«

Evelyn stand auf und goss frischen Kaffee nach. Diesmal gab sie einen Schuss Cognac dazu. Ein bisschen Nervennahrung kann nicht schaden, sagte sie sich. Und Alkohol in Maßen genossen ist wie Medizin.

»Magnus liebt dich. Nur dich. Glaub mir das. Was immer diese Lilian mal für ihn bedeutet haben mag – es ist Vergangenheit.«

Andrea schüttelte den Kopf. »Wenn ich das nur glauben könnte. Aber er ist wie Jonas, egoistisch und unehrlich.«

Evelyn stellte ihre Tasse auf einem kleinen runden Tisch ab, dessen Platte aus gehämmertem Messing war. Der Tisch war eines von vielen Erinnerungsstücken an ihre Reisen. In Marokko hatte sie vor mehr als zehn Jahren diesen Tisch entdeckt und mitgenommen. Sie griff zur Cognacflasche und schenkte sich und Andrea noch einmal nach. »Reg dich nicht auf, sonst bekommst du noch einmal Fieber. Siehst sowieso so elend aus wie eine Robbe nach dem Häuten.«

»Danke. Das Kompliment hat mir gerade noch gefehlt.« Ein kleines Lächeln umspielte ihre Lippen.

»Na also, geht doch. Lach die Sorgen einfach weg! Und sprich mit Magnus. Er wird dir sicherlich für alles eine logische Erklärung geben können.«

»Ich will ihn nicht …« Mitten im Satz klingelte ihr Handy. Sie sah kurz aufs Display, dann meldete sie sich. »Carina, hallo!«

»Hei, Andrea. Alles in Ordnung bei dir?« Die Anruferin wartete keine Antwort ab, sondern sprach gleich weiter: »Du, ich bin ein bisschen im Stress, deshalb nur so viel: Der alte Ole scheint tatsächlich unschuldig zu sein. Nein, er ist es definitiv. Ich habe die Kollegen um Akteneinsicht gebeten und gelesen, dass der Zeuge, der ihn gesehen haben will, ihn nicht genau beschreiben konnte. Einen Samen hat er gesehen, mehr nicht. Und diesen Samen hat man dann auch aufgestöbert – einen Kleinkriminellen, der sich seit Jahren in der Stadt herumtrieb und nur zufällig am Tatort war. Der dritte Täter ist nach wie vor flüchtig.«

»Und warum hat man Ole nicht informiert?« Andrea war wie elektrisiert, mit einem Schlag waren die eigenen Probleme vergessen. »Er hat schließlich ein Recht darauf zu erfahren, dass man ihn zu Unrecht beschuldigt hat.«

»Er war verschwunden. Niemand wusste, wo er sich aufhielt. Eigentlich weiß man es auch heute noch nicht. Seine Familie hatte, als man sie informierte, angeblich auch lange Zeit nichts mehr von ihm gehört.«

»Aber den Fall kann man doch nicht so einfach ad acta legen.«

»Sollte auch nicht passieren. Aber der zuständige Kriminalbeamte verstarb ganz plötzlich, sein Nachfolger hat sich wohl nicht mehr so intensiv mit der Angelegenheit beschäftigt, wie es notwendig gewesen wäre.«

»Das ... das ist ...«

»Das ist eine Riesensauerei. Ich weiß. Aber wir können jetzt nur eins tun, nämlich versuchen, Ole zu finden.« Carina räusperte sich. »Du, wir reden morgen oder übermorgen weiter, ja? Ich muss dringend los, unten ist gerade der Streifenwagen vorgefahren, der mich abholt. Meine erste Leiche auf den Lofoten wartet. Es ist auch noch eine Wasserleiche, ziemlich unangenehm.«

»Na dann ... Danke, dass du mich noch angerufen hast.«

»Hab ich doch versprochen. Dann bis morgen, ja?«

»Ja. Bis morgen.«

»Ole ist unschuldig.« Andrea war wie verwandelt. Für eine Weile waren Enttäuschung, Wut und Trauer in den Hintergrund getreten. »Stell dir vor, der arme Mann hat sich umsonst so lange versteckt gehalten.«

»Und jetzt? Wo soll man ihn aufspüren? In diesem Land ist es relativ leicht unterzutauchen«, sagte Evelyn.

»Du hast ja recht.« Andrea trank ihre Tasse aus und stellte sich dicht vor den Kamin. »Aber so etwas darf man nicht auf sich beruhen lassen.« Sie sah Evelyn an. »Du hast ihn doch auch kennengelernt – ihn und Kim. Hast du keine Idee?«

»Komm mal mit!« Ohne darauf zu warten, ob Andrea ihr folgte, ging Evelyn Wahlstrom wieder in ihr Atelier. »Das habe ich in den letzten beiden Tagen fertig gemacht«, sagte sie leise und zog ein mit hellgrauen und kleinen roten Farbspritzern bedecktes Tuch von der Staffelei.

»Kim!« Andrea trat dichter vor die Staffelei. »Das sind Kim … und Ole.« Sie drehte sich zu Evelyn um. »Sie sehen aus, als würden sie gleich von der Leinwand steigen.«

»Das Bild zu vollenden war schwierig. Selten schwierig, offen gestanden. Irgendwas hat mich gequält, ich wusste nur nicht, was es war. Aber jetzt ist es klar …« Sie wies auf einen Schatten am linken oberen Rand des Bildes. Wie ein Schemen schwebte ein dunkelgrauer Totenschädel über der bergigen Eiswüste, die den Hintergrund des Bildes bildete. »Das ist der wahre Mörder.« Sie atmete auf. »Es ist gut, dass Ole vollständig rehabilitiert werden kann.«

»Man muss ihn nur finden und ihm sagen, dass er sich nicht länger zu verstecken braucht. Die Frage ist nur, wo man ihn suchen könnte.«

Evelyn hängte das Leinentuch wieder über die Staffelei. »Seine Verwandten wissen mit Sicherheit, wo er sich aufhält. Zumindest einige von ihnen.« Sie lächelte. »Die Clans halten zusammen, da verrät niemand den anderen. Es ist ein Familiengefüge, wie wir es gar nicht kennen.«

»Stimmt …« Andrea sah in die zuckenden Flammen. Sie dachte an die alte Schamanin. Vielleicht war es möglich, sie aufzuspüren und ihr zu sagen, was die polizeilichen Ermittlungen ergeben hatten. Die Schamanin wusste mit Sicherheit, wo Ole jetzt zu finden war.

Andrea griff zu der Kette, an der das Amulett hing, das ihr die Alte geschenkt hatte. Sie trug es immer, wenngleich sie auch nicht an eine übersinnliche Kraft des Talismans glaubte. In ihre Überlegungen hinein klingelte es stürmisch an der Haustür.

»Hilfe! Hilfe, Tante Evelyn!« Eine helle Stimme, in der Tränen mitschwangen, war zu hören.

Langsam ging Andrea zur Tür und hörte, wie Evelyn in einem Dialekt, den sie nur schwer verstehen konnte, auf ein etwa zehnjähriges Mädchen einsprach.

»Was ist passiert?«

»Kirstins Vater ... er hat sich bei der Arbeit verletzt. Hast du deine Notfalltasche dabei?«

»Natürlich.« Andrea griff nach ihrer Wetterjacke, dann lief sie zum Wagen, wo die Tasche lag.

»Wir können zu Fuß gehen. Haakon und Kirstin wohnen dort drüben.« Evelyn schrie gegen den Sturm an, mit ausgestrecktem Arm wies sie zu einem Haus, das nur etwa zweihundert Meter entfernt auf einer Klippe stand. Es war ein altes, aus Bruchstein errichtetes Gebäude, das trutzig und ein bisschen düster wirkte.

Evelyn hatte Kirstins Hand genommen, und so schnell wie möglich liefen die drei über den vom Regen aufgeweichten Feldweg. Das Haus lag im Dunkeln, nur aus einem Fenster im ersten Stock drang Helligkeit.

»Papa ist noch im Atelier. Er hat nach mir gerufen.« Jetzt sprach Kirstin gut verständliches Norwegisch. Sie ging zur Seitenfront und öffnete eine breite, grün gestrichene Tür. Es war deutlich zu erkennen, dass sich hier einmal ein Stall befunden hatte. Jetzt aber war es die Werkstatt eines Bildhauers.

Nur flüchtig sah sich Andrea in dem großen Raum um, der von drei breiten Neonleuchten an der Decke erhellt wurde. An der linken Seite lagerten ein paar unbehandelte Felsstücke, in der Mitte des Raumes, auf einem breiten Holzblock, stand eine Frauenfigur aus hellem Ahornholz. Auf dem Arbeitstisch in der Mitte befand sich eine kleine Bronzeskulptur. Davor hockte ein breitschultriger blonder Mann mit Dreitagebart. Er hielt den linken Unterarm, der mit einem Lappen notdürftig verbunden war, fest umklammert. Blut tropfte auf den Holztisch.

»Haakon! Um Himmels willen, was ist passiert?« Evelyn trat hinter ihn und legte ihm die Hand auf die Schulter.

»Bin abgerutscht. Da …« Er machte eine knappe Kopfbewegung zu der Holzskulptur hin. Auf der Erde lagen ein Holzhammer und ein scharfes Messer, das voller Blut war. »So ein Mist! Das ist mir ewig nicht mehr passiert.«

Andrea zog sich sterile Handschuhe über.

Stirnrunzelnd blickte der Bildhauer sie an.

»Ich bin Dr. Sandberg. Du hast Glück, ich war gerade bei Evelyn zu Besuch.« Sie griff nach seinem Arm. »Lass mal sehen!«

Er zögerte sichtlich.

»Stell dich nicht so an, Haakon. Sie arbeitet bei Johan Ecklund«, erklärte Evelyn. »Sei lieber froh, dass sich eine gut ausgebildete Chirurgin um dich kümmert. Wer weiß, an wen du geraten wärst, wenn man dich in die Klinik gefahren hätte.«

»An einen ordentlichen Doc, denke ich.«

»Tja, den Notdienst könnte, zum Beispiel, an diesem Abend ein Gynäkologe versehen. Das wäre nicht ganz passend, oder?« Andrea blieb gelassen. Sie hatte inzwischen gelernt, dass Ruhe und eine gewisse Form der Abgeklärtheit nur von Vorteil waren.

»Papa, du blutest!« Kirstin war, unbemerkt von den Erwachsenen, näher gekommen und sah nun voller Entsetzen auf ihren verletzten Vater. Der Verband war inzwischen vom Blut völlig durchtränkt.

»Komm, Kleines, wir gehen raus. Hier stören wir nur.«

Rasch wandten Evelyn und Kirstin sich dann ab, da Andrea gerade den provisorischen Verband löste. Sie sog zischend die Luft ein, als sie den tiefen Schnitt sah, der sich über den halben inneren Unterarm zog.

»Die Schlagader ist zum Glück nicht verletzt«, stellte sie fest.

»Und woher willst du das wissen? Es blutet doch wie verrückt.« In Haakons Stimme schwang Skepsis der jungen Ärztin gegenüber mit.

»Hättest du die Schlagader getroffen, dann wärst du sicher nicht mehr bei Besinnung. Und die Blutlache hier wäre größer.« Andrea versuchte die längliche Wunde zu säubern, um besser sehen zu können. »Hättest mal lieber einen sauberen Lappen nehmen sollen, um die Blutung zu stillen. Das wird sicher eine Sepsis.«

Er erwiderte nichts, denn das Desinfizieren der Wunde brannte höllisch, und der große Mann musste die Zähne zusammenbeißen, um nicht laut aufzustöhnen.

»Geht's noch?« Forschend sah ihn Andrea an. Er besaß ein fein geschnittenes Gesicht, wie ihr erst jetzt auffiel. Grüne Augen unter buschigen Brauen sahen sie skeptisch an. Sein Haar war etwas zu lang, doch es stand ihm gut. So, wie das verwaschene Jeanshemd genau zu seinem Typ passte.

»Ich denke, es reicht, wenn ich die Wunde mit ein paar Klammern schließe und dann verbinde. Hinterher eine Tetanusspritze, oder bist du geimpft?«

Er schüttelte den Kopf. »Glaub ich nicht. Aber tu, was du tun musst. Vor allem sieh zu, dass ich morgen wieder arbeiten kann.«

»Unmöglich!«

»Es muss sein. Ich hab schon genug Zeit verloren.« Er biss sich auf die Lippe, als Andrea die Wundränder säuberte.

»Warum hast du Zeit verloren?«, erkundigte sie sich ablenkend.

»Kirstin war krank. Blinddarm. Da musste ich mich kümmern. Konnte sie ja nicht allein in der Klinik lassen.«

»Und ... deine Frau?«

»Fort.« Als Andrea nichts darauf erwiderte, sprach er leise weiter: »Sie kam aus Dänemark. Hier im Norden ist sie nie heimisch geworden. Und dann, eines Tages, war sie fort.« Er sah Andrea kurz an, und sie las unendliche Traurigkeit in seinem Blick. »Sechs Jahre ist das her. Sie schreibt zu Weihnachten und zu Kirstins Geburtstag. Sie schickt Geschenke und Geld ... sie ist jetzt mit einem reichen Geschäftsmann verheiratet. Aber sie kommt nie. Und Kirstin ... sie ist ihr ziemlich egal.«

»Das ist traurig.«

»Ja. Aber nicht zu ändern. Das Leben geht weiter. Und deshalb muss ich die Auftragsarbeit rechtzeitig fertig machen. Wir brauchen das Geld.«

»Aber ...«

»Doktor, es muss sein!«

Andrea zögerte, dann erklärte sie: »Dann muss ich nähen. Und den Arm hinterher schienen. Das wird dich zwar beeinträchtigen bei der Arbeit, aber so müsste es halbwegs gehen.«

»Dann mach.« Er streckte ihr den Arm entgegen, verzog aber in der nächsten Sekunde schmerzvoll das Gesicht.

»Erst mal werde ich dir eine Spritze setzen, sonst kann ich nicht nähen.« Andrea suchte die richtige Injektion heraus. Als sie die Nadel ansetzte, seufzte Haakon kurz auf und sank vom Stuhl.

»O nein, das nicht auch noch!« Andrea beugte sich über ihn und klopfte nicht gerade zärtlich auf seine Wangen. »Hallo, es ist doch nur eine kleine Nadel!« Da er nicht reagierte, nutzte sie die Gelegenheit, ihm die notwendigen Betäubungsspritzen zu setzen.

Kaum war sie fertig, schlug Haakon die Augen auf. »Was ... was war denn?«

»Nur ein kleiner Aussetzer. Hoch mit dir! Und schau woanders hin, während ich dich versorge.«

Er rappelte sich hoch und tat, was sie geraten hatte. Starr blickte er auf seine noch nicht vollendete Arbeit, versuchte sich darauf zu konzentrieren, was er noch tun wollte, um das Kunstwerk zu vollenden.

»Geschafft!«

Als er seinen Arm betrachtete, prangte da schon ein weißer Verband. Nur das leise Pochen in der Wunde erinnerte ihn an das, was geschehen war. »Danke. Das hast du toll gemacht.«

»Mein Job.« Andrea suchte in ihrer Tasche nach Tabletten. »Hier, wenn die Schmerzen gleich zurückkommen.«

»Danke.« Er stand auf und ging hinüber zu einem Regal, auf dem kleine Bronzeplastiken standen. Er nahm einen kleinen Delphin und gab ihn Andrea. »Ein erstes Dankeschön. Schick mir die Rechnung.«

»Aber ... das kann ich nicht annehmen.«

»Du musst.« Er grinste. »Wenn ein Arzt bei diesem Sauwetter zu mir kommt, ist das unbezahlbar.«

»Nimm's ruhig. Und freu dich dran.« Evelyn nahm die Plastik kurz in die Hand. »Haakon Upholm ist ein Künstler, weit über die Grenzen des Landes hinweg bekannt. So günstig kommst du nie wieder an eine seiner Arbeiten.«

»Aber ...«

»Keine Widerrede. Ich kann dir nicht genug dafür danken, dass du mir geholfen hast. Darauf sollten wir ein Glas trinken.«

Draußen heulte der Sturm immer noch ums Haus, und so blieben Evelyn und Andrea noch eine Stunde. Andrea bewunderte die sieben hohen Plastiken und Skulpturen, die in einem Nebenraum standen.

»Vier sind für einen Park in Oslo bestimmt, drei werden nach Deutschland verschickt. Ein Kunstsammler aus Düsseldorf hat sie gekauft«, erzählte Haakon.

Düsseldorf ... für einen Moment kam Heimweh in Andrea hoch. Sie dachte daran, in welch ruhigen Bahnen ihr Leben vor kurzem noch verlaufen war. Sie hatte einen guten Job gehabt, eine schöne Wohnung, nette Kollegen und Freunde. Es war ein geregeltes Leben ohne allzu viele Höhen und Tiefen gewesen. Dann hatte sie Jonas kennengelernt ... und sich verliebt. In diesen Mann, in das Land Norwegen, das voller reizvoller Gegensätze war. Für eine Weile war sie glücklich gewesen, erst recht, als ihr mit Magnus die wahre Liebe begegnete. Doch von einem Tag zum anderen schien alles in Chaos zu versinken.

42

Regen lief aus dem breitrandigen Südwester, den Magnus tief ins Gesicht gezogen hatte. Schon die wenigen Meter vom Taxi zum Doktorhaus waren ein Abenteuer gewesen. Magnus musste sich gegen den heftigen Sturm stemmen, die Wassermassen, die vom Himmel strömten, schienen unerschöpflich zu sein. Er atmete auf, als er unter dem breiten Vordach stand, das die Haustür schützte.

Er läutete, doch nichts geschah. Noch dreimal versuchte er es, doch im Haus blieb alles still. Erst jetzt fiel ihm auf, dass alle Fenster dunkel waren. Mit einem resignierten Seufzer wandte er sich ab und sah sich nach dem Taxi um. Natürlich – der Wagen war schon wieder weg! Wie hätte es anders sein können bei dem Pech, das er in letzter Zeit hatte.

Mit klammen Fingern tastete er nach dem Mobiltelefon, das er sich neu gekauft hatte, und versuchte Andrea anzurufen. Zum wievielten Mal in den letzten Tagen? Er konnte es nicht mehr sagen. Doch sie hatte seine Anrufe nie entgegengenommen. Und auch jetzt drückte sie ihn weg, kaum dass es dreimal geklingelt hatte. Nachdem sie sich einmal gemeldet hatte, kannte sie die neue Nummer und unterbrach gleich die Verbindung.

Und was jetzt?

Magnus sah sich um, doch es war weit und breit kein

Wagen zu sehen. Zu dumm von ihm, dass er das Taxi nicht hatte warten lassen. Und ebenso fatal war, dass er nicht mal die Nummer der Taxizentrale hatte.

Evelyn ... Sie ist vielleicht bei Evelyn, fiel ihm ein. Oder auf Hausbesuch. Nun, einen Versuch war es wert. Zum Glück hatte er die Nummer der Malerin eingespeichert.

Erleichtert atmete er auf – der Ruf ging durch. Doch zu seiner Enttäuschung meldete sich im nächsten Augenblick der Anrufbeantworter – Evelyn war zurzeit nicht daheim. Schon wollte er sein Mobiltelefon deprimiert wieder einstecken, als er doch noch rasch eine Nachricht hinterließ. »Ich stehe vor dem Doktorhaus in Stamsund. Evelyn, wenn Andrea bei dir ist – ich muss sie sehen! Ich muss ganz dringend mit ihr sprechen. Ich liebe sie – sie allein! Das muss sie mir glauben!«

Erschöpft lehnte er sich an die Haustür. Er musste endlich die Gelegenheit zu einer Aussprache bekommen.

Kjell Blomquist und seine Erpressungsversuche fielen ihm ein. Der Millionär hatte es doch wohl nicht gewagt, Kontakt mit Andrea aufzunehmen? Oder Lilian, dieses Biest? Zuzutrauen war es ihr.

Der Wind flachte ab, der Regen ließ nach. Wolken zogen in rasender Schnelligkeit am Himmel vorüber. Fahl schien hin und wieder der Mond zwischen ihnen hervor.

Trost spenden konnte er Magnus allerdings nicht.

Er wollte sich gerade auf den Weg ins Stadtzentrum machen, als die Scheinwerfer eines Wagens das Dunkel durchdrangen. Ein Taxi hielt, und Birgit stieg aus.

Als sie den Mann vor dem Haus erkannte, fragte sie nur: »Was machst du denn hier?«

»Lässt du mich rein oder soll ich gleich ins Taxi steigen?«

»Na, komm schon.« Sie öffnete die Tür, und Magnus folgte ihr ins Haus. Birgit hängte ihren Mantel an die Garderobe.

»Bring am besten alles ins Bad. Du bist ja völlig durchnässt«, forderte sie Magnus auf.

»Ich warte auch schon eine Weile.«

»Pech für dich!«

»Ach, Birgit, sei nicht so hart zu mir.« Magnus ließ sich unaufgefordert am Küchentisch nieder und stützte den Kopf in die Hände. Eine Weile sah er zu, wie Birgit Kaffee aufsetzte. Dann, als sie anhaltend schwieg, erklärte er: »Ich habe Andrea nicht verletzen wollen. Und vor allem – ich habe sie nicht betrogen, egal, wer das behauptet.«

»Sie hat dein Mobiltelefon gefunden.«

»Na und?«

»Eine Lilian freut sich auf dich – und hat eine Überraschung parat.«

Magnus seufzte auf. »Lilian Blomquist! Hab ich's mir doch gedacht. Dieses Biest!«

Birgit sah ihn eindringlich an. »Hast du wirklich nichts mit ihr?«

»Nein, das ist vorbei. Und das weiß Lilian auch.« Er barg für einen Moment das Gesicht in den Händen. »Die kurze Zeit mit Lilian ...« Er seufzte unterdrückt auf. »Es war wie ein Rausch. Sie hat mich zu Beginn unserer Bekanntschaft fasziniert. Sie war so anders als ich, so unbekümmert, heiter. Sie nahm das Leben leicht, schien keine Probleme zu kennen.«

»Tut sie ja wohl auch nicht als Tochter eines Millionärs«, warf Birgit ironisch ein.

»Das stimmt sicher. Aber ... es war nur ein länger dauernder Flirt. Was wahre Liebe ist, weiß ich erst, seit ich Andrea kenne.« Er rieb sich über die Augen, so, als könne er so die Bilder in seinem Kopf wegwischen. Aber sie waren noch da – Bilder von Lilian, die ihn reizte, die sich lasziv auf dem Bett räkelte und es so geschafft hatte, ihn dazu zu bringen, Andrea zu betrügen. Er schämte sich für seine Schwäche und hätte sonst was darum gegeben, wenn er diese Stunden ungeschehen machen könnte.

»Ist es denn jetzt vorbei?«, fragte Birgit.

»Ja.« Er räusperte sich, zögerte ein paar Atemzüge lang, dann berichtete er von Kjell Blomquists Erpressungsversuch. »Er hat leider immensen Einfluss. Aber ich kann seine Tochter doch nicht heiraten, nur damit wir weiter das Forschungsschiff finanziert bekommen.«

»So eine Frechheit!« Birgit war empört. Sie schenkte Kaffee ein und setzte sich zu Magnus. »Die Menschen sind schlecht – einige zumindest.« Zwei Tränen liefen ihr über die Wangen. »Ich … ich komme gerade von der Polizei in Svolvær. Man hat Holger gefunden. Ertrunken.«

»Das tut mir leid.« Magnus streckte die Hand aus und legte sie tröstend auf ihre. »Wie ist es passiert?«

Sie zuckte mit den Schultern. »Genaues weiß man nicht. Man vermutet, dass er im Drogenrausch ein Boot genommen und aufs Meer hinausgefahren ist. Ein alter Kahn fehlt.« Sie schluchzte auf. »Holger war schon immer mein Sorgenkind. Von klein auf hat er mir Kummer gemacht. Und dann die Drogen … ich fürchte, er hat damit gedealt. Woher sonst hätte er das Geld für sein Sportboot und den teuren Wagen gehabt?«

Magnus erwiderte nichts, Trostworte gab es in diesem Fall nicht.

»Und jetzt … jetzt hat er so ein Ende gefunden.« Sie wischte sich über die Augen. »Was hab ich falsch gemacht?«

»Gar nichts.« Magnus sah sie eindringlich an. »Ich bin sicher, dass du alles richtig gemacht hast, Birgit. Da ist doch noch dein anderer Neffe. Björn ist fleißig und anständig, nicht wahr?«

»Ja.« Sie stand auf. »Himmel, ich muss ihn anrufen. Er ist in Tromsø an der Uni … Er muss herkommen, wenn Holger beerdigt wird.«

»Das mach morgen.« Magnus stand auf und goss Kaffee nach. »Gönn ihm noch eine ruhige Nacht. Er kann doch jetzt sowieso nichts mehr tun.«

Birgit nickte. »Und was machst du?«

»Ich warte, wenn ich darf.«

»Andrea will dich aber nicht sehen.« Sie legte beide Hände um die heiße Tasse. »Es ist auch gar nicht sicher, ob sie nach Hause kommt. Sie wollte zu Evelyn.«

»Kann ich trotzdem warten?«

»Aber ja.« Sie wies auf den Kühlschrank. »Hol uns einen Aquavit. Den brauche ich für die Nerven.«

Mitternacht war vorüber, es war ruhig auf den Straßen geworden. Kein Motorengeräusch zerriss die Stille, die über dem Ort lag wie ein dichtes dunkles Tuch, das alles Störende dämpfte und von den Ruhe suchenden Menschen fernhielt. Der Himmel zeigte sich in dunklem Grau. Nur ein paar violett-rote Streifen am Horizont ließen erahnen, dass die Mittsommernächte noch nicht lange vorbei waren.

Magnus lag auf dem alten Sofa in Johan Ecklunds Wohnzimmer und starrte an die Decke. Er fand keinen

Schlaf, tausend Gedanken gingen ihm durch den Kopf. Wie konnte er Andrea von seiner aufrichtigen Liebe überzeugen? Von welcher Überraschung hatte Lilian geschrieben? Womit hatte sie so massive Zweifel in Andrea geweckt? Wenn er an die blonde Millionärstochter dachte, kochte Zorn in ihm hoch. Wieso konnte Lilian nicht akzeptieren, dass seine Gefühle ihr gegenüber erloschen waren? Liebte sie ihn? Oder war es reine Besitzgier, die sie dazu trieb, mit allen Mitteln um ihn zu kämpfen?

Und Kjell Blomquist scheute weder vor Erpressung noch vor Drohungen zurück, um seiner Tochter ihren Willen zu lassen. Es war schäbig. Billig. Gemein und hinterhältig.

Und er selber ... er hatte ein schlechtes Gewissen den Kollegen gegenüber. Doch konnte er Lilian heiraten, nur damit das Institut und das Forschungsschiff weiterhin mit Geldmitteln bedacht wurden? Nein, das konnte niemand von ihm verlangen.

Nachdem er sich noch ein paar Mal hin und her gewälzt hatte, griff er zur Fernbedienung des Fernsehers und zappte durch die Programme. Himmel, wie viele Sender gab es denn? Er konnte sich nicht konzentrieren, schaltete den Ton leiser und stand auf.

In der Küche goss er sich ein Glas Wasser ein und überlegte, ob er heiß duschen sollte. Erfahrungsgemäß brachte ihm das Entspannung. Aber dann verwarf er den Gedanken wieder und ging auf die Couch zurück. Im Fernsehen lief ein alter amerikanischer Schinken. Schwarzweiß. Er erkannte Errol Flynn, der eine Fantasieuniform trug. Gerade rettete er eine aparte Blondine vor Indianern.

Aufseufzend schaltete Magnus den Fernseher wieder

aus. Er konnte sich nicht konzentrieren. Die Spannung in ihm war fast nicht mehr zu ertragen.

Ein Geräusch an der Haustür ließ ihn aufspringen. Ohne sich die Mühe zu machen, nach den Schuhen zu suchen, die vor der Couch standen, lief er in die geräumige Diele.

»Andrea!«

»Raus!« Ihr eben noch entspannt wirkendes Gesicht verhärtete sich. »Ich will dich nicht mehr sehen.« Sie stand schräg neben der Tür und streckte den Arm aus. »Raus, ehe ich schreie.«

»Aber wir müssen reden. Bitte!«

Sie schüttelte nur den Kopf und wollte an ihm vorbei, doch er hielt sie fest. Und obwohl sein Griff hart war, obwohl er ihr weh tat, genoss sie seine Berührung. Sein vertrauter Geruch weckte Sehnsüchte in ihr, die sie mühsam verdrängt hatte.

»Lass mich los!«

»Nein. Du hörst mir jetzt zu!« Er legte die linke Hand unter ihr Kinn und zwang sie, ihn anzusehen. »Andrea, ich liebe dich. Dich allein!«

»Und was ist mit dieser Lilian?« Ihre Stimme klang hohl, sie hielt den Kopf gesenkt und mied immer noch seinen Blick.

»Das ist vorbei, das hab ich dir doch schon gesagt.« Er zog sie mit sich ins Wohnzimmer, zwang sie mit sanfter Gewalt, sich auf die Couch zu setzen, und ließ sich ihr gegenüber in einem Sessel nieder. Wieder nahm er ihre Hände. »Andrea, Lilian ist ein verwöhntes reiches Mädchen. Sie hat sich in den Kopf gesetzt, dass aus uns ein Paar wird. Aber ...« Er zuckte mit den Schultern, ein zärtliches

Lächeln umspielte seine Lippen, als er fortfuhr: »Seit ich dir begegnet bin, gibt es nur noch dich. Und so wird es bleiben.«

»Und ... die Überraschung? Kriegt sie ... ein Kind von dir?« Die letzten vier Wörter flüsterte sie nur.

»Nein. Auf keinen Fall. Sie hat nur versucht, mich ... zu kaufen.«

»Was?«

»Ja. Ihr Vater ist Multimillionär. Er spendet einiges für unser Labor. Und finanziert zum Teil die *Black Nessy.*« Er biss sich auf die Lippe. »Na ja, und er hat mir ein eigenes Labor eingerichtet. Gleich hinter seiner Luxusvilla. Das war die Überraschung, die sie angekündigt hat.«

Ungläubig sah Andrea ihn an. »Das ist – verrückt.«

»Stimmt. Und ganz und gar indiskutabel.«

Sie beugte sich vor, alle Abwehr war aus ihrer Miene verschwunden. »Und jetzt?«

»Jetzt bin ich bei dir.« Er strich ihr zärtlich über die Wange. »Es gibt nichts, was mich noch von dir trennen kann. Ich liebe dich, Andrea. Dich allein!«

Tränen standen ihr in den Augen, als sie sich vorbeugte und ihn küsste. »Ich liebe dich«, flüsterte sie dicht vor seinem Mund.

43

Evelyn Wahlstrom rückte die Staffelei näher ans Fenster. Die Sonne stand schon jetzt, am frühen Nachmittag, recht tief. Der kurze Sommer auf den Lofoten neigte sich dem Ende entgegen. Seit dem 14. Juli war die Mitternachtssonne auch am Weststrand nicht mehr zu bewundern. Es war ein Phänomen, das Fremde immer wieder irritierte: Je weiter man nach Norden kam, desto mehr Tage mit Mitternachtssonne waren zu bestaunen.

Jetzt kam der Herbst mit langen Schritten und kühlen Winden immer näher. Evelyn war froh, dass Erik in wenigen Tagen von seiner Fotosafari zurückkehren würde. Wenn er bei ihr war, bekamen auch die kühlen Tage Wärme. Ein kleines Lächeln glitt über ihr angespanntes Gesicht, als sie an das Telefonat vom gestrigen Abend dachte. Erik hatte aus Nairobi angerufen. Er stand am Flughafen und wartete auf die Maschine, die ihn zurück nach Europa bringen würde.

»Noch zwei, höchstens drei Tage, dann bin ich wieder bei dir.« Sie hörte noch sein warmes, zärtliches Lächeln, das bei diesen Worten mitschwang. »Ich freue mich auf zu Hause, und auf dich natürlich.«

Evelyn war gespannt auf die Fotos, die er ihr zeigen würde, bevor er sie als Bildband oder Fotoreportage einem Verlag anbot. Auf seine Art war Erik auch ein Künstler, der nicht einfach etwas fotografierte, das interessant war, sondern ein Bild regelrecht zu komponieren verstand.

Draußen erklang eine Autohupe, doch Evelyn reagierte nicht. Sie war ganz in ihre Arbeit – und die Gedanken an Erik – versunken. Das Bild, an dem sie gerade malte, zeigte brütende Dreizehenmöwen, wie sie in der Umgebung von Hamnøy zu Tausenden zu finden waren. Mit zum Teil groben Pinselstrichen hatte Evelyn den Brutfelsen auf die Leinwand gebracht, die Tiere, die oft paarweise auf den Nistplätzen saßen, malte sie jedoch sehr naturalistisch. Es war eine außergewöhnliche, aber reizvolle Technik, die sie zuvor noch nicht ausprobiert hatte.

Noch einmal drehte sie die Staffelei mehr zum Fenster und zuckte zusammen, als sie Tom Rheenhus draußen stehen sah. Jetzt hob er die Hand und winkte ihr zu.

Die Malerin nickte nur kurz, bevor sie einen Flügel der Ateliertür öffnete. »Wo kommst du denn her?« Sie ließ sich auf die Wange küssen, dann ging sie zurück an die Staffelei und brachte die Arbeit an einem kleinen Stück Nistfläche, die aus Seetang und Gras bestand, zu Ende, ehe die Farben eintrockneten.

Der Galerist stand ein paar Schritte abseits und sah ihr zu. Die Arbeit war exzellent, und er konnte sicher sein, für dieses Bild einen guten Preis erzielen zu können – so wie für alle Arbeiten von Evelyn Wahlstrom. Doch das interessierte ihn nur in zweiter Linie. Wichtig war, wieder ein paar Bilder mit Rahmen transportieren zu können. Er beglückwünschte sich einmal mehr zu der Idee, hohle Bilderrahmen als Transportmittel für die von Nik hergestellten Rauschmittel zu benutzen.

Kaum jemand wagte es, ein solches Kunstwerk in die

Hand zu nehmen. Zumindest waren bisher alle Zöllner oder Polizisten höchst vorsichtig mit den Transportkisten umgegangen. Und der Geruch nach Farbe oder gar Terpentin, der den Bildern anhaftete und für Menschennasen kaum wahrzunehmen war, mochte die meisten Hunde daran hindern, den Geruch nach Rauschgift zu erspüren.

»Ich hatte in Bodø zu tun und dachte, ich schau kurz bei dir vorbei.«

Evelyn runzelte die Stirn. Das übergroße Interesse des Galeristen machte sie misstrauisch. Sicher, er verkaufte ihre Werke sehr gut, doch dass er immer wieder bei ihr auftauchte, war höchst ungewöhnlich.

»Wo sind die neuen Bilder?«, erkundigte sich Tom jetzt und ging zur rechten Seitenwand, wo ein paar fertige Arbeiten lehnten. »Du hast ja nur für zwei Bilder die Rahmen benutzt, die ich vorgeschlagen hatte.«

»Sie passten nicht zum Bild.« Evelyn arbeitete weiter, aber sie war abgelenkt und konnte sich nur schwer konzentrieren. »Ich hatte noch zwei sehr gute hier stehen, die waren perfekt.« Sie wies hinüber zu einer kleinen Abstellkammer. »Da sind noch zwei Bilder. Für die kannst du deine Rahmen meinetwegen verwenden. Die Latten stehen daneben. Musst sie aber selbst anbringen. Ich will noch eine Stunde arbeiten, ehe das Licht weg ist.«

Tom biss sich auf die Lippen. Er hatte ein paar Rahmen halb vorgefertigt und gehofft, Evelyn würde sie verwenden. Auf keinen Fall durfte sie herausfinden, dass die dicken Latten innen hohl waren.

»Sehr gut! Diese norwegische Landschaft mit dem Wasserfall gefällt mir besonders gut. Dazu passt mein Lieblingsrahmen perfekt. Ich bringe ihn gleich an.« Es raschelte ein paar Minuten lang, dann hörte Evelyn, wie Tom ein paar Nägel in die Rahmenleiste schlug.

Gerade dieses Bild war ihr nicht besonders gelungen. Die Farben waren ihrer Meinung nach nicht ganz stimmig. Sie hatte zum ersten Mal versucht, Öl auf Holz zu malen, aber es war nicht ihr Stil, das hatte sie rasch erkannt und sich wieder der Leinwand zugewandt.

»Du glaubst doch wohl selber nicht, was du da sagst.« Sie stand, den Pinsel in der Rechten und einen Terpentinlappen in der Linken, im Türrahmen. »Ich wollte das Bild schon vernichten. Und jetzt noch der rote Rahmen ... ich glaub's nicht! Da hat dich aber dein guter Geschmack im Stich gelassen.«

»Unsinn! Das verkauft sich schnell, ganz bestimmt.« Er grinste. »Ich weiß, was ich tue.«

»Unmöglich! Das kann doch wohl nicht dein Ernst sein.« Evelyn ging ein paar Schritte auf ihn zu und machte Anstalten, ihm das Bild mit dem braun-rot lackierten Holzrahmen, der wahrhaftig nicht passte, aus den Händen zu nehmen.

»Lass das!« Brüsk schob Tom sie zur Seite.

»Hei, was fällt dir ein?« Evelyn sah ihn wütend an. »Raus hier, wenn du dich nicht benehmen kannst.« Und als er stehen blieb, fauchte sie lauter: »Raus, hab ich gesagt!«

»Aber Eve ... das war doch ... ein Reflex. Tut mir leid!«

»Mir nicht.« Sie wollte ihn in Richtung Tür schieben, dabei kam sie an das Bild, das zur Seite kippte. Tom versuchte es festzuhalten, doch es entglitt seinen Fingern. Der braun-rote Bilderrahmen, nur notdürftig fixiert, brach auseinander.

Fassungslos sah Evelyn auf die kleinen Tütchen mit weißem Pulver.

»Was ist das denn?« Sie wollte sich bücken, doch Tom schob sie mit Gewalt zur Seite.

»Verdammtes Miststück!«

»Was erlaubst du dir?« Evelyn stand, einer Rachegöttin nicht unähnlich, vor ihm. Das Band, mit dem sie ihre Haare beim Malen aus der Stirn gehalten hatte, war verrutscht. Die rote Mähne fiel ihr weit bis über die Schultern. »Verschwinde, Tom, und lass dich nie wieder hier blicken!« Ehe er sie daran hindern konnte, hatte sie eins der Kokainpäckchen aufgehoben.

»Lass das!« Er schlug ihr das Tütchen aus der Hand. Als sie sich erneut bückte, holte er weit aus. Seine flache Hand traf mit Wucht ihre Wange, die sich sofort rötete. Evelyn sackte zur Seite. Es gab ein hässliches, leise knirschendes Geräusch, als sie mit dem Hinterkopf gegen den Türrahmen krachte.

Tom Rheenhus fluchte laut. Er bückte sich, sah der Malerin ins Gesicht. Sie hielt die Augen geschlossen, ein dünner Blutfaden rann aus ihrem rechten Mundwinkel. Als er sie mit dem Fuß anstieß, fiel sie zur Seite. Halb gekrümmt lag sie auf dem Boden des Ateliers.

Wie gehetzt schaute der Galerist sich um. Nur fort von hier!

Ehe er die Latten und hohlen Rahmen an sich riss, tastete er nach Evelyns Halsschlagader – der Puls war kaum noch zu spüren. Doch jetzt regte sie sich, sah ihn an …

»Merde! Merde!« Vor Toms Augen drehte sich alles, Panik überflutete ihn wie ein Tsunami. Er griff in die linke Jackentasche. Die Beretta darin war rasch entsichert. Er schoss zweimal kurz hintereinander, ohne genau zu zielen. Nur eins war wichtig: Evelyn durfte nicht mehr wach werden, sie durfte nicht gegen ihn aussagen.

Panisch sah er sich um. Sollte er einen Raubmord vortäuschen? Das Wertvollste waren hier die Rahmen und Bilder. Wenn er alles mitnahm ... etliche Leinwände standen herum. Auf einigen waren Skizzen zu sehen. Ein paar Bilder waren fertig ...

Draußen war es still. Nur ganz selten hörte man ein Auto oder eine Schiffssirene.

Tom rannte zu seinem Wagen, verfrachtete alles, was ihm im Atelier nützlich erschien, im Kofferraum des Kombi.

Noch einmal sah er nach Evelyn. Sie lag reglos auf dem Boden, eine Blutlache hatte sich unter ihrem Körper gebildet. Schulterzuckend wandte er sich ab und ging hinaus.

Er hatte seinen Wagen gerade erreicht, als ein grauer Volvo in die Einfahrt fuhr. Die Fahrertür schwang auf. Das Erste, was Tom sah, war eine dunkle Tasche, dann stieg die junge Frau aus und hob grüßend die Hand.

»Hallo, Tom! Holst du dir neue Bilder ab?«

Die deutsche Ärztin! Wenn sie jetzt ins Haus ging ... nein, das durfte nicht passieren!

Erneut griff er zur Pistole.

44

Die *Black Nessy* verließ den Hafen von Tromsø und nahm Kurs auf Hammerfest. Die Stadt, seit fast zwei Jahrhunderten Anlaufhafen der Wal- und Robbenfänger, hatte sich in den letzten zehn Jahren stark ausgedehnt. Immer noch war die Fisch verarbeitende Industrie ein wichtiger Erwerbszweig, doch inzwischen war die Öl- und Gasindustrie noch bedeutsamer für die Region. Die Klimaerwärmung hatte es möglich gemacht, die Öl- und Gasvorkommen in der Barentssee zu fördern. Melkøya hieß die kleine Insel, die Hammerfest vorgelagert war und auf der inzwischen die größte Erdgasverflüssigungsanlage Europas stand.

Magnus, James und ihre Kollegen brachten diesem stetig wachsenden Industriezweig eine gewisse Skepsis entgegen. Gewiss, es war unumgänglich, die Bodenschätze der Erde zu fördern, doch die Meeresbiologen versuchten darauf zu achten, dass dem Umweltschutz und dem Schutz der Meerestiere ausreichend Rechnung getragen wurde. Immer wieder nahmen sie Messungen vor, kontrollierten die Reinheit des Wassers, die Gesundheit von Fischen, Krebsen und den unzähligen Kleinlebewesen, die für das ökologische Gleichgewicht des Meeres so wichtig waren.

Aus diesem Grund wollten die Meeresbiologen noch weiter nördlich zur Barentssee fahren. Dieser sensible

Meeresbereich war einer der wichtigsten Fischlaichgründe für den Kabeljau, aber auch ein zentraler Korridor für die berühmten Walwanderungen. James, Magnus und viele andere Forscher hatten große Sorgen, dass die immer intensiver praktizierte Ölförderung in diesem Gebiet das ökologische Gleichgewicht des Meeres stören könnte. Auch die vier größten Vogelbrutkolonien der Welt, die hier im Norden beheimatet waren, schienen gefährdet.

Das Schiff hatte den Bals-Fjord verlassen, und auch der breite Uls-Fjord war bereits passiert, als Magnus und James einige Wasserproben nahmen und die ersten Königskrabben fingen. Es waren große, fast einen Meter lange Tiere.

»Die Population nimmt immer mehr zu. Wenn das so weitergeht ...«

»Dann frisst dieses Monsterwesen in einem Jahrzehnt alles andere, was in unseren Gewässern lebt, auf.« James tötete das Tier kurz und schmerzlos. Lust darauf, die Krabbe zum Mittagessen zu genießen, hatten die Forscher nur noch selten. Sie wussten nur zu gut, dass diese Tiere, die ursprünglich in fernöstlichen Gewässern zu Hause waren und einst von sowjetischen Militärs zur Barentssee gebracht worden waren, eine Gefahr für die einheimischen Meeresbewohner darstellten.

James und Magnus arbeiteten mit den drei Kollegen bis zum späten Nachmittag. Die See, am Morgen noch ein stiller silberner Spiegel, auf dem nur einige wenige Wellen tanzten, wurde zunehmend unruhiger. Wolkenberge türmten sich am Himmel bedrohlich zu grauschwarzen Monstern auf.

»Jetzt wärst du wohl lieber bei deiner Andrea, was?«

James lächelte Magnus freundschaftlich zu. Die beiden waren in den Kartenraum gegangen, dem sich das kleine Labor anschloss. Die drei anderen blieben noch an Deck, um die kleinen Netze einzuholen, die sie vor zwei Stunden ausgeworfen hatten. Erlend und Benny, zwei junge Studenten, waren nur für zwei Wochen an Bord, der sechzigjährige Ingvar hingegen gehörte zur Mannschaft, so wie Lars, der kahlköpfige Kapitän mit dem langen Vollbart, der auf der Brücke stand und den Kurs auf Hammerfest hielt. Die Wellenberge, die sich immer höher auftürmten, konnten den erfahrenen Seemann nicht aus der Ruhe bringen.

»Klar doch! Im Doktorhaus ist es bestimmt gemütlicher als hier.«

»Also ist alles wieder in Ordnung zwischen euch?« James übertrug ein paar handschriftliche Daten in den Computer.

»Ja.« Magnus sah kurz auf. »Ich ... ich werde sie bei unserer Rückkehr fragen, ob sie mich heiraten will.«

»Nein!« Der Schrei kam aus dem Labor. Eine Holztür knarrte, dann stand Lilian, blass, aber mit brennendem Blick, im Raum.

»Wo kommst du denn her?« James hatte sich rascher gefangen als Magnus, der sie anstarrte wie ein Fabelwesen aus den hohen Lofotenbergen.

»Aus dem Schrank mit den alten Reagenzgläsern und den Decken.« Lilian zuckte mit den Schultern. »Das klassische Versteck für einen blinden Passagier.«

»Verdammt, Lilian, was bezweckst du mit diesem Unsinn?« Magnus griff nach ihrem Arm.

»Ich will dich zur Vernunft bringen.« Sie wandte sich

an James. »Weißt du, was passiert, wenn Paps euch den Geldhahn zudreht?«

»Dann wird sich die Welt weiterdrehen. Und wir werden andere Sponsoren finden.« Magnus ließ sie abrupt los und stellte sich ans schmale Fenster. Das Meer hatte eine dunkelgraue Farbe angenommen. Auf den Wellen bildeten sich immer häufiger weiße Schaumkronen. Die Möwen und Papageientaucher, die die *Black Nessy* zu Beginn der Fahrt noch begleitet hatten, waren schon lange verschwunden.

»Was sagst du dazu, James?«

»Ich denke, Magnus hat recht. Es geht immer weiter. Irgendwie.«

Lilians Augen verengten sich zu schmalen Schlitzen. »Wenn Paps seinen Einfluss geltend macht, wird euch kein Mensch in Norwegen mehr Geld geben.«

James sah sie kopfschüttelnd an. »Lilian, sei doch vernünftig! Du bist eine bildschöne Frau, du kannst jeden Mann haben, den du willst. Warum muss es denn gerade Magnus sein?«

»Weil ich nur ihn liebe!« Wie ein trotziges Kind stampfte sie mit dem Fuß auf.

»So ein Unsinn! Du weißt doch gar nicht, was Liebe ist. Für dich zählt nur der Sex. Und den kannst du mit jedem haben.« Magnus drehte sich wieder um und maß Lilian mit einem langen Blick. Sie trug eine dunkelblaue Leinenhose, dazu einen blau-weiß gestreiften Pullover, unter dem noch der Kragen eines weißen Polohemds hervorsah. Lange goldene Ohrringe und eine breite Goldkette, von der er wusste, dass sie ein italienischer Edeldesigner verkaufte, passten jedoch nicht so recht zu dem maritimen Outfit. Ebenso wenig wie die dünnen weißen Ballerinas.

»Du bist ekelhaft. Und du lügst, ich war dir immer treu. Ich liebe nur dich. Dich! Dich! Dich!« Sie rannte auf ihn zu und trommelte wie irre auf seine Brust ein. Dann, von einem Augenblick zum anderen, begann sie kläglich zu weinen.

Magnus fühlte sich hilflos. »Ach, Lilian, das redest du dir nur ein.« Zögernd hob er die Arme und legte sie um Lilian, die sich gleich fester an ihn schmiegte. »Nein, so war das nicht gemeint.« Er trat einen Schritt zurück. »Lilian, werd vernünftig! Wir hatten eine schöne Zeit, mach die Erinnerung daran nicht kaputt.«

»Du machst alles kaputt. Alles!« Sie rannte hinaus, ungeachtet der Tatsache, dass es kalt war und leichter Sprühregen eingesetzt hatte.

»Sie wird sich erkälten.« James hob ein paar Krabbenstücke auf, die Lilian in ihrer Wut samt der Kladde, in die er seine Untersuchungsergebnisse eintrug, auf den Boden gefegt hatte.

»Die kalte Luft tut ihr gut, vielleicht wird ihr Kopf dann klarer.« Magnus blieb gelassen. »Sie will mit aller Macht ihren Willen durchsetzen. Dabei liebt sie mich gar nicht. Das redet sie sich nur ein. Sie kann einfach nicht ertragen, dass sie etwas nicht bekommen kann.«

»Da magst du recht haben. Aber ...« James sah den Freund nachdenklich an. »Wenn ihr Vater uns wirklich die Geldmittel kürzt, steht es schlecht um die Zukunft des Labors.«

»Ich könnte ja ein eigenes haben, wenn ich mich kaufen ließe«, sagte Magnus bitter.

»Ich kann dich verstehen.« James sah hinaus, wo Lilian an der Reling stand und auf die Wellen starrte. »Sie wird sich doch nichts antun?«

»Ach was, das ist nur Theater.«

»Hoffentlich irrst du dich nicht.«

Magnus schüttelte den Kopf. »Keine Sorge, ihr passiert mit Sicherheit nichts.«

»Hoffen wir also, dass sie rasch wieder zur Vernunft kommt – und ihr Vater seine Drohung nicht wahr macht.«

Magnus sah den Freund eindringlich an. »Du verlangst doch wohl nicht im Ernst von mir, dass ich Lilian heirate, nur damit wir das Labor weiter subventioniert kriegen von dem alten Blomquist.«

James wehrte ab. »Um Himmels willen, das wäre das Letzte!«

»Dann lass uns weiterarbeiten. Ich zumindest werde mich von Lilian weder erpressen noch in meiner Arbeit hier an Bord stören lassen.«

»Und – was machen wir mit ihr?«

»Gib ihr einen Kaffee, wenn sie sich wieder eingekriegt hat und zurückkommt. Ewig kann sie ja nicht an der Reling stehen und ins Wasser starren.«

James grinste. »Mit einem großen Schuss Rum?«

»Vielleicht schläft sie dann ein, und wir haben bis Hammerfest unsere Ruhe.« Er durfte sich nicht ausmalen, was Lilian noch alles anstellen würde, wenn sie länger an Bord blieb.

Und erst recht war die Vorstellung, Andrea könnte hiervon erfahren, der reinste Horror.

45

»So, das wäre geschafft. Die Wunde ist gut verheilt.« Andrea legte die kleine Schere und die Pinzette auf den alten Holztisch, der in der Mitte der großen Bauernküche stand. Eine wunderschön gewebte rote Tischdecke lag in der Mitte, darauf stand eine hellblaue Tonschale, in der Moltebeeren lagen, die in kräftigem Orangerot leuchteten. »Soll ich dir sicherheitshalber noch einen Verband anlegen?«

Haakon schüttelte den Kopf. »Der ist nur hinderlich.«

»Pass aber auf, dass du dir bei der Arbeit nicht an die Wunde stößt.«

»Mach ich. Ich hab mir schon zwei dünne Pullover rausgesucht, die ich anziehen werde. Das schützt vor den herumfliegenden Spänen oder dem Staub, wenn ich an der großen Skulptur dort hinten weiterarbeite.« Er wies hinüber in sein Atelier.

Vor einer halben Stunde war Andrea zu ihm gekommen, um ihn zu versorgen. Haakon Upholm hatte um den Hausbesuch gebeten, denn Kirstin, seine kleine Tochter, war erkältet und hatte leichtes Fieber. Er wollte sie nicht allein lassen und hoffte, dass Dr. Sandberg auch nach Kirstin sehen würde.

Andrea hatte dem kleinen Mädchen Saft und ein paar leichte Fieberzäpfchen mitgebracht. Zusätzlich ein Stoff-

Rentier, das sie in einem Laden in Stamsund gekauft hatte, dazu ein paar Hörbücher mit Geschichten von Astrid Lindgren.

Kirstin freute sich unbändig über die Geschenke, sie lag jetzt still in ihrem Bett und hörte das erste Abenteuer von Pipi Langstrumpf.

»Das war sehr nett von dir. Johan wäre nie auf die Idee gekommen, einem seiner kleinen Patienten was mitzubringen.« Er stützte den Kopf in die Hände. »Wie geht's ihm überhaupt?«

»Er ist seit drei Tagen aus der Klinik zurück, muss sich aber noch schonen.«

»Und ... kommt ihr gut miteinander aus?«

Andrea verzog leicht den Mund. »Noch ruht er sich aus. Wie es sein wird, wenn er wieder in der Praxis mitarbeiten will, weiß ich noch nicht.«

»Hmm ... Ich denke, er wird klug genug sein, dir die meiste Arbeit zu überlassen. Ich für meinen Teil wäre froh, wenn du die Praxis ganz übernehmen und hier bei uns bleiben würdest.« Er schob ihr die Schale mit den Moltebeeren zu. »Nimm ein paar, sie sind sehr vitaminreich. Fremde dürfen sie nicht pflücken, ich hab aber ein Stück Land hinter dem Haus, wo sie in Mengen wachsen.«

»Danke.« Andrea schob sich ein paar der Früchte in den Mund. Sie hatte auch schon gehört, dass die seltenen Beeren nur von den Besitzern des Landstreifens geerntet werden durften, auf denen sie wuchsen. Birgit kaufte hin und wieder ein Glas Moltebeeren-Gelee, da Johan Ecklund den Aufstrich besonders gern mochte. Es war aber eine Delikatesse, die recht teuer war. Und so war die

Haushälterin froh, wenn ein dankbarer Patient ihrem Doktor hin und wieder ein paar Gläser schenkte.

Andrea nahm noch drei der Früchte, dann sah sie auf die Uhr. »Tut mir leid, aber ich muss weiter. Zwei Hausbesuche stehen noch aus.« Sie stand auf und schloss die braune Arzttasche. »Ruf mich an, wenn es Kirstin schlechter gehen sollte, dann schau ich wieder nach ihr.«

»Mach ich. Und – danke noch mal für deine Hilfe.« Er strich sich über den Arm.

»Mein Job«, erwiderte Andrea lächelnd und ging zur Tür. Dabei bewunderte sie ein paar kleine Zeichnungen, die Haakon angefertigt hatte. Meist waren es Skizzen zu seinen Skulpturen. Er hatte sie einfach an die Wand geheftet.

Haakon wollte mit ihr bis zu dem alten Volvo gehen, doch in diesem Moment rief Kirstin nach ihm.

»Geh ruhig zu ihr.« Andrea öffnete den Wagen, stellte die Tasche auf den Rücksitz. Kurz überlegte sie, ob sie trotz der noch ausstehenden Hausbesuche für ein paar Minuten zu Evelyn gehen sollte, die schräg gegenüber auf der anderen Straßenseite wohnte. In ihrem Atelier brannte Licht, also war die Freundin daheim.

Andrea lenkte den grauen Volvo die Hügel hinunter und hielt dicht hinter Evelyns Wagen. Erst da bemerkte sie das dunkle Fahrzeug, das seitlich neben dem Atelier parkte.

»Das ist doch Tom Rheenhus«, stellte Andrea fest. Und dann bemerkte sie auch schon den Mann, der fluchtartig das Haus der Malerin verließ. In seiner Hand …

Jedes Denken wurde jäh unterbrochen. Ein Blitz flammte auf, Andrea spürte ein Brennen an der Schläfe, in der nächsten Sekunde erhielt sie einen heftigen Stoß gegen die Brust. Dann wurde sie ohnmächtig. Dass sie hart auf die Erde fiel und mit dem Hinterkopf auf einem apfelgroßen Stein aufschlug, bekam sie nicht mehr mit.

»Was war denn das?« Kirstin richtete sich im Bett auf.

»Keine Ahnung, Kleines. Warte, ich sehe mal nach.« Haakon stellte die Tasse Tee, die er Kirstin gebracht hatte, auf dem Nachttisch ab, dann lief er die Treppe hinunter. Er hatte deutlich einen Schuss gehört, und jetzt heulte ein Automotor auf. Das war mit Sicherheit nicht der Wagen der deutschen Ärztin.

Er rannte vors Haus, sah aber nur noch ein paar rote Rückleuchten, die dann an der Straßenecke verschwanden.

Haakon sah sich um. Andreas Volvo stand immer noch auf dem Stellplatz links vom Haus, gleich hinter dem Wagen der Malerin.

»Kirstin, ich laufe mal rüber zu Tante Evelyn und schaue nach, ob bei ihr alles in Ordnung ist!«, rief er ins Haus.

»Ist gut.«

Mit langen Schritten rannte Haakon quer über die Straße und stieß einen unterdrückten Schrei aus.

»Andrea! Hei, Frau Doktor, was ist passiert?« Er beugte sich über Andrea, die mit abgewinkeltem linkem Bein auf dem Boden lag. Ihr Atem ging schwer, und zu seinem Entsetzen bemerkte Haakon, dass sich ihre dicke Wolljacke, die sie über einer hellen Bluse trug, rot färbte. Zudem hatte sie, er sah es deutlich, als er sich tiefer beugte, einen Streifschuss an der Schläfe.

»Oh, nein …« Haakon musste sich zwingen, besonnen

zu bleiben. Sein Handy lag in der Werkstatt, aber die Ärztin hatte sicher ihr Mobiltelefon dabei. Vorsichtig tastete er die Taschen der Jacke ab und fand es. Seine Finger zitterten, als er den Notruf wählte.

Nachdem die Polizei und der Notarzt verständigt waren, holte er eine Decke aus seinem Haus, die er behutsam über Andrea breitete. Dann rief er im Doktorhaus in Stamsund an. So wie meistens, ging auch jetzt die Haushälterin an den Apparat.

»Birgit, es ist etwas Schreckliches passiert. Eure Ärztin ist angeschossen worden. Kann Johan kommen? Andrea liegt vor Evelyn Wahlstroms Haus und ...«

»Nein! Das ist ja schrecklich!« Trotz allem blieb Birgit sachlich. »Versuch die Blutung zu stoppen. Leg sie so hin, dass sie nicht ersticken kann. Ist der Notarzt verständigt?«

»Ja. Und auch die Polizei. Aber bis ein Krankenwagen hier ist ...«

»Johan und ich fahren gleich los. Bis dann. Und sieh zu, dass sie nicht auskühlt.« Und schon hatte sie aufgelegt.

Haakon beugte sich wieder über Andrea und versuchte, die Jacke so weit zu öffnen, dass er die Wunde genauer sehen konnte. Doch Andrea trug darunter noch einen Pulli und eine Bluse. Kurz zögerte Haakon, dann riss er sich den dünnen Pulli vom Körper und presste den Stoff auf die blutende Stelle. Ob es richtig war? Er wusste es nicht. Aber irgendetwas musste er tun. Er konnte doch nicht einfach dastehen und zusehen, wie Andrea verblutete.

»Papa ... was ist los?« Kirstin stand plötzlich neben ihm. Sie hatte sich einen dicken Anorak übergezogen und sah aus weit aufgerissenen Augen auf die am Boden liegende leblose Gestalt.

»Andrea ist verletzt. Du, hol mir die Felldecke aus dem Wohnzimmer, damit wir sie wärmen können.« Als Kirstin zögerte, wiederholte er drängend: »Schnell, sonst erkältet sich Andrea noch.«

Die Kleine lief los, und Haakon blieb nichts anderes übrig, als sich neben die Verletzte zu hocken und auf Hilfe zu warten.

Etwas mehr als eine Viertelstunde verging, dann durchdrang die Sirene des Krankenwagens die Stille. Fast gleichzeitig trafen Johan Ecklund und Birgit ein. Da Andrea mit seinem Wagen unterwegs gewesen war, hatte der alte Arzt einen Nachbarn gebeten, ihn schnell hinüber nach Kabelvåg zu bringen.

Noch vor dem Notarzt kniete sich Johan neben Andrea. Er kontrollierte ihren Puls, der flach und kaum zu ertasten war.

»Hei, Johan, lass mich mal. Ich hab alles Notwendige dabei.« Der Notarzt aus Svolvær übernahm die Erstversorgung der angeschossenen Kollegin. »Wie konnte das denn passieren?«, fragte er, während er eine Infusion legte. Dann untersuchte er die Platzwunde am Hinterkopf, aus der aber nur wenig Blut austrat. Fürs Erste legte er nur eine Kompresse darüber. Danach schnitt er Andreas Kleidung auf, damit er die Verletzung am Brustkorb genauer inspizieren konnte.

»Und wie sieht es aus? Ist sie schwer verletzt?« Johan Ecklund beugte sich erneut über Andrea.

Der blonde Notarzt schüttelte den Kopf. »Sieh mal ... das ist wie ein Wunder.« Er wies auf ein Amulett, das auf Andreas Brust lag. Es zeigte zwei Rentiere, die sich gegenüberstanden. »Das Ding hat ihr das Leben gerettet.

Hier ...« Er zeigte auf das Einschussloch am Rippenbogen. »Vier Zentimeter weiter, und die Kugel hätte das Herz getroffen. So ist sie an dem Amulett abgeprallt.«

»Das ist aus einem Stück Walzahn gemacht ...« Johan fuhr sich über das Gesicht. »Ein Kunstwerk, wie es nur die Samen herstellen. Wie kommt sie nur an so was?«

Der Notarzt zuckte nur mit den Schultern. »Der Streifschuss an der Stirn ist nicht schwerwiegend, glaube ich. Und die Verletzung an den Rippen auf den ersten Blick auch nicht. Wir werden sie versorgen und zur Beobachtung dabehalten. Nicht, dass sie doch noch Blutungen unter der Schädeldecke hat, schließlich ist sie auf einen Stein geprallt. Im schlimmsten Fall steckt auch noch die Kugel im Kopf.«

»Ihr solltet unbedingt eine Röntgenaufnahme machen.«

»Natürlich.«

»Sie hatte Glück.« Johans Blick blieb noch eine Weile an dem Amulett haften. Dann ging er hinüber zu Birgit. »Andrea wird es schaffen. Sie hatte einen ganz besonderen Talisman, der hat sie gerettet.« Er erzählte Birgit, was er gesehen hatte.

»Das war die Sippe von Kim«, murmelte sie vor sich hin.

»Was meinst du?«

»Nichts Wichtiges, schauen wir zu, dass wir zurückkommen. Die Sache mit dem Amulett erzähle ich dir auf dem Heimweg.«

»Ich gehe nur noch kurz zu Haakon.«

Birgit nickte. Sie sah zu, wie Andrea ohne weitere Verzögerung in den Krankenwagen gehoben wurde.

Der Notarzt sprang mit einem Satz in das gelbe Fahrzeug, ein junger Sanitäter folgte. Gemeinsam würden sie Andrea während der Fahrt in die Klinik optimal versorgen.

Johan Ecklund ging indessen zu Haakon, der sich mit dem Nachbarn des Arztes unterhielt. Die beiden lehnten am Wagen und rauchten.

»Wie ist das passiert? Hast du eine Ahnung, Haakon?«

»Nicht die geringste. Andrea war hier, um nach Kirstin zu sehen und bei mir die Fäden zu ziehen. Sie wollte noch kurz zu Evelyn, glaube ich.« Er wies auf die offenstehende Haustür der Malerin.

Johan ging ein paar Schritte auf das Haus zu. »Komisch …«, murmelte er dabei.

»Was meinst du?« Haakon folgte ihm und war noch vor ihm an der Tür.

»Evelyn scheint nicht da zu sein. Aber die Tür ist offen. Im Atelier brennt Licht.«

Haakon ging schneller. »Sie muss den Lärm doch gehört haben. Und ihr Wagen steht auch auf seinem Platz.« Er wies zur linken Seite des Hauses.

»Evelyn!« Johan Ecklund stieß die Tür zum Wohnraum auf – keine Antwort. »Hei, Evelyn, wo steckst du?«

Haakon rannte zum Atelier. »O nein …« Er taumelte und musste sich am Türrahmen festhalten. »Johan! Hierher!«

Der alte Arzt war Sekunden später neben ihm. »Das ist doch … sie auch …« Er beugte sich über die leblose Gestalt und tastete nach der Halsschlagader. »Kein Puls.« Mühsam richtete er sich auf. »Nichts anfassen, Haakon. Ich hole die Polizisten.«

Der Bildhauer war wie paralysiert. Mit versteinerter Miene sah er sich um.

Auf dem Boden waren verstreut ein paar Bilderrahmen zu erkennen. Sie waren zerbrochen, so wie die Staffelei, die umgestürzt war. Die Leinwand des neuen Bildes bedeckte zum Teil Evelyns Beine.

Die Malerin lag mit seltsam verrenkten Gliedern auf der Erde. Sie hatte Schusswunden in der Brust und im Bauch, es war deutlich zu sehen, da sie noch den hellen Kittel trug, den sie sich oft bei der Arbeit überstreifte. Eine Blutlache hatte sich unter ihrem Körper gebildet. Haakon konnte den Blick kaum von dem roten kleinen See wenden.

Zwei Polizisten kamen herein und untersuchten kurz den Tatort. »Sperr alles ab!«, befahl der Ältere. »Das ist ein Fall für die Mordkommission.«

46

Du musst den Verstand verloren haben.« Nik Yitterdal presste das Telefon so fest an sein Ohr, dass es schmerzte. Er war gerade auf seiner kleinen Insel angekommen, als Toms Anruf ihn erreichte. »Wieso bist du überhaupt schon wieder da?«

»Warum wohl«, fauchte Tom. »Ich wollte Nachschub holen.«

Nik schüttelte den Kopf. »Idiot! Auffälliger ging es ja gar nicht. Diese Malerin musste doch misstrauisch werden, wenn du alle naselang dort erscheinst. So was ist doch nicht normal!«

»Hör auf mit den Vorhaltungen, die bringen mich auch nicht weiter. Ich muss von den Lofoten verschwinden. So schnell wie möglich. Diese Ärztin hat mich erkannt.«

»Aber du hast sie doch auch …« Nik brach ab.

»Ich weiß nicht, ob ich sie richtig getroffen habe. Vielleicht … vielleicht lebt sie noch.«

»Dann sieh zu, dass du dir ein Boot organisierst. Oder eine Fähre erreichst, die dich innerhalb der nächsten Stunden von hier wegbringt. Auch wenn wir im hohen Norden leben, die Polizei ist schnell vor Ort. Und wenn dich jemand erkannt hat, ist dein Wagen bald gefunden.«

»Kannst du mich nicht fahren? Soll dein Schaden nicht sein.« Toms Stimme klang ungewöhnlich kleinlaut. »Mit deinem Boot sind wir schnell von hier fort. Ich will nicht warten, bis morgen früh die erste Fähre losgeht. Mein Wagen ist vielleicht schon in der Fahndung.«

Aber Nik dachte nicht daran. Er grinste und tippte sich an die Stirn, obwohl der Galerist das nicht sehen konnte. »Keine Chance.« Damit unterbrach er das Gespräch.

Tom Rheenhus rief ihn noch mehrfach an in den folgenden zwanzig Minuten, aber Nik meldete sich nicht mehr. Er packte in aller Eile die notwendigsten Dinge zusammen, füllte den Vorrat an Kokain in zwei größere Plastiktüten. Die synthetischen Pillen, die er in grellfarbenen Plastikboxen aufbewahrte, warf er in einen Seesack, den er sich lässig über die Schulter warf. Der Tank seines Bootes war gut gefüllt, dafür sorgte er immer.

Als die ersten Sterne am Himmel aufleuchteten und die letzten Fischkutter in ihre Heimathäfen eingelaufen waren, machte sich der Chemiestudent auf in Richtung Norden. Wenn man sich auskannte, gab es in der Weite der Finnmark unzählige Möglichkeiten, unterzutauchen.

47

Das Erste, was sie wahrnahm, war der vertraute Geruch nach Medikamenten, Desinfektionsmitteln und antiseptischen Lösungen. Sie blinzelte, die Helligkeit, die durch die leicht geöffneten Lider drang, tat den Augen weh. In ihrem Kopf war ein ziehender Schmerz, der sich allerdings nicht genau lokalisieren ließ. Auf der Brust lastete ein dumpfer Druck, so, als läge ein zentnerschweres Gewicht darauf.

»Andrea!«

Wer rief sie? Irgendwie kam ihr die Stimme bekannt vor, doch sie wusste sie nicht einzuordnen.

»Andrea, sieh mich an!« Jemand drückte sanft ihre linke Hand.

»Birgit?« Es war unendlich mühsam, die Augen zu öffnen.

»Ja. Ich bin's.« Birgits gutmütiges rundes Gesicht erschien in ihrem Blickfeld. »Bin ich froh, dass du wieder wach bist.«

»Wie lange hab ich denn geschlafen?« Andrea wollte sich aufrichten, doch Birgit drückte sie sanft zurück.

»Bleib ganz ruhig liegen! Die Ärzte hier sagen, dass du dich möglichst nicht bewegen sollst.« Sie lächelte Andrea aufmunternd zu. »Aber keine Panik, ich bin sicher, dass du morgen schon wieder fit bist.«

»Was … was ist denn mit mir?« Langsam realisierte Andrea, dass sie nicht daheim in ihrem Zimmer im Stamsunder Doktorhaus lag, sondern in einer Klinik. Die Wände waren hellgrün gestrichen, neben ihrem Bett standen einige Apparate, die leise, fast unhörbare Geräusche verursachten. Der Lamellenvorhang vor dem breiten Fenster war fast ganz geschlossen, die Dämmerung draußen blieb ausgesperrt. Über ihrem Bett brannten zwei kleine Lampen, was sie allerdings als unangenehm empfand.

Andreas Blick ging weiter, von dem Fenster zu einem hellgrauen Einbauschrank. Dann erkannte sie das Bettgestell aus glitzerndem Chrom. Daneben, an einem Galgen, hing eine Infusionsflasche mit durchsichtiger Flüssigkeit. Der Schlauch führte in ihre Armbeuge. Langsam, zäh, als wäre es Sirup, floss ein Tropfen nach dem anderen in ihre Vene. Man müsste die Einstellung verändern, schoss es Andrea durch den Kopf.

Und jetzt kam eine Schwester und leuchtete ihr mit einer kleinen Taschenlampe in die Augen. Danach korrigierte sie die Infusion – die Tropfenfolge verdoppelte sich. »So ist es besser«, murmelte sie, ehe sie eine Eintragung auf ein gefaltetes Blatt machte.

Eine Krankenakte, dachte Andrea. Sie drehte vorsichtig den Kopf zur Seite. »Birgit, jetzt sag schon. Warum liege ich hier? Ich … ich hab einen totalen Blackout.«

»Weißt du wirklich gar nichts mehr?«

»Nein. Ich weiß nur, dass ich losgefahren bin, um nach Haakon und seiner kleinen Tochter zu sehen. Danach … keine Ahnung!«

»Du bist angeschossen worden. Vor Evelyn Wahlstroms Haus.«

Andrea griff sich an die Stirn. Sie spürte einen Verband an der Schläfe, und als sie den Kopf mehr nach links drehen wollte, durchzuckte sie ein heftiger Schmerz. »Was ist das?«

»Nur ein Streifschuss.« Die Schwester, eine etwa vierzigjährige Frau mit frischer Gesichtsfarbe und einem dicken weißblonden Zopf, lächelte ihr zu. »Du brauchst keine Angst zu haben. Wir haben dich schon geröntgt. Die Kugel ist wohl an der Schläfe vorbeigeschrammt.«

»Innere Blutungen?«

»Keine.« Die Schwester drückte ihre Hand. »Klasse, dass du schon wieder logisch und wie eine Medizinerin denkst. Du hast im schlimmsten Fall eine Gehirnerschütterung. Deshalb hat Doktor Eidsvag auch befohlen, dass du noch für eine Weile ganz still liegen sollst. Ich komme nachher wieder. Birgit bleibt ja noch, nicht wahr?«

»Natürlich. Und gleich kommt Johan auch noch. Er will sich wohl selbst davon überzeugen, dass alles okay ist.«

»Tom … er war … Evelyn … Warum hat er geschossen?« Ihre Stimme verwischte sich, war kaum noch zu verstehen. Ohne dass sie es wollte, fielen ihr die Augen zu, und Birgit war froh, dass sie Andrea noch nicht die ganze traurige Wahrheit sagen musste.

48

Ich will alles über Evelyn Wahlstroms Vermögensverhältnisse wissen – Bargeld, Konten, Beteiligungen, eventuelle Mieteinnahmen. Das ganze Programm. Und das alles so schnell wie möglich.« Kriminalkommissarin Carina Rasmussen sah sich im Atelier um. »Weiß jemand von euch, ob etwas gestohlen wurde? Wer kennt sich hier aus?«

Ihre beiden Kollegen aus Svolvær schüttelten die Köpfe. »Keine Ahnung. Ich war noch nie hier«, sagte der Ältere der beiden. »Wer von uns kann sich schon ein Bild von ihr leisten!«

»Vielleicht weiß der Nachbar was. Er hat die Tote gefunden.« Der jüngere Beamte schob sich die blaue Uniformmütze aus der Stirn. Er fühlte sich unbehaglich. Noch nie, seit er bei der Polizei war, hatte er mit einem Mordfall zu tun gehabt. Der Anblick der Leiche, die noch immer nicht abtransportiert war, verursachte ihm eine Gänsehaut.

»Ruf ihn bitte her.« Carina zog sich Handschuhe über und nahm vorsichtig einen der zerbrochenen Bilderrahmen auf. »Habt ihr die schon genauer untersucht?«

»In diesem Teil des Zimmers sind wir fertig«, erklärte ihr Kollege von der Spurensicherung und wies nach links, wo Evelyn lag. »Dort hinten solltest du vorsichtig sein.« Jan Tjerborg, ein schmaler, kleiner Mann mit Glatze und

Dreitagebart, machte noch ein paar Fotos. »Wenn du mich fragst, stimmt was mit den Bilderrahmen nicht.«

»Sie sind hohl.«

»Genau das meine ich.« Jan grinste. »Und dieses Pulver auf der Erde ist weder Zucker noch Mehl.«

»Du meinst Kokain?« Carina bückte sich und nahm vorsichtig etwas von dem weißen Pulver auf.

»Darauf verwette ich den Schatz meiner Großmutter.«

Sein Kollege, groß und blond, grinste. »Ich wusste gar nicht, dass du eine reiche Großmutter hast.«

»Ich auch nicht.« Jan schob ein paar Leinenfetzen in eine Plastiktüte. »Dahinten lag ein aufgerissenes Tütchen mit Tabletten. Ich denke, die sollten ebenfalls in den hohlen Bilderrahmen transportiert werden. Keine schlechte Idee, muss ich zugeben.«

Carina nickte. »Wer denkt schon daran, den Rahmen eines Kunstwerkes zu inspizieren! Ich zumindest hätte Respekt vor so einem wertvollen Teil.«

»Ob die Tote gedealt und geschmuggelt hat?«

Entschieden schüttelte Carina den Kopf. »Ich bin sicher, dass sie nichts davon wusste. Vor ein paar Monaten habe ich Evelyn Wahlstrom kennengelernt. Nein, mit Drogen hatte sie sicher nichts zu tun.«

»Dafür leg ich meine beiden Hände ins Feuer.« Haakon, der die letzten Worte gehört hatte, blieb an der Tür stehen. »Evelyn war eine ehrliche, vollkommen integere Person«, fügte er hinzu.

»Davon bin ich auch überzeugt.« Carina stellte sich vor und fragte: »Kannst du mir erzählen, was du gesehen hast?«

Haakon nickte, und er schilderte, dass er einen dunkelhaarigen Mann um die vierzig ins Haus hatte gehen sehen. »Genau kann ich allerdings nicht sagen, wer es war, denn ich stand am Küchenfenster und hab meiner Tochter einen Saft gemacht.«

»Der Galerist ... könnte es Evelyns Galerist gewesen sein?«

Haakon nickte. »Beschwören will ich es nicht, aber ja ... ja, er könnte es gewesen sein.«

»Denk nach! Hast du das Kennzeichen des Wagens erkannt?« Eindringlich sah die Kommissarin ihn an. »Bitte, es ist wichtig!«

»Ich weiß.« Haakon biss sich auf die Lippe. »Der Wagen kam aus Oslo«, sagte er schließlich.

»Oslo ...« Carina machte sich eine Notiz, dann bat sie den jüngeren Polizisten: »Frag nach, ob dieser Galerist ...« Fragend sah sie Haakon an.

»Er heißt Rheenhus. Ist gebürtiger Belgier, glaub ich.«

»Danke. Also, frag nach, ob er in Oslo gemeldet ist. Oder dort auch ein Geschäft hat. Ach ja, eins noch: Alle Straßen werden kontrolliert, alle Brücken. Und die Fähren aufs Festland erst recht. Nicht die kleinste Nussschale darf in den nächsten Stunden die Lofoten verlassen.«

Eine halbe Stunde blieb sie noch im Haus der Malerin, sah sich im Wohnbereich und in der Werkstatt um, dann erklärte sie: »Macht allein hier weiter. Ich fahre erst mal zurück ins Büro, ich muss da einiges klären, später bin ich in der Klinik. Ruft mich an, wenn ihr hier noch was herausfindet. Und macht Druck! Dieser Galerist muss gefunden werden.«

49

Das Stampfen der vielen hundert Rentierhufe war weithin zu hören, wie dumpfes Donnergrollen klang es, als die Tiere in das weitläufige Gehege getrieben wurden und dort wie verrückt im Kreis rannten. Viele brüllten vor Verzweiflung, ihre Angst war beinahe zu riechen. Die Freiheit, die sie einen kurzen, aber herrlichen Sommer lang hatten genießen dürfen, schien jäh vorbei.

Die Anzahl der Geweihe war nicht zu zählen, immer enger wurde der Kreis, es schien, als würden die Tiere in der Mitte von den Nachfolgenden erdrückt.

Gelassen sahen drei Männer der wilden Jagd zu. Sie warteten. Und sie würden noch mindestens drei Stunden so stehen und warten. So lange, bis die Tiere erschöpft waren und sie dann in Ruhe ihre Arbeit machen konnten. Jungtiere würden das Zeichen ihrer Besitzer in die Ohren geklebt bekommen. Etliche der männlichen Tiere mussten aussortiert werden, auf sie wartete der Schlachter.

Berit saß vor ihrem *Lavvu* und flickte eine bunte Decke. Die Sonne hatte noch Kraft, die alte Samin genoss ihre Wärme. Hin und wieder ging ihr Blick hinüber zu dem Platz am Südufer des Fjords. Dort stand der große Pferch der Rentiere, die in wenigen Tagen geschlachtet werden mussten. So war es immer am Ende des Sommers: Für etliche der Tiere war es auch das Ende ihres Lebens.

Berit schrak zusammen, als sich jemand neben sie setzte. »Ole!«

»Ja. Ich bin's. Kann ich für eine Weile bleiben?« Der alte Mann sah müde aus. Unzählige Falten hatten sich in sein Gesicht eingegraben, erzählten von Angst und Leid, von Entbehrung und Schmerz. Seit Wochen fühlte er sich krank, das Heimweh nach der Familie quälte ihn, und immer öfter erschien ihm Kim im Traum. Sie winkte ihm fröhlich zu, schien ihn zu locken, zu sich zu rufen.

»Natürlich kannst du bleiben.« Berit legte ihm die Hand auf den Arm. »Für immer kannst du bleiben.«

»Nein …«

»Doch, Ole, du kannst heimkommen, wenn du willst. Man hat deine Unschuld herausgefunden.«

»Wer?«

»Eine junge Polizistin. Sie ist eine Freundin der deutschen Ärztin, die Kim geholfen hat.« Sie erzählte in knappen Worten von Carinas Recherchen. »Vor einigen Wochen hat sie angerufen – bei Roald. Irgendwie hat sie herausgefunden, dass er einen Computer und ein Mobiltelefon besitzt.«

»Und … was hat sie gesagt?« Ole griff mit zitternden Fingern in die Innentasche seiner Jacke und holte eine alte, handgeschnitzte Pfeife heraus. Ohne sie zu stopfen, schob er sie zwischen die Lippen.

»Dass du unschuldig bist.«

Ole atmete schwer. »Und – was noch?«

Berit legte ihre Handarbeit zur Seite. »Ich weiß es nicht. Ich weiß auch nicht, wie sie mit Roald Kontakt aufnehmen konnte. Von der modernen Technik verstehe ich nichts. Ich fahre auch nicht mit diesen schnellen Schneescootern, die unsere jungen Leute angeschafft haben. Aber meine Söhne sagen, es sei wichtig, mit der Zeit zu gehen.« Sie seufzte. »Ich weiß nicht, ob alles Neue gut ist. Aber wir wissen so, dass du bleiben kannst. Roald sagt, es war für die Polizei nicht schwer, ihn zu finden und mit ihm zu reden.«

»Schwer wäre es auch nicht gewesen, meine Unschuld zu beweisen. Wenn man es nur gewollt hätte!«

Berit drückte seinen Arm. »Sei nicht mehr zornig. Alles hat sich aufgeklärt. Dank der Ärztin.« Sie zuckte auf einmal zusammen, ein Schrei entfloh ihren Lippen.

»Was ist los?«

»Die Ärztin … sie ist in Gefahr. Aber mein Amulett …« Sie griff sich an die Brust und zog ein Amulett aus Walfischzahn heraus. Die Darstellung zweier Rentiere war beinahe identisch mit dem Amulett, das sie Andrea geschenkt hatte. Berit hielt das geschnitzte Schmuckstück fest in ihren Händen. Als sie es plötzlich fallen ließ, zog sich eine dunkle Spur über das helle Elfenbein.

Ole sah die Schamanin seiner Sippe fragend an. Doch Berit schien dem Jetzt und Hier entrückt. Sie schaute auf das Amulett, dann in die Weite der Heidelandschaft. Rotgolden glühten die wenigen Birken und Kiefern, die hier wuchsen. Sie waren vom Wind auf kunstvolle Weise verbogen worden. Skurrile Gestalten, die jetzt ein buntes Herbstkleid übergestreift hatten. Der Boden war, so weit das Auge reichte, mit Moosen und Beerensträuchern übersät, die sich dicht an den Boden schmiegten, um dem scharfen Wind keinen Widerstand entgegenzusetzen. Es war der reich gedeckte Sommertisch des hohen Nordens. Da, wo sich die Samen mit ihren Rentieren nicht aufhielten, fraßen sich in diesen Wochen Luchse, Füchse und Elche eine Speckschicht für den Winter an.

»Alles ist gut.« Mit einem Ruck nahm Berit ihren Halsschmuck wieder auf, ehe sie Ole ansah. »Wo warst du in den letzten Wochen?«

»Erst auf Magerøy, dann bin ich mit einem Fischerboot den Lakse-Fjord hochgefahren. Ich war bei Janus und seinem Clan.«

»Und wir haben so auf dich gewartet.«

»Wo ist Roald? Ich muss ihn sprechen.« Ole wollte wieder aufstehen, doch Berit hielt ihn an seiner Jacke zurück.

»Er ist bei den Tieren. Lass ihn seine Arbeit tun. Heute Abend kannst du ihn sprechen.« Sie stand auf und ging in ihr *Lavvu*, ihr Zelt aus Reisig und Rentierfellen, das sich rasch auf- und abbauen ließ. »Komm, iss und trink mit mir, die Suppe ist noch heiß. Und heute Morgen habe ich frisches Brot gebacken. Wenn die anderen gleich kommen, wollen wir feiern, dass du zurück bist.«

50

Die Lamellengardinen vor dem Fenster waren schräg gestellt, ließen die Sonne ins Zimmer scheinen. Vor wenigen Minuten waren der Chefarzt des Krankenhauses und sein kleiner Tross hereingekommen. Dr. Eidsvag ließ es sich nicht nehmen, stets persönlich nach Andrea zu schauen. Er war nicht allzu groß, hatte graues Haar, das ehemals blond gewesen sein musste, und kluge dunkle Augen, die viel Güte ausstrahlten.

»Wie fühlst du dich?«, erkundigte sich der etwa Sechzigjährige und rückte an seiner Goldrandbrille – eine für ihn typische Geste, das hatte Andrea schon festgestellt.

»Gut, danke. Ich denke, ich kann bald wieder nach Hause.«

Er lächelte. »Hier stelle ich die Diagnosen. Aber wenn die Beschwerden abgeklungen sind, kannst du wirklich in zwei, drei Tagen entlassen werden.« Er beugte sich vor. »Lass mal die Wunde an der Schläfe sehen.« Vorsichtig löste er den Verband an Andreas linker Schläfe. »Sieht gut aus. Mit ein wenig Glück wird nicht mal eine Narbe bleiben.«

»Na, dann ist ta also tut.«

Dr. Eidsvag runzelte die Stirn. Diese plötzlichen Sprachstörungen, die Andrea gar nicht aufzufallen schienen, beunruhigten ihn. »Zur Sicherheit werde ich aber nochmals eine Röntgenaufnahme veranlassen.«

»Wozu das denn? Ich fühle gut. Sogar die Kolschmellen sind inzwischen minimal.«

»Das freut mich. Aber wir werden dennoch hundertprozentig sichergehen. Und jetzt lass mal die Wunde am Brustkorb sehen.«

Hier verlief der Heilungsprozess optimal, und der Chefarzt, der Andrea trotz der Brille immer ein bisschen an den jungen Sean Connery erinnerte, verließ das Zimmer. Dass er beunruhigt war, ließ er sich nicht anmerken. Aber ihm war nicht entgangen, dass seine Patientin recht deutliche Begriffsfindungsfehler machte. Diese Aphasie stimmte ihn besorgt, so dass er beschloss, einen Neurologen hinzuzuziehen. Und auch eine Computertomografie hielt er für sinnvoll.

Andrea schloss die Augen und genoss die Sonnenstrahlen auf der Haut. Wahrscheinlich war sie sogar eingeschlafen, denn sie hörte nicht das Klopfen an der Tür.

»So ist es richtig. Du liegst im Bett und bildest dir ein, an einem sonnigen Strand zu liegen.« Carina trat ans Bett und griff nach der Hand der Freundin. »Wie fühlst du dich?«

»Carina! Schön, dass du gekommen bist.« Andrea richtete sich auf. »Gut geht's mir schon wieder. Ich glaube, der Schlock war schlimmer als die Verletzungen. Dieser Tom … warum nur hat er auf mich gelossen?«

»Du meinst Tom Rheenhus?«, hakte die Kriminalbeamtin ein. Sie registrierte, dass Andrea nicht ganz richtig sprach, wollte sie aber nicht korrigieren.

»Ja. Evelyns Galeristen. Er kam ganz aufgeregt aus dem Haus gerannt, und als er mich sah …« Andrea brach ab. Die Erinnerung an diese Minuten ließ sie leicht zittern. »Warum hat er das getan?«

Carina setzte sich auf die Bettkante. »Andrea, ich muss dir etwas sagen ... Evelyn ist tot. Er hat sie erschossen. Und dich wollte er töten, weil du eine Zeugin warst. Du hast ihn erkannt, da wollte er kein Risiko eingehen.«

»Aber warum?« Kopfschüttelnd sah Andrea die Freundin an. »Er hat doch gut an ihren ... ihren Bildern verdient.« Sie runzelte die Stirn, denn ihr war klargeworden, dass sie nach dem Begriff »Bilder« hatte suchen müssen. Mit zitternden Fingern griff sie sich an die Stirn, denn eine Haarsträhne störte sie. Doch sie musste vier Versuche machen, ehe es ihr gelang, die wenigen Haare zur Seite zu schieben.

»Das stimmt schon«, antwortete Carina. »Doch das große Geld hat er mit Rauschgift gemacht.« Sie erzählte von den hohlen Bilderrahmen und dem Rest von Kokain und Speed, den die Spurensicherung gefunden hatte. »Er hat kleine Tüten mit Pillen in den Rahmen versteckt und so geschmuggelt. Einiges davon haben wir sogar noch sicherstellen können.«

»Ich glaub's ja nicht. So ein Mistkerl!« Andrea tastete nach ihrer linken Brustseite. »Es ist schon wie ein Wunder ... das Mulett, das mir Kims Großmutter geschenkt hat, hat mir das Leben gerettet.«

»Ein Amulett, meinst du?«

»Ja. Es ist aus einem Walzahn gearbeitet. Sie hat es mir geschenkt und gesagt, ich müsse es unbedingt tragen ...« Ihr Blick verlor sich in der Ferne des Himmels. »Schon merkwürdig, nicht wahr? Es ist fast so, als hätte sie geahnt, dass mir etwas zustößt.«

Carina nickte. »Wenn sie eine Schamanin ist, wundert es mich nicht. Immer wieder hört man davon, dass diese

Leute Dinge sehen, die für uns ›normale‹ Menschen nicht zu verstehen sind. Deshalb sind sie auch innerhalb ihrer Gemeinschaft ganz besonders angesehen.«

»Sie hat mir mit ihrem Geschenk das Laben gerettet«, murmelte Andrea. »Wenn ich es nicht getragen hätte, wäre der Schloss direkt ins Herz gegangen.« Wieder sprach sie einige Worte falsch aus, und Carina nahm sich vor, über ihre Wahrnehmung mit dem Arzt zu sprechen. Sie verstand nicht allzu viel von Medizin, doch dass dies kein gutes Zeichen war, begriff sie.

»Ich kriege diesen Kerl, verlass dich drauf. Die Fahndung nach ihm läuft auf Hochtouren.« Sie stand auf und küsste Andrea auf die Wange. »Sei nicht böse, dass ich schon wieder gehe, aber ich muss noch mal ins Präsidium.«

»Danke, dass du es mir selbst gesagt hast. Evelyn ... sie war so ein toller Mensch.«

»Wir werden ihren Mörder zur Rechenschaft ziehen, verlass dich drauf.« Carina ging zur Tür, doch dann fiel ihr noch etwas ein. »Sag mal, weiß Magnus eigentlich schon, was passiert ist?«

»Ich glaube nicht. Vielleicht hat ihn Birgit angerufen. Mein Handy ist nicht mehr aufgeladen, und, ehrlich gesagt, hab ich gestern noch gar nicht daran gedacht, mir ein Telefon ans Bett stellen zu lassen.«

»Das kann ich gleich veranlassen.«

»Ich weiß auch gar nicht, wo die *Black Nessy* sich im Moment aufhält. Und ob Magnus überlappt Empfang hat.«

Wieder ein ganz falsches Wort, stellte Carina fest. Das ist nicht normal! Sie zog ihr Telefon aus der riesigen schwarzen Umhängetasche. »Wir werden gleich feststellen, ob er Empfang hat.«

»Ach was, lass es lieber. Ich will knocht, dass er sich Sorgen macht.« Sie runzelte die Stirn, ihr war selbst aufgefallen, dass sie etwas falsch ausgesprochen hatte, doch sie konnte nicht benennen, was es gewesen war.

»Er würde es mir nicht verzeihen, wenn ich ihn nicht informiere.« Carina lächelte. »Und ich will schließlich auch mit ihm noch eine Weile befreundet sein.«

Sie hatte die Nummer noch nicht zu Ende gewählt, als der Chefarzt nach kurzem Anklopfen noch mal ins Zimmer kam. Dr. Eidsvags Gesicht war ernst. »Andrea, wir sollten unbedingt noch eine weitere Untersuchung vornehmen. Und zwar im Zentralkrankenhaus in Gravdal. Dort kann man eine CT machen.«

51

Magnus stand an der Reling und schaute den Weißschnauzendelfinen zu, die seit einer Viertelstunde dem Boot der Forscher das Geleit gaben. Es waren Jungtiere, die sich unbekümmert im schmalen Fjord tummelten. Sie sprangen übermütig hoch, schwammen ein paar Meter vom Boot weg – und kamen in den nächsten Minuten wieder zurück. Es war still, die See war glatt, Magnus hörte nur das Ausatmen der Delfine.

»Das gibt's selten.« James stellte sich neben seinen Freund und sah dem Spiel der Tiere zu. Jetzt kamen noch drei kleinere Wale, die sich an dem übermütigen Treiben der Delfine beteiligen wollten. Es war ein faszinierendes Schauspiel, und die Männer sahen zu, bis sich die *Black Nessy* dem Hafen von Hammerfest näherte und die Tiere zurückblieben. »Wenn wir angelegt haben, will ich für ein paar Stunden rüber zur Insel Seiland«, sagte James. »Den Nationalpark dort kenne ich noch gar nicht. Und du?«

»Ich war vor drei Jahren mal dort und habe mir den Seilandsjokul angesehen. Es ist, wie du vielleicht weißt, der nördlichste Gletscher Norwegens, die Aussicht auf die Eisfläche ist gigantisch. Das musst du dir ansehen.«

James, der seit fünf Jahren in Norwegen lebte, aber eigentlich von den englischen Orkney-Inseln stammte, nickte. »Das mach ich bestimmt. Und du?«

»Ich werde noch mal versuchen, vernünftig mit Lilian zu reden. Danach rufe ich Andrea an. An Land ist die Verbindung viel besser.«

Sie schwiegen und sahen ein paar kleinen, ein wenig plump wirkenden Papageientauchern nach, die auf Beutefang waren. Das Wasser, das jetzt einen silbergrauen Schimmer angenommen hatte und nicht mehr so düster wirkte wie auf hoher See, wirkte träge. Nur ein paar Wellen schwappten leise gegen die Schiffswand. Kleine, wie mit einem zarten Pinsel an den Himmel gemalte Wolken verkündeten gutes Wetter.

»Im nächsten Jahr sollten wir uns verstärkt um die Kaltwasser-Korallenriffe kümmern«, erklärte James. »Die wenigsten Menschen wissen, dass es auch hier, im Nordmeer, Korallen gibt.«

»Eine gute Idee.«

»Ihr könnt wohl von nichts anderem reden als von eurer Arbeit. Oder macht ihr das, damit ich außen vor bleibe, weil ich nicht genug von der Materie verstehe?« Lilian, in einer pinkfarbenen wattierten Seidenjacke, deren Kapuze mit Weißfuchs verbrämt war, stellte sich zwischen die Männer. »Nun tut nicht so pikiert! Ich hab begriffen, dass ich hier nicht willkommen bin.«

»Ach, Lilian, so ist das doch nicht.«

»Ach Lilian, ach Lilian! Fällt dir sonst nichts ein?« Sie beugte sich weit über die Reling. »Dieses kalte Grau da unten ist so abstoßend. Ich weiß wirklich nicht, was so reizvoll daran ist, diese Tiefen und ihre ekligen Bewohner intensiver zu erforschen. Mir reicht das Wissen, dass da jede Menge Fische sind, die gut schmecken.«

»Wenn es so weitergeht und wir nicht Obacht geben,

sind die Fischbestände bald so gering, dass es sich nicht mehr lohnt, hier zu fischen. Und ölverschmierter Kabeljau dürfte auch dir nicht schmecken.«

»Puh, der Herr Oberlehrer hat gesprochen.« Lilian zog einen Flunsch. »Du bist langweilig, Magnus. Ich hab gar nicht gewusst wie langweilig. Ich bin heilfroh, wenn ich endlich von Bord kann.«

James hob kurz die Hand und zog sich zurück. Magnus nutzte das Alleinsein mit Lilian. »Wenn das so ist, fällt es dir ja sicher nicht schwer, die Trennung zu akzeptieren.« Er griff nach ihren Schultern, sah sie eindringlich an. »Lilian, begreif doch endlich ... uns verbindet so wenig! Wir haben völlig andere Vorstellungen vom Leben. Du willst dich amüsieren, das Leben genießen ... es ist absolut legitim, denn du kannst es dir leisten. Ich aber kann und will ein solches Leben nicht führen. Ich brauche meine Arbeit, eine sinnvolle Beschäftigung.«

»Das, was ich tue, ist also sinnlos in deinen Augen.«

»So hab ich das nicht gemeint.«

»O, doch!« Wütend funkelte sie ihn an. »Genau so denkst du über mich. Scheißkerl!« Sie ließ ihn an der Reling stehen und lief ins Innere des Schiffes. Magnus hörte sie dort schreien, ein paar Dinge fielen zu Boden, es klirrte und schepperte.

Im ersten Impuls wollte er ihr folgen, ließ es dann aber doch bleiben. Was half es, wenn er ihrem Treiben Einhalt gebot? Sie war ebenso temperamentvoll wie zügellos. In gewisser Weise hatte er das einmal an ihr gemocht, das war lange her. Inzwischen wusste er, dass ihr überschäumendes Temperament keine Lebenslust war, sondern Trotz und übersteigerter Egoismus. Lilian musste immer und überall im Mittelpunkt stehen und ihren Kopf durchsetzen. Soll sie, dachte er resignierend, solange sie nichts im Labor zerstört, ist es nicht wichtig.

Das Schiff hatte noch nicht ganz im Hafen festgemacht, die schmale Gangway war soeben heruntergelassen worden, als Lilian schon davonstürmte. Sie hatte sich einen kleinen Rucksack lässig über die rechte Schulter geworfen und sah sich nicht mehr um. Das leuchtende Pink ihrer Jacke war noch weithin zu sehen.

Magnus schaute ihr kopfschüttelnd nach. Wohin wollte sie jetzt? Von hier kam man nicht so einfach fort, das sollte sogar Lilian wissen.

James und er gingen von Bord und tranken erst einmal in einem kleinen Lokal ein frisches Bier, bevor sich der Engländer auf zum großen Nationalpark machte.

Magnus blieb noch, er versuchte zum wiederholten Mal, Andrea anzurufen, doch sie meldete sich nicht auf ihrem Handy, auch seine SMS erreichten sie nicht. Bevor er es im Doktorhaus versuchen wollte, wo jetzt sicher Sprechstunde war und er eventuell störte, bestellte er sich etwas zu essen und kaufte im nahe gelegenen Supermarkt ein paar Dinge für die Kombüse der *Black Nessy* ein. Der Kaffee ging zur Neige, ebenso Wurst und Käse. Auch drei Dosen mit Fertigsuppen wanderten in seinen Einkaufskorb. Viel Zeit zum Kochen nahmen sich die Forscher nicht, und eine heiße Suppe kam bei schlechter Witterung immer gut an. Er wollte gerade die Rechnung bezahlen, als das Dröhnen eines Hubschraubers zu hören war.

»Da muss was passiert sein«, sagte der bärtige Mann an der Kasse und sah durch die hohen Fenster nach draußen.

Magnus nahm das Wechselgeld, dann verließ er den

Supermarkt und sah gerade noch einen weiß lackierten Hubschrauber mit dem Schriftzug *Blomquist-Group*, bevor die Maschine hinter einigen hohen Fabrikgebäuden verschwand.

»Sie hat den Hubschrauber der Firma angefordert. Ich glaub es nicht! So ein verrücktes Huhn.« Wider Willen musste er grinsen. Lilian war nicht bösartig, sie war einfach nur ein vom Leben total verwöhntes Geschöpf, das es nicht ertragen konnte, wenn es seinen Willen nicht durchsetzen konnte.

Das Geräusch der Rotoren wurde schwächer, wenige Minuten später erhob sich der Helikopter wieder in die Luft und entschwand in einem eleganten Bogen in südliche Richtung.

Kurz sah Magnus ihm nach, dann bog er in eine kleine Seitenstraße ein. Er wusste von seinen letzten beiden Besuchen in Hammerfest, dass sich hier eine kleine Boutique befand. Die Besitzerin stellte die Blusen, Taschen und Schals, die sie verkaufte, zum Teil selber her. Es waren handgewebte und bestickte Teile, die wunderschön aussahen.

Die Eingangstür war grün gestrichen und hatte im oberen Teil eine runde, leicht mattierte Scheibe, die von einer eingravierten Jugendstilranke verziert wurde.

»Hallo, was kann ich für dich tun?« Die Ladenbesitzerin, eine schlanke blonde Frau von etwa vierzig Jahren, kam aus einem Nebenraum, der durch einen hellgrünen Leinenvorhang vom Verkaufsraum abgetrennt wurde.

»Ich suche ein Geschenk.« Etwas unsicher sah sich Magnus in dem kleinen Laden um. In zwei halbhohen Regalen lagen Tücher und Mützen. Auch ein paar handgestrickte

Pullover bemerkte er, dazu Schmuck aus Muscheln, Perlen und gedrechselten Holzstücken. In einer Vitrine standen bunte Gläser und Vasen, zwei runde, mit Silberfäden verzierte Schalen gefielen ihm besonders gut, doch er hatte Sorge, dass er sie nicht unbeschadet transportieren könnte.

»Du suchst etwas für eine junge Frau, nehme ich an.«

»Ja.«

Sie zeigte ihm drei Tücher in hellen Blautönen. Dann eine mit weißem Pelz verbrämte Mütze. »Oder lieber eine Bluse?«

»Ehrlich gesagt, weiß ich nicht, was ich nehmen soll.« Magnus griff nach einem der Tücher. Es war so breit, dass man es als Stola tragen konnte. Dünne, hellblaue und zartgrüne Leinenstreifen wechselten sich mit beigefarbenen und hellgelben Streifen ab. »Ich glaube, das passt ganz gut.«

»Es ist eins meiner Lieblingsstücke.«

»Hoffen wir, dass es das auch für meine Freundin werden wird.«

»Ich packe es als Geschenk ein.«

»Und eine der kleinen blauen Vasen«, sagte er noch rasch und zeigte auf eine schmale Vase, in der sich eine Rose sicher gut machen würde.

Mit einer Schachtel, in der sich das Tuch und die gut verpackte Vase befanden, wollte er gerade das Ladenlokal verlassen, als sein Blick auf eine Kette aus hellen kleinen Perlen und zartblauen Glasperlen fiel. Die Perlen waren auf einige Perlonfäden gezogen und umeinander geschlungen worden. Magnus erinnerte sich, dass Andrea eine ähnliche Kette einmal bewundert hatte, als sie in Trondheim durch die Straßen geschlendert waren. Damals hatte er ihr das Schmuckstück schon kaufen wollen, doch das Geschäft war geschlossen gewesen.

»Die Kette dort auch noch«, bat er und freute sich insgeheim schon darauf, was Andrea zu seinen Geschenken sagen würde.

Mit den Tüten in der Hand ging er rasch zurück zum Schiff. Seine drei Kollegen waren, so wie James auch, unterwegs, um sich die Umgebung von Hammerfest näher anzusehen. Bis sie wieder zurück waren, wollte er noch ein paar Daten in den Computer eingeben. In den letzten Tagen hatten sie interessante Beobachtungen gemacht – und die These, dass sich die Delfine von einigen Vögeln dazu bewegen ließen, nach Fischgründen zu suchen, hatte sich bewahrheitet. Es waren meist Sturmtaucher, die große Fischschwärme aus der Luft heraus sichteten und dann mit Geschick ins Wasser eintauchten, um sich Beute zu holen. Die Delfine spürten diese Vibrationen und kamen aus etlichen Kilometern Entfernung herbei. Sie trieben den Fisch zusammen und hatten so leichtes Spiel bei der Beutejagd.

Magnus hatte die Gangway noch nicht ganz passiert, als sein Handy klingelte. Vier Schritte noch, dann war er an Bord und stellte die Tüten ab.

»Hey, hier Magnus«, meldete er sich lässig, da er annahm, James wäre am anderen Ende.

»Ich bin's, Carina Rasmussen. Kannst du mich verstehen, Magnus?«

»Ja, ganz deutlich. Hallo, Carina!«

»Hallo …« Sie räusperte sich. »Magnus, wo genau seid ihr gerade?«

»Wir haben vor drei Stunden mit der Black Nessy in Hammerfest angelegt. Warum?«

»Du musst zurück zu den Lofoten. So schnell wie möglich. Andrea … sie ist in der Klinik.« Wieder dieses Räuspern, das ihm verriet, wie schwer Carina dieser Anruf fiel.

»Und? So red schon!«

»Andrea ist angeschossen worden. Keine Angst, die Verletzung an sich ist nicht schwerwiegend. Aber man hat bei der letzten Untersuchung noch irgendwas an ihrem Kopf festgestellt. Genaues weiß ich nicht. Mir ist nur aufgefallen, dass sie hin und wieder ein Wort falsch ausspricht. Wahrscheinlich ist sie ziemlich hart aufgeschlagen.« Sie schwieg einen Moment und fügte dann mit trauriger Stimme hinzu: »Und Evelyn ist ermordet worden.«

»Nein …« Für einen grausam lang erscheinenden Moment blieb es still.

»Magnus, komm her, ja?«

»Natürlich … ja, sicher. Wir fahren so schnell als möglich los.« Er konnte noch einen knappen Gruß hinzufügen, dann fiel ihm das kleine Mobiltelefon aus den Händen.

Die *Black Nessy* fuhr mit voller Kraft in Richtung Süden. James und seine Kollegen hatten nicht gezögert, ihren Aufenthalt in Hammerfest vorzeitig abzubrechen und zu den Lofoten zurückzufahren. Sie alle schätzten die junge deutsche Ärztin sehr, und die Vorstellung, dass sie ernsthaft erkrankt sein sollte, bedrückte die Männer.

Noch war das Meer ruhig, doch die Wetterprognose war schlecht, von Westen kündigte sich ein Sturmtief an.

»Wir müssen uns beeilen.« Magnus trat neben James, der am Steuerruder stand.

»Mehr gibt die Maschine nicht her, das weißt du doch. Wir dürfen keinen Motorschaden riskieren.«

»Sorry, aber … ich halt es kaum noch aus.« Magnus war in den letzten dreißig Minuten wie ein gefangenes Tier im Käfig an Deck hin- und hergelaufen. Zehn Meter hin, zehn Meter zurück. Immer und immer wieder. Die anderen ließen ihn gewähren, sie wussten, dass ihm weder Trostworte halfen noch Ablenkung in irgendeiner Form.

Das Festland war nicht mehr zu sehen, die *Black Nessy* hatte das offene Meer erreicht. Immer wieder begegneten sie Fischerbooten, aber auch einige Kreuzfahrtschiffe und Containerschiffe mit ihren hohen Ladungen waren in der Ferne auszumachen.

Mit starrem Blick stand Magnus an der Reling und sah hinaus aufs Wasser. Kleine Schaumkronen hatten sich auf den Wellen gebildet, der Wind wurde von Minute zu Minute stärker, er zerrte an Magnus' dunkelblauer Wetterjacke und ließ die kleine Nationalflagge am Heck aufgeregt flattern.

Unbeeindruckt davon tummelten sich ein paar Finnwale im Wasser, sie umkreisten spielerisch das Boot, so, als wüssten sie genau, dass ihnen von den Forschern keine Gefahr drohte. Hin und wieder sah Magnus den Blas der Tiere aufspritzen. Auch wenn er schon unzählige Wale in den letzten Jahren beobachtet hatte, so war er doch immer wieder berührt von der Schönheit und Anmut dieser Tiere. So kraftvoll und mächtig sie auch waren, so bewegten sie sich doch im Wasser so graziös wie eine Ballerina auf der Bühne. Es war gleichgültig, ob es sich um einen riesigen Pottwal handelte oder um die kleinen Finnwale oder Orcas, sie alle besaßen diese spielerische Leichtigkeit, die den Beobachter stets aufs Neue faszinierte.

Magnus seufzte auf, als er sich daran erinnerte, wie begeistert Andrea bei ihrem Ausflug nach Andenes gewesen war. Mit leuchtenden Augen hatte sie den Walen zugesehen, die sich vor der Insel regelmäßig ein Stelldichein gaben. Es waren die glücklichsten Tage gewesen, die er bislang mit Andrea verbracht hatte.

Er umklammerte die eiserne Reling so fest, dass die Knöchel weiß hervortraten. Tränen brannten in seinen Augen, der Wind trug das salzige Nass zusammen mit dem einsetzenden Regen davon.

»Komm rein, sonst erkältest du dich.« James kam kurz nach draußen und legte ihm die Hand auf die Schulter. »Noch eine halbe Stunde, dann sind wir auf den Lofoten.«

»Lass mich hier draußen!«

»Nein, Magnus, sei vernünftig. Wenn du erkältet bist, lassen dich die Ärzte vielleicht nicht zu Andrea. Sie darf sicher nicht der Gefahr einer Infektion ausgesetzt werden. Und was wäre damit gewonnen?«

Das Argument wirkte. Langsam, mit starrem Blick drehte sich Magnus um. Gerade wollte er dem Freund ins Innere des Bootes folgen, als beide einen unterdrückten Schrei ausstießen.

»Der ist ja wohl verrückt geworden!« Eine kleine Yacht, blau und weiß gestrichen, kreuzte gefährlich nahe ihren Weg. Am Heck sah man gerade noch ein paar bunte Wimpel und die Nationalflagge flattern, dann war das Boot auch schon ihren Blicken entschwunden. Erst als sie einige Meilen weiter waren, tauchte die Yacht wieder auf. Immer noch in voller Fahrt, immer noch so wahnsinnig schnell in diesem gefährlichen Gewässer, dass es einem angst und bange werden konnte.

James sah kurz zu Lars hinüber, der gerade das Fernglas zur Seite legte. Der Kapitän der *Black Nessy* schüttelte den Kopf und tippte sich kurz an die Stirn.

»Der Kerl ist ja wohl verrückt!« James sah der Yacht nach, die ganz offensichtlich in Richtung Festland unterwegs war. »Den Schiffseigner müsste man eigentlich anzeigen. Wo hat der den Bootsführerschein gemacht?«

Magnus reagierte nicht. Er sah der blau-weißen Yacht mit starrem Gesichtsausdruck nach. James ließ ihn in Ruhe, er wusste, dass er dem Freund nur helfen konnte, wenn er ihn so schnell wie möglich zu Andrea brachte.

Je mehr sich die *Black Nessy* den Lofoten näherte, umso heftiger tobte der Sturm. Die Wellen, eben noch kleine, schaumgekrönte, silbern glänzende Wasserhügel, waren fast zwei Meter hoch geworden und schlugen klatschend gegen die Bordwand. Lars hatte es nicht leicht, das Boot auf Kurs zu halten, zumal sie sich jetzt dem Meeresabschnitt näherten, in dem es unterirdische Riffe und gefährliche, fast ganz mit Wasser bedeckte Felsformationen gab.

Die Wale waren verschwunden, und auch die Möwen, die normalerweise die in Landnähe fahrenden Schiffe umkreisten, waren nicht mehr zu sehen.

»Hey, was ist denn das?« James, der still neben Magnus gestanden und nach draußen gesehen hatte, wies nach rechts, wo sich in rascher Fahrt ein Boot näherte. »Polizei!«

»Ach ja?« Nur für ein paar Sekunden flammte Magnus' Interesse auf.

»Sieht aus, als würden sie jemanden verfolgen.« James hob das Fernglas, das vor ihnen auf einem schmalen Bord lag, an die Augen. »Jetzt drehen sie wieder ab …«

»Kann ja sein.« Magnus zuckte mit den Schultern. Er sah weiterhin starr geradeaus in den immer heftiger werdenden Regen. All sein Denken, sein Fühlen galt jetzt Andrea.

52

Verdammt, warum tat es das Radargerät nicht? Mit brennendem Blick sah Tom Rheenhus auf die Kontrollgeräte des Bootes. Er hatte es vorgestern in Alta gestohlen. Ein wenig abseits hatte es in dem kleinen Hafen hoch im Norden gelegen – schnittig, wendig, sehr modern.

Drei Tage lang hatte sich Tom in einer Rorbuer am Alta-Fjord aufgehalten. Ein Krabbenfischer hatte ihn von den Lofoten mit hierhergenommen – und gegen Zahlung von fünfhundert Euro keine Fragen gestellt. Die Rorbuer am linken Ufer des Fjords war halb verfallen, doch sie bot erst einmal Unterschlupf. Als er sich in der Hütte umsah, bemerkte er ein paar alte, löcherige Decken auf der niedrigen Schlafstelle, ein wackeliger Tisch und zwei Campingstühle waren ansonsten die einzige Einrichtung.

Bequem konnte man das Versteck nicht nennen, aber er durfte relativ sicher sein, hier nicht entdeckt zu werden. Ein paar Stunden schlief er auf den zerlumpten Decken, dann weckte ihn der Hunger.

In seiner Tasche waren noch zwei Sandwiches und eine Dose Bier. Der Käse auf den Broten bog sich bereits, aber was blieb ihm übrig, als sie mit Widerwillen zu essen. Es gab weit und breit keine Möglichkeit für ihn, etwas zu kaufen.

Nachdem er das Bier ausgetrunken hatte, schlief er

nochmals für eine Stunde ein. Das Bellen einiger Hunde weckte ihn. Hoffentlich rochen ihn die Tiere nicht. Er stand auf und spähte durch einen Spalt der Fensterläden, die nach wie vor geschlossen waren. Von den Hunden war nichts zu sehen.

Er ließ sich aufs Bett zurückfallen, verschränkte die Hände hinter dem Kopf und starrte an die Holzdecke, von der eine alte Gaslampe baumelte. Verdammt, er steckte wahrhaftig tief in der Scheiße. Da besaß er ein Vermögen, schleppte es sogar mit sich herum – und hatte Hunger und Durst wie selten zuvor. Er musste irgendwann unter Leute, musste sich Vorräte kaufen.

Tom war klar, dass er nicht lange in Alta bleiben konnte. Ein Fremder fiel in dieser nur karg besiedelten Landschaft auf. Als es dämmerte, ging er in den kleinen Ort, der wie ausgestorben wirkte. Nur im Supermarkt, der die Größe eines normalen Wohnzimmers hatte, standen drei Frauen und tratschten. Sie nahmen zunächst keine Notiz von ihm, erst als er drei Dosen Bier fallen ließ, sahen sie auf. Er zuckte mit den Schultern und fragte nach Zigaretten.

Die jüngste der Frauen, etwa dreißig Jahre alt und im Gegensatz zu den beiden anderen Samin, sah ihn stirnrunzelnd an, ehe sie wortlos in eine Schublade griff, die Zigaretten herausholte und ebenso schweigsam kassierte.

Mit gesenktem Kopf verließ Tom das Geschäft und lief zurück in sein Versteck. Ein paar Pritschenwagen mit Baumaterial auf der Ladefläche fuhren an ihm vorbei, ein Jeep und ein altersschwacher Ford. Außer einem alten Mann, der einen Handkarren hinter sich herzog, begegnete ihm niemand. Querfeldein rannte Tom zurück zur

Rorbuer. Mit einem Schlag wurde es dunkel. Hintereinander trank er zwei Dosen Bier, dann legte er sich aufs Bett und überlegte, wie es weitergehen konnte.

Ihm war es gelungen, ein paar Päckchen mit Kokain und der von Nik neu kreierten Designerdroge zu retten. Alle Taschen seiner Wetterjacke hatte er damit vollgestopft. Jetzt befanden sich die wertvollen Päckchen in einem alten Seesack, den er in der Rorbuer gefunden hatte. Die Segeltuchtasche war zerschlissen, er musste drei Knoten in die Kordel machen, damit er den Sack tragen konnte. Aber er hoffte, dass niemand in dem alten Juteteil etwas Wertvolles vermutete.

Hin und her überlegte er, ob es nicht ratsam sei, die Drogen hier in der Hütte zu verstecken. Es gab ein paar Plastikplanen, darin könnte er die kleinen Tütchen mit dem wertvollen Inhalt vergraben. Unter dem Bett vielleicht ...

Aber nein, das war zu riskant. Wenn jemand durch Zufall herkam ... oder wenn er selbst durch widrige Umstände daran gehindert wurde, nochmals in den hohen Norden zu fahren, dann war alles verloren. Und so packte er die kleinen Tüten um, stopfte noch ein bisschen Wäsche und drei dünne Angelschnüre, die er fand, zur Tarnung obendrauf.

Am dritten Tag, im Ort war es noch still, schlich er zum Hafen. Ein Fischkutter lag hier, dann noch drei kleine Motorboote. Doch am Ende der Mole, festgetäut und mit einer hellen Plane abgedeckt, lag eine Yacht im Hafen. Wie eine exotische Schönheit wirkte das blau-weiß lackierte Schiff hier in dem gottverlassenen Hafeneckchen.

Es war nicht schwer, die Yacht kurzzuschließen. Es

schien Tom wie ein Wunder, dass der Motor gleich ansprang und er ungehindert aus dem Fjord hinausfahren konnte.

Jetzt lag der Seesack unter Deck, versteckt hinter Dosen mit Ravioli und Suppe in einem Kajütenschrank.

Das schnittige Boot war halb vollgetankt, wie er feststellen konnte, und es flottzumachen war kein Problem gewesen. Das Problem stellte er wenig später erst fest – auf hoher See, als er ohne Radar auskommen musste. Was immer er auch anstellte, das Gerät war und blieb tot.

»Verdammter Mist!« Er fluchte immer wieder dieselben Worte, dabei konzentrierte er alle Sinne darauf, das Boot auf Kurs zu halten. Wenn doch das Wetter nur besser wäre! Der Sturm wurde immer stärker, der Regen klatschte gegen die Scheiben und nahm ihm die Sicht.

Er sah sich um, doch ringsherum war nichts als graue, undurchsichtige, nasse Watte.

Bis auf ... das blaue rotierende Licht war plötzlich dicht hinter ihm. Wie hinter einem Vorhang aus Regen und Nebel tauchte das Polizeiboot aus dem Nichts auf. Tom geriet in Panik. Nichts wie weg! Nur dieser Gedanke beherrschte ihn. Er gab noch etwas mehr Gas, das leichte Boot schoss durch die Wellen, die Gischt zischte hoch bis zu den Scheiben, nahm ihm vollends die Sicht.

Weiter. Weiter. Irgendwo musste sich ein Schlupfloch auftun!

So viel Glück hatte er in den letzten Jahren gehabt – es durfte nicht alles von einem Moment zum anderen vorbei sein.

Da, ein heller Punkt! Und noch einer!

Wie von Geisterhand dorthin gezaubert, ragten plötzlich rechts und links von ihm kleine Leuchttürme auf. Wie so viele von ihnen, standen auch diese Leuchtfeuer auf winzigen Felseninseln. Tom steuerte etwas mehr nach links, hier vermutete er die Einfahrt in einen schmalen Fjord. Und dort würde sich eventuell ein Schlupfloch finden. Oder ein Bootssteg, an dem er anlegen und mitsamt seiner Beute im Dickicht verschwinden könnte.

Urplötzlich ragte eine hohe Felswand vor ihm auf. »Nein!« Er wollte es schreien, doch nur ein dumpfes Stöhnen kam aus seiner Kehle. In Bruchteilen von Sekunden kam der Fels näher auf ihn zu.

Das Krachen und Splittern des Schiffsrumpfs, der auf dem harten Granit aufgerissen wurde, mischte sich mit Toms letztem wütendem Schrei.

53

»Was, zum Teufel, macht der Kerl da?« James presste sich das Fernglas noch fester an die Augen, so, als könnte er auf diese Weise das graue Dickicht aus Regen und Nebel besser durchdringen.

»Flüchten.« Lars, der Kapitän, wies auf das Radarbild. »Hier, das ist ein Polizeiboot. Sie verfolgen ihn.«

»Woher weißt du das denn?«

»Eben kam ein Funkspruch durch. Man sucht einen Dealer und Mörder. Er hat in Alta eine Yacht gestohlen und ist damit auf der Flucht.«

»Und woher willst du wissen, dass das die gestohlene Yacht ist?« Magnus war wie elektrisiert und nahm Lars das Fernglas aus der Hand. Es regnete zwar immer noch heftig, doch der Sturm hatte nachgelassen, die Wellen, eben noch hoch wie ein Lastwagen, schlugen nun relativ harmlos gegen den Schiffsrumpf der *Black Nessy*.

»Sieh dich um. Hin und wieder kann man das Blaulicht sehen. Der Nebel lichtet sich.« Lars blieb allerdings weiterhin achtsam. Er wusste um die Gefährlichkeit dieses Seegebietes. Von einem Moment zum anderen konnten Hindernisse auftauchen, Riffe und Felsen, eben noch unsichtbar, ragten dann vor dem Schiffsbug auf.

Magnus und James sahen auf dem Radarschirm, dass das Polizeiboot immer näher kam.

»Ob das Evelyns Mörder ist ... der Kerl auf der Yacht?« Magnus' Stimme klang rau vor Erregung.

»Möglich. Was machen wir denn jetzt?« James sah fragend zu Lars hinüber.

Der Kapitän zuckte nur mit den Schultern. »Nichts. Was sollen wir denn tun? Die Polizisten verstehen ihren Job. Sie lassen sich auch nicht von dem schlechten Wetter davon abhalten, den Verbrecher zu verfolgen, wie wir sehen. Wir aber sollten kein Risiko eingehen.«

Plötzlich schrien Magnus und James gleichzeitig auf. Links von ihnen war plötzlich wieder die kleine Yacht zu sehen, es schien, als hätten bösartige Trolle die Nebelwand aufgerissen, um ihnen dieses makabre Schauspiel zu bieten. Das blau-weiße Schiff fuhr direkt auf einen Felsen zu, der nur drei oder vier Meter aus dem Wasser ragte. Magnus und James, die an Deck der *Black Nessy* stürzten, hörten entsetzt, wie sich der Metallrumpf der Yacht an dem Felsen rieb. Dann folgte ein diffuses Krachen und Splittern. Es waren Geräusche, die von der Gischt, die sich an dem harten Granitfelsen brach, nicht übertönt werden konnten.

Laut protestierend flogen Möwen über die Unglücksstelle hinweg, zogen immer tiefer ihre Kreise über dem Boot, das starke Schlagseite hatte und hilflos den Wellen überlassen war, die es immer wieder gegen den Felsen schleuderten.

Drei Möwen stießen mit lautem Gekreische tiefer, tauchten ins Wasser und flogen dann ihren Gefährten nach, die verschwanden, als das Polizeiboot mit lautem Sirenengeheul näher kam.

Magnus und James sahen stumm zu, wie zwei Polizisten in einem Beiboot zur Unglücksstelle fuhren. Einer, der einen Tauchanzug trug, sprang ins Wasser, gesichert von einer starken Leine, die am Beiboot festgemacht war.

Lars blieb mit der *Black Nessy* in gebührendem Abstand von der Unfallstelle, doch er hielt Funkkontakt mit einem der Polizisten. Nach einigen Minuten winkte er Magnus zu sich: »Da ist ein Funkspruch für dich.«

»Was sagst du?«

»Eine Kommissarin will mit dir reden.« Lars brüllte, so laut es ging, doch Magnus hörte ihn nicht. Aber er reagierte auf Lars' Winken.

»Ich komme!«, brüllte er zurück und stemmte sich gegen den Wind, der jetzt wieder stärker von Nord blies. Als er die Tür zum schmalen Ruderhaus öffnete, riss ihm der Sturm die Klinke aus der Hand. Mit lautem Knall fiel die Holztür zu.

»Das hat der Irre in der Yacht nicht überlebt.« Lars wies mit starrer Miene hinüber zu dem schnittigen Boot, das jetzt mit starker Schlagseite auf dem Wasser trieb. Dann zeigte er zum Funkgerät.

Magnus meldete sich, und zu seiner Überraschung hörte er Carinas Stimme. »Magnus, das ist Tom! Wir haben ihn verfolgt, doch der Verrückte ... er wollte nicht beidrehen.«

»Tom Rheenhus?«

»Ja. Ein junger Bursche, der als Hilfskraft im Hafen von Alta arbeitet, hat ihn beobachtet, als er die Yacht gestohlen hat. Dabei lag sie dort vor Anker, weil unter anderem das Radargerät defekt ist.«

»Dann war er chancenlos ...«, murmelte Magnus.

»Du sagst es. Bei diesem Sturm, und in dem gefährlichen Seegebiet ... es war Selbstmord, hierher zu flüchten.«

»Und jetzt?« Er sah starr geradeaus, doch was auf der Yacht und im Beiboot der Polizei geschah, konnte er nicht ausmachen.

»Meine Kollegen haben versucht, ihm zu helfen, aber zu spät. Er ist mit dem Kopf gegen irgendwas geknallt und dann ertrunken. Mehr weiß ich noch nicht. Du, ich melde mich später bei dir. Jetzt muss ich mich um meinen Job kümmern.«

»Danke, Carina. Ich bin auf dem Weg zu Andrea.«

»Dachte ich mir.« Es knackte, und die Verbindung war unterbrochen.

»Wir fahren weiter, einverstanden?« Lars trat neben Magnus und sah ihn fragend an.

»Ja ... klar. Hier können wir doch nichts tun.«

»Also dann ...« Lars drehte ab, und innerhalb weniger Minuten blieb die Unfallstelle hinter ihnen zurück. Magnus sah sich noch mehrfach um, doch außer dem Blinken des Blaulichts war alles wieder im Nebel versunken. Und auch dieser grelle Schein war irgendwann nicht mehr zu sehen.

Nachdenklich stand Magnus noch eine Weile neben Lars und schaute aufs unruhige Meer. Tom Rheenhus war tot. Auf der Flucht verunglückt. Gerechtigkeit des Schicksals? Zufall? Vielleicht war der Unfall sogar von ihm provoziert? Wer konnte das sagen?

Die Nebelschleier lichteten sich, und für einen flüchtigen Moment glaubte Magnus ein rotgoldenes Licht am Horizont zu sehen.

54

Mehr als hundertdreißig Rentiere waren bereits geschlachtet worden, die Felle hingen zum Trocknen aus, das Fleisch war in einen der modernen Kühlwagen gebracht worden, die heutzutage zum Schlachttermin hergefahren wurden.

Auf einem großen Haufen lagen die Geweihe der toten Tiere. Hieraus würde man später Messerknäufe, Werkzeug und Knöpfe herstellen. Nichts, so war es seit Menschengedenken bei den Samen, ging von einem Rentier verloren. Alles wurde verwertet, vom wertvollen Fleisch angefangen übers Fell bis hin zu dem nicht allzu harten Geweih.

Auf einem kleineren Haufen lagen die Ohren der Tiere mit den Kennmarken. Hieran würde man später die Besitzer der Schlachttiere ermitteln können.

Berit und Ole hatten dieses Ritual in ihrer Jugend oft mitgemacht, jetzt waren sie zu alt, sahen von weitem zu, wie sich die jungen Männer abmühten, die aufgeregten Tiere zu fangen und mit einem kurzen Messerstich zu töten.

»Die Herde ist kleiner geworden«, stellte Ole fest.

»Ja.« Berit seufzte. »Es sind zu viele der jungen Leute in die Stadt gegangen. Wäre die Herde größer, dann könnten wir sie nicht mehr kontrollieren.«

»Die Zeiten ändern sich.« Ole zog an seiner Pfeife. Seine Blicke gingen von dem Berg mit Rentiergeweihen hinüber zur goldrot leuchtenden Landschaft, die sich in sanften Hügeln bis zum Horizont erstreckte. »Wie lange werden wir noch so leben können wie unsere Vorfahren?«

»Ich bis ans Ende meiner Tage.« Berit griff neben sich und zog das Fell eines weißen Rentiers näher zu sich. »Ole, du musst fort«, sagte sie.

»Warum?«

»Sie braucht Hilfe.«

»Wer?«

»Die Ärztin.« Berits Blick verschleierte sich, während ihre Hände immer rascher das weiße Rentierfell streichelten. Still sah ihr Ole zu. Er kannte das schon ... die Schamanin hatte jetzt wieder eine ihrer Visionen, sah Dinge, die dem Auge eines normalen Menschen vorenthalten blieben.

Es dauerte etwa fünf Minuten, dann erklärte Berit mit ruhiger Stimme: »Du solltest dich schnell auf den Weg machen, Ole. Es ist wichtig. Und nimm das Fell hier mit.« Sie rollte das weiße Fell zusammen und verknotete es mit einem blauroten Leinenband. »Sie muss es sich unter den Kopf legen. Sag ihr das: unter den Kopf!«

»Aber ...«

»Frag mich nicht, Ole. Tu, was ich sage.« Eindringlich sah sie ihn an, während sie ihm das Fell zuschob.

»Gut, wenn du es unbedingt willst ...« Er schaute auf die Uhr. »Morgen nehme ich mir ein Boot, das mich zum Anleger der Hurtigruten bringt.«

»Nein, Ole, heute noch.« Sie legte ihre Hand auf seine. Ole bemerkte die feinen Adern, die sich unter der braunen

Haut abzeichneten. Berit hatte abgearbeitete, harte Hände mit rauen Schwielen. Und doch wirkten ihre Finger langgliedrig und zart, als sie jetzt nochmals sanft über das weiße Rentierfell strich.

»Das Postschiff ist schon fort«, wandte Ole ein.

»Dann fahr mit einem Boot hinterher.« Wieder ging Berits Blick in die Ferne. Sie sah Ole nicht mehr an, als er aufstand, sich schweigend das Fell unter den Arm klemmte und dann hinüber zu einem der jungen Männer ging, die ein Motorboot besaßen.

Sigurd war etwa zwanzig Jahre alt und hatte in den letzten Wochen nichts als Rentiere gesehen. Für den Abend war er mit einigen Freunden im etwa dreißig Kilometer entfernten Ort verabredet. Sie hatten ein paar neue Computerspiele im Internet bestellt und wollten sich damit amüsieren. Dass er den alten Ole fahren sollte, passte ihm gar nicht.

»Keine Zeit«, knurrte er. »Frag doch Ingvar. Der sitzt drüben am Feuer und schnitzt vor Langeweile wieder an irgendwas rum.«

»Nein, dein Boot ist schneller. Und Berit besteht drauf, dass ich so schnell wie möglich losfahre.«

»Berit ... hat sie wieder das Zweite Gesicht?« Sigurd runzelte die Stirn. So aufgeklärt und modern er auch war, schließlich wollte er im nächsten Jahr in Tromsø zur Uni gehen und Biologie studieren, vor Berits Ahnungen hatte er einen Heidenrespekt.

»Ja. Scheint so.«

»Dann komm. Beeilen wir uns, ehe es dunkel wird.«

55

»Hallo, Kollegin, wach werden!« Mit einem Lächeln betrat Dr. Eidsvag Andreas Zimmer. Dicht hinter ihm kam Klaas Treborg herein, er war der neurologische Chefarzt der Klinik von Gravdal.

Langsam drehte sich Andrea um. Seit dem frühen Morgen schaute sie wie paralysiert aus dem Fenster. Am hellblauen Himmel zogen die Wolken dahin wie jeden Tag. Heute waren es kleine weiße Wolken, die anhaltend schönes Wetter versprachen. Für Andrea aber sah die Welt zurzeit düster und bedrohlich aus. Am Morgen hatte Dr. Treborg persönlich die Computertomografie vorgenommen.

»Wir müssen uns Klarheit verschaffen«, hatte er gesagt. »Du bist schließlich nach dem Schuss zu Boden gestürzt. Deshalb sollten wir kleinere Hirnblutungen oder eine Hirnkontusion bildgebend ausschließen.«

»Und wenn es das nicht ist?« Mit einem Mal sah Andrea die Horrorvision eines Hirntumors vor sich. Hin und wieder litt sie unter starken Kopfschmerzen, vor allem in Düsseldorf war sie regelmäßig von heftigen Schmerzattacken gequält worden.

»Wir wollen nicht spekulieren. Wichtig ist jetzt, dass wir Gewissheit bekommen.« Dr. Treborg wirkte ruhig, doch er konnte die junge Kollegin nicht täuschen. Andrea wusste, wie diffizil eine exakte Diagnose sein konnte.

Langsam bewegte sie die Finger … waren sie nicht oft taub? Sie versuchte, mit dem Zeigefinger die Nase anzustupsen, und atmete auf, als es gelang.

Na, geht doch, sagte sie sich. Die lieben Kollegen sind viel zu vorsichtig. Dr. Eidsvag hat in der Klinik von Svolvær nicht die Möglichkeiten gehabt, die sich hier boten. Er wollte einfach die beste Behandlung für mich.

»Und?« Fragend sah sie von einem zum anderen.

Klaas Treborg, ein hagerer Mann mit einer runden Hornbrille, hinter der seine hellen Augen übergroß wirkten, nahm ihre Hände. »Ich habe links am Schädel eine dünne Frakturlinie ausgemacht. Wahrscheinlich hat sich darunter ein epidurales Hämatom gebildet.«

Andrea presste die Lippen aufeinander. »Und was jetzt?«

Der Neurologe drückte ihre Hände ein wenig fester. »Wir werden noch ein wenig abwarten und schauen, wie es dir in den nächsten Tagen geht.« Er tastete kurz nach dem Verband an ihrer linken Schläfe. »Die Wunde verheilt gut. Oder hast du noch Schmerzen?«

»Kaul noch.«

Er nickte, beobachtete sie aber genau. »Und sonst? Keine Beschwerden?«

»Nein. Alles lut.«

Dr. Treborg hob kurz die Augenbrauen. Sein Verdacht, dass sich bei der jungen Kollegin eine Hirnblutung eingestellt hatte, die leicht aufs Sprachzentrum drückte, bestätigte sich.

»Ich denke, eine Druckentlastung durch eine Trepanation wäre angebracht«, erklärte er. »Aber das hat noch ein wenig Zeit.«

Andrea presste die Lippen so fest zusammen, dass sie

nur noch eine schmale Linie bildeten. Die Vorstellung, dass man ihren Schädel öffnete, war alles andere als angenehm.

»Ich möchte noch darüber ... nachdillen.«

»Natürlich, denk in Ruhe nach.« Der Neurologe sah kurz zur Uhr. »Sorry, ich muss in den OP. Wir sehen uns heute Abend wieder. Gute Besserung, Kollegin.«

Dr. Treborg hatte die Tür noch nicht erreicht, als es kurz klopfte. Im nächsten Moment kam Magnus ins Zimmer gestürmt.

»Mein Liebling!« Er beugte sich über Andrea und küsste sie behutsam. »Was machst du nur für Sachen! Ich hatte ja keine Ahnung, was passiert ist.«

Andrea, die bisher so tapfer alles ertragen hatte, begann leise zu weinen. Magnus spürte das Nass an seiner Wange. Er zog Andrea fester an sich, und nun ließ sie ihren Tränen freien Lauf.

»Armer Liebling.« Er küsste ihre Augen, bis die letzte Träne versiegt war. »Ich werde dich nie mehr allein lassen.«

»Eine schöne Vorstellung.« Andrea hatte sich wieder gefangen. Der Druck, der seit dem tragischen Geschehen auf ihr gelastet hatte, war gewichen. »Ich glaube aber nicht, dass ich das möchte.«

»Wie bitte?« Magnus schob sie ein wenig von sich. Dann sah er das amüsierte Funkeln in ihren Augen und atmete erleichtert auf. »Du kannst schon wieder Scherze machen. Himmel, bin ich froh!«

»Unhang. Das ist reine Überlebensstrategie.«

»Meinetwegen nenn es so. Aber ich schwöre dir: Ich werde auf dich aufpassen wie ein Löwe auf sein Rudel.«

»Also willst du mich klonen.«

»Andrea, sei doch mal ernst!«

»Bin ich ja.« Sie legte ihm die linke Hand an die Wange. »Ich bin nur so froh, dass du bei mir bist … gerade jetzt.«

»Das war doch selbstverständlich! Wir sind so rasch wie möglich losgefahren.« Er küsste ihre Fingerspitzen. »Ich soll dich von der ganzen Mannschaft grüßen und gute Besserung wünschen.« Forschend sah er sie an. Was stimmte nicht mit Andrea? Auf den ersten Blick wirkte sie ganz normal, doch ihm war aufgefallen, dass sie einige Worte falsch aussprach. War das eine Folge des Sturzes, der Gehirnerschütterung?

»Danke.« Sie lehnte sich zurück und hielt Magnus' Hand fest umklammert, als sie ihm erzählte, was die Computertomografie ergeben hatte. »Sie wollen eventuell operieren.«

»Wann?«

»Irgendwann in den niehte Tagen.« Sie hob die Hand und zog ihn zu sich. »Heite Sorge.«

»Aber … das ist doch gefährlich!«

»Was ist schon ungefährlich im Leben.« Andrea räusperte sich, dann sah sie an ihm vorbei in den Himmel, der sich draußen vor dem Klinikfenster in hellem Blau erstreckte. Nur eine einzige kleine Wolke, von einem roten Rand umgeben, segelte vorbei. Es war eine fast runde Wolke, an der rechts und links zwei längliche Streifen hingen – so wie die Bänder an Kims rotem Mützchen, ging es Andrea durch den Sinn.

»Ich bin müde.« Ihre Stimme brach, und nach einem letzten Blick zur Wolke hin schloss sie die Augen.

Magnus beugte sich über sie. »Dann schlaf, Liebes. Ich

versuche mal mit deinem behandelnden Arzt zu reden. Das darf ich doch, nicht wahr?«

Er erhielt keine Antwort mehr, Andrea schien von einer Sekunde zur anderen eingeschlafen zu sein. Sanft löste er seine Finger aus ihrer Hand.

Draußen auf dem Klinikflur war es still, nur zwei junge Schwestern gingen an ihm vorbei. Sie waren so intensiv in ihr Gespräch vertieft, dass sie ihn gar nicht bemerkten.

Suchend ging Magnus von Tür zu Tür, bis er das Zimmer des Stationsarztes fand.

Einige Meter hinter ihm öffnete zur gleichen Zeit der alte Ole die Tür zu Andreas Zimmer. Still trat er an ihr Bett, rollte das weiße Fell aus und strich es glatt, ehe er die junge Frau im Krankenbett behutsam weckte.

»Doktor Andrea! Hörst du mich?« Er bekam keine Antwort, und so drückte er fest ihre Hand. »Doktor Andrea, ich bin's, Ole!«

»Ole?« Mühsam, so, als bedeute es eine ungeheure Kraftanstrengung, hoben sich Andreas Lider. »Wie kommst du hierher?«

Der alte Mann zuckte mit den Schultern. Ein kleines Lächeln umspielte seinen Mund, so dass man das Fehlen eines Zahns sehen konnte. »Berit, unsere Schamanin, schickt mich. Sie sagt, du sollst dieses Fell unter deinen Kopf legen.«

»Warum das denn?«

Ole zögerte. Er wusste, dass es schwer war, Menschen, die nicht zu seinem Volk gehörten, zu erklären, dass Schamanen über geheimnisvolle Kräfte verfügten. Belächelt wurde man dann oft, hin und wieder sogar verspottet. Im günstigsten Fall wurde das, was ein Schamane riet, einfach ignoriert.

»Das Fell hier …«, er hob es hoch, »ist das Fell von Kims Rentier. Es starb drei Tage, nachdem Kim zu den Ahnen gegangen ist.«

»Kim …« Andreas Blick verlor sich wieder in der Ferne des Horizonts, wo jedoch die kleine Wolke mit dem roten Rand nicht mehr zu sehen war. »Sie war so tapfer.«

»Ja. Zum Glück hat sie nicht mehr lange leiden müssen.« Ole nahm Andreas Hand. »Sie hat noch ein paar Mal von dir gesprochen. Sie hat dich gemocht.«

»Ich sie auch.«

»Sie ist friedlich eingeschlafen nach einem Beruhigungstrunk der Schamanin.« Ein Lächeln huschte über sein wettergegerbtes Gesicht. »Der Himmel war voller Sterne, als sie sich auf den Weg gemacht hat.«

»So viele Sterne waren zu sehen?«

»Ja. Es war seltsam. Trotz der hellen Nächte, die wir noch hatten, waren auf einmal eine Unmenge Sterne zu sehen.« Ole räusperte sich. »Bitte, Doktor Andrea, nimm das Fell und leg es dir unter den Kopf. Berit hat gesagt, es sei wichtig. Sie hat mich gedrängt, so schnell wie möglich zu dir zu fahren …« Er schwieg einen Moment, dann fuhr er leise fort: »Sie weiß, was sie sagt. Und man tut gut daran, ihr zu gehorchen.«

Andrea schüttelte vorsichtig den Kopf. Sie hatte in den letzten Tagen erkannt, dass sie mit ruckartigen Bewegungen vorsichtig sein musste, kleine, schmerzhafte Stiche waren oft die Reaktion auf zu schnelle Kopfbewegungen.

»Folge Berits Rat.« Ole ließ sich nicht abweisen. Er hob

kurz Andreas Kopf an und schob ihr das weiche weiße Fell darunter.

»Hey, was machst du da?« Unbemerkt war Magnus zurückgekommen. Er hatte den Stationsarzt nicht angetroffen, aber kurz mit Chefarzt Dr. Treborg sprechen können, der ihm erklärt hatte, dass sich wohl unter der leichten Schädelfraktur ein Hämatom gebildet hatte. »Weg vom Bett!«

Abwehrend hob Ole die Hände. »Ich will ihr nichts tun, keine Sorge.«

»Schon gut.« Andrea streckte den Arm nach Magnus aus. »Er ist ein Freund.«

Sie versuchte zu erklären, dass Ole ihr ein Rentierfell gebracht hatte – und warum. Als der alte Same merkte, wie schwer es ihr fiel, die Sätze zu formulieren, vervollständigte er ihre Erklärungen und berichtete Magnus, was die alte Berit ihm aufgetragen hatte.

»Ein Tierfell unterm Kopf ... so ein Unsinn!«

»Sag das nicht. Berit weiß, was sie sagt und tut. Und sie wollte, dass ich mich so schnell wie möglich auf den Weg zu Doktor Andrea mache.« Er blickte zu der jungen Frau im Bett, die mit geschlossenen Augen dalag. Das Fell unter ihrem Kopf schimmerte wie frisch gefallener Schnee, als jetzt die Sonne darauf schien. »Doktor Andrea hat so viel für uns getan ...« Er fuhr sich kurz über die Augen. »Sie hat einem kleinen Mädchen aus meinem Stamm geholfen – und mir.«

»Dir? Warst du krank?«

»Nein. Aber sie hat letztendlich dafür gesorgt, dass sich meine Unschuld herausgestellt hat.«

Magnus fasste sich kurz an den Kopf. »Stimmt, mir

fällt deine Geschichte wieder ein. Andrea hat davon erzählt, dass man dich zu Unrecht verdächtigt hat, einen Raubüberfall begangen zu haben.«

Ole nickte. »Sie hat der Kommissarin, die mit uns auf dem Postschiff war, davon erzählt, und die hat die Ermittlungen wieder aufgenommen.« Ein dankbarer Blick ging zu Andrea, die tief und fest schlief. »Ihr verdanke ich mein Leben als freier Mann.« Er wandte sich zur Tür. »Leb wohl. Viel Glück für euch beide. Und ... lass ihr das Fell.«

»Meinetwegen.« Magnus nickte dem Alten zu, dann setzte er sich neben Andreas Bett und hielt ihre Hand, bis die Schatten draußen vor dem Fenster immer länger wurden.

56

Drei bucklige Trolle tanzten um ihr Bett herum, sie kicherten und lachten. Einer von ihnen zeigte auf sein verbundenes Bein, dann, ganz plötzlich, riss er sich die Mullbinde ab und streckte das Bein weit von sich. »Kommt mit zum Troll-Fjord! Wir wollen feiern, dass Andrea gesund ist, so wie ich. Kommt alle mit!« Und die beiden anderen folgten ihm zum Fenster hinaus.

Andrea zögerte. Sollte sie einfach vom Fensterbrett springen, so wie die kleinen Wichte? Sie versuchte sich aufzurichten, doch da war auf einmal Kim. Kim, die sich auf ihr Bett setzte und sie mit Gewalt zurückhielt.

»Lass mich«, murmelte Andrea.

»Nein, du musst noch hierbleiben. Sei ganz ruhig, wir sehen uns später wieder.« Dann pfiff sie leise, und durch das Fenster kam ein kleines weißes Rentier. Es knickte in den Vorderläufen ein, so dass sich Kim bequem auf seinen Rücken schwingen konnte. »Adieu, Andrea. Viel Glück!« Kim winkte, dann sprang das Rentier so wie die Trolle aus dem Fenster.

»Liebes, ganz ruhig. Du hast geträumt.« Magnus hielt sie umschlungen und hinderte Andrea daran aufzustehen. »Alles wird gut, ich bin ja bei dir.«

Verwirrt rieb sich Andrea über die Augen. Ihr Blick ging von Magnus zum Fenster. Hin und zurück. Immer wieder. Aber da war nichts, die Lamellenvorhänge waren zugezogen, sperrten die Dämmerung draußen aus.

»Verrückt«, flüsterte Andrea.

»Was ist verrückt?«

»Der Traum.« Sie lehnte sich in seinem Arm zurück. »Aber du bist Wirklichkeit.«

»Spürst du es nicht?« Sanft küsste er sie.

»Hm ... tut gut.«

»Wenn ich dich mit Küssen rascher gesund machen könnte, würde ich dich vierundzwanzig Stunden am Tag küssen«, sagte er und lächelte.

»Wie anstrengend!« Sie streichelte seine Wange. »Ich liebe dich.«

»Und ich liebe dich.« Er hob ihre Hand an die Lippen, dann spielte er mit ihren Fingern, die ihm auf einmal sehr zerbrechlich und dünn vorkamen.

»Dürfen wir stören?« Birgit und Johan Ecklund traten nach kurzem Klopfen ein.

»Ihr stört doch nicht!«

Dr. Ecklund nahm ihre Hand. »Und? Wie fühlst du dich heute? Noch Kopfschmerzen?« Sechs Tage waren vergangen, seit der alte Ole das Rentierfell in die Klinik gebracht hatte. Und obwohl man ihr Tun belächelte, ließ man Andrea das weiße Fell.

»Ich schlafe gut damit«, hatte sie dem Chefarzt am zweiten Tag erklärt. »Ob du es glaubst oder nicht, ich fühle mich ruhiger.«

Zur Überraschung der Mediziner ging es Andrea schon bald viel besser. Ihre Sprachstörungen waren fast ganz verschwunden, und die Feinmotorik ihrer Finger war seit gestern wieder ganz in Ordnung. Sie konnte exakt greifen, sogar die kleinen Perlmuttknöpfe des warmen Nachthemds, das ihr Birgit gekauft hatte, konnte sie wieder allein schließen; das war vor drei Tagen noch nicht möglich gewesen.

»Treborg will gleich noch mal eine CT vornehmen«, berichtete Johan Ecklund. Er lächelte Andrea aufmunternd an. »Ich bin mir aber sicher, dass er nichts mehr feststellen wird. Aber es ist in Ordnung, dass er bei dir, einer Kollegin, besonders sorgfältig vorgeht und jede Untersuchungsmöglichkeit nutzt. Ich denke aber, dass du gesund bist. Und deshalb sag ich es jetzt schon …«

»Johan! Du bist unmöglich.« Birgit schob ihn zur Seite. »Wir wollen Andrea doch nicht aufregen.«

»Wer sagt, dass es sie aufregt?«

»Was? Ihr sprecht in Rätseln.« Andrea setzte sich im Bett auf und sah fragend von einem zum anderen.

»Na ja … Birgit hat recht. Warten wir, bis du entlassen worden bist.« Der alte Landarzt ging zum Fenster und sah durch die spaltbreiten Öffnungen der Lamellen hinaus.

»Das ist gemein!« Andrea lachte leise. »Ihr wisst genau, dass ich neugierig bin.«

»Wenn's gestattet ist, ich auch«, warf Magnus ein.

»Also, red schon. Ich bitte dich.« Andrea sah Johan, der sich jetzt langsam vom Fenster abstieß und wieder zu ihrem Bett kam, aufmerksam an. Das Harte, Abweisende, das sie noch vor kurzem in seinem Gesicht zu lesen geglaubt hatte, war weg. Er wirkte ruhig und gelassen, und als er sich neben sie setzte und ihre rechte Hand ergriff, war das beinahe so etwas wie eine väterliche Geste.

»Ich habe mich noch einmal gründlich untersuchen lassen«, begann der alte Landarzt von Stamsund. »Und ich muss einsehen, dass ich mein Arbeitspensum nicht mehr bewältigen kann. Entweder werden die meisten der Patienten in Zukunft zur Untersuchung in eine Klinik gehen müssen, oder sie werden sich einen anderen Arzt suchen, der dann weiter entfernt wohnt. Und es gibt leider nicht viele, die auf den Lofoten eine eigene Praxis betreiben.«

»Du willst aufhören?«

»Nicht ganz.« Johan schüttelte den Kopf. »Aber ich werde höchstens noch zwei Tage in der Woche arbeiten. Sicher gibt es ein paar alte Sturköpfe in der Gegend, die lieber zu mir kommen werden, als sich von einer jungen schönen Ärztin behandeln zu lassen.«

»Du meinst ...?« Andrea richtete sich höher im Bett auf. Gespannt sah sie den alten Kollegen an.

»Na, was schon?« Johan Ecklund grinste. Sein Gesicht, oft viel zu ernst und auch verbittert, wirkte plötzlich jung und gelöst. Er nahm Andreas Hände und sah ihr in die Augen. »Du weißt doch genau, wer mein Lebenswerk fortführen soll.«

»Ich soll die Praxis wirklich übernehmen?«

»Wer denn sonst?« Er drückte ihre Hände, dass es beinahe schmerzte. »Andrea, ich war nicht immer nett zu dir. Es ... es hatte aber nicht wirklich was mit dir zu tun. Eher damit, dass ich nicht einsehen wollte, dass ich's allein nicht mehr schaffe. Ich konnte nicht gut loslassen.«

Andrea nickte nur. Es geschah ganz spontan, dass sie mit dem Daumen über Johans alte Finger strich. Dabei dachte sie: Wie viele Patienten haben diese Hände schon untersucht? Wie viele Injektionen haben sie gesetzt? Wie viele Blutuntersuchungen durchgeführt? Und wie oft mögen sie einen Kranken gestreichelt oder einem Sterbenden die letzten Minuten erleichtert haben?

»Ich kann es aber auch nicht allein schaffen«, sagte sie leise. »Du musst mir helfen, Johan.«

»Aber ja. Darauf bestehe ich.« Ecklund räusperte sich. Jetzt nur nicht zu deutlich seine Gefühle zeigen, ja nicht sentimental werden! »Damit eins klar ist ...« Er räusperte sich nochmals lange und anhaltend. »Als Erster bleibt mein Name auf dem Praxisschild stehen!«

»Natürlich. E kommt ja vor S.« Andrea lächelte. »Wenn das mein einziges Problem wäre ... ich wäre jetzt viel entspannter.«

»Was ist denn noch?« Irritiert sah er sie an.

»Das Geld. Du hast mir noch nicht gesagt, was die Praxis kosten soll.«

»Ach so!« Johan Ecklund lächelte. »Die Praxis ist unbezahlbar. Hatte ich das nicht erwähnt?«

»Nein.« Andrea sah zu Magnus hinüber, der am Fußende des Bettes stand und das hellbraune Holz des Bettgestells umklammert hielt.

»Und was soll das exakt heißen?«, wollte Magnus wissen. »Du musst verstehen, dass wir wissen möchten, was finanziell auf uns zukommt.« Er zuckte leicht mit den Schultern. »Ich greife zwar ein bisschen vor, aber ich denke, allen hier ist klar, dass Andrea und ich eine gemeinsame Zukunft haben werden. Und deshalb fühle ich mich mit verantwortlich.«

»Nett von dir, aber nicht notwendig.« Johan stand vom Bettrand auf. »Ich werde nicht verkaufen, aber verschenken.«

»Nein!« Andrea schüttelte den Kopf. »Das geht nicht!«

»Und ob das geht! Ich bin völlig frei in meinen Entscheidungen. Ich habe keine Kinder, zumindest weiß ich von keinem«, fügte er schmunzelnd hinzu, »und nähere Verwandte, die irgendwelche Ansprüche stellen könnten, gibt es auch nicht.«

»Das ... das kann ich nicht annehmen.«

»Musst du aber. Außerdem hab ich ja noch mein eigenes Sprechzimmer. Und eigene Patienten, denke ich.«

Andrea lehnte sich zurück. Sie fühlte sich erschöpft. In ihrem Kopf überschlugen sich die Gedanken. Wie sollte sie sich die totale Wandlung von Johan Ecklund erklären? Vor einigen Wochen noch hatte er es als Zumutung empfunden, dass sie sich um seine Patienten gekümmert hatte, während er krank in der Klinik lag. Und jetzt dieser Sinneswandel ... konnte sie ihm trauen?

»Ich weiß, was du denkst.« Birgit nahm ihre Hände. »Aber er meint wirklich, was er sagt.« Sie drehte sich zu Johan um. »Nun sag auch schon den Rest.« Ein bisschen verlegen lächelte sie Andrea dann an. »Es gibt noch eine Neuigkeit.«

»Tja, dann also das volle Programm.« Johan trat hinter Birgit und legte ihr die Hand auf die Schulter. »Wir werden heiraten«, erklärte er. »Es ist Zeit, dass wir uns offiziell zusammentun.« Er beugte sich kurz über sie und küsste sie aufs kurze graue Haar. »Sie ist, wie ihr wisst, schon seit langem der gute Geist in meinem Haus. Wenn sie nicht um mich ist, geht's mir einfach nicht gut. Das habe ich in der Klinik ganz deutlich erkannt. Und deshalb werde ich sie endgültig fest an mich binden.«

»Richtig gefragt hat er mich nicht«, warf Birgit ein. »Er setzt mal wieder voraus, dass ich tue, was er will.«

»Willst du vielleicht nicht?«

»Na ja, wenn du mich so fragst …« Sie drehte sich lachend zu Johan um, und er küsste sie liebevoll.

»Das ist wunderbar!«, freute sich Andrea.

»Finde ich auch.« Johan Ecklund nickte. »Und wir werden dann die Wohnung im Doktorhaus allein für uns brauchen. Das versteht ihr sicher.«

»Natürlich.« Andreas eben noch heitere Stimmung drohte zu kippen.

»Deshalb habe ich das kleine rote Haus schräg gegenüber erworben. Der alte Torben zieht zu seiner Tochter nach Ballstad. Er will die drei Enkel aufwachsen sehen. Es sind wilde Jungs, so wie Torben einer war. Ihr Vater ist oft unterwegs mit seinem Trawler, da ist es nicht falsch, wenn ein Mann im Haus ist, vor dem die Rangen ein bisschen Respekt haben.«

»Und … was hat das mit uns zu tun?«, erkundigte sich Magnus.

Johan grinste jetzt wie ein Schuljunge, der sich über einen gelungenen Streich freut. »Ganz einfach – die alte Bruchbude gehört euch. Ist mein Hochzeitsgeschenk. Renovieren müsst ihr allerdings allein.«

»Hochzeitsgeschenk …«, murmelte Andrea. »Aber …«

»Na, er wird dich ja wohl heiraten wollen. Oder nicht?«

»Gefragt hab ich sie noch nicht. Aber ich hole es gern nach.« Magnus grinste. »Wenn's gestattet ist, allerdings erst dann, wenn wir allein sind.«

»Na dann …« Birgit stand auf. »Lass uns gehen, Johan. Ich wollte noch mal ins Kaufhaus und neue Wäsche aussuchen.«

Der alte Arzt seufzte auf. »Es geht schon los. Sie kommandiert mich noch stärker rum als bisher.« Doch er wirkte so glücklich und gelöst, wie ihn Andrea noch nie zuvor gesehen hatte. Und auch in Birgits Augen stand ein Leuchten, das sie sehr jung aussehen ließ, als sie beide nach einer liebevollen Umarmung das Krankenzimmer verließen.

»Was sagst du dazu?« Andrea schaute immer noch zur Tür, obwohl die sich schon lange hinter den Besuchern geschlossen hatte.

»Der Mann weiß zu überraschen.«

»Ja, und … ich weiß wirklich nicht, ob ich mich auf sein Angebot einlassen soll. Wir kennen uns kaum, und doch will er mir die Praxis einfach so überlassen.«

»Er weiß, dass bei dir sein Lebenswerk in den besten Händen ist.« Magnus setzte sich zu ihr aufs Bett. »Allerdings möchte ich auch nicht, dass er uns ein Haus schenkt. Ich habe von meinem Großvater einiges geerbt, für ein kleines Häuschen hier reicht es allemal.«

»Das ist schön.« Andrea legte ihm die Arme um den Nacken und zog ihn tiefer zu sich. »Bevor wir uns jetzt auch noch über die Hauseinrichtung unterhalten oder darüber, wo du in Zukunft arbeiten wirst, küss mich lieber.«

Der Aufforderung kam Magnus nur zu gern nach. Für alles andere war, da hatte Andrea recht, später noch Zeit genug.

57

Der Winter kam früh in diesem Jahr. Eisiger Wind führte kleine, gefrorene Schneekristalle mit sich, die auf der Haut brannten, als wäre man von tausend Nadeln gestochen worden.

Andrea Sandberg zog sich die dicke hellgrüne Wollmütze mit dem weißen Puschel über. Sie fror, obwohl sie einen wattierten Thermomantel anhatte.

Wahrscheinlich haben die Einheimischen recht, wenn sie behaupten, dass nichts so gut wärmt wie eine Jacke oder ein Mantel aus Robbenfell, ging es ihr durch den Sinn. Aber noch mochte sie sich keinen Pelzmantel zulegen. Daheim in Deutschland hatte sie oft gegen die eleganten Düsseldorferinnen gewettert, die auch bei frühlingshaften Temperaturen ihre Nerzmäntel ausführten.

Ein kurzer Blick auf die Uhr – in zehn Minuten würde MS *Kong Harald* im Hafen einlaufen. Und an Bord würde Magnus sein. Bei dem Gedanken, ihn endlich wieder nahe bei sich zu haben, wurde ihr nun doch warm. Fünf lange Wochen war Magnus in Trondheim gewesen und hatte dort ein paar Seminare für die Blomquist-Stiftung abgehalten.

Allen Drohungen zum Trotz förderte der Millionär auch weiterhin das Meeresbiologische Institut, und sein Zuschuss zu den Fahrten der *Black Nessy* würde auch in den kommenden drei Jahren gezahlt werden, so stand es in einer Vereinbarung mit Blomquist und der Institutsleitung.

Andrea war froh, dass es Magnus gelungen war, sich seine beruflichen Tätigkeiten so einzuteilen, dass er viele Wochen im Jahr bei ihr sein konnte, ohne seine wissenschaftlichen Arbeiten zu vernachlässigen. Er war Meeresbiologe mit Leib und Seele, und Andrea konnte gut nachvollziehen, dass er auf seine Forschungstätigkeit nicht verzichten wollte. Ihr würde es im umgekehrten Fall ebenso ergehen, auch sie könnte ohne ihre Arbeit, ohne den Umgang mit den Patienten nicht leben.

»Kjell Blomquist hat wohl eingesehen, dass es ein großer Imageverlust wäre, wenn er sich als unser Sponsor zurückzöge«, sagte James, nachdem der neue Vertrag vor einem Monat unterschrieben worden war. »Schließlich erscheint sein Name oft in unseren Broschüren, und wann immer man über unsere Arbeit schreibt, Blomquists Imperium und sein Engagement für den Naturschutz werden erwähnt.«

»Eitelkeit hat einen Namen«, erwiderte Magnus grinsend. »Ich möchte nur wissen, was er mit dem kleinen Labor macht, das er auf seiner Privatinsel eingerichtet hat. Und das ich partout nicht haben wollte.«

»Das Inventar bekommen wir. Was mit dem Gebäude wird, weiß ich allerdings nicht.«

»Du bist bestens unterrichtet, stelle ich fest.«

James schmunzelte. »Das muss ich wohl sein, als neuer Institutsleiter von Tromsø.«

»Sag nur … du hast den Job wirklich bekommen?«

»Ja. Es gab keinen ernsthaften Mitbewerber.« James

legte den Arm um Magnus. »Ich kann dir auch schon sagen, wer mein Vertreter sein wird. Du.«

Magnus war sprachlos. »Das hast du wirklich durchsetzen können?«

»Du bist der Beste. Außer mir«, erklärte James. »Und dass wir flexibel sein müssen bei unserer Arbeit, ist allen klar. Du wirst dir auf den Lofoten ein kleines Büro einrichten, da kannst du deine Arbeiten auswerten und wissenschaftliche Artikel schreiben. Mit dem Schiff bist du in wenigen Stunden in Tromsø. Und auch mit dem Wagen ist es inzwischen keine allzu unbequeme Reise mehr, die E 10 lässt sich gut fahren.«

»Ich bin sprachlos.«

»Lieber nicht.« James lachte. »Als Vortragsredner bist du wesentlich besser als ich.«

»Darauf geb ich einen Drink aus.«

»Es dürfen auch zwei oder drei sein.«

Die Unterhaltung der beiden Freunde lag nun auch schon ein paar Wochen zurück, und Magnus freute sich, die wundervolle Neuigkeit Andrea berichten zu können. Während seiner Abwesenheit hatten sie oft telefoniert, sich SMS geschrieben. Doch das alles war nur mäßiger Ersatz!

Das Postschiff kündigte sich mit drei langen Sirenentönen an. Zu sehen war die *Kong Harald* noch nicht, denn über dem Fjord lag der Nebel wie über einem großen Ofen, auf dem der Suppentopf dampft.

»Heute ist mal wieder Frost-Smog«, sagte ein alter Mann neben Andrea und schlug sich den Kragen seiner abgewetzten Lederjacke hoch.

»Was ist das denn?«

»Den Ausdruck benutzen wir Fischer.« Der Alte tippte sich an die speckige Mütze. »Der Golfstrom unter unseren Bootsplanken ist viel wärmer als die Luft derzeit, und das verursacht den dichten Nebel. Und, ehrlich gesagt, dieses Wetter habe ich schon immer gehasst. Dabei sind früher etliche Unfälle passiert. Und ein paar meiner Freunde sind auf See geblieben.«

»Musst du denn noch rausfahren heute?« Forschend sah Andrea den alten Mann an.

»Keine Sorge, das machen meine Jungs.« Er wies vage in Richtung Norden. »Da haben wir unsere Zuchtanlagen für den besten Lachs weit und breit.« Er lachte Andrea an, sie konnte seine beiden Zahnlücken und den Goldzahn links oben sehen. »Frisch, gesund, nach neuesten ökologischen Erkenntnissen wird er gezüchtet. Dafür sorgen meine Jungs.« Stolz schwang in der Stimme des alten Mannes mit.

»Du hast zwei Söhne?« Da das Postschiff immer noch nicht in Sicht war, nahm sie sich gern Zeit für einen Plausch mit dem Fischer.

»Söhne? Nee, nur eine Tochter. Aber die ist mit dem besten Lachszüchter weit und breit verheiratet.«

»Ich meinte ja auch nur, weil du von deinen Jungs gesprochen hast.«

»Ach so … nein, das sind die Leute, die für mich arbeiten.« Er sah sie mit leicht schräg gelegtem Kopf an. »Kennst mich wohl nicht, was?«

»Nein.«

»Ich bin Peer Hovig. Fischzüchter seit mehr als zwanzig Jahren.«

»Und ich heiße Andrea Sandberg.«

»Die neue Doktorin!« Er streckte ihr die Hand entgegen. »Hab schon viel von dir gehört. Bist sicher ein patentes Mädchen, wenn dir Johan seine Praxis überlässt.«

»Danke.« Andrea schmunzelte, als er sie als »patentes Mädchen« bezeichnete. Sie nahm sich vor, Birgit bei Gelegenheit nach Peer zu fragen, er schien eine Institution auf den Lofoten zu sein.

»Endlich, da kommt der Postdampfer.« Peer zog an seiner Lederjacke. »Bis später mal, Doktorin. Wenn ich krank werde, komm ich garantiert zu dir.«

»Würde mich freuen.«

»Und sag Birgit, dass ich ihr eine Kiste besten Lachs schicke. Und Kaviar, wenn du ihn magst.«

Andrea zuckte mit den Schultern. »Das muss nicht sein, danke.«

»Ist aber echter Beluga. Ich beziehe ihn von einem seriösen Geschäftspartner aus Russland.«

»Dann ... ein paar Gramm nehme ich gern. Danke im Voraus.« Andrea nickte dem Alten zu. Ihr wurde so langsam klar, dass der Mann, der recht einfach, um nicht zu sagen ärmlich gekleidet war, entweder ein Aufschneider oder ein recht wohlhabender Fischhändler war. Später sollte sie von Birgit erfahren, dass der alte Peer durch die Lachszucht und die geschickte Vermarktung seiner Ware Millionär geworden war, das aber gut zu verbergen wusste.

»Andrea!« Sie konnte den Ruf nur ahnen, aber da entdeckte sie Magnus, der an der Reling stand und ihr zuwinkte. Gleich neben der Gangway hatte er sich aufgestellt, so dass er als einer der Ersten das Schiff würde verlassen können.

»Vi sees«, rief sie Peer zu, dann lief sie hinüber zum Anleger und fand sich Minuten später in Magnus' Armen wieder.

»Ich hab dich ja so vermisst.« Sein Kuss wollte kein Ende nehmen. »Du bist noch schöner geworden.«

»Schmeichler.«

»Es ist die Wahrheit.« Eng umschlungen gingen sie hinüber zum Parkplatz, wo ein silberfarbener Geländewagen stand.

»Meine Neuerwerbung.« Andrea schloss den Wagen auf. »Den hat mir ein Bekannter von Johan günstig überlassen. Ich konnte ja nicht immer mit dem Volvo herumfahren, den braucht Johan selbst.«

Magnus zeigte allerdings nur wenig Interesse für das Fahrzeug. Nachdem er seine dunkelbraune Reisetasche auf den Rücksitz gelegt hatte, zog er Andrea noch einmal fest an sich. »Ich bin so froh, wieder hier zu sein. Liebst du mich noch?«

»Na ja, du warst lange fort, und es gibt schon etliche interessante Männer hier auf den Inseln ...«

»Biest!« Lachend küsste er sie.

»Na ja, ich komme viel rum, seit ich offiziell Johan Ecklunds Nachfolge angetreten habe. Allerdings glaube ich, dass ich im nächsten Jahr meinen Bootsführerschein machen muss. Es ist lästig, wenn ich mir immer jemanden suchen muss, der mich zu Patienten fährt, die auf abgelegenen kleinen Inseln leben.«

»Das hat noch Zeit. Lass erst einmal den Winter vergehen.«

»Hast ja recht. Und jetzt lass uns losfahren, Birgit und Johan warten schon auf dich.«

Das kleine Haus war frisch gestrichen. Das dumpfe Rostrot war einem hellen, freundlichen Gelb gewichen. Der Vorgarten wurde von einem neuen Lattenzaun abgegrenzt, neben der dunkelbraun lackierten Eingangstür standen zwei Blumenkübel. Jetzt, zu beginn des Winters, standen allerdings nur ein paar Kiefernzweige darin.

»Mehr ließ sich in der kurzen Zeit nicht schaffen«, erklärte Andrea und wies auf die alten hölzernen Fensterläden, die windschief in den Angeln hingen.

»Das hat doch auch noch Zeit.« Magnus ging ins Haus. »Wichtig ist, dass wir es im Winter warm haben. Und du brauchst nicht weit zu fahren, wenn du in die Praxis willst. Ich sehe ein, dass es vernünftig war, Johans großzügiges Geschenk anzunehmen.«

»Ja, stimmt.« Andrea öffnete die Tür zur Küche. »Hier fehlt es noch am Nötigsten. Schade eigentlich, so kann ich dir meine spärlichen Kochkünste gar nicht vorführen.«

»Wie bedauerlich!« Magnus grinste. »Ich gestehe, dass ich gern weiterhin drüben bei Birgit essen gehen werde.«

»Schuft! Und das nennst du Liebe?«

»Nein. Selbsterhaltungstrieb!«

»Du, ich kann hervorragende Eier mit Speck zubereiten. Und meine Wiener Schnitzel waren im Düsseldorfer Freundeskreis legendär. So wie die Rote Grütze nach Großmutters Geheimrezept.«

»Interessant. Du weißt mich immer wieder zu überraschen.« Er legte ihr den Arm um die Schultern. »Komm, lass uns nachsehen, was alles gemacht werden muss. Die Kosten für den Innenausbau werde ich allein tragen, da kann Johan sagen, was er will.«

»Das hab ich ihm schon klargemacht. Und er wird es

wohl akzeptieren. Zumal ich ihm versichert habe, dass auch ich noch über ein paar Ersparnisse verfüge.« Sie wies zum südlich gelegenen Wohnraum, der jetzt noch kahl und abweisend wirkte. »Hier hätte ich gern einen Wintergarten angebaut, dann könnten wir schon im Mai hier sitzen und hinüber zu den Bergen schauen. Was meinst du?«

»Alles, was du willst. Aber jetzt zeig mir erst mal das Schlafzimmer. Ist das wenigstens eingerichtet?«

Andrea lachte. »Provisorisch nur. Doch es ist alles drin, was wir brauchen, versprochen!«

58

»Telefon … und das mitten in der Nacht!« Magnus tastete mit geschlossenen Augen nach dem Apparat und reichte ihn weiter.

»Dr. Sandberg. Hallo, was ist los?« Andrea schwang die Beine aus dem Bett, während sie das tragbare Telefon ans Ohr hielt. »Warte, ganz ruhig bleiben, ich bin bald bei euch!«

Magnus zog sich die Bettdecke höher. »Es ist erst kurz vor sieben und noch stockdunkel.« Er gähnte verhalten.

»Tja, so ist das eben als Landärztin – man muss rund um die Uhr erreichbar sein. Außerdem ist es sowieso Zeit aufzustehen. Los, raus aus den Federn, mein Schatz! Du wolltest heute dein Büro einrichten.«

»Sklaventreiberin!« Magnus wollte nach ihr greifen, doch sie entzog sich ihm. »Jetzt nicht, ich muss so schnell wie möglich los.« So, wie sie es seit Jahren trainiert hatte, kleidete sie sich an und warf sich, schon im Hinausgehen, noch einen Schal um den Hals. »Der Notruf kam von Birte Henning. Sie und ihr Mann vermieten ein paar kleine Rorbuer in der Nähe des Hafens. Ein Mieter hat starke Herzprobleme.« Sie beugte sich übers Bett und hauchte einen Kuss auf Magnus' Nasenspitze, die gerade noch zu sehen war. »Faulpelz!«

»Ich liebe dich auch.« Er gähnte und verschränkte die

Arme hinter dem Kopf, während er ihr nachschaute. Sie warf ihm noch einen flüchtigen Luftkuss zu, dann war sie schon draußen.

Es hatte gefroren, und Andrea musste erst einmal die dünne Eisschicht von der Frontscheibe kratzen, ehe sie losfahren konnte. Eine Garage zu bauen wäre im nächsten Jahr auch sinnvoll, dachte sie, während sie zum Hafen fuhr.

Wie immer beeindruckte sie auch an diesem frühen Morgen das großflächige Wandgemälde an einem Lagerschuppen, der gleich am Hurtigruten-Kai stand. Ein amerikanischer Künstler hatte es geschaffen, der seit Jahren in Stamsund lebte und arbeitete. Überhaupt faszinierte es Andrea immer wieder aufs Neue, wie viele Künstler sich gerade an diesem Ort niedergelassen hatten. Im Grunde war Stamsund auch heute noch, mehr als hundert Jahre nach seiner Gründung, ein Fischerdorf. Der Hafen, geschützt von vielen kleinen Inseln, beherbergte die größte Fischereiflotte der Lofoten. Immer wieder traf man im Ort auf die riesigen Holzgestelle, die zeigten, wie aufwendig die Herstellung des Trockenfisches auch heute noch war.

Nach knapp zehn Minuten hielt Andrea vor Birte Hennings Haus, das aus grobem Stein gebaut war und ziemlich wuchtig wirkte. Wie mit einem Pinsel aufgetupft, standen sieben rotbraune kleine Rorbuer westlich des Hauses.

»Doktor Andrea! Gut, dass du so schnell kommen konntest.« In einem dicken Norwegerpulli kam die zierliche Birte auf den Wagen zu. »Dort ist es, die Nummer drei!« Sie wies nach links. »Kommst du allein zurecht? Ich muss für ein paar Engländer Frühstück machen, sie wollen gleich abreisen.«

»Kein Problem.« Andrea griff nach ihrer braunen Arzttasche und ging auf die Hütte zu. Die Tür war, wie sie feststellte, nur angelehnt. Nach kurzem Klopfen trat sie ein.

»Hallo, ich bin die Ärztin.« Suchend sah sie sich um. Der große Raum, der sowohl Wohnraum als auch Schlafstätte war, war leer. Das Bett im hinteren Teil wirkte unbenutzt.

Andrea runzelte die Stirn, als sie einen großen Strauß roter Rosen auf dem Tisch stehen sah.

»Du bist gekommen. Ich bin so froh!«

Andrea zuckte zusammen. Ungläubig sah sie Jonas Fredriksen an. »Du? Was machst du denn hier?«

»Ich wollte dich sehen.«

»Und – der Patient?«

»Bin ich.« Jonas trat näher und streckte die Arme nach ihr aus.

Instinktiv wich Andrea zwei Schritte zurück. »Es gibt also keinen Kranken hier? Niemanden mit Herzproblemen?«

»Doch. Mich. Ich habe Herzprobleme. Große sogar. Und nur du kannst mich heilen.« Jonas versuchte sich an einem zerknirschten Gesicht, doch er konnte sich ein Grinsen letztendlich doch nicht verkneifen. »Andrea, glaub mir, ich war der größte Idiot unter der Sonne. Und ich hab schon tausendmal bereut, dich so verletzt zu haben.« Er wurde ernst, als er hinzufügte: »Verzeih mir endlich, ich flehe dich an!« Er drehte sich um und griff nach den roten Rosen. »Hier, für dich.«

»Lass den Unsinn!« Andrea wandte sich zur Tür. »Es ist unverschämt von dir, mich unter einem solchen Vorwand hierherzulocken.« Die Rosen, die um diese Zeit sicher ein Vermögen gekostet hatten, ignorierte sie.

»Aber …«

»Nein, da gibt es nichts zu beschönigen. Ich bin Ärztin, habe Dienst … und eventuell braucht gerade jetzt jemand wirklich meine Hilfe. Aber ich lass mich von dir wieder mal verarschen.« Ihre Wangen waren vor Zorn hochrot geworden. »Du bist das Letzte, Jonas. Ebenso treulos wie gewissenlos.«

»Was hätte ich denn tun sollen? Hättest du dich denn ganz normal mit mir getroffen, wenn ich dich angerufen hätte?«

»Bestimmt nicht!«

»Na, siehst du!« Mit drei langen Schritten war Jonas neben ihr und hielt sie fest. Die Blumen ließ er achtlos fallen, wo sie wie ein roter Teppich auf dem hellen Holzfußboden lagen.

»Andrea, weißt du, wie schwer es war, dich hier zu finden? Ich habe Himmel und Hölle in Bewegung gesetzt. Erst seit du hier als Ärztin registriert bist, habe ich dich aufgespürt.« Kopfschüttelnd sah er sie an. »Was hält dich hier in dieser gottverlassenen Gegend, verdammt noch mal? Warum kommst du nicht zurück?«

»Ich habe mich in die Lofoten verliebt. Und in die Menschen, die hier leben. Sie sind offen und ehrlich.«

»Danke, die Spitze ist angekommen.« Wieder versuchte er sie an den Schultern zu fassen und an sich zu ziehen, doch Andrea stieß ihn zurück.

»Jonas, es ist vorbei, akzeptier das endlich und lass mich in Ruhe.« So langsam kam eine gesunde Wut in ihr auf. Jonas benahm sich unmöglich, und sie hatte nicht die geringste Lust, ihre Zeit noch länger mit ihm zu vertun.

»Nein, das kann ich nicht. Andrea, ich liebe dich – dich allein. Das mit Nina ... war ein Irrtum. Eine Verirrung. Tut mir leid. Sehr leid sogar. Komm zurück zu mir nach Bergen. Dort hast du alle Möglichkeiten, Karriere zu machen. Das hier ...«, er machte eine weitläufige Handbewegung, »das ist doch nichts für dich. Ärztin in einem kleinen Kaff am Ende der Welt ... Andrea, komm zur Besinnung. Ich bereue wirklich, was passiert ist.«

»Glaube ich dir. Aber es ändert nichts.«

»Wie kannst du nur so hart sein? Hast du noch nie einen Fehler gemacht?«

»Doch. Etliche schon. Aber noch nie einen solchen.«

»Nina ... sie hat mich einfach verhext. Irgendwie ... wenn sie auftauchte, konnte ich ihr nicht lange widerstehen. So ist das nun mal mit uns Männern. Wir denken nicht immer nach, was unser Handeln nach sich ziehen könnte. Und sie war so sexy ...« Fast so etwas wie Sehnsucht schwang in seiner Stimme mit.

Andrea hörte es genau, doch sie erwiderte nichts, sie schüttelte nur den Kopf und öffnete die Tür.

»Bleib hier!« Jonas riss sie brutal zurück. »Ich will nicht, dass du schon wieder gehst. Ich habe ein Recht auf eine Aussprache.«

»Die hatten wir schon.«

»Quatsch! Du hast mir Vorwürfe gemacht, das war alles.«

Andrea schüttelte den Kopf. »Siehst du das wirklich so? Bin ich letztendlich schuld an allem?«

»Wärst du nicht so stur und so engstirnig, dann wäre

alles bestens. Aber du bist ja verklemmt und ... und ...« Er suchte nach Worten, dabei wurde sein Griff um ihre Arme immer fester.

»Lass mich los, du tust mir weh!« Andrea wollte sich losreißen, doch er verstärkte seinen Griff. »Au! Bist du verrückt geworden?«

»Verrückt nach dir. War ich immer schon.« Er versuchte sie zu küssen. Sie roch seinen Atem. Ganz offensichtlich hatte Jonas einiges getrunken.

»Du weißt ja nicht, was du sagst.« Angewidert wandte sie den Kopf ab.

»Miststück!« Von einer Sekunde zur anderen kippte seine Stimmung. Fest waren seine Lippen zusammengepresst, als er Andrea mit Gewalt an sich zog. Seine Hände glitten unter ihren Pulli, versuchten den BH zu öffnen. Als das nicht gleich gelang, zerriss er die zarte Spitze.

Andrea versuchte ihn von sich zu stoßen, sie schimpfte, trat nach ihm – und begriff doch zu ihrem Entsetzen, dass sie dem Tobenden nicht entkommen konnte. Tränen liefen ihr über die Wangen, als er sie aufs Bett warf. Seine Lippen glitten über ihre Haut, während er ihre Arme wie in einem Schraubstock gefangen fest umklammert hielt.

»Aufhören! Sofort!« Eine laute Frauenstimme ließ Andreas Weinen für Sekunden verstummen, und auch Jonas erwachte sofort aus seinem Rausch. Doch sobald er begriff, dass Andrea sich nicht mehr wehrte, war sein Mund auf ihren Lippen. Brutal versuchte er sie zu küssen.

»Weg da! Sag mal, verstehst du mich nicht?« Birte Henning hielt einen Stock in der Hand. Als der Mann keine Anstalten machte, die Ärztin loszulassen, schlug sie zu.

Jonas' Schmerzensschrei mischte sich mit dem lauten Schluchzen von Andrea.

»Bist du okay?« Birte streckte Andrea die Hand entgegen und zog sie vom Bett.

»Ja. Danke.« Andrea wischte sich über den Mund, während sie auf Jonas hinabsah, der inmitten der roten Rosen lag. »Puh, der Schlag war nicht schlecht.«

Birte hob den Knüppel hoch. »Das ist ein Erinnerungsstück an meinen Großvater. Damals wurden damit noch Robben zu Tode geprügelt.« Sie sah auf den Mann, der sich gerade mühsam aufzurichten versuchte. »Ich hätte große Lust ...«

»Um Himmels willen, mach dich nicht unglücklich«, fiel ihr Andrea ins Wort. »Er ist betrunken.«

»Kennst du ihn?«

»Ja. Aber ich hatte gehofft, ihm nie wieder begegnen zu müssen.« Andrea ging zur Tür. Einen letzten bitteren Blick warf sie auf Jonas, der sich mühsam am Bett hochzog und sich dabei an den Hinterkopf griff.

»Wenn er in der nächsten Viertelstunde nicht verschwunden ist, hole ich die Polizei.« Birte nahm Andrea am Arm und zog sie hinaus. »Oder wollen wir gleich Anzeige erstatten? Wenn ich nicht irre, war es eine versuchte Vergewaltigung.«

»Lass es gut sein, Birte.« Andrea atmete ein paar Mal tief durch. »Es ist ja nichts weiter passiert.«

»Na, du bist gut ... Wenn ich nicht dazugekommen wäre ...« Birte schnaubte heftig. »Weißt du, mit solchen Kerlen kenne ich kein Erbarmen, man sollte sie zusammenschlagen wie mein Großvater die Robben.«

Wider Willen musste Andrea lachen. »Das würde Jonas

gar nicht gefallen, dass du ihn mit einer Robbe vergleichst. Er ist ziemlich eitel und sehr von sich eingenommen.«

»Also kennst du ihn recht gut.« Birte konnte ihre Neugier nicht verbergen.

»Ja.« Andrea zog sich die Jacke fester um die Schultern. »Er ist der Grund, warum ich nach Norwegen gekommen bin.«

»Du und er ...« Birte schüttelte den Kopf. »Nein, der passt nicht zu dir, Doktor Andrea.«

»Hab ich ja auch festgestellt. Zum Glück noch rechtzeitig.« Um von weiteren privaten Fragen abzulenken, bat Andrea: »Kochst du mir auf den Schreck hin einen Kaffee?«

»Aber ja! Gerne.« Birte war gleich in ihrem Element, und während sie frischen Kaffee aufbrühte, holte sie Brot, Honig, Marmelade und Rentierschinken aus der Vorratskammer. Sogar frischen Joghurt mit Früchten hatte sie da – eine Rarität in dieser Jahreszeit und hier oben im Norden.

»Ich hab auch noch *eplekake* und *julekake*«, verkündete sie.

»Du sollst mich nicht mästen«, wehrte Andrea ab. Sie konnte über Birtes Eifer schon wieder lächeln. »Eine Tasse Kaffee und dazu ein Stück Rosinenbrot reichen völlig.«

Während die beiden Frauen ihren Kaffee tranken, fuhr draußen ein Wagen fort. Laut heulte der Motor auf, als der Fahrer um die enge Kurve fuhr.

»Er muss noch bis zum Schluss den Größenwahnsinnigen geben«, sagte Andrea.

Birte ging zum Fenster. »Er ist weg. Ein Glück für ihn.«

»Und für mich«, fügte Andrea leise hinzu. Sie wusste,

dass dieses Kapitel ihres Lebens endgültig abgeschlossen war. »Gib mir doch bitte noch einen Schluck Kaffee, dann fahre ich heim. Die Praxis öffnet in einer knappen Stunde.«

59

Dicht fiel der Schnee, tausend und abertausend Flocken tanzten in wildem Reigen vom dunklen Himmel. Der Wind, der von Osten kam, wirbelte die weiße Pracht übermütig durcheinander, hin und wieder fegte er aber auch mit harter Hand durch die Luft.

Der Horntrichter am gelbroten Schornstein der *Lofoten*, dem alten, beinahe historischen Postschiff, das in erster Linie zu Sonderfahrten eingesetzt wurde, ließ sein tiefes Signal ertönen, das von den Felswänden der Lofotalpen dumpf widerhallte.

Ein paar wohlhabende Unternehmer aus Oslo hatten das alte Postschiff für eine Reise nach Norden gechartert und standen jetzt in kleinen Gruppen an Deck, um das Einlaufen in den Hafen von Stamsund mitzuerleben. Dass feiner Schneegriesel wie Wüstensand auf der Haut brannte, störte die Männer nicht. Sie waren warm angezogen und hatten zudem schon manch steifen Grog getrunken. An der Reling stehend, versuchten sie ein wenig von der Umgebung zu erkennen, die jedoch immer mehr hinter der Wand aus weißen, dichter und dicker werdenden Flocken verschwand. Die Schneeflocken lösten sich im dunkel spiegelnden Fjordwasser rasch auf, so, als hätte es sie nicht gegeben – ein kleines Zeichen von Vergänglichkeit.

Nur zwei Passagiere gingen von Bord – Carina Rasmussen und Kapitän Knut Niebur. Seit drei Wochen besaß Knut sein Kapitänspatent, und genau seit diesem Zeitpunkt waren er und Carina ein Ehepaar. Heimlich, ohne jemanden darüber zu informieren, hatten sie geheiratet.

Kurz hob Knut die Hand an die Mütze, als er sich von seinen Kollegen, die auf der Brücke des alten Postdampfers standen, verabschiedete.

»Warte, ihr könntet noch ein Päckchen mitnehmen.« Ein älterer Mann der Schiffsbesatzung hielt sie auf. »Das ist für die Doktorin in Stamsund. Könnt ihr das besorgen?«

»Klar doch. Wir sehen sie gleich.« Knut nahm das kleine Paket und schob es in seine Jackentasche.

»Ich bin ja so gespannt auf Andreas Gesicht.« Carina hakte sich bei ihrem Mann ein.

»Hoffentlich ist es eine gelungene Überraschung.« Knut war immer noch ein bisschen skeptisch. »Ich für meinen Teil hätte es nicht gern, einfach so überfallen zu werden. Sie weiß gar nicht, dass ich mitkomme zum Lucia-Fest. Und dass wir heimlich geheiratet haben, könnte sie uns übelnehmen.«

»Ach was! Gefeiert wird im Frühling, das ist viel netter. Wir haben ja schon mal drüber gesprochen, dass wir unsere Hochzeitsfeiern zusammenlegen könnten. Andrea und Magnus wollen im Frühling heiraten, zu ihrem Geburtstag. Jetzt aber wird sie sich erst mal mit uns freuen. Aber das verstehst du nicht. Bist ja ein Mann.« Carina knuffte ihn kurz in die Seite. »Fantasielos und unromantisch.«

»Sag das nicht noch mal, sonst …«

»Was sonst?« Obwohl ihr die Schneeflocken ins Gesicht wirbelten, blieb sie dicht vor ihm stehen.

»Oh, da weiß ich einiges, um dich zu strafen.« Knut küsste sie liebevoll.

»So lass ich mich gern bestrafen!«

»Unersättliches Weib!«

»Hmm ... stimmt.« Sie schob die Hände, die in dicken Strickhandschuhen steckten, unter seine dunkelblaue Jacke.

»Biest«, flüsterte Knut, bevor er sie noch einmal lange und anhaltend küsste. »Ich liebe dich.«

»Ich liebe dich auch.« Carina nahm seine Hand. »Komm, lass uns schnell mal nach Evelyns Haus schauen. Ich hab Erik versprochen, zu kontrollieren, dass das Atelier gut verschlossen ist.«

»Er tut mir leid. Es wird dauern, bis er Evelyns Tod verarbeitet hat.«

»Die Arbeit lenkt ihn ab. Seit ein paar Wochen ist er wieder in Afrika auf Fotosafari. Als wir uns auf dem Kommissariat getroffen haben, hat er mir von der Reise erzählt. Erst im Sommer will er noch mal zurück auf die Lofoten kommen und alles, was Evelyn hinterlassen hat, auflösen.«

Sie machten einen kurzen Abstecher hinüber nach Kabelvåg. Düster und ein wenig abweisend sah Evelyns Haus aus. Die Läden waren verschlossen, die breiten Holzläden vor den hohen gläsernen Atelierfenstern mit dicken Riegeln gesichert. Evelyns Wagen hatte der Bildhauer Haakon gekauft, doch der Volvo stand noch immer unter dem Carport vor dem Haus der ermordeten Malerin.

»Es ist zu traurig«, sagte Carina. »Sie war ein wundervoller Mensch und eine große Künstlerin.«

»Wir werden sie nicht vergessen. Aber jetzt freuen wir uns erst mal auf Andrea.«

Eine Viertelstunde später erreichten sie das Haus, das die junge Ärztin seit kurzem bewohnte. Noch war es nicht komplett eingerichtet, doch Andrea und Magnus fühlten sich bereits heimisch darin.

Acht runde Laternen, die den Weg zur Tür säumten, durchdrangen mit ihrem hellen Licht das Schneegestöber. Und auch aus den Sprossenfenstern des Hauses schien warmes gelbes Licht, das Gemütlichkeit versprach.

Mit großem Hallo wurden die Gäste begrüßt. Außer Birgit und Johan Ecklund waren noch James Hower, Dr. Eidsvag und zwei Ehepaare aus der Nachbarschaft eingeladen worden, um das Lucia-Fest zu feiern. Alle Gäste trugen weiße Kleidung, zumindest hatten die Herren alle weiße Oberhemden an, die Frauen weiße Blusen oder Kleider.

Andrea hatte sich mit dem alten Brauch vertraut gemacht und gemeinsam mit Birgit das Haus geschmückt. Als Reminiszenz an ihre deutsche Heimat standen zwei große Adventskränze auf den langen Tischen. Sie waren mit roten Kerzen, roten Schleifen und getrockneten Apfelscheiben und Nüssen dekoriert.

Nach dem ersten Begrüßungsschluck nahm Carina die Freundin zur Seite und zeigte ihr den Trauring.

»Ich glaub's ja nicht. Gratuliere, Carina!«

»Danke.«

»Ihr Geheimniskrämer! Wollt ihr uns vielleicht um eine Feier bringen? Das wird nicht gelingen, das sag ich dir gleich.«

»Gefeiert wird im Frühjahr, versprochen. Dann haben wir uns hier auch etwas besser eingerichtet.« Carina zwinkerte Andrea zu. »Ihr müsst dann aber auch heiraten, das haben wir so abgemacht.«

»Das werden wir. Noch vor Ostern. So ist es schon mit Johan Ecklund besprochen. Er wird dann die Praxis ganz übernehmen, damit Magnus und ich eine Hochzeitsreise machen können.«

»Du hast alles schon geplant, gratuliere. Wir hatten es da ein bisschen eiliger.« Carina beugte sich vor. »Ich bekomme ein Baby. Aber sag's noch keinem.«

»Darauf stoßen wir gleich noch mal an.« Andrea klopfte an ihr Glas. »Hört mal zu, wir haben ein junges Brautpaar unter uns. Auf Carina und Knut!«

»Auf euer Glück!«

Im Durcheinander des Gratulierens wäre beinahe das Läuten an der Haustür überhört worden.

Birgit ging zur Tür und öffnete. »Kommt rein!« Sie führte Haakon ins Wohnzimmer, wo inzwischen alle wieder Platz genommen hatten. Schnell entzündete Birgit die beiden Leuchter, die auf dem schmalen Highboard an der Längsseite des Raums standen. Und auch die Kerzen des Adventskranzes wurden angezündet, obwohl der zweite Advent noch bevorstand.

»Lucia ist gekommen!«, verkündete sie wenige Minuten später und führte Kirstin herein, die sich in der Zwischenzeit in einem anderen Zimmer umgezogen hatte. Sie trug nun ein langes weißes Kleid, das eine Nachbarin aus ihrem eigenen alten Brautkleid genäht hatte. Auf dem Kopf hatte sie die Lichterkrone der heiligen Lucia, und um die Taille war ein rotes Seidenband geschlungen. Stolz hielt sie eine dicke weiße Kerze in der Hand, während sie vorsichtig, damit die Lichterkrone ihr nicht vom Kopf rutschte, in die Mitte des Zimmers ging. Dort stellte sie sich auf und begann mit heller Stimme ein Lucia-Lied zu singen, bevor sie das traditionelle Safrangebäck verteilte, das bereits auf einem großen roten Glasteller bereitstand.

»Wer hat denn die *lussekatter* gebacken?«, erkundigte sich Carina.

»Birgit natürlich«, erklärte Johan Ecklund voller Stolz. »Die Kleine kann's ja noch nicht. Und unsere Andrea ... die hat zu viel zu tun.«

So war es in der Tat. Die Praxis hatte regen Zulauf, und es hatte sich rasch herumgesprochen, dass die junge deutsche Ärztin viel konnte. Sogar kleine Operationen führte sie durch, man musste also nicht gleich in die Klinik fahren, wenn man sich eine tiefe Risswunde oder eine Verstauchung zugezogen hatte.

An diesem Tag allerdings war die Praxis geschlossen, und Andrea konnte unbeschwert mit den Menschen, die ihr lieb geworden waren, feiern.

Erst kurz vor Mitternacht gingen die letzten Gäste, die sich hervorragend unterhalten hatten und bester Stimmung waren. Birgits Punsch hatte ebenso dazu beigetragen wie das hervorragende *koldtbord*, das traditionelle norwegische Büfett mit Lachs, Garnelen, Zander, Lamm- und Rentierfleisch, Heringssalat und Kuchen. Doch auch Andreas delikate Kartoffel- und Wurstsalate hatten Lob geerntet.

Carina und Knut schliefen im Doktorhaus, das hatte Birgit ihnen gleich zu Beginn angeboten, damit sie ausgelassen mitfeiern konnten.

»Wir helfen noch beim Aufräumen«, bot Carina an.

»Lass nur, das machen wir morgen.« Andrea gähnte verhalten. »Die Esswaren hat Birgit schon verstaut, alles andere kann ruhig hier stehen bleiben.« Sie umarmte die Freundin. »Bis morgen.«

»Gute Nacht!«

»Ach je, das hätte ich fast vergessen …« Knut holte das Päckchen aus seiner Jacke. »Das hat mir der Posthalter vom Schiff für dich mitgegeben.«

»Danke.« Andrea sah auf das kleine Paket, das keinen Absender trug.

»Mach mal auf!«, forderte Magnus sie neugierig auf.

»Gleich.« Sie winkte den letzten beiden Gästen noch einmal zu und blieb an der Tür stehen, bis drüben im Doktorhaus das Licht anging. Es hatte aufgehört zu schneien, es war eisig kalt, doch windstill.

Noch in der Diele riss sie das dünne Papier von dem schmalen Karton und stieß einen unterdrückten Schrei aus. »Mein Troll! Ich habe ihn wieder!«

»Welchen Troll?«

»Den einzigen lächelnden Troll, den ich je in Norwegen gesehen habe.« Sie hielt die kleine Holzfigur in den Händen, streichelte kurz mit dem Finger über das Gesicht mit der langen Knollennase, ehe sie den Troll auf ein schmales Regal gleich neben der Tür stellte. »Pass gut auf uns auf«, sagte sie.

»Bist du etwa abergläubisch?«

Sie zuckte mit den Schultern. »Seit ich den kleinen Kerl kenne – ja. Lachst du mich jetzt aus?«

»Niemals! Ich weiß, dass das die Trolle nicht mögen.« Magnus zwinkerte ihr zu. »Was hältst du von einem kleinen Spaziergang?«

»Jetzt noch?«

»Warum nicht? Schau nur, das Nordlicht wird immer stärker.« Magnus wies zum Himmel, wo gelb-grüne Lichter einen wilden Tanz am Nachthimmel aufführten.

»In einer solchen Nacht kann man einfach nicht schlafen gehen.«

»Einverstanden.« Andrea gab ihm einen raschen Kuss. »Deine romantische Anwandlung muss ich unbedingt ausnutzen.«

»Willst du damit sagen, ich sei unromantisch?« Magnus tat empört.

»Nun ja, wenn ich da Vergleiche ziehe ... zum Beispiel mit Hugh Grant in *Notting Hill* oder Tom Hanks in *Schlaflos in Seattle* ... da fällst du schon stark ab, mein Lieber.«

»So was Unfaires! Aber warte nur, ich werde dir zeigen, wie romantisch ich sein kann.« Er umfasste ihre Taille und zog sie fest an sich. Spielerisch glitten seine Lippen über ihre Schläfen, knabberten an ihrem Ohrläppchen, um sich dann langsam den Hals hinabzuküssen.

»Später. Jetzt lass uns das Nordlicht ansehen.« Andrea machte ein paar Schritte zur Seite, wo an der noch provisorischen Garderobe die dicken Thermojacken hingen, die sie sich erst vor kurzem gekauft hatten und die perfekt gegen Wind und Regen schützten. Auch die dicken Stiefel aus Robbenfell hielten warm.

»Fragt sich, wer hier unromantisch ist.« Magnus grinste, während er die Haustür öffnete.

Von draußen drang gleich eisige Kälte in die Diele. Noch stand hier – außer der Garderobe – nur eine alte Truhe, die Johan auf dem Speicher gefunden hatte. Sie stammte aus dem Jahr 1814 und war einst im Besitz eines wohlhabenden Schweden gewesen, der damals ins Land gekommen war, so wie viele seiner Landsleute, die zu jener Zeit die armen Nachbarn annektiert hatten.

»Puh, ist das kalt!« Andrea zog die Schultern hoch. »Wir sind verrückt, Magnus.«

»Gleich wird dir warm werden.« Er griff nach ihrer Hand und zog sie im Eilschritt mit zum Ende der Straße. Es ging ein wenig bergauf, und Andrea wurde wirklich bald warm dank der raschen Bewegung.

Der Ort lag nun unter ihnen, nur zwei alte, halb verfallene Hütten standen noch etwas erhöht. Vor ihnen erstreckte sich ein etwa einhundert Meter breiter Streifen, bedeckt mit einer dünnen Schneeschicht. Im Sommer war dies ein schmales Grasfeld, auf dem gern die Hunde tobten. Drei Bänke hatte die Gemeinde am Ende der Straße aufgestellt, da man von diesem hügeligen Platz aus einen wunderschönen Blick über die Bucht und den Hafen hatte. Schon zweihundert Meter weiter erhoben sich die Berge, kahl und abweisend wirkten sie, doch die schneebedeckten Spitzen glitzerten in dieser Nacht in einem Farbenspiel aus Grün und Gelb. Sogar ein zartes Rot war ganz hoch am Himmel zu erkennen.

»Wunderschön! Ich bin immer wieder fasziniert.« Beinahe andächtig sah Andrea den gelbgrünen Farbbögen zu, die sich wie breite Bänder durch die Luft bewegten. »Ich habe übrigens gelesen, dass die Wikinger in den Polarlichtern das Zeichen dafür sahen, dass irgendwo auf der Welt eine bedeutende Schlacht geschlagen worden war. Und die Walküren ritten nach jedem Gefecht über den Himmel und wählten die Helden aus, die dann als Lohn für ihre Tapferkeit an Odins Tafel speisen durften.«

»Schöne Geschichte. Die kannte ich noch gar nicht.« Magnus legte den Arm fester um sie. »Sie ist viel schöner als die nüchterne wissenschaftliche Erklärung.«

»Und die lautet – wie?«

»Dass die Polarlichter eine Leuchterscheinung sind, die beim Auftreffen geladener Teilchen des Sonnenwindes auf die Erdatmosphäre hervorgerufen wird.«

»Da ist mir aber die Geschichte von den Wikingern lieber«, meinte Andrea.

»Ich weiß noch eine.« Magnus nahm ihr Gesicht in seine Hände. »Wenn sich zwei Liebende unterm Polarlicht küssen und dabei ewige Liebe und Treue schwören, bleiben sie ihr ganzes Leben lang glücklich.«

»Dann küss mich endlich!«

Magnus lachte. »Was meinst du, warum sonst hab ich dich nach Mitternacht raus in die Kälte geschleppt?«